Enchaîné par l'amour

PATRICIA POTTER

Patricia Potter

Enchaîné par l'amour

Traduit de l'américain
par Daniel Garcia

Éditions J'ai lu

Titre original :

STARFINDER
A Bantam Book,
Published by Bantam Books, a division of Bantam Doubleday
Dell Publishing Group, Inc., N.Y.

*Je tiens à exprimer toute ma gratitude
à Stephanie Kip, pour son soutien
sans faille et son bel enthousiasme.
Ce livre lui doit beaucoup.*

Prologue

Édimbourg, Écosse, 1746

Le bourreau n'avait jamais autant travaillé. Par sa main, des dizaines de valeureux Écossais finiraient la journée au bout d'une corde, sous les applaudissements d'une foule haineuse.

Mais ces braves seraient moins nombreux à périr que ceux qui avaient laissé leur vie, quelques mois plus tôt, sur la lande de Culloden.

Alors qu'il attendait son tour pour monter au gibet, Ian Sutherland regrettait de ne pas avoir été l'un d'eux. Il aurait de beaucoup préféré mourir d'un coup d'épée en pleine bataille, plutôt que de croupir pendant des semaines au fond d'un cachot avec son frère, pour finir pendu haut et court. Cet emprisonnement avait été très éprouvant. Leurs geôliers s'étaient ingéniés à les nourrir juste assez pour leur éviter de mourir d'inanition, mais sans leur épargner les souffrances de la faim.

Ian sentait la corde qui maintenait ses poignets attachés dans son dos lui entailler les chairs. Et pourtant, il bénissait presque cette douleur. Car, dans quelques minutes, il ne sentirait plus la morsure du vent fouettant les Highlands, ni la caresse d'une femme, ni la puissance des chevaux qu'il aimait autrefois cravacher sous lui pour parcourir les paysages de son enfance.

Le bruit de la trappe qui s'ouvrait sous les pieds des condamnés fit écho aux rugissements de la foule pour saluer l'entrée de six nouveaux venus au royaume des morts. Au moins, le bourreau faisait-il preuve de compétence dans sa sinistre besogne. Maigre consolation…

Deux soldats anglais s'approchèrent du frère de Ian, Derek, qui se tenait à son côté. Quand ils s'emparèrent de lui, Ian s'avança également, mais les soldats le repoussèrent.

— En voilà un qui est impatient de mourir ! ironisa l'un d'eux. Attends ton tour comme les autres, renégat !

Derek se tourna vers son frère. Malgré son jeune âge – dix-neuf ans à peine –, il ne semblait nullement effrayé par le sort qui l'attendait. Il sourit.

— Nous nous reverrons bientôt, frérot. Au ciel ou en enfer, lui dit-il.

— Tu peux être sûr que ce sera en enfer, marmonna un des soldats, tandis qu'il poussait Derek vers le gibet, avec cinq autres prisonniers.

Pendant ce temps, le bourreau avait tranché les cordes des victimes précédentes pour installer six nouveaux nœuds coulants au bout des potences. Ian tenta encore de s'avancer, mais il fut une nouvelle fois repoussé par un soldat et, la mort dans l'âme, il n'eut d'autre choix que de laisser son frère monter sans lui au supplice. Derek ne cilla pas quand le bourreau lui passa la corde autour du cou. Le jeune homme eut même le courage d'adresser un regard à Ian et il hocha lentement la tête, comme s'il avait voulu le rassurer.

Sur la lande de Culloden, Ian avait entendu Derek confesser sa peur de mourir et sa crainte de salir, par sa lâcheté, le nom des Sutherland. Mais Derek n'avait rien eu à se reprocher. Sa vaillance au combat avait honoré le clan Sutherland. Et le courage qu'il mettait aujourd'hui à mourir ne ferait qu'ajouter à cet honneur.

Cependant, Ian, en voyant son jeune frère si près de franchir la porte ultime, sentit son cœur – déjà meurtri depuis la bataille de Culloden – définitivement se briser. Son frère aîné, Patrick, le marquis de Brinaire, était mort là-bas, sur cette lande, en même temps que des milliers d'autres soldats écossais. Ian avait été lui-même sérieusement blessé durant la bataille et il serait sans doute mort si Derek ne l'avait porté jusqu'à une ferme pour le soigner. C'était là qu'on les avait arrêtés. S'il n'avait pas secouru Ian, Derek aurait eu le temps de s'enfuir assez loin pour ne pas être inquiété.

Au lieu de cela, Derek se retrouvait aujourd'hui au bout d'une corde. Et Ian allait bientôt connaître le même sort. Après leur mort, il ne resterait plus aucun héritier mâle dans la famille. Leur petite sœur âgée de sept ans, Katy, que Ian n'avait pas revue depuis des mois, serait la dernière à porter le flambeau des Sutherland de Brinaire. Le roi George ayant entrepris de pourchasser et de dépouiller jusqu'au dernier tous les Écossais ralliés à la cause du prince Charles, Dieu seul savait ce qui avait pu arriver à la fillette.

La trappe s'ouvrit à nouveau et Ian détourna brusquement la tête, incapable de soutenir la vue de son frère se balançant, sans vie, au bout de la corde.

— Dieu te bénisse, Derek, murmura-t-il d'une voix étranglée par le chagrin.

Il se sentait tout près de pleurer mais s'interdit de verser la moindre larme, pour ne pas donner l'occasion à ces sales bâtards d'Anglais de se réjouir. Pour contenir sa peine, il s'obligea à penser au manoir familial, austère et grandiose, où il avait grandi avec ses frères. À ces merveilleux paysages des Highlands qu'il avait inlassablement parcourus depuis sa plus tendre enfance. Il pensa enfin à ses parents, disparus quelques années plus tôt. Et, pour la première fois, il se réjouit de les savoir morts. Car, ainsi, ils n'étaient plus là pour assister à la pendaison de leurs enfants et à l'anéantissement de leurs biens.

Les soldats revinrent sélectionner un nouveau groupe de condamnés parmi la vingtaine de prisonniers qui attendaient encore – tous jeunes et de haute naissance. Pour s'assurer qu'il n'y aurait plus de révolte, le duc de Cumberland, qui faisait office de bras armé du roi, décimait toutes les grandes familles d'Écosse : les Stewart, les MacPherson, les MacLaren, les Grant, les Cameron… Chaque fois, l'issue était la même : après une parodie de procès, les accusés finissaient à la potence.

Un soldat bouscula Ian et le jeune Écossais crut perdre l'équilibre. Les chaînes, à ses pieds, limitaient ses mouvements et il était si faible, après tous ces mois de malnutrition, qu'il avait du mal à se tenir debout. Cependant, le soldat ne lui accorda aucune attention. Une nouvelle fois, il se retrouva exclu du groupe qui montait au gibet.

Serait-il le dernier ? L'obligerait-on à voir tous ses amis mourir les uns après les autres devant ses yeux, avant de lui accorder son propre salut ?

S'il n'y avait pas eu sa sœur – la douce et ravissante Katy –, Ian aurait presque quitté ce monde de bon cœur. Maintenant que ses frères étaient morts et que leur manoir familial avait été détruit par un traître royaliste, plus rien ne le retenait sur cette Terre. Mais à cause de Katy, l'angoisse le rongeait. Un message, parvenu pendant qu'il croupissait en prison, l'avait averti qu'elle avait réussi à échapper à l'agresseur anglais. Sans plus de précisions.

Où se cachait-elle ? Comment vivait-elle ? Ian serra les poings de frustration. Il n'en savait rien et ne le saurait jamais.

Si seulement il pouvait faire partie du prochain lot de suppliciés !

Sur l'échafaud, les condamnés attendaient avec la même dignité que leurs compagnons qui les avaient précédés dans la mort. Personne ne demandait le pardon. Aucun n'implorait qu'on lui épargne la vie. Tous ces hommes avaient épousé la cause du prince Charles en leur âme et conscience. Ils ne regrettaient rien, même si leur échec avait détruit leurs vies et leurs familles.

Ian tressaillit quand la trappe s'ouvrit à nouveau. Quelques secondes plus tard, le bourreau s'activait déjà à couper les cordes, tandis que, sous l'échafaud, ses aides entassaient les corps dans des charrettes. Une fois les pendaisons terminées, les corps seraient amenés aux portes de la ville, où un grand bûcher les attendait. Cumberland ne voulait pas de tombes.

Les soldats choisirent six autres condamnés et Ian se retrouva encore écarté du lot. Cette fois, ils n'étaient plus que trois. Ian échangea avec ses deux compagnons d'infortune un regard résigné. Ils seraient les derniers.

La foule, autour d'eux, contenait mal sa colère. La populace était venue assister aux exécutions dans l'espoir de voir des hommes pleurer, se repentir, implorer, trembler. Au lieu de cela, elle avait devant elle des combattants valeureux et fiers, qui défiaient bravement la mort.

Cependant, Ian sentait sa résistance faiblir à mesure que le temps passait. Sa vue se troublait et il craignait à tout instant de défaillir. Non ! Il ne devait pas tomber ! Pas maintenant…

Un de ses deux compagnons s'approcha de lui pour le soutenir.

— Merci, lui dit Ian.

L'homme, un Cameron, hocha sobrement la tête. Au même instant, la trappe s'ouvrit avec son bruit sinistre.

Quelques instants plus tard, les soldats revinrent chercher les derniers prisonniers. Ils s'emparèrent des deux compagnons de Ian, mais, une fois encore, celui-ci fut repoussé quand il voulut suivre le mouvement.

— Nous avons prévu autre chose pour toi, lui dit un soldat. En attendant, savoure donc la fin des festivités.

11

1

Péninsule du Maryland, 1747

Fanny Marsh passa la main par la trappe de l'enclos pour donner un morceau de gibier au petit renard, qui le dévora goulûment. L'animal avait bien grandi et presque atteint sa taille adulte. Il serait bientôt temps de le rendre à la vie sauvage.

Remarquant que son fils de sept ans, assis à côté d'elle, avait la mine chagrine, Fanny en conclut que Noël pensait à la même chose qu'elle. C'étaient Noël et Clarisse – la petite sœur de Fanny – qui avaient trouvé le renard, alors qu'il n'avait que quelques semaines. Le malheureux animal était lové contre sa mère, morte dans un piège, et lui-même avait une blessure à une patte. Les deux enfants avaient ramené, en larmes, la petite boule de poils à Fanny. « Sauve-le, maman », avait imploré le garçon.

Fanny n'avait pas hésité une seconde. Aussi loin que remontaient ses souvenirs, elle avait toujours eu l'amour des animaux. Elle tenait cet amour de son père et elle était fière de l'avoir transmis à ses enfants.

Son repas terminé, le renard – qui, à force de soins, était devenu un bel animal au pelage roux – s'allongea par terre et regarda Fanny de ses beaux yeux confiants. Après tant de semaines de bons traitements, son instinct lui avait appris qu'il n'avait rien à redouter des humains qui l'avaient recueilli.

Fanny s'aventura à le caresser ; il répondit à son geste en lui léchant la main.

— Il va bientôt falloir le relâcher, hein ? demanda Noël d'une voix inquiète.

Fanny sourit à son fils.

— Oui, mais nous allons encore attendre une semaine ou deux, pour être sûrs qu'il sera assez grand pour se débrouiller tout seul.

Son fils hocha gravement la tête. Autrefois, Noël aurait sangloté en réclamant de pouvoir garder le renard. Mais depuis quelque temps, il avait compris que la plupart des animaux sauvages étaient plus heureux dans les bois, leur milieu naturel, que dans une cage. Du reste, John, son père, ne lui aurait pas permis de le garder.

John mettait souvent sa famille en garde contre les risques d'une trop grande générosité, car un animal sauvage ne pourrait jamais être domestiqué. Il ne voulait pas que sa femme, son fils et encore moins leur petite fille de trois ans, Amy, courent le moindre danger. Cependant, il s'était toujours rendu de bonne grâce aux plaidoiries des enfants en faveur des animaux blessés. Et il avait même construit, pour le renardeau, un enclos grillagé contre le mur de la maison.

John Marsh était la bonté personnifiée. Fanny l'avait compris dès le début, lorsque, après la mort de leur père, John l'avait secourue, ainsi que sa petite sœur de six ans. À cette époque, Fanny n'avait pas plus de quinze ans, pourtant John n'avait pas hésité un seul instant à l'épouser. La jeune fille avait d'abord nourri quelques réticences à se marier avec un homme beaucoup plus âgé qu'elle, mais elle n'avait pas eu à regretter sa décision. John ne s'était jamais départi de sa gentillesse à son égard. Sans lui, Dieu seul savait ce que le destin aurait pu réserver à Fanny et à Clarisse.

En neuf ans de mariage, le couple avait réuni, sous son toit, avec leurs enfants, une véritable petite ménagerie. Il y avait ainsi Bandit, le raton laveur ; Caramel, l'écureuil ; Difficile, le chat qui avait été apporté en Amérique pour chasser les rats, mais qui préférait s'en tenir éloigné ; Lucky, le chien qui, après être tombé dans un piège, marchait sur trois pattes et enfin Maladroite, une corneille que Clarisse avait trouvée, un jour, avec une aile cassée.

Dès qu'un nouvel animal était recueilli par les enfants, John le devinait aussitôt à leurs airs de comploteurs. Et il interrogeait Fanny :

— Qu'est-ce que ce sera, cette fois ? Un lion, un tigre ou un éléphant ?

Noël et Amy gloussaient, puis montaient sur ses genoux pour couper court à la discussion. Et l'animal était adopté sur-le-champ. Mais le soir venu, dans l'intimité de leur chambre, John tentait de sermonner Fanny en lui faisant valoir qu'elle ne réussirait jamais à sauver toutes les créatures qui souffraient en ce bas monde.

La jeune femme se retenait alors de lui répondre que son seul bonheur serait de le sauver, lui. Car l'un et l'autre savaient que le cœur de John faiblissait de jour en jour. Mais aucun n'en avait jamais parlé ouvertement.

Fanny se releva en soupirant et invita Noël à la suivre dans la maison. John était parti, à l'aube, vendre un de ses poulains dans un bourg du voisinage et la jeune femme savait qu'il rentrerait épuisé et sans doute découragé. Elle voulait que tout soit prêt pour son retour.

Depuis quelques mois, la santé déclinante de John commençait à peser sur les résultats de leur exploitation. Avec la saison des pluies, qui débuterait bientôt, viendrait le temps de replanter le tabac. Cette récolte leur serait indispensable pour continuer à garder leur élevage de pur-sang. Mais c'était trop de travail pour un homme seul – même en bonne santé.

Fanny savait que Robert, le frère de John, attendait comme un vautour de récupérer leurs terres. Et cette idée la terrifiait. Robert, au début, l'avait méprisée. Il avait même tenté de dissuader son frère de l'épouser, car il ne la trouvait pas assez bien pour John. Mais maintenant que Robert était veuf, il lorgnait Fanny avec indécence.

Préférant se changer les idées, la jeune femme s'empara d'un balai pour nettoyer le plancher de la grande pièce qui leur servait de salle à manger et de salon. Elle ouvrait sur deux petites chambres, l'une pour le couple et l'autre pour les enfants. C'était une humble demeure de fermier. John n'avait jamais eu l'ambition de son frère. Posséder de quoi élever décemment sa famille suffisait à son bonheur. Il s'était toujours refusé à agrandir son domaine, pour ne pas être obligé d'employer des esclaves. Contrairement à Robert, il n'avait aucun appétit de puissance.

Fanny espérait, du moins, qu'il aurait assez d'appétit pour la tarte aux pommes qu'elle avait prévue en dessert, après un ragoût de bœuf. John mangeait de moins en moins. La tarte réveillerait peut-être sa gourmandise.

Quand elle eut fini de balayer, la jeune femme prépara sa pâte, puis s'installa à la table de la cuisine pour éplucher les pommes. Un petit festin accueillerait John pour son retour.

— Demain, j'irai à Chestertown, annonça John, tandis qu'il touchait à peine au repas que lui avait mitonné Fanny. J'ai appris qu'un bateau amenant des domestiques devait accoster.

John était rentré à la nuit tombée, bien après que les enfants se furent couchés et il s'était laissé tomber sur une chaise en soupirant. Fanny avait aussitôt remarqué son extrême pâleur et sa respiration laborieuse.

— Vous devriez vous reposer un peu, avant de reprendre la route, essaya-t-elle de le raisonner.

— J'aurai besoin d'aide pour replanter le tabac, répliqua John d'une voix lasse.

— Mais un jour ou deux de...

Il secoua la tête.

— Tu sais très bien que ce genre de main-d'œuvre est très vite achetée.

John faisait allusion à ces pauvres gens que la misère chassait d'Angleterre, mais qui n'avaient pas assez d'argent pour payer leur traversée jusqu'en Amérique. À leur arrivée, ils se vendaient donc à un propriétaire qui acquittait pour eux le montant de la traversée. Ces hommes et ces femmes rachetaient ensuite leur liberté au bout de deux ou trois années de services dans la ferme de leur «propriétaire». Fanny était réticente – pour ne pas dire plus – à cette pratique, qui s'apparentait à de l'esclavage. Mais comment faire autrement, dans la situation où ils se trouvaient? Noël était trop petit pour aider son père et elle-même avait déjà assez à s'occuper avec les enfants et la maison pour être d'un grand secours pour John. Quant à Clarisse, c'était une gamine insaisissable. Elle ne parlait pas et passait son temps à s'éclipser dans les bois, préférant la compagnie des animaux à celle des humains.

— C'est notre dernière solution, Fanny, insista John. Je t'assure que ça n'a rien à voir avec de l'esclavage. Et puis, si nous ne pouvons pas récolter de tabac cette année, il ne nous restera plus assez d'argent pour nourrir les chevaux. Et je ne me sens pas en état de planter le tabac tout seul. Tu sais très bien que je n'avais pas envie de vendre Pretender. Crois bien que je ne m'y suis pas résolu de gaieté de cœur.

Pretender était l'un de leurs poulains les plus prometteurs. John s'en était dessaisi uniquement pour avoir de quoi s'offrir un ouvrier agricole. Pour qu'il en arrive à une telle extrémité, il fallait que la situation fût bien grave.

Fanny s'approcha de son mari et posa affectueusement la main sur son épaule. À quarante-quatre ans, John en paraissait au moins dix de plus.

C'était toujours un étonnement pour la jeune femme de savoir que Robert était son frère. Celui-ci était tout le contraire de John – cruel, cupide et ambitieux. En tant qu'aîné, Robert avait hérité des terres familiales principales. Cela aurait dû lui suffire. Pourtant, il ne pouvait s'empêcher de convoiter le petit domaine que John possédait en bordure de la rivière.

Si Robert avait été moins mauvais, il aurait pu venir en aide à son frère. Au lieu de cela, il avait usé de son influence auprès des autres planteurs pour les dissuader d'apporter leur concours à John. Sans doute devait-il se réjouir secrètement de la maladie de son frère... et attendre avec impatience de pouvoir l'enterrer.

Fanny aurait voulu connaître une potion capable de redonner la santé à John. Mais elle avait beau puiser dans ses herbes médicinales pour lui préparer des décoctions, aucune n'avait réussi ce prodige. Le médecin avait confirmé que le cœur de John s'affaiblissait, mais lui non plus n'avait pu offrir de remède satisfaisant. Finalement, ce domestique que John comptait acheter constituait probablement la seule alternative qui pourrait l'empêcher de se tuer au travail.

Elle lui massa l'épaule.

— Ne voulez-vous pas que je vous accompagne avec les enfants ?

Il secoua encore la tête.

— Les femmes ne sont pas admises à ce genre de ventes. Et puis, je serai absent deux ou trois jours. Il faut que quelqu'un s'occupe des chevaux et Clarisse...

Il laissa sa phrase en suspens et Fanny comprit qu'il ne voulait pas porter de jugement désagréable sur la jeune fille. John considérait Clarisse comme sa propre petite sœur, mais il s'exaspérait parfois de voir que l'on ne pouvait pas compter sur elle.

Fanny se rangea à sa décision. Il partirait seul. Même si la perspective de ce long voyage n'était pas pour la rassurer.

— Vous trouverez peut-être quelqu'un qui sait lire et écrire, avança-t-elle d'une voix hésitante. Et qui pourrait faire la classe aux enfants…

— Je ferai de mon mieux, répliqua John. Le plus important est de trouver quelqu'un d'assez solide pour s'occuper des champs de tabac et de maïs.

Fanny se retint d'insister. John n'avait jamais réussi à apprendre à lire, bien qu'il ait partagé le même tuteur que son frère. Les signes que Robert avait su déchiffrer si aisément étaient toujours restés pour lui mystérieux. Cet échec l'avait profondément affecté.

Fanny comprenait sa réaction. Elle-même ne savait pas davantage lire et c'était son plus grand regret. Du moins, nourrissait-elle l'ambition de pouvoir instruire un jour ses enfants. Malheureusement, il n'y avait aucune école dans les environs et elle ne connaissait personne qui aurait pu leur servir de professeur. Cependant, elle s'était juré qu'ils sauraient lire et écrire. D'une manière ou d'une autre. Et elle aussi. Elle avait précieusement mis de côté quelques livres qu'elle gardait sur une étagère, près de la cheminée. Leur contenu lui était inaccessible, mais elle attendait le jour où elle saurait enfin les déchiffrer. Ces quelques volumes renfermaient ses rêves les plus précieux.

John repoussa l'assiette à laquelle il avait à peine touché et se leva de table.

— Je vais me coucher.

Il partait déjà vers leur chambre quand il rebroussa chemin pour prendre la main de la jeune femme dans la sienne.

— Tu m'as manqué, dit-il.

Loin de se féliciter de cette déclaration, Fanny s'en alarma. John lui donnait rarement – pour ne pas dire jamais – de preuves d'affection. Même dans l'intimité de leur lit, il ne lui avait jamais dit qu'il l'aimait. Il l'avait épousée par charité chrétienne et il avait attendu plus d'un an avant de coucher avec elle. Elle était alors trop jeune, lui avait-il expliqué. Mais après avoir consommé leur mariage, il ne s'était pas montré plus prodigue en marques de tendresse.

Alors pourquoi ce brusque revirement ?

La réponse était si évidente que Fanny en eut des frissons. Elle resserra sa main sur celle de son mari en priant le Ciel qu'un miracle survienne pour le sauver. John était si fort, si solide, autrefois. Fanny préférait ne pas penser à l'éventualité de le perdre.

— Vous m'avez manqué aussi, répondit-elle en croisant son regard.

John hocha la tête et parut vouloir ajouter autre chose, mais ce n'était pas quelqu'un qui trouvait facilement ses mots.

— Bonne nuit, femme, dit-il finalement.

— Je vous rejoins bientôt, lui assura Fanny en essayant de masquer son inquiétude.

Quand John se fut enfermé dans la chambre, la jeune femme récupéra son assiette presque intacte pour la poser sur le plancher. Aussitôt, Lucky, Posey et Difficile se précipitèrent pour en dévorer le contenu. Fanny s'amusa de voir le petit écureuil sautiller pour se faire une place entre le chat et le chien. Mais ses pensées la ramenèrent bien vite à ce domestique que John comptait acheter. Il faudrait lui installer un lit dans l'écurie. Demain, elle s'occuperait d'apporter un matelas.

La jeune femme reprit soudain espoir. Son tempérament optimiste lui disait de ne pas s'inquiéter. Grâce à ce domestique, John trouverait enfin le temps de se reposer un peu et sa santé s'améliorerait sans doute. Et s'il ramenait quelqu'un qui sache lire et écrire, les enfants en profiteraient aussi.

Ce serait merveilleux.

Depuis combien de jours croupissait-il au fond de ce rafiot ? Ian avait perdu toute notion du temps. Les jours et les nuits se succédaient tel un cauchemar interminable. Il ne savait qu'une chose : cela faisait longtemps, très longtemps, qu'il avait perdu sa liberté. À présent, il survivait plus qu'il ne vivait. En pensant à Katy.

L'atmosphère, en fond de cale, était viciée et suffocante. Les forçats qui partageaient avec Ian ce cachot flottant n'avaient pas meilleure mine que lui. Pas une fois, durant la traversée, on ne leur avait permis de monter sur le pont pour respirer un peu d'air frais et se dégourdir les jambes. Mais ce matin, le marin venu apporter leur pitance – du pain sec et de l'eau – avait annoncé qu'ils n'étaient plus qu'à deux jours de Baltimore, leur destination.

Si éprouvant que le voyage se fût révélé, Ian n'attendait rien de bon de sa conclusion. Il serait vendu aux enchères, au plus offrant, pour une période de quatorze ans. Si jamais il essayait de s'échapper avant ce terme, sa peine serait prolongée de sept années supplémentaires. Et même après sa libération, la justice anglaise lui avait interdit de retourner un jour en Écosse.

Mais Ian n'en avait cure. Il s'échapperait quand même. Ian Sutherland, qui avait été un temps le marquis de Brinaire, après la mort de son frère aîné, ne serait l'esclave de personne.

Il se tourna, dans l'espoir de trouver une position plus confortable. C'était illusoire, bien sûr. Chaque forçat disposait d'une surface ridicule pour s'allonger à même le plancher de la cale et se trouvait doublement enchaîné aux parois du navire et à ses compagnons d'infortune. La plupart avaient été condamnés au bannissement pour des vols. Ian était le seul déporté politique.

Il avait appris qu'il avait eu la vie sauve grâce à l'intercession du clan Macrae. Lorsqu'il était enfant, Ian avait pratiquement grandi avec cette famille dont les terres jouxtaient celles des Sutherland. Depuis, leurs destins avaient divergé, les Macrae s'étant rangés dans le camp du roi George.

Devant l'officier anglais qui lui avait annoncé que sa condamnation à mort avait été commuée en déportation en Amérique, Ian s'était violemment emporté, maudissant la trahison des Macrae et rejetant ce pardon qu'il n'avait pas demandé. L'officier s'était contenté de lui rire au visage. Le travail dans les plantations américaines lui apprendrait les bonnes manières, lui avait-il dit, avant de le remettre à ses nouveaux geôliers. Ceux-ci lui avaient alors imprimé au fer rouge, sur le dos de la main, un T signifiant Trahison. Cette marque infamante était destinée à l'identifier, où qu'il se trouvât, et à prévenir une fuite éventuelle. Quelques jours plus tard, Ian s'était retrouvé enchaîné au fond de cette cale suintant l'humidité.

Plusieurs prisonniers avaient péri pendant la traversée et Ian lui-même se demandait comment il avait pu survivre aux privations et à la fièvre. Ses vêtements étaient dans un état pitoyable et une grande barbe lui mangeait le visage. Ses cheveux, qu'il avait toujours aimé porter courts, en dépit de la mode, étaient maintenant longs et sales.

Que n'aurait-il pas donné pour un bain ! Ses frères, autrefois, le brocardaient parce qu'il se baignait quotidiennement. Depuis des semaines qu'il n'avait pu se laver, Ian commençait à souffrir de la crasse accumulée sur sa peau et ses vêtements. Mais rien, semblait-il, ne réussirait à le tuer.

Un autre prisonnier bougea à son tour, entraînant un mouvement des chaînes. Ce bruit d'acier était lancinant, comme était lancinante la douleur que Ian sentait à ses poignets et à ses chevilles. Il s'adossa à la paroi de la cale et tenta, pour se changer les idées, de penser à sa patrie. Il se revoyait dans les Highlands, respirant l'air pur et entendant le doux murmure des ruisseaux descendus des montagnes.

Il pensa aussi à Katy et à ses boucles noires. Elle le priait souvent, le soir, de lui raconter des histoires – une en particulier, qui évoquait l'un de leurs ancêtres, l'arrière-arrière-grand-père de Ian, Patrick Sutherland, au sujet duquel la légende prétendait qu'il pouvait attraper les étoiles. Patrick Sutherland avait su réconcilier deux clans ennemis pour conquérir l'amour de sa belle. C'était l'histoire favorite de Katy et Ian avait dû la lui raconter des dizaines de fois.

— Moi aussi, un jour, je rencontrerai un homme capable d'attraper les étoiles, disait-elle souvent.

— Tu le mériteras, lui répliquait son frère.

Et maintenant, elle avait disparu.

— Où es-tu, Katy ? murmura Ian.

Il s'était juré de la retrouver. Ou du moins, de consacrer toutes ses forces à cette tâche.

Mais il lui faudrait d'abord s'échapper.

2

John Marsh eut un pincement au cœur en découvrant le petit groupe d'hommes destinés à être vendus aux enchères.

Il avait espéré trouver un homme libre, disposé à racheter le prix de sa traversée en s'employant pendant quelques années comme domestique. Mais tous ces hommes étaient des forçats. Déportés en Amérique contre leur gré. Et la plupart si maigres qu'ils résisteraient difficilement aux travaux des champs.

Pourtant, les acheteurs se pressaient autour de l'estrade où avaient été assemblés les prisonniers. Car tout le monde savait pouvoir les acquérir pour beaucoup moins cher que des esclaves.

John, cependant, n'était pas dupe. Il avait conscience que le sort de ces hommes ressemblerait fort à de l'esclavage. Et ses principes moraux s'opposaient à de telles pratiques. Cependant, il n'avait plus guère le choix, comme il l'avait expliqué à Fanny. Ses forces s'amoindrissaient de jour en jour. Il lui fallait absolument l'aide de bras vigoureux pour réussir ses récoltes.

Au moins se promettait-il de traiter son domestique avec humanité, à l'égal d'un membre de sa famille. Il n'avait aucune envie de se comporter comme les autres petits planteurs venus à la vente dans l'espoir de faire une bonne affaire. Il savait que ces fermiers n'avaient pas les moyens de se payer un esclave, mais qu'ils obligeraient leur domestique à travailler encore plus durement. John les méprisait au point qu'il avait presque honte de se trouver parmi eux.

Il reporta son attention sur la vingtaine d'hommes regroupés sur l'estrade. Tous étaient d'une maigreur effrayante. Les plus solides avaient probablement été vendus à Baltimore. Chestertown n'héritait jamais que du second choix.

— L'un de vous sait-il lire et écrire ? demanda-t-il.

Si le domestique était instruit, Fanny n'oserait pas lui reprocher d'avoir acheté un forçat.

John vit une lueur briller furtivement dans les yeux d'un prisonnier. Mais l'homme resta muet. Un de ses camarades, cependant, le poussa du coude.

— Lui. C'est un lord, commenta ce dernier, sur le ton de la dérision.

John s'approcha, pour mieux voir. Le « lord » en question était si décharné qu'il flottait dans ses vêtements de bagnard. Cependant, on devinait qu'il était large d'épaules et bien bâti. Ses cheveux noirs, récemment coupés, dégageaient un visage dans lequel brillaient deux yeux d'un vert éclatant. Quoique son regard ne trahît aucune émotion particulière, John crut y déceler de l'intelligence.

— Comment vous appelez-vous ? demanda-t-il.

L'homme croisa un instant son regard avec une expression de dédain suprême, avant de détourner la tête.

L'un des soldats qui surveillaient le groupe donna alors un coup de bâton dans l'estomac du forçat, qui se plia en deux sous l'effet de la douleur.

— Réponds à ce gentleman, lui dit le soldat. Donne-lui ton nom.

L'homme se redressa, mais resta obstinément silencieux.

Le soldat leva à nouveau son bâton, dans l'intention de lui assener un deuxième coup, mais John l'arrêta.

— Quel crime a-t-il commis ?

— Trahison. C'est un de ces Écossais qui ont déserté l'armée du roi et se sont soulevés contre lui.

John vit une veine palpiter dans le cou de l'Écossais, mais il ne dit toujours rien.

— Il a été condamné à quatorze ans de servitude, intervint le responsable de la vente. Et sa mise à prix est de quarante livres.

John se recula. Cet homme était à mille lieues du gentil professeur qu'il avait espéré trouver. Un Écossais. Autrement dit, une forte tête. La rébellion se lisait dans ses yeux et John se doutait que, à la première occasion, il tenterait de s'enfuir de la ferme.

Mais les autres forçats ne présentaient pas mieux. Tous souffraient de malnutrition et, sans doute, de maladies. En revanche, malgré sa maigreur effrayante, l'Écossais semblait de loin le plus fort, le plus solide. D'ailleurs, deux autres acheteurs potentiels s'intéressaient aussi à lui. Comme l'un d'eux lui demandait d'ouvrir la bouche, l'Écossais répondit en serrant un peu plus les mâchoires.

Le soldat lui donna aussitôt un nouveau coup de bâton, qu'il accueillit avec un silence stoïque. Son attitude parut fortement intéresser le second acheteur. John le connaissait : c'était Caleb Byars, un planteur réputé pour sa cruauté.

Sachant qu'il devait absolument repartir avec quelqu'un, John s'approcha du responsable de la vente.

Byars lui passa devant.

— J'en offre trente livres. Et pas une de plus, dit-il.

— Trente-cinq, renchérit John.

Byars lui jeta un regard noir.

— Vous courez au-devant des ennuis, Marsh. Ce type a besoin d'être maté.

— Je suppose qu'il sait ce que lui coûterait une évasion, répondit John, bien qu'il doutât que la moindre menace pût intimider l'Écossais. (Cependant, sa conscience lui interdisait de laisser Byars s'emparer de cet homme.) J'en offre trente-cinq livres, répéta-t-il au marchand.

— Quarante, insista celui-ci. Je ne transigerai pas.

John détailla une nouvelle fois le forçat. Il le dépassait de plusieurs centimètres et pourtant John était déjà considéré comme quelqu'un de grand. Leurs regards se croisèrent un instant et il ne lut, dans les prunelles vertes, qu'un mépris insondable.

La sagesse lui dictait de renoncer à cette vente. Mais sa raison lui rappelait que c'était sa dernière chance de sauver son exploitation de la ruine.

— D'accord pour quarante livres, concéda-t-il.

L'Écossais serra les lèvres, mais ne dit pas un mot. Tandis qu'un soldat le faisait descendre de l'estrade, John s'acquitta des formalités d'usage. Il sortit quarante livres de sa poche – la vente de Pretender lui en avait rapporté quarante-cinq – et les tendit à un comptable assis derrière une table, qui lui remit, en échange, les papiers du forçat.

— Comment vous appelez-vous ? lui demanda John.

L'Écossais hésita, avant de répondre d'une voix caverneuse :

— Ian Sutherland.

John hocha la tête.

— Moi, c'est John Marsh. Je possède une petite ferme, à une quarantaine de kilomètres d'ici.

Sutherland ne répondit rien.

— Je suis disposé à vous débarrasser tout de suite de vos chaînes, si vous me jurez de ne pas vous enfuir.

— Je ne vous promets rien.

Byars s'était approché d'eux.

— Je vous avais prévenu qu'il avait besoin d'être maté, dit-il à John avec un sourire malicieux.

John sentit son visage s'empourprer. Sa respiration devint soudain oppressée, comme s'il avait passé la journée à travailler dans les champs. Il s'appuya des deux mains sur la table, pour se ressaisir, avant d'interpeller le vendeur :

— Enlevez-lui ses chaînes.

Le marchand tira un trousseau de clés de sa poche.

— Vous êtes sûr ? Les chaînes vont avec le prisonnier. Vous avez acheté les deux.

— Enlevez-les-lui.

Le marchand confia les clés à un soldat. Celui-ci libéra l'Écossais, qui en profita aussitôt pour masser ses poignets ensanglantés.

— Venez avec moi, lui dit John.

Il fut surpris de voir Ian Sutherland obéir sans protester.

Ian serrait et desserrait les poings en suivant l'homme qui venait d'acheter son corps. Il souffrait encore des coups de bâton qu'il avait reçus. Mais ce n'était pas la première fois qu'on le frappait, depuis son arrivée. Quelques jours plus tôt, à sa descente de bateau, alors qu'on lui avait ôté ses chaînes pour le changer, il avait passé sa rage sur le soldat qui l'abreuvait d'insultes. Mais sa satisfaction avait été de courte durée. D'autres militaires s'étaient précipités à la rescousse de leur compagnon et Ian avait finalement reçu un coup sur la tête qui lui avait fait perdre connaissance.

À son réveil, il avait constaté qu'on l'avait lavé, rasé et qu'on lui avait coupé les cheveux. Ses poignets et ses chevilles étaient de nouveaux enchaînés, mais il portait désormais de nouveaux vêtements, rayés de noir et de blanc, comme ceux des bagnards. Il se trouvait dans une petite cellule dépourvue de fenêtre et un collier de fer passé autour de son cou le rattachait au mur. Il avait mal partout.

Peu après, un homme massif et trapu était entré dans sa cellule.

— J'ai déjà vendu presque toute la cargaison, avait-il annoncé. Le reste partira à Chestertown. Et toi avec. Là-bas, ils feront moins les difficiles. Mais si tu me donnes encore d'autres soucis, je n'hésiterai pas à te tuer.

Ian l'avait dévisagé sans rien dire, en ruminant sa haine.

— Peut-être ne m'en crois-tu pas capable ? avait repris l'homme. Tu as tort. J'ai tous les droits sur toi. Tant que personne ne m'aura donné quarante livres pour t'acheter, je suis ton maître.

Ian s'était raidi, mais son collier de fer l'avait retenu contre le mur.

— Nous appareillerons ce soir. Mes hommes te conduiront tout à l'heure au bateau. En attendant, reste ici avec ta joaillerie autour du cou et des poignets. Et médite sur la conduite à tenir, si tu ne veux pas mourir.

Dès que la porte s'était refermée sur son visiteur, Ian avait su qu'il s'obligerait à vivre. Pour une seule et unique raison : Katy.

Une fois le navire arrivé à destination, il fut aussitôt débarqué, avec les autres prisonniers, pour être enfermé dans la prison locale. Là, un barbier le rasa à nouveau. Le lendemain matin, on les conduisit sur l'estrade où devait avoir lieu la vente.

Et voilà comment Ian Sutherland, marquis de Brinaire, lui qu'on avait toujours appelé milord depuis sa plus tendre enfance, s'était retrouvé acheté par un fermier américain.

Ian méditait cet étrange destin alors qu'il suivait docilement John Marsh. Mais cette docilité n'était qu'apparente. Il n'était pas dit que le descendant d'un illustre clan écossais finirait comme esclave dans une plantation américaine. Cependant, Ian ne voulait pas agir inconsidérément. Pour l'instant, il ne connaissait rien à ce pays dont il foulait le sol pour la première fois. Et ses vêtements de bagnard étaient trop facilement repérables pour qu'il prenne le risque de tenter de s'enfuir sur un coup de tête.

Il lui faudrait du temps. Une semaine, un mois, peut-être plus encore, mais il s'échapperait et il reprendrait un bateau pour l'Écosse. Et il retrouverait Katy.

En attendant, il n'avait d'autre choix que de suivre John Marsh à travers les rues de Chestertown. C'était une petite ville, à peine plus grosse qu'une bourgade. Mais son port pouvait s'enorgueillir d'une grande activité. Ian regardait avec attention autour de lui et enregistrait dans sa mémoire tous les détails qui pourraient se révéler utiles dans sa fuite.

Une petite brise revigorante soufflait depuis la mer. En d'autres circonstances, Ian aurait pris plaisir à s'en emplir les poumons – surtout après sa traversée suffocante, à fond de cale. Mais le plaisir lui était devenu une notion étrangère. Même s'il se sentait beaucoup plus léger d'être enfin débarrassé de ses chaînes.

Bien sûr, on les lui avait enlevées, mais son âme était encore prisonnière ! Mais ces boulets-là ne le lâcheraient sans doute jamais. Il n'était pas prêt à oublier la mort de ses deux frères, l'un sur la lande de Culloden et l'autre, au bout d'une corde.

Marsh s'arrêta devant une petite maison de brique rouge et demanda à Ian de l'attendre dehors. Un instant, celui-ci se demanda si Marsh n'était pas fou, mais il comprit vite que le fermier ne courait pas grand risque à lui faire confiance. Ian n'avait aucun endroit où aller.

Son nouveau «propriétaire» ressortit de la maison au bout de quelques minutes. Ian remarqua tout de suite qu'il n'avait plus les papiers de la vente. Marsh n'était pas si fou que cela, finalement. Il avait pensé à mettre les papiers en lieu sûr, au cas où son esclave chercherait à l'attaquer pour les lui voler avant de s'enfuir.

— Avez-vous faim ? lui demanda le fermier, qui le détaillait du regard.

— Vous ne regrettez pas d'avoir mal placé votre argent ? ironisa Ian, qui se savait d'une maigreur effrayante.

Marsh haussa benoîtement les épaules, comme s'il ne voulait pas polémiquer.

— J'ai moi-même envie de me reposer et de manger un peu avant de reprendre la route. J'imagine qu'on ne vous a pas très bien nourri pendant votre voyage.

Ian ne répondit rien. Il ne savait pas trop comment se comporter avec Marsh. En dehors du fait qu'il était anglais, il n'avait pas hésité à acheter un autre être humain. Pour Ian, cela suffisait à le rendre parfaitement méprisable.

D'un autre côté, son estomac criait famine. Il n'avait pas fait un seul repas décent depuis la bataille de Culloden, un an plus tôt.

Ian suivit donc Marsh dans une petite taverne sombre. Il s'assit en face de lui, le laissa commander à manger et s'efforça de ne pas montrer son appétit quand une serveuse leur apporta deux assiettes de soupe fumante et du pain frais. Par précaution, il prit soin d'avaler lentement chaque bouchée. Son estomac n'était plus habitué à faire bombance.

Marsh ne toucha presque pas à son assiette. Ian, qui l'observait à la dérobée, constata sa pâleur. Finalement, le fermier croisa ses bras devant lui et attendit que Ian ait terminé de manger.

— J'ai un marché à vous proposer, dit-il.

— Je ne vois pas ce que nous pourrions marchander, alors que vous m'avez déjà acheté, répliqua Ian avec mordant.

— Votre loyauté.

— C'est la seule chose qui ne s'achète pas.

— Certes, concéda Marsh. Mais si vous restez cinq ans avec moi et ma famille, je vous rendrai ensuite votre liberté. Cinq ans, au lieu de quatorze.

Ian masqua sa surprise derrière son hostilité.

— À votre place, sachant que je vais habiter chez vous, je ne me sentirais pas en sécurité.

— Pourquoi pas ? Il n'en tient qu'à vous. J'aimerais autant savoir ma femme et mes enfants à l'abri du danger.

Ian s'abstint de répondre, pour laisser l'autre dans l'incertitude.

— Quelqu'un, tout à l'heure, a dit que vous étiez un lord. C'est vrai ?

Ian sentait la colère le gagner. Cet homme… cet Anglais, n'avait aucun droit de le questionner.

— Ai-je l'air d'un lord ?

— Vous en avez la pose.

— Dans ce cas, il faudra que je songe à changer cela, si je veux ressembler à un vrai esclave, répliqua Ian d'un ton caustique.

— Je n'ai pas acheté un esclave.

— Alors, qu'avez-vous acheté ? Vous avez obtenu mes papiers contre quarante livres. Qui suis-je, si je ne suis pas votre esclave ?

— J'ai besoin d'aide. D'une aide… volontaire.

— Vous avez *acheté* cette aide. Vous *m*'avez acheté,

objecta Ian, de plus en plus en colère. Mais ne vous imaginez pas pouvoir acheter ma loyauté. Je hais les Anglais. Alors, votre proposition, vous pouvez la garder.

Marsh ne dit plus rien. Au bout d'un long silence, il se leva de table.

— Partons, maintenant. La route sera longue.

Ian appréciait de pouvoir monter un cheval – surtout, un aussi bon cheval. En d'autres circonstances, il aurait éprouvé une grande joie à chevaucher à travers cette campagne luxuriante.

Mais la joie, pas plus que le plaisir, ne pouvait lui revenir. Un an plus tôt, Ian avait encore une famille, un pays, une maison, un titre. Il étudiait sagement à l'université d'Édimbourg et il parlait couramment quatre langues.

Aujourd'hui, il avait tout perdu.

Il pensait sincèrement être devenu indifférent à tout. Et cependant, il avait été agréablement surpris quand Marsh l'avait conduit dans l'écurie où les attendaient les deux chevaux qui devaient les ramener chez le fermier. Même en Écosse, Ian avait rarement vu d'aussi belles bêtes. Il y avait un étalon, incroyablement puissant, et une jument, plus petite, mais très racée. Il n'avait pu s'empêcher de les admirer tous les deux.

— La jument est gentille et facile à manier, lui avait dit Marsh. Mais je suppose que vous savez très bien monter à cheval.

— Je sais monter, avait sèchement répondu Ian.

Marsh avait souri.

— Prendre soin des chevaux sera une de vos tâches. Je les élève pour la course.

Ian s'était aussitôt raidi en entendant parler de son travail. Marsh, qui ne souriait plus, avait voulu mettre les choses au point.

— Rien ne vous oblige à me faire confiance, mais rien ne vous oblige non plus à vous défier de moi. Je me moque de ce que vous avez fait pour arriver ici. J'ai juste besoin de vos bras pour m'aider à la ferme. J'ai vendu une de mes meilleures bêtes pour vous avoir. Vous serez bien traité. Et je réitère mon offre : servez-moi pendant cinq ans et après, vous serez libre.

Il avait marqué une pause, avant d'ajouter, sur un ton plus menaçant :

— Mais je vous préviens : je serai intraitable si vous tentez de vous échapper. Je ne suis pas idiot, Sutherland. Vos papiers se trouvent en lieu sûr, chez un de mes amis. S'il devait arriver quoi que ce soit à moi, ou à ma famille, on aurait tôt fait de vous rattraper et de vous faire payer votre crime.

Ian avait serré les poings, mais n'avait rien dit.

— Est-ce clair ? avait insisté Marsh.

— Très clair.

— Je n'ai aucune envie de vous enfermer pour la nuit, avait ajouté le fermier, mais je ne m'en priverai pas, si c'est nécessaire.

— Vous rêvez d'un esclave soumis, avait résumé Ian d'un ton sarcastique. À mon avis, vous auriez dû acheter quelqu'un d'autre.

— Prenez la jument, avait tranché Marsh sur un ton qui ne laissait aucune place à la discussion.

Ian était monté en selle sans broncher. Malgré sa petite taille, la jument était solide et puissamment musclée. De toute évidence, John Marsh traitait bien ses animaux.

Et c'était ce qu'était devenu Ian. Un animal.

3

Fanny commençait à s'inquiéter. Au moindre bruit, elle se précipitait vers la porte. John était parti depuis trois jours. Il aurait déjà dû être rentré.

Depuis le matin, elle s'était occupée du potager, avait nourri les chevaux, préparé du pain et mis le déjeuner en route. Puis, elle s'était mise à nettoyer frénétiquement la maison.

Pourquoi John tardait-il autant à revenir ? Lui était-il arrivé quelque chose ? Fanny se reprochait de l'avoir laissé partir seul.

Après avoir vérifié qu'Amy dormait toujours, elle ressortit devant la maison, juste à temps pour voir deux cavaliers approcher. Une main en visière devant ses yeux pour se protéger du soleil, elle reconnut John et soupira de soulagement. Puisqu'il n'était pas seul, cela voulait dire qu'il avait rempli sa mission.

Elle observait les deux cavaliers avec un mélange d'impatience et d'anxiété. L'étranger qui chevauchait derrière John semblait grand et décharné. Cependant, Fanny ne s'attarda pas sur lui. Elle était surtout curieuse de voir comment son mari avait résisté à la fatigue du voyage. Quand les deux hommes furent arrivés à hauteur de l'écurie, elle vit John mettre pied à terre avec difficulté.

Elle voulut le rejoindre, mais Noël la prit de vitesse. Le garçonnet, suivi d'un Lucky tout excité qui aboyait joyeusement, courut vers son père. John sourit à son fils, mais Fanny remarqua qu'il semblait épuisé, alors qu'il n'était que midi. La jeune femme en eut le cœur serré. Heureusement, John avait trouvé quelqu'un pour l'aider.

Mais quand elle reporta son attention sur l'étranger, resté en selle, Fanny déchanta aussitôt. De toute évidence, cet homme n'était pas venu ici de son plein gré. Et il portait des vêtements de bagnard.

John lui dit quelques mots et l'homme descendit à son tour de cheval. Fanny remarqua qu'il le fit avec la grâce d'un cavalier aguerri. Puis, l'homme vint dans sa direction et elle put constater qu'il était grand. Plus grand même que John. Leurs regards se croisèrent brièvement et elle aperçut deux prunelles d'un vert intense mais qui n'exprimaient aucune émotion.

— Fanny, je te présente Ian Sutherland, dit John. Fanny Marsh, ma femme.

Les prunelles vertes restèrent désespérément vides. Fanny crut même un instant que l'étranger refuserait de la saluer. Cependant, il finit par incliner sobrement la tête. La jeune femme comprit qu'il ne fallait y voir aucune soumission, mais plutôt une sorte de réflexe de courtoisie. Comme s'il s'agissait d'un authentique gentleman.

Lucky, qui d'ordinaire détestait les étrangers et leur aboyait férocement au visage, demeurait étrangement calme.

— Enchanté, monsieur Sutherland.

Il parut surpris de sa politesse et Fanny fut satisfaite d'avoir provoqué une réaction chez cet homme au visage impassible comme du granit. Cependant, il n'avait toujours pas desserré les mâchoires et elle commençait à se demander s'il savait parler.

C'est alors que Noël, poussé par la curiosité, s'approcha de lui.

— Bonjour! l'interpella-t-il de sa voix enfantine. Je m'appelle Noël.

L'étranger ne réagit pas.

— Tu ne parles pas? demanda Noël, faisant écho à l'interrogation de sa mère. Clarisse non plus.

Pour Noël, le fait d'être muet n'avait rien d'extraordinaire. Aussi avait-il dit cela d'un ton parfaitement détaché.

L'homme contemplait le petit garçon d'un air songeur.

— Bonjour, lâcha-t-il finalement, presque à contrecœur.

— Et ça, c'est mon chien, Lucky, reprit Noël. D'habitude, il aboie contre les étrangers. Il doit t'aimer. J'ai aussi un chat, une corneille et un raton laveur. Et même un écureuil. Il s'appelle Caramel. Tu aimes les animaux?

— Oui, lâcha Sutherland après un autre long silence.

Fanny croisa le regard de son mari et crut lire dans ses prunelles le reflet de son propre désappointement. Ça commençait mal.

John tendit les rênes des chevaux à l'étranger :

— Soignez-les et donnez-leur à manger. Vous déjeunerez ensuite.

Sans un mot, l'étranger s'empara des rênes et conduisit les bêtes vers l'écurie.

Fanny le regarda faire. Il paraissait plus à l'aise avec les animaux qu'avec les humains. Comme Noël, elle était stupéfaite que Lucky ait paru l'accepter aussi facilement. Cependant, elle n'était pas rassurée pour autant.

Elle se tourna vers son mari.

— John, qu'avez-vous fait ?

— Je n'en sais rien, répondit-il. Franchement, je n'en sais rien.

Ian étrilla les chevaux, puis leur donna à boire et à manger. L'écurie hébergeait une bonne dizaine de montures, toutes plus belles et plus racées les unes que les autres. Ian ne put s'empêcher de les admirer. Il se sentait bien, parmi elles, et sa tension était retombée. Quand il eut terminé son travail, il s'accorda quelques minutes de repos pour contempler l'étalon qu'avait chevauché Marsh.

Il regretta presque aussitôt cet abandon, qui l'emplit d'une nostalgie insondable. Et il comprit que, chaque fois qu'il baisserait sa garde, il se retrouverait pareillement confronté à sa solitude et à son désespoir.

Jurant entre ses dents, il chercha du regard quelque chose qui pourrait lui servir d'arme et constata qu'il n'avait que l'embarras du choix. Une faux, plusieurs haches, une fourche... John Marsh était décidément bien confiant. Il n'avait rien caché.

Puis, Ian remarqua, à l'autre bout du hangar, derrière la stalle où demeurait, isolée, une vache, le petit coin où avait été aménagé le lit qui lui était probablement destiné. Il alla s'asseoir dessus. Après toutes ces semaines passées à dormir dans une prison ou dans la cale d'un navire, il éprouva une étrange sensation à sentir un vrai matelas sous ses fesses. La nuit dernière, il s'était couché à même le sol. Mais il n'avait pas dormi, ayant imaginé pendant de longues heures qu'il s'enfuyait avec les deux chevaux du fermier. Le premier pour lui et l'autre, qu'il aurait vendu.

Deux choses l'avaient arrêté. D'abord, il ne connaissait rien à cette colonie appelée le Maryland et n'y avait aucun point de chute. De plus, les cicatrices à son poignet et à ses chevilles risquaient de le trahir. Mieux valait attendre.

À défaut de goûter à la liberté, Ian appréciait de ne plus être enchaîné. Cela ne lui était pas arrivé depuis si longtemps… Après la tragédie de Culloden, en avril 1746, Ian et Derek s'étaient cachés dans une petite ferme. C'était là qu'on les avait arrêtés, un mois plus tard. Depuis cette date, il n'avait cessé d'être enchaîné.

Un an, donc. Mais cette année lui paraissait une éternité, tellement il avait l'impression d'être devenu un étranger à ses propres yeux. Comme elle lui semblait loin, l'époque où il étudiait ses humanités à l'université d'Édimbourg ! Lui qui avait toujours préféré les livres à la guerre, n'avait pas hésité une seconde à rejoindre son frère, quand celui-ci avait épousé la cause du prince Charles. À compter de ce jour, sa vie avait basculé. Et depuis lors, il avait vu plus de misère, de crimes et d'injustice qu'il n'en avait jamais soupçonnés.

La mort de ses frères l'obsédait et son angoisse, quand il pensait à sa sœur, lui torturait le ventre. Avant son arrestation, il avait entendu les rumeurs les plus folles circuler : des femmes et des enfants auraient été brûlés vifs dans des granges, des fillettes violées par les soldats anglais. Katy avait-elle pu échapper à ces atrocités ?

Le petit garçon, Noël, lui rappelait un peu sa sœur. Il avait le même sourire ingénu, la même gentillesse instinctive. Ian avait dû se forcer pour ne pas lui sourire. Surtout quand Noël lui avait demandé s'il aimait les animaux. Cette question l'avait bouleversé tant il avait cru entendre parler Katy. Sa petite sœur les adorait. Elle possédait d'ailleurs deux petits furets. Étaient-ils toujours avec elle ou avaient-ils subi, eux aussi, les horreurs de la guerre ?

Ian se sentait épuisé et cependant son esprit était incapable de trouver le repos. Il n'arrivait pas à cerner John Marsh – ni sa femme, qui semblait avoir une bonne vingtaine d'années de moins que lui. Elle avait paru choquée par son apparence et malgré tout, quoi-qu'elle ait très peu parlé, elle l'avait accueilli avec respect. Mais Ian avait lu dans ses yeux une certaine défiance. À juste titre, du reste. Elle avait probablement compris que son mari n'avait pas acheté un esclave docile.

Mais Ian se moquait éperdument des états d'âme de cette femme. Il ne devait rien à Marsh et encore moins à sa famille. Il n'avait aucune intention de leur nuire, mais ne prévoyait pas non plus de rester chez eux une heure de plus que nécessaire. Il était trop désabusé pour accorder encore le moindre prix à la gentillesse et à la loyauté. Après avoir partagé ses années de jeunesse avec les Macrae, il n'aurait jamais cru que ceux-ci se détourneraient un jour de leur vrai prince pour s'allier aux Anglais et combattre leurs propres frères. Le fait que les Macrae aient intercédé en sa faveur n'enlevait rien à sa haine pour ces traîtres. D'autant que les Macrae avaient laissé mourir Derek sans sourciller. Cette histoire avait au moins appris à Ian quelque chose d'essentiel : même les gens en qui on avait le plus confiance pouvaient vous trahir un jour.

Soupirant profondément, Ian finit par s'allonger

sur le matelas. Il se sentait épuisé. Tellement las, que, avec un peu de chance, il réussirait, pour une fois, à dormir sans faire de cauchemars.

John alla contempler Amy, qui dormait toujours à poings fermés, puis revint dans la grande pièce et se laissa tomber sur une chaise.

Avant de l'interroger sur l'étranger, Fanny lui apporta un verre de vin. Pendant qu'il le buvait à petites gorgées, la jeune femme en profita pour détailler de plus près son mari. Il lui parut encore plus pâle que d'habitude.

— Je n'ai pas l'impression qu'il soit venu ici de son plein gré, n'est-ce pas ? demanda-t-elle pour briser le silence.

John reposa son verre vide sur la table.

— Il n'y avait que des forçats, Fanny. Je n'ai pas eu le choix. Mais c'était le meilleur du lot. Et il sait lire et écrire.

Cette dernière information ne suffit pas à rassurer la jeune femme.

— Quel crime a-t-il commis ?

— Trahison, répondit John. C'est un Écossais. Il a combattu contre le roi George.

Fanny comprenait mieux, à présent, l'attitude hautaine de l'étranger. Cet homme était simplement coupable d'avoir suivi sa conscience.

— Caleb Byars voulait l'acheter, reprit John. Je ne pouvais pas le laisser faire.

Fanny prit une chaise pour s'asseoir en face de son mari.

— Que rapporterez-vous à la maison, la prochaine fois ? voulut-elle plaisanter. Un éléphant ?

John ne sourit pas.

— Sutherland a été condamné à quatorze ans. Mais je lui ai promis que, s'il acceptait de nous servir loyalement, je lui rendrais sa liberté au bout de cinq ans.

Il n'accepterait pas. Fanny en était persuadée, de la même façon qu'elle savait que le soleil se levait à l'est pour se coucher à l'ouest.

— Je lui donnerai un petit salaire, également, reprit John.

Et, après une autre pause, il ajouta :

— Au moins, il ne se laissera pas intimider par Robert.

Fanny repensait au visage du forçat. Elle ne voyait pas qui aurait pu l'intimider – et certainement pas John. Mais elle voulait du moins espérer qu'ils arriveraient à le convaincre de rester.

— Ses poignets ont besoin d'être soignés, dit-elle finalement.

John hocha la tête.

— Ses chevilles également, j'imagine. Et tu as dû constater aussi qu'il aurait bien besoin de se remplumer. Il n'a pas dû manger à sa faim depuis des mois. C'est pour cela que je suis rentré en retard. Il était si faible que nous n'avancions pas vite. J'ai eu peur, cette nuit, qu'il ne cherche à s'enfuir. Mais il a été assez intelligent pour comprendre qu'il n'avait aucun endroit où aller. Du reste, on le retrouverait bien vite, avec cette marque sur sa main.

Fanny n'avait rien vu. Mais l'évocation de ce tatouage infamant la fit frissonner.

— Fanny… poursuivit John, d'une voix hésitante. Je ne pense pas que cet homme pourrait nous faire du mal. Sinon, je n'aurais pas acheté ses papiers. Cependant, montrons-nous tout de même prudents.

La jeune femme savait qu'il serait difficile, pour ne pas dire impossible, de tenir Noël éloigné de l'étranger. Leur fils était d'une curiosité insatiable. Mais pour rassurer John, elle hocha la tête.

Son mari semblait vouloir ajouter autre chose et elle l'interrogea du regard. Au bout d'un moment, John lâcha :

— Un autre prisonnier a prétendu que Sutherland était noble.

Fanny n'en fut pas réellement étonnée. Malgré ses vêtements de forçat et sa maigreur, Ian Sutherland affichait des manières et un port de tête qui trahissaient sa haute naissance. Ce qui n'était pas pour rassurer la jeune femme. Comment un homme élevé en lord pourrait-il jamais accepter d'être traité en esclave ?

— Mangera-t-il à notre table ?

John étudia longuement la question, avant de répondre. Finalement, il hocha la tête.

— Je veux… enfin, j'aimerais qu'il devienne un membre de notre famille.

Fanny jugeait ce souhait irréalisable, mais elle s'abstint de discuter.

— Je vais vous servir un peu de ragoût, dit-elle en se relevant. Après, vous devriez vous reposer un peu.

— Je n'ai pas faim, répondit John. Va plutôt donner une assiette à l'Écossais. Et occupe-toi de ses blessures.

— J'espère qu'il sera assez solide pour vous aider.

— Laissons-le un peu se remettre, suggéra John. Je ne vais pas l'obliger à travailler dès demain dans les champs. Ni après-demain. Mais je pense qu'il récupérera vite. Il est bien bâti, ajouta-t-il, avant de partir d'un pas traînant vers la chambre et de refermer la porte derrière lui.

Fanny pria le Ciel que son mari ait la sagesse de s'appliquer à lui-même la règle qu'il avait édictée pour l'étranger, à savoir deux jours de repos complet. Puis, elle se mit en devoir de confectionner un cataplasme.

Elle alla chercher dans le petit cellier où elle conservait fruits et légumes une poignée d'ail sauvage qu'elle rapporta dans la cuisine pour la jeter, une fois hachée menu, dans une casserole d'eau qu'elle plaça sur le poêle. Pendant que la préparation chauffait, elle disposa sur un plateau une assiette de soupe et quelques tranches de pain frais. Elle ajouta du beurre, un morceau de jambon, du fromage, une cuiller et, après un moment d'hésitation, un couteau.

Entre-temps, l'eau avait bouilli et elle versa le contenu de la gamelle dans un bol, qu'elle posa à son tour sur le plateau, avant de fourrer dans ses poches un peu de gaze pour faire des bandages.

Amy avait fini sa sieste et les enfants jouaient devant la maison, avec les animaux, Noël surveillant sa petite sœur d'un œil protecteur. Malgré ses sept ans, il se conduisait déjà comme un vrai petit homme et Fanny rêvait de le voir apprendre à lire. Elle en rêvait aussi pour elle-même, n'ayant pas eu cette chance étant enfant. Son père – qui était pourtant instruit – ne l'avait pas jugé utile. En choisissant de vivre parmi les Indiens avec lesquels il commerçait, il avait renoncé à toute forme de civilisation, entraînant sa fille avec lui. Fanny avait grandi dans la tribu de sa belle-mère – cette Indienne cherokee qui avait donné Clarisse à son père – sans jamais fréquenter l'école. Du coup, la jeune femme ne savait ni lire ni écrire.

L'Écossais pourrait peut-être changer cela. Et instruire ses enfants.

Cette perspective lui rendit soudain le cœur plus léger et elle se dirigea vers l'écurie d'un pas confiant.

L'homme était étendu sur le lit. Il se releva en la voyant s'approcher.

— Vous dormiez ? demanda-t-elle.

— Pas vraiment.

— Je vous ai apporté à manger.

— Comme c'est gentil, répliqua-t-il d'un ton condescendant.

Fanny essaya de ne pas se laisser démonter par sa froideur. Elle devinait que l'étranger ne devait pas les tenir en haute estime. À ses yeux, ils n'étaient que des gens qui se permettaient d'acheter des êtres humains.

— Vos poignets ont besoin d'être soignés. J'ai aussi apporté un cataplasme.

— Ce n'est pas nécessaire.

— Si. Vos blessures risquent de s'infecter.

— Je vois, reprit-il d'une voix méprisante. Vous ne tenez pas à gâcher votre investissement.

Leurs regards se croisèrent furtivement et Fanny ne put retenir un frisson. Les prunelles émeraude de l'Écossais reflétaient la colère.

— Nous n'avons pas d'argent à perdre, concéda-t-elle. Et nous avons besoin d'aide, comme vous avez sans doute pu vous en apercevoir par vous-même.

Elle voulait lui parler de Byars, mais elle se doutait qu'il ne l'aurait pas écoutée. Tout ce qu'il savait, c'était qu'il avait été vendu et acheté. Fanny comprenait d'autant mieux son humiliation qu'elle avait elle-même échappé de justesse à un sort identique.

— Et cette aide vous a coûté quarante livres. Au moins, je ne vous aurai pas ruinés.

Fanny se refusa à rentrer dans son jeu.

— Asseyez-vous, lui dit-elle d'une voix ferme.

À sa grande surprise, il lui obéit, après un moment d'hésitation. Fanny s'empara d'un de ses poignets, pour l'examiner plus attentivement. Les chaînes avaient entaillé si profondément la chair qu'il en garderait probablement une cicatrice. Elle se retint, cependant, d'exprimer la moindre compassion, sachant qu'il la rejetterait violemment. Aussi s'obligea-t-elle à nettoyer sa blessure de l'air le plus détaché possible. Quand elle eut bandé son poignet avec la gaze, elle répéta les mêmes opérations sur l'autre bras. Ian la laissa faire patiemment, sans prononcer un mot.

— Et vos chevilles ? John pense qu'elles ont aussi besoin d'être soignées.

— Qu'y a-t-il dans ce cataplasme ? demanda-t-il, répondant à sa question par une autre question.

— De l'ail sauvage. C'est excellent pour aider les plaies à cicatriser.

Il ne paraissait pas convaincu.

— Vous verrez, lui promit Fanny. Et maintenant, montrez-moi vos chevilles.

Il ne bougea pas.

Fanny soupira.

— Très bien. Je vous laisse le restant du cataplasme et de la gaze. Libre à vous de les utiliser ou non.

Il ne répondit rien.

— Je vous ai apporté de la soupe, du jambon et du pain, reprit Fanny.

Il restait toujours muet.

Cette fois, Fanny repartit vers la porte. Mais au moment de sortir, elle prit son courage à deux mains et se retourna :

— John dit que vous savez lire. Accepteriez-vous de… de nous apprendre, à moi et aux enfants ?

Il la regarda longuement, en semblant méditer sa réponse.

— Ai-je le choix ?

— Oui, avoua Fanny. John a surtout besoin de vous dans les champs. Le reste sera… une faveur.

— Pourquoi votre mari ne vous apprend-il pas ?

Fanny se mordit la lèvre. Elle ne voulait pas avouer que John, malgré tous ses efforts, n'avait jamais réussi à déchiffrer l'alphabet. Son professeur l'avait traité d'idiot. Mais Fanny savait que ce n'était pas vrai. John savait diriger une ferme et il n'avait pas son pareil pour juger ses semblables. Mais son handicap l'avait rendu timide et un peu honteux.

John. Fanny sentit ses yeux s'embuer en pensant à lui. Elle se rendait bien compte qu'elle le perdait chaque jour un peu plus. Lentement, mais sûrement. Son visage devenait blanc, presque gris et sa respiration de plus en plus laborieuse. Les décoctions de digitale que Fanny lui préparait quotidiennement ne semblaient plus faire effet. Ils avaient désespérément besoin de l'aide de cet étranger.

L'Écossais attendait toujours la réponse à sa question. Fanny envisagea, un moment, de lui mentir. Mais les mensonges appelaient toujours d'autres mensonges. Elle préféra rester évasive.

— John est trop fatigué, le soir, quand il rentre des champs, répondit-elle finalement.

C'était en partie la vérité, même si ce n'était pas l'exacte vérité.

Il la regarda encore longuement et Fanny eut l'étrange impression qu'il arrivait à lire en elle. Son visage, cependant, restait inexpressif.

— Vous devriez manger un peu, lui dit-elle. Et vous reposer ensuite.

— À vos ordres, maîtresse, répliqua-t-il ironiquement.

Avant de partir, Fanny précisa :

— Je vous appellerai pour le dîner.

— Je préférerais prendre tous mes repas ici.

— Mon mari souhaite vous voir vous joindre à nous.

— Ah ! Il cherche à m'intégrer à votre famille. Et bien, dites-lui que ça ne marchera pas. Mon corps a été vendu, mais pas mon âme.

Fanny ouvrit la porte et lança, par-dessus son épaule :

— Nous dînons à vingt heures.

Elle s'éclipsa avant qu'il n'ait eu le temps de répliquer quoi que ce soit.

4

Après le départ de la femme, Ian attendit un bruit de loquet, mais aucun son ne vint. Au bout d'un moment, il se releva et alla pousser la porte de l'écurie. Elle n'était pas verrouillée.

Il en profita pour jeter un coup d'œil à la cour de la ferme, baignée par le soleil. Le garçonnet jouait devant la maison, en veillant sur une fillette d'environ trois ans, que Ian n'avait pas vue à son arrivée. Le garçon l'aperçut et lui sourit. Un sourire enfantin, spontané, qui étreignit le cœur de Ian.

Le chien, assis à côté des enfants, se releva et s'étira sur ses trois pattes. Puis, trottina vers Ian avec une étonnante vélocité, pour s'arrêter devant lui avec ce qui ressemblait, à s'y méprendre, à un sourire.

Ian résista à l'envie de se baisser pour caresser l'animal. Il avait décidé de ne manifester aucune sympathie aux membres de la famille Marsh – et pas davantage à leurs animaux.

Mais ce satané chien le regardait, en penchant la tête de côté, comme s'il quémandait désespérément une marque d'affection. Finalement, Ian se laissa aller à lui caresser le crâne.

Le poil de l'animal était chauffé par le soleil et sa chaleur se communiqua aux doigts du jeune homme. Combien de temps cela faisait-il qu'il n'avait pas touché quelque chose, ou quelqu'un, avec autant de plaisir ? Une éternité.

Comme c'était prévisible, ce nouveau moment d'abandon ne fit que le rendre un peu plus malheureux. Il comprit alors qu'il devait absolument barricader son cœur, s'il ne voulait pas se laisser submerger par le chagrin.

Il se redressa brutalement et lança aux enfants un regard noir, comme s'ils étaient des soldats anglais venus lui arracher sa liberté. D'une certaine manière, ils n'étaient pas moins dangereux, même si c'était sur un plan différent.

La fillette parut intimidée par son attitude, mais pas le garçon. Ce serait un brave, devina Ian. Il fusilla également le chien du regard, mais celui-ci n'en parut pas non plus affecté. Au contraire, l'animal s'allongea sur le dos et agita ses trois pattes en l'air, comme s'il voulait qu'on lui caresse le ventre.

Ian se jura que, cette fois, il ne succomberait pas.

Il repensa aux chevaux que Marsh élevait pour la compétition. Il n'avait qu'à faire un pas en arrière pour rentrer dans l'écurie, seller une bête au hasard et s'enfuir à bride abattue.

La nécessité de s'échapper ne lui était jamais apparue aussi urgente qu'en cet instant. Ou, plus exactement, depuis le moment où la femme lui avait si gentiment pansé ses plaies.

La femme. Ian préférait se contenter de cette expression neutre. Il ne voulait pas lui donner de nom. Et encore moins penser à son physique – d'autant qu'elle était déjà la femme d'un autre homme. La femme de son propriétaire.

Il jeta un dernier regard au garçon, qui l'observait toujours avec curiosité, puis rebroussa chemin et rentra dans l'écurie. N'étant plus fatigué, il se mit au travail. Non pas parce qu'il s'y sentait obligé, mais parce que s'il ne le faisait pas, il savait qu'il deviendrait fou.

John se reposa une bonne partie de l'après-midi, dans l'espoir de recouvrer quelques forces. La saison des pluies approchait et, avec elle, l'époque où il faudrait déterrer les pousses de tabac des semis, pour les replanter dans la terre gorgée d'eau.

S'il se reposait avant, John espérait être assez vaillant pour aider l'Écossais dès que tomberaient les premières averses. La survie de la ferme dépendait de cette prochaine récolte. John, cependant, s'inquiétait déjà moins. Il savait que s'il lui arrivait quelque chose, sa famille pourrait désormais compter sur l'Écossais.

John était convaincu de trouver un moyen ou un autre pour s'attacher ses services. Noël l'y aiderait sans doute, car John avait remarqué le regard ému de l'Écossais quand il avait vu son fils.

De plus, Ian Sutherland avait tout risqué pour rallier une cause perdue d'avance. C'était donc un homme d'honneur et John avait bien l'intention de faire appel à cette fibre pour obtenir sa loyauté. Le sort de sa famille était en jeu. Il avait seulement besoin d'un peu de temps, pour gagner la confiance de l'étranger.

Malheureusement, il n'était pas certain de pouvoir en avoir assez. Sa résistance faiblissait de jour en jour et il sentait un étau invisible resserrer ses mâchoires sur son cœur. Même les décoctions de Fanny, qui un moment avaient semblé lui faire du bien, n'étaient plus efficaces.

Allongé sur son lit, John devina, à la lumière du jour, que l'heure du dîner approchait. Il n'avait pas faim. Il n'avait plus jamais faim. Cependant, il prendrait sa place à la table familiale..

Et il espérait que l'Écossais viendrait également. Sans trop se faire prier.

Clarisse rentra à la maison au crépuscule, sa besace remplie de champignons, d'herbes et de baies.

Fanny l'aida à vider son sac et s'abstint de gronder sa sœur pour sa si longue absence. Essayer de retenir Clarisse à la maison était aussi illusoire que de vouloir mettre une laisse à un papillon.

La robe de la jeune fille était poussiéreuse et ses cheveux noirs tout emmêlés par le vent. Mais même ainsi, une étrange beauté irradiait de Clarisse. Elle avait à peine quinze ans et elle avait hérité de sa mère cherokee son teint coloré et ses pommettes légèrement saillantes. Les hommes la regardaient d'emblée avec intérêt, qui se transformait en mépris quand ils comprenaient qu'elle avait du sang indien. Et ils lui tournaient définitivement le dos quand ils s'apercevaient qu'elle ne savait pas parler et s'exprimait uniquement avec ses mains. Échaudée par ces réactions, la jeune fille refusait de se rendre en ville et avait pris l'habitude de déserter la ferme dès qu'un visiteur s'en approchait.

Fanny avait toujours protégé sa demi-sœur. Elles se trouvaient en Virginie à la mort de leur père. C'est alors que Josiah, l'associé de celui-ci, les avait prises sous son toit. Fanny ne pouvait pas repenser à cet homme sans en éprouver des frissons de dégoût. Mais par bonheur, John était arrivé. Et, comme chaque fois, ce souvenir l'emplissait de gratitude envers son mari. Elle ne pourrait jamais oublier ce qu'il avait fait pour elle et Clarisse.

La jeune femme ajouta à son ragoût quelques herbes rapportées par sa sœur, avant d'aller prévenir John qu'il serait bientôt l'heure de passer à table.

En ouvrant la porte de leur chambre, elle découvrit son mari debout devant la fenêtre, occupé à contempler le coucher de soleil. Ses épaules affaissées trahissaient sa lassitude.

Il se retourna.

Fanny s'approcha de lui et lui prit la main.

— Clarisse est rentrée et le dîner est presque prêt.

— As-tu parlé à l'Écossais ?

— Autant qu'il m'en a laissé le loisir.

— Il est amer.

— Oui, concéda Fanny.

— T'a-t-il donné des raisons de le craindre ?

— Non. Vous aviez raison. Je ne pense pas qu'il nous fera de mal. Mais il s'enfuira dès qu'il croira avoir une chance de réussir.

John hocha tristement la tête.

— Le tout est de savoir quand. Il était considéré comme dangereux. C'est pour cela qu'il n'était pas vendu cher. Byars ne voulait même pas l'acheter ce prix-là.

John reporta son attention vers l'horizon, avant d'ajouter :

— Fanny, j'ai confié ses papiers, ainsi que les actes de propriété de la ferme, à Douglas Turner, mon ami de Chestertown. Tu sais comme moi que Robert convoite nos terres. J'ai plus confiance en Douglas qu'en quiconque. Mais je connais mon frère. Rien ne l'arrêtera. S'il m'arrivait quoi que ce soit, je voudrais que tu récupères toi-même ces documents pour les mettre en lieu sûr.

Il avait dit cela avec une gravité inhabituelle. Fanny comprit qu'il était fixé sur son sort et ne souhaitait pas entendre de vaines paroles de réconfort. Elle se contenta de hocher la tête.

— Et maintenant, je suis prêt pour dîner, dit-il d'un ton faussement enjoué. Je vais chercher l'Écossais.

— Il m'a dit qu'il préférait prendre ses repas dans l'écurie.

— Je m'en doute. Mais je veux le voir à notre table. S'il apprend à mieux nous connaître, peut-être changera-t-il d'attitude à notre égard, répondit John, qui semblait cependant peu convaincu par ses propres paroles.

— Il nous en voudra de le forcer.

— C'est notre serviteur, répliqua John d'une voix plus ferme. Il fera ce que je lui demanderai.

Fanny garda ses doutes pour elle-même. Elle appela les enfants, qui rentrèrent aussitôt dans la maison pour lui raconter comment Lucky avait couru vers l'étranger et comment celui-ci lui avait caressé la tête.

— Il va rester ? demanda Noël.

— Oui, répondit sa mère, qui espérait ne pas se tromper.

— Lucky l'a adopté, ajouta Noël, comme si c'était le plus grand compliment qu'il pût trouver.

Clarisse interrogea sa sœur du regard.

— John a amené quelqu'un pour nous aider, lui expliqua prudemment Fanny.

Si elle lui expliquait que l'étranger n'était pas venu ici de son plein gré, Clarisse repartirait dans les bois. Elle détestait les situations conflictuelles.

Clarisse haussa les sourcils, montrant par là qu'elle désirait en savoir plus.

— Un Écossais, précisa Fanny, mal à l'aise. Il sera notre serviteur.

— Il parle à peine, ajouta Noël. Il est grand. Plus grand que papa. Et il sait lire et écrire, a dit papa. Il va nous apprendre.

Clarisse jeta un regard aux livres que Fanny avait accumulés sur l'étagère près de la cheminée. John lui avait gentiment fait valoir que ces ouvrages représentaient un argent qu'elle aurait pu dépenser plus utilement. Mais Fanny s'était entêtée. Clarisse semblait beaucoup moins avide qu'elle d'apprendre à lire, mais Fanny savait que sa sœur comprenait son désir de pouvoir un jour déchiffrer les signes contenus dans ces livres.

— Tu devrais te débarbouiller la figure et te laver les mains, lui suggéra-t-elle.

Clarisse hocha la tête et ressortit pour aller à la pompe. Mais Fanny voyait bien, à son attitude, que sa sœur était sur le qui-vive. Elle pria le Ciel pour que l'Écossais ne fasse rien qui pût l'effrayer. Elle espérait également qu'il ne prendrait pas Clarisse pour une folle ou une idiote, simplement parce qu'elle ne parlait pas.

En fait, elle n'aurait pas dû se soucier de ce que pouvait penser ou non cet étranger. Mais, bizarrement, l'avis de cet homme sur leur famille lui importait. Fanny aurait été incapable de s'expliquer pourquoi.

Elle contempla la table, où elle avait mis six assiettes. Ce ne serait pas un grand festin, mais au moins aurait-il été préparé avec cœur.

Viendrait-il?

Quand Clarisse réapparut, les cheveux brossés, le visage et les mains propres, Noël et Amy étaient déjà assis à table. Quelques secondes après, la porte s'ouvrit et ils se tournèrent tous les quatre pour regarder.

John entra, le pas traînant et les lèvres serrées. L'Écossais marchait derrière lui.

Il s'était lavé la figure, mais sa barbe naissante lui donnait un air dangereux et ses yeux brillaient de colère. Il était clair qu'il n'avait pas accepté de suivre John de son plein gré.

Celui-ci lui indiqua d'un signe de la tête sa chaise et l'étranger s'assit sans dire un mot. Son regard fit le tour de la table et s'arrêta un moment sur Clarisse. Sa curiosité parut s'éveiller, mais l'instant d'après il s'était déjà recomposé un visage impassible.

Fanny se demandait comment John avait pu le convaincre de quitter l'écurie. Et si le jeu en valait la chandelle. Son hostilité était patente. Et sa formidable présence physique dominait toute la pièce.

Elle versa la soupe dans les assiettes et se servit en dernier. John prononça une brève prière, plus courte que d'habitude, et commença à manger. L'Écossais attendit un peu, puis l'imita, en prenant son temps. Il n'avait pas prononcé un seul mot depuis son arrivée. C'était comme s'il n'était même pas là. De toute évidence, il voulait montrer que, s'il avait été obligé de manger avec eux, il ne comptait pas s'attarder en civilités.

Fanny en aurait pleuré. Mais Noël, lui, ne semblait nullement découragé par la froideur de l'invité. Au lieu d'engloutir sa soupe en quelques secondes, comme il le faisait d'habitude, il calquait les mouvements de sa cuiller sur ceux de l'Écossais. La lenteur et la distinction avec laquelle il mangeait semblaient le fasciner.

Deux petits animaux qui se poursuivaient traversèrent soudain la pièce en trombe.

— Voilà Bandit et Difficile, expliqua Noël à l'étranger.

— Difficile ?

— Mon chat, précisa Noël.

— Et Bandit, ajouta Fanny.

— Le raton laveur, compléta John.

L'Écossais semblait d'autant plus déconcancé que Lucky s'était mêlé à la course-poursuite et que les trois animaux slalomaient maintenant entre les chaises.

Pour couronner le tout, une corneille se posa maladroitement au centre de la table et manqua de renverser un verre avec ses ailes.

— Maladroite! lui cria Fanny d'un ton impérieux.

La corneille abandonna aussitôt la table pour aller se percher sur un dossier de chaise.

— Comment est-elle entrée dans la maison? demanda John.

Il faisait mine d'être fâché, mais un sourire éclairait ses lèvres.

— Elle devait se cacher dans une chambre, répondit Fanny, consciente que l'Écossais les dévisageait tour à tour avec incrédulité, comme s'il avait affaire à une bande de fous.

— Nous parlons de la corneille, voulut-elle se justifier.

L'Écossais fronça les sourcils.

— Elle s'appelle Maladroite, compléta Noël.

— Il est facile de comprendre pourquoi, ajouta John.

— Elle appartient à maman, dit encore Noël.

— À moi aussi! intervint Amy.

Noël secoua la tête.

— Toi, tu as Bandit. Moi, j'ai Difficile et Caramel. Maman a Maladroite. Et Lucky appartient à tout le monde.

Ces différentes précisions déroutèrent un peu plus l'étranger. Son effarement était si plaisant à voir que Fanny eut du mal à ne pas rire.

— Caramel, expliqua-t-elle, est un écureuil qui a été en partie élevé par Difficile. À présent, il vit dans les arbres, mais il vient souvent nous rendre visite. Maintenant, vous connaissez tout le monde.

— Sauf le renard, fit remarquer Noël.

— *Le renard?*

Dieu du ciel! Il avait parlé! Leur invité venait de prononcer *deux* mots. Fanny, du reste, n'était pas la seule à être stupéfaite. Instantanément, tous les regards s'étaient tournés vers lui.

— C'est un bébé renard, expliqua Noël. Enfin, plus vraiment un bébé. Clarisse et moi l'avons trouvé quand il était tout petit. Sa maman était morte et il était blessé. Nous l'avons ramené à la maison et maman l'a soigné.

La corneille fit mine de vouloir revenir sur la table. Fanny s'empara aussitôt de l'oiseau pour le remettre dehors et fermer la porte derrière elle. La corneille fit part de son indignation en venant croasser à une fenêtre.

— Nos dîners ne se passent pas toujours ainsi, s'excusa John.

— Non, des fois c'est pire ! plaisanta Noël.

De retour à sa place, Fanny bénit silencieusement leur petite ménagerie. Malgré lui, l'Écossais avait réagi. Il les prenait peut-être pour des fous, mais son regard ne trahissait plus aucune colère. Du moins, pour le moment.

Et il parla encore.

— Pourquoi le chat s'appelle Difficile ? voulut-il savoir.

— Un de nos voisins l'avait apporté d'Angleterre pour chasser les rats et les souris, expliqua Fanny. Mais ça n'a pas marché. Notre voisin était furieux et l'accusait de faire le difficile. Quand il a voulu s'en débarrasser, nous l'avons récupéré.

L'Écossais se renfrogna. Peut-être se demandait-il si la petite comédie à laquelle s'étaient livrés les animaux n'avait pas été donnée exprès pour le déconcerter.

Il se remit à manger.

Mais Noël continua de parler de leurs bêtes. Principalement du renard. Pendant ce temps, Clarisse ne quittait pas l'homme du regard. Elle ne semblait pas le craindre, ni être intimidée par son silence. C'était étrange.

Aussi étrange que la facilité avec laquelle Lucky avait adopté cet étranger.

Fanny était convaincue que les enfants et les animaux n'avaient pas leur pareil pour juger très vite un
caractère. Elle-même avait trop tendance à faire
confiance à tout le monde. Sa gentillesse lui avait joué
des tours, autrefois. Le fait que Clarisse semblât
accepter sa présence lui était d'un grand réconfort.

Du coup, elle retrouva le moral. Et se surprit même
à sourire.

Bonté divine ! Elle avait un sourire à illuminer la
nuit.

Le garçon aussi. Et même la petite fille – Amy. Elle
lui rappelait Katy, quand elle avait son âge.

Ce dîner familial avait réveillé les souvenirs de Ian,
quand tout le clan Sutherland était réuni autour de la
grande table de la salle à manger. Ian revoyait aussi la
magnifique bibliothèque du château, le grand feu qui
brûlait, l'hiver, dans son imposante cheminée. Et le
hall, qui résonnait toujours de voix ou de bruits de pas.

Toutes ces réminiscences avaient ravivé son chagrin. Il sentait une boule se former dans sa gorge et
comprit qu'il lui fallait partir. Et vite.

Il repoussa brutalement sa chaise et, plus par instinct que par un geste réfléchi, quitta la pièce sans se
retourner.

Une fois dehors, il se dirigea vers les bois qui bordaient une rivière. Ses pas se faisaient de plus en plus
pressés et bientôt, il se mit à courir, comme s'il voulait fuir son chagrin et ses souvenirs. Il courut jusqu'à
en perdre haleine et finit par se laisser tomber sur un
petit carré d'herbe bien grasse, juste au bord de l'eau.

Il ne laisserait pas la famille Marsh le prendre à son
piège et le détourner de son devoir.

Le regard levé vers les étoiles, il se demanda si Katy,
en ce moment précis, pouvait voir, elle aussi, le même
ciel. Après des mois d'emprisonnement, ce spectacle
nocturne aurait dû le ravir. Mais il se posait trop de

questions pour l'apprécier. Il ne savait même pas si Katy vivait encore.

Ian replia ses jambes et posa la tête sur ses genoux. Le sentiment de vide qui l'oppressait semblait tout à coup trop immense. Lui qui n'avait jamais pleuré de sa vie, sentit de grosses larmes couler le long de ses joues. Il ne fit rien pour les retenir. C'était presque un soulagement de pouvoir évacuer tout ce chagrin qu'il avait si longtemps contenu.

5

Ian ne revint pas. Fanny et John veillèrent très tard, ce soir-là, mais n'entendirent aucun bruit, ni dans la cour ni dans l'écurie.

Finalement, John ressortit pour fermer l'écurie à clé. Il ne pouvait pas se permettre de perdre un cheval et, bien qu'il n'ait rien dit, Fanny savait qu'il redoutait que l'Écossais ne vienne lui en voler un. Il rentra à la maison très abattu.

Fanny tenta de le réconforter. Elle essaya de le persuader que l'étranger reviendrait. Mais ses mots sonnaient faux. En fait, elle n'avait aucune idée des intentions de Ian Sutherland.

Ils partirent ensemble se coucher, mais le sommeil agité de John tint longtemps Fanny en éveil. Quand elle s'endormit enfin, l'aube n'était pas loin.

Elle fut réveillée, peu de temps après, par les premiers rayons du soleil. John dormait toujours et elle s'arrangea pour sortir du lit sans le bousculer, trop heureuse de le laisser profiter d'un vrai repos.

Ses pas la conduisirent vers la fenêtre et elle regarda en direction de l'écurie. Ian Sutherland était-il revenu ? Pour le bien de John, elle pria le Ciel que oui.

La journée s'annonçait radieuse. Un beau soleil se levait au-dessus des champs où serait bientôt replanté le tabac. Mais Fanny ne vit pas âme qui vive.

Elle soupira et se tourna vers le lit. John ne s'était toujours pas réveillé. C'était étrange. D'ordinaire, il se levait toujours dès les premières lueurs de l'aube.

Contemplant la silhouette immobile de son mari – tellement immobile… –, allongé sous les couvertures, la jeune femme eut soudain un pressentiment qui lui donna la chair de poule.

Fanny s'approcha lentement du lit, une boule dans la gorge. Parvenue à côté de John, elle posa délicatement la main sur sa joue.

La jeune femme faillit laisser échapper un cri. Sa peau était glacée, ses traits figés dans une expression apaisée. Et pas un souffle ne s'échappait de ses lèvres.

Fanny s'agenouilla devant le lit et posa la tête sur l'oreiller, contre celle de son mari.

— Ô John, murmura-t-elle. Pauvre John…

À son réveil, Ian cligna des yeux. Ce soleil, qui lui caressait les joues, était tout simplement délicieux. Un instant, il se serait cru revenu en Écosse. L'air était frais, le ciel d'une pureté absolue…

Et puis, il se souvint.

Il se demanda si John Marsh s'était lancé à sa poursuite, ou s'il avait alerté les autorités de sa disparition.

Voulant se relever, il dut s'y reprendre à deux fois et réalisa du même coup à quel point, en un an, il avait perdu de sa force. Hier soir, il s'était laissé tomber d'épuisement sur cette rive. Même si sa vie en avait dépendu, il n'aurait pas pu courir plus loin.

Et il ne se sentait pas en meilleure forme aujourd'hui. Pourtant, s'il ne courait pas, il avait toutes les chances d'être arrêté avant midi. Il était sans doute déjà considéré comme fugitif et la justice anglaise devait le rechercher activement. Malgré son désir de liberté, sa raison, cependant, lui conseillait d'arrêter là sa fuite. Il n'avait ni arme, ni argent, ni nourriture. Et il ne connaissait rien à ce pays.

Il n'avait d'autre choix que de rentrer. D'une certaine manière, ce retour volontaire vers sa captivité serait pire encore que s'il avait dû le faire sous la contrainte.

Ian regarda autour de lui afin de s'orienter. La rivière coulait à ses pieds, en direction de l'ouest. Il ignorait où il se trouvait et combien de temps il avait couru, mais il savait qu'il n'avait qu'à remonter le courant pour retrouver la ferme des Marsh.

Les lèvres serrées, il se mit en marche face au soleil levant.

Fanny habilla John, puis quand le reste de la maisonnée fut réveillé, elle annonça à tout le monde la triste nouvelle.

Clarisse à ses côtés, elle laissa les enfants pénétrer dans la chambre pour dire un dernier adieu à leur père. Noël comprenait que son père était mort, mais Fanny voyait bien, à son regard vide, qu'il n'avait pas encore pris toute la mesure de l'événement. Amy aussi semblait avoir compris. Mais dès qu'ils eurent quitté la chambre, elle demanda quand papa se réveillerait et Fanny réalisa que sa fille était trop jeune pour savoir ce qu'était la mort.

Elle expliqua alors à ses deux enfants que leur père était monté au ciel rejoindre les anges.

— Quand est-ce qu'il reviendra ? voulut savoir Amy.

— Il ne reviendra jamais, ma chérie, lui répondit Fanny. Mais tu le reverras un jour. Je te le promets.

Tandis que la fillette méditait sur cette information, Noël restait étrangement silencieux. Il n'avait pas versé une larme et sa résignation apparente étonnait Fanny. Elle n'aurait jamais pensé qu'un si petit garçon pouvait se conduire presque en adulte. Elle se rappelait le sentiment de vide qu'elle avait éprouvé lorsqu'elle avait perdu son propre père. Et sa peur de l'avenir. Elle ne voulait pas que Noël et Amy connaissent la même incertitude.

Mais comment aurait-elle pu se montrer confiante pour ses enfants, alors qu'elle se sentait elle-même si perdue ?

Elle se voyait mal reprendre la ferme à son compte. Et puis, il y avait Robert. Dès qu'il apprendrait la mort de John, son frère tenterait tout pour récupérer la propriété. Et la jeune femme ne se sentait pas le cœur à lutter contre lui. Pas toute seule.

Sa sœur s'était rapprochée de la porte et l'implorait du regard. Fanny hocha la tête.

— D'accord. Tu peux aller te promener. Mais je compte sur toi pour t'occuper d'Amy cet après-midi.

Clarisse lui adressa un sourire triste, mais reconnaissant, avant de disparaître. Fanny savait qu'il n'aurait servi à rien de vouloir la retenir. Comme chaque fois qu'elle était bouleversée, sa sœur avait besoin de la solitude de la forêt pour apaiser son esprit.

— Venez avec moi, dit-elle aux enfants, pour les occuper, autant que pour s'occuper elle-même. Nous allons nourrir les chevaux.

D'ordinaire, Noël aurait accueilli la proposition avec exubérance. Mais là, il resta calme et passa un bras autour de l'épaule de sa petite sœur. Comme une grande personne.

Ils trouvèrent la porte de l'écurie fermée. Fanny avait oublié que John l'avait verrouillée. Et la raison pour laquelle il l'avait fait.

— Noël, va chercher la clé, s'il te plaît.

Son fils l'interrogea du regard.

— Il est parti hier soir, se contenta-t-elle de répondre d'une voix mal assurée.

Noël redressa les épaules, comme s'il avait compris que la disparition de l'étranger signifiait un surcroît de responsabilités pour lui. Il lâcha l'épaule de sa sœur et courut chercher la clé dans la cuisine.

En l'attendant, Fanny songea qu'il faudrait préparer l'enterrement de John. Prévoir un cercueil. Organiser une cérémonie. Faire venir un pasteur. Elle ne voyait pas comment s'y prendre pour toutes ces choses. Qui construirait le cercueil ? Et où trouver un pasteur ? Leur paroisse était si petite et si étendue que le pasteur se partageait entre plusieurs hameaux. Son prochain passage n'était pas attendu avant une dizaine de jours.

Tous ces détails macabres la terrifiaient. Cependant, ils présentaient l'avantage de lui occuper l'esprit et de l'empêcher de penser à autre chose. Comme à sa solitude, par exemple.

Noël revint avec la clé. Fanny le laissa l'introduire dans la serrure et ouvrir lui-même la porte de l'écurie.

Amy s'engouffra à la suite de son frère et prit le seau que celui-ci lui tendait. Elle ne parlait pas et semblait très concentrée sur la tâche qui l'attendait. Fanny en déduisit que, à défaut d'avoir compris ce qui s'était vraiment passé, la fillette avait senti qu'il était survenu un événement grave et qu'on avait besoin de son aide.

Il leur fallut une bonne heure pour nourrir les chevaux, là où John ne passait jamais plus de vingt minutes. Noël aida pourtant sa mère du mieux qu'il put. En revanche, Amy perdit ses bonnes résolutions au bout de quelques minutes – ce qui n'était pas étonnant, vu son âge – et sa présence devint rapidement plus encombrante qu'utile. Cette expérience assombrit un peu plus Fanny. Si tous les travaux de la ferme lui demandaient autant de temps, elle ne voyait vraiment pas comment elle pourrait s'en sortir toute seule.

De retour à la maison, elle envoya les enfants jouer dans leur chambre, pour aller se recueillir tranquillement auprès du corps de son mari. Le visage dans ses mains, la jeune femme songeait amèrement que son chagrin n'était pas exempt d'une certaine culpabilité.

Elle avait aimé John, mais sans passion. Peut-être que, si elle lui avait donné complètement son cœur, le sien aurait été plus solide et il aurait eu envie de vivre plus longtemps ? Fanny avait la désagréable impression d'avoir plus ou moins trahi John, même s'il ne s'était jamais plaint à ce sujet.

Maintenant qu'il était mort, la jeune femme regrettait son attitude. John s'était toujours montré satisfait de leur mariage. Pourquoi n'avait-elle pas été capable de lui montrer le même enthousiasme ? Pourquoi n'avait-elle cessé de penser, tout au long de ces années, que le véritable amour était plus que cette sorte d'amitié qu'ils avaient partagée ?

Cependant, John lui manquerait. Énormément. Il avait été son meilleur ami, son protecteur, son confident. Sa mort laisserait un grand vide dans l'existence de la jeune femme.

Elle essayait de ne pas trop penser à la profondeur de ce vide, quand on frappa soudain à la porte. Qui pouvait leur rendre visite à cette heure ?

Fanny abandonna son siège pour aller ouvrir. Ce qu'elle découvrit la laissa bouche bée.

L'Écossais se tenait sur le seuil, les vêtements froissés et ses cheveux tout emmêlés. Apparemment, il avait pourtant fait des efforts pour se rendre présentable. Son visage et ses mains étaient encore humides, signe qu'il s'était débarbouillé à la pompe.

— Vous êtes revenu…

C'était stupide de dire cela, bien sûr. L'évidence s'imposait d'elle-même. Mais la surprise de la jeune femme céda bientôt le pas à la colère. Elle reprochait à cet homme ce qui s'était passé. Certes, John était malade depuis longtemps. Mais si l'Écossais n'avait pas disparu brutalement, le plongeant dans l'anxiété, peut-être serait-il encore de ce monde aujourd'hui…

— Mon mari est décédé, dit-elle d'une voix sèche.

Sutherland fronça les sourcils, dérouté.

— Il est mort pendant la nuit, précisa Fanny.

Ian parut méditer cette nouvelle. Sans doute pensait-il tenir une chance inespérée pour s'évader ?

À cet instant, Fanny le haïssait de tout son cœur. Elle lui en voulait d'avoir redonné espoir à John, pour mieux le désespérer ensuite. Elle lui en voulait d'être toujours vivant, alors que son mari était mort. Elle lui en voulait d'avoir disparu pendant la nuit.

Mais, en croisant ses prunelles émeraude où brillait une émotion qu'elle n'aurait pas su définir, Fanny sentit sa colère retomber. Après tout, Ian Sutherland n'était qu'un étranger qui n'avait pas demandé à venir ici. C'était idiot – et même injuste – de lui reprocher quoi que ce soit –, en particulier la mort de John.

Fanny se recula pour s'adosser au montant de la porte. Elle avait soudain besoin de se sentir soutenue.

— Qu'attendez-vous de moi ? demanda-t-il d'une voix neutre, où ne perçait aucune émotion.

Au moins, ne lui avait-il pas présenté ses condoléances. Fanny n'aurait pas supporté. Mais elle ne savait pas quoi répondre à sa question. Qu'attendait-elle de lui, au juste ?

Elle n'en avait aucune idée et luttait pour retenir ses larmes. Elle s'en voulait de ne pas se montrer plus forte, mais elle avait deux enfants à élever, une petite sœur à surveiller, des animaux à nourrir et à entraîner, des champs à cultiver. Et tout cela, toute seule.

— Où étiez-vous passé ? demanda-t-elle, en reprenant un ton acerbe.

C'était déloyal de lui parler ainsi, mais si elle ne s'obligeait pas à quelque dureté, Fanny craignait de se laisser attendrir au point de vouloir se jeter dans ses bras qui semblaient si forts.

— Au bord de la rivière, répondit-il. Je ne sais pas exactement où.

Après une pause, il ajouta :

— Que s'est-il passé ?

— Il est mort pendant son sommeil. Son cœur… Je ne m'en suis rendu compte qu'à mon réveil et…

Fanny ne termina pas sa phrase. Elle esquissa un geste d'impuissance et voulut rentrer dans la maison pour s'éloigner de l'étranger. Mais ses jambes la portaient à peine et elle se sentit vaciller.

Sutherland la fit sursauter en lui prenant le bras pour la tenir droite. Sa main était aussi chaude que le cœur de la jeune femme était glacé. Elle le repoussa, comme s'il était un ennemi.

— Vous n'avez quand même pas imaginé que j'allais vous faire du mal ? demanda-t-il.

En fait, si. Fanny se rappelait Josiah, l'homme qui l'avait assurée de son amitié à la mort de son père. Alors qu'il s'était ingénié à voler ses fourrures dans son dos et avait cherché à la vendre comme domestique. Alors comment aurait-elle pu faire confiance à cet étranger qui ne faisait pas mystère de son hostilité ?

Cependant, elle ne voulait pas se montrer faible devant lui, et encore moins lui faire croire qu'il pouvait facilement prendre avantage sur elle.

— Je veux que vous m'accompagniez chez le frère de John, dit-elle, pour répondre à sa première question. Je dois lui annoncer son décès.

Fanny crut qu'il allait refuser. Son hésitation se lisait dans ses yeux. Il ne pouvait pas ne pas réaliser que les circonstances lui offraient une chance inespérée de s'échapper en toute tranquillité.

— Vos papiers sont restés à Chestertown, chez un ami de John. Mon beau-frère ne tardera pas à apprendre votre existence, insinua-t-elle à contrecœur.

C'était une menace en l'air. En réalité, Fanny ne le dénoncerait jamais à Robert. Mais si elle pouvait le convaincre de rester avec elle au moins quelques semaines, il finirait par comprendre qu'elle ne lui voulait aucun mal et ils pourraient trouver un arrangement satisfaisant pour tous les deux.

Elle avait terriblement besoin de lui. Et les enfants aussi. Fanny ne voulait surtout pas les laisser tomber sous la coupe de Robert.

L'Écossais la dévisagea un long moment sans rien dire. Et puis, soudain, il s'inclina avec une obséquiosité forcée.

— À vos ordres, maîtresse. Je vais atteler le buggy.

— Je ne peux pas partir sans Clarisse. Elle s'occupera des enfants en mon absence.

— Où est-elle?

— Dans les bois. Elle avait besoin de solitude. C'est courant, chez elle.

L'homme s'appuya au chambranle de la porte et Fanny crut déceler dans son regard une émotion qu'il s'efforçait de cacher.

La jeune femme détourna la tête. Elle voulait l'aide de cet homme. Pas sa pitié. Ce n'était qu'un domestique. *Son* domestique.

— Pensez-vous pouvoir la retrouver?

— Oui. Mais je ne peux pas abandonner les enfants.

Il soupira.

— Je vais m'occuper d'eux.

Fanny hésita.

— Si vous me faites confiance, bien sûr.

— Le puis-je?

Il haussa les épaules.

— Sans doute pas. Votre mari ne vous avait-il pas mise en garde de ne jamais faire confiance à un esclave?

Fanny déglutit péniblement. *Son mari*. À l'heure qu'il était, son époux gisait sur son lit. Elle s'obligea à ravaler ses larmes.

— Vous n'êtes pas un esclave, répliqua-t-elle.

— Ne jouez pas sur les mots. Il y a deux minutes, vous évoquiez les papiers prouvant que je suis en votre possession.

— Nous avons acheté vos services. Pas vous.

Il la gratifia d'un regard noir.

— Je ne peux pas quitter votre ferme sans votre permission. Je ne peux rien acheter sans votre permission. Je ne peux même pas écrire une lettre sans votre permission...

Sentant sans doute qu'il commençait à s'emporter, il arrêta son énumération et reprit, d'une voix plus calme :

— Je vous donne ma parole de rester jusqu'à l'enterrement de votre mari. Mais je ne peux rien vous promettre de plus.

Fanny comprit qu'il tiendrait parole. Sinon, il se serait montré plus évasif.

— Je vais chercher ma sœur.

Sutherland la dévisagea de nouveau. Il était si près d'elle que Fanny se sentait minuscule à côté de lui. Pouvait-elle s'en remettre à cet homme si grand et si viril et lui confier la garde de ses enfants ?

— J'ai une sœur, moi aussi, déclara-t-il brutalement. Elle est à peine plus âgée que votre fils. Je ne permettrais jamais qu'on puisse faire du mal à un enfant.

Cette fois, Fanny sut qu'elle pouvait lui faire confiance.

La femme ne desserra pratiquement pas les dents de tout le trajet jusqu'à la propriété de son beau-frère. Avant de partir, elle avait revêtu une robe noire et avait caché ses cheveux sous un chapeau.

Elle se tenait bien droite sur son siège et Ian évitait de la regarder, pour ne pas se laisser émouvoir par ses grands yeux tristes. Il préférait accorder toute son attention à la route et en profiter pour apprendre à se repérer.

Cette contrée ne ressemblait en rien aux Highlands de son Écosse natale. Où qu'il portât le regard, il n'apercevait pas la plus petite éminence, et encore moins de collines ou de montagnes. Tout était plat à perte de vue.

Au moins, les chevaux ne se fatiguaient pas à tirer le buggy. Ian avait presque eu des remords à les atteler à la voiture. C'étaient de trop belles bêtes pour se livrer à pareille tâche. De toute évidence, John Marsh avait préféré investir son argent dans des chevaux de course plutôt qu'acheter des bêtes de somme.

Sauf pour ce qui était de Ian, évidemment.

Même s'il n'avait pas pardonné à Marsh de l'avoir acheté, Ian, au fond de lui, se sentait vaguement coupable de ce qui était arrivé cette nuit. S'il n'avait pas disparu abruptement, le fermier serait peut-être encore en vie.

Il n'avait pas voulu l'admettre devant la femme, bien sûr. N'empêche que cette idée le taraudait. La tristesse des enfants, quand il les avait surveillés tout à l'heure, lui avait fendu le cœur.

De retour avec sa sœur, la femme l'avait remercié d'un sourire, puis lui avait offert de troquer son costume de bagnard pour des vêtements de grosse toile. Pendant ce temps, elle s'était elle-même changée. Après quoi ils étaient partis, en laissant la sœur et les enfants derrière eux.

Ian se demandait pourquoi elle n'avait pas souhaité les emmener. Et pourquoi elle paraissait si tendue. Mais après tout, cela ne le regardait pas. Il ne tenait pas à recevoir des confidences qui le lieraient un peu plus à cette étrangère. Le beau-frère prendrait toute la famille en charge et Ian pourrait enfin reprendre sa liberté et mettre le cap sur l'Écosse.

— Merci, dit-elle soudain, le tirant de ses pensées.

— De quoi ? Je ne fais qu'obéir à vos ordres, en bon domestique.

— Je ne pense pas que vous serez jamais un bon domestique, répliqua-t-elle du tac au tac.

Ian s'abstint de répondre. Il ne voulait pas engager de conversation avec elle et encore moins apprendre à mieux la connaître. Il n'était déjà que trop conscient de sa présence physique. Son délicat parfum narguait ses narines. Et il admirait sa retenue, malgré son chagrin. Ses yeux rougis attestaient qu'elle avait pleuré. Cependant, elle s'était abstenue de le faire devant lui.

Son instinct commandait à Ian de lui tendre les bras pour la réconforter. Mais un geste tendre en appellerait un autre, et ainsi de suite. Ian ne voulait pas tomber dans ce piège.

— Un bon domestique ? répéta-t-il. Non, en effet. Ce n'est pas ma vocation.

— Aviez-vous une ferme, en Écosse ?

— Mes parents élevaient des troupeaux de moutons, répondit-il sèchement.

Elle désirait parler, de toute évidence. Elle en avait même sans doute besoin. Mais Ian était fermement décidé à refuser toute familiarité.

Elle n'insista plus. Mais chaque fois que leurs bras se frôlaient accidentellement ou que le vent portait son parfum à ses narines, Ian sentait ses sens se troubler. Il s'en voulait de réagir ainsi à sa féminité, comme s'il oubliait qu'elle était veuve depuis peu. Même s'il n'avait pas été son domestique, la décence aurait dû lui interdire la moindre pensée intime. Mais cela faisait si longtemps qu'il n'avait pas goûté à une femme !

Sur ses indications, il s'engagea dans une allée qui conduisait, à son grand étonnement, à une vaste demeure en brique. La maison était entourée de champs dans lesquels on apercevait les silhouettes de plusieurs dizaines d'esclaves, penchés sur leur travail. C'était donc là la plantation de son beau-frère ? Ian s'était attendu à voir une ferme modeste, comme celle de John Marsh.

Il se tourna vers la femme. Elle paraissait sur la défensive, avec son visage fermé, son dos raide et ses mains croisées sur ses genoux. Malgré lui, Ian se sentit gagné par la curiosité. Il connaissait pourtant le danger de poser la moindre question. Plus il en saurait sur cette femme et sur sa famille et plus il risquerait de s'y attacher. Or, c'était bien la dernière chose qu'il souhaitait.

Cependant, Fanny Marsh l'intéressait. Il aurait voulu savoir pourquoi son mari s'était tant saigné pour acheter un seul domestique, quand son beau-frère possédait une armée d'esclaves. Il aurait aussi voulu savoir pourquoi elle avait épousé un homme beaucoup plus âgé qu'elle. Et pourquoi elle avait une sœur qui ne lui ressemblait pas et ne parlait jamais. Mais il s'obligea à garder ces questions pour lui.

Alors qu'ils arrivaient devant la maison, un tout jeune garçon d'écurie – il ne devait pas avoir plus de douze ans – se précipita au-devant de l'attelage, pour récupérer les rênes. Ian mit pied à terre le premier et aida Mme Marsh à descendre. La porte d'entrée s'était ouverte et un majordome en livrée blanc et noir assistait au spectacle.

— M. Marsh est-il là ? demanda la femme, visiblement mal à l'aise.

Le majordome détailla les vêtements de Ian et comprenant qu'il était un domestique se détourna de lui comme s'il n'avait pas plus d'importance qu'un objet.

— Le maître travaille dans les champs, répondit-il à la femme.

Mais, au même moment, un cavalier arrivait et, le reconnaissant, Fanny marcha vers lui.

Ian resta en arrière. Il avait compris que cet homme était son beau-frère et l'attitude de Fanny Marsh laissait entendre qu'elle ne l'aimait pas – ou, plus exactement, qu'elle le craignait.

Le cavalier arrêta sa monture, mit pied à terre et jeta un bref coup d'œil à Ian, avant de détourner le regard avec le même mépris que le majordome.

— J'étais dans les champs, mais j'ai reconnu votre voiture, dit-il à Mme Marsh. Que me vaut le plaisir de cette visite impromptue ?

Ian remarqua que si son langage était courtois, les manières de cet homme l'étaient beaucoup moins. La familiarité avec laquelle il tenait le bras de Mme Marsh était presque indécente pour un beau-frère.

D'ailleurs, elle s'écarta de lui.

— John est décédé, annonça-t-elle de but en blanc. Il est mort dans la nuit.

— Mort de quoi ?

— Son cœur a lâché.

Le visage de l'homme resta d'abord impassible, avant de s'assombrir.

— Pauvre John, dit-il d'une voix triste. Je vais m'occuper de tout pour vous.

La façon dont l'homme avait prononcé ces quelques mots intrigua Ian. Sa tristesse était feinte – Ian en aurait mis sa main au feu – et l'on aurait plutôt juré qu'il éprouvait une secrète satisfaction à pouvoir offrir ses services à Mme Marsh.

Robert Marsh avait sensiblement le même âge que son frère John, estima Ian. Et la même taille. Mais leur ressemblance s'arrêtait là. Robert était plus solidement campé – plus musclé, aussi – et il affichait une arrogance qui n'existait pas chez son frère. Son visage était dur et ses yeux bleus n'inspiraient aucune chaleur. Autre évidence, Robert était visiblement beaucoup plus riche que John.

— Je n'ai pas besoin de votre aide, Robert, répondit Mme Marsh d'un ton décidé qui étonna Ian. J'étais simplement venue vous prévenir. Nous l'enterrerons sous le chêne, cet après-midi, et nous donnerons une messe au prochain passage du pasteur.

— Ensuite, vous viendrez tous vous installer ici, vous, votre sœur et les enfants, suggéra Robert Marsh.

— Non. Je resterai chez moi.

— Soyez raisonnable, Fanny. Vous savez bien que vous ne pourrez pas tenir la ferme seule.

— Pas si vous continuez à décourager tout le monde de travailler pour moi, répliqua-t-elle. Vous avez tué John aussi sûrement que sa maladie. Mais vous n'aurez pas sa ferme.

— Vous me jugez bien mal, Fanny, objecta Robert, sans se départir de son calme, mais avec une froideur, dans la voix qui contredisait sa sollicitude. La santé de John me souciait beaucoup. Il aurait dû m'écouter et me confier ses terres, plutôt que de s'obstiner à vouloir les cultiver par lui-même.

Ian sentait le dégoût l'envahir peu à peu.

— Désormais, les terres m'appartiennent, insista Mme Marsh.

Son beau-frère haussa les épaules.

— Tôt ou tard, vous finirez par me les donner, conclut-il, et, se tournant vers Ian, il demanda : Qui est-ce ?

Ian s'attendait qu'elle l'humilie en révélant son statut.

— Ian Sutherland. Il… travaille pour nous.

Robert Marsh le dévisagea avec la même hauteur que les fermiers, l'autre jour, à Chestertown. Comme s'il n'était qu'une tête de bétail.

— Il ne vient pas d'ici.

— Non, répondit-elle, sans plus de détails.

— Il n'a pas l'air bien en point.

Ian sentait son poing lui démanger. Cet homme parlait de lui, en sa présence, comme s'il n'était qu'un objet, ou une marchandise.

— Il est plus solide qu'il ne paraît, assura Mme Marsh.

Robert Marsh se tourna vers Ian et esquissa ce qui pouvait ressembler à un sourire.

— Je paie mieux que n'importe quel autre planteur de la région.

C'était l'offre la plus répugnante que Ian ait jamais entendue – car elle visait explicitement à détourner de la jeune veuve la seule aide dont elle disposait. Il comprenait, à présent, pourquoi Mme Marsh s'était montrée si tendue durant le trajet.

Ian avait plus que jamais envie de saisir Robert Marsh à la gorge. Mais, dans la mesure où Mme Marsh n'avait pas révélé son véritable statut, il s'obligea, par respect pour elle, à garder son sang-froid devant cet homme méprisable.

— Je me souviendrai de votre proposition, dit-il simplement. Mais j'ai cru voir que vous ne manquiez pas de bras.

Robert haussa les épaules avec dédain.

— Ce ne sont que des esclaves. En revanche, je pourrais employer un homme libre pour seconder mon contremaître, expliqua-t-il en cherchant du regard la main de Ian.

Mais celui-ci avait pris soin d'enfoncer ses poings dans ses poches, pour cacher la marque infamante qui le désignait comme forçat.

Robert le dévisagea encore un moment, avant de reporter son attention sur sa belle-sœur.

— Je pense que vous devriez enterrer John dans le cimetière familial.

— Non. Il adorait ce chêne. Et il m'a dit un jour…

Elle n'eut pas la force de terminer sa phrase. De toute façon, Robert l'avait à peine écoutée.

— J'enverrai mes gens chercher sa dépouille.

— Non, répéta-t-elle d'une voix plus forte.

— Écoutez, Fanny, commença Robert, comme s'il s'adressait à une enfant, sa place est ici, parmi nous. Vous avez tort de refuser mon aide. Vous ne pouvez quand même pas songer sérieusement à vivre là-bas toute seule, avec les enfants, sans personne pour vous seconder, à part… cet étranger, termina-t-il avec hauteur.

Ian eut besoin de tout son sang-froid pour demeurer impassible. Même si les épreuves récentes l'avaient encouragé à ne se préoccuper que de sa propre survie, il pouvait difficilement laisser une aussi frêle jeune femme subir les insultes de ce tyran. D'autant que Robert Marsh ne cherchait même pas à dissimuler le désir qu'elle lui inspirait. Ses prunelles bleues brillaient d'une concupiscence sordide.

Mme Marsh se recula de plusieurs pas vers Ian. Instinctivement, il se rapprocha d'elle.

— J'enterrerai John sous le chêne, répéta-t-elle. En revanche, vous pouvez au moins m'aider sur un point.

Ian sentit sa réticence, comme si elle répugnait à demander la moindre chose à son beau-frère. Ce dernier ayant haussé les sourcils, elle précisa :

— Pour construire un cercueil.

Robert secoua la tête.

— Uniquement si vous l'enterrez dans notre cimetière.

— Dans ce cas, nous nous passerons de cercueil.

Et sur ces mots, elle repartit vers le buggy. Ian la suivit sans rien dire et l'aida à monter. Son visage était de marbre et elle était encore plus raide qu'à l'arrivée. Il grimpa à son tour dans la voiture, prit les rênes et, peu après, l'attelage s'engageait sur le chemin du retour. Au bout de quelques mètres, Ian jeta un coup d'œil par-dessus son épaule. Robert Marsh les regardait partir avec un sourire satisfait, en tapotant sa cravache contre sa cuisse.

6

Le cœur de Fanny battait fort. Robert lui faisait toujours cet effet. Pourtant, avec l'enfance qu'elle avait eue, elle ne s'effrayait pas facilement. Mais son beau-frère était très influent dans la région. Et chaque fois que John avait le dos tourné, il lui avait toujours fait comprendre qu'il la désirait. Tout à coup, Fanny comprenait amèrement qu'elle n'était pas mieux armée pour se défendre qu'à la mort de son père, neuf ans plus tôt.

L'Écossais n'avait pas dit un mot depuis qu'ils avaient quitté la plantation. Avait-il deviné son angoisse ? En tout cas, même s'il n'y était pour rien, elle s'était sentie réconfortée par sa présence. Elle lui était reconnaissante de l'avoir accompagnée chez Robert. Reconnaissante, aussi, d'être finalement revenu, ce matin. Elle se demandait ce qui avait pu motiver son retour, mais elle préférait ne pas lui poser la question.

— Que pensez-vous de Robert ? demanda-t-elle, pour briser le silence.

Sutherland haussa les épaules.

— Je ne suis pas en position de penser quoi que ce soit.

Fanny se mordit la lèvre.

— Je voudrais savoir, insista-t-elle.

— C'est une crapule.

Le jugement était lapidaire, mais convenait parfaitement.

— Nous avons besoin de vous, reprit Fanny.

— Vous n'êtes pas la seule, répliqua-t-il sèchement.

— De qui parlez-vous ?

Il ne répondit pas. Mais il en avait dit assez pour inquiéter Fanny. Ce n'était pas uniquement son dégoût d'avoir été vendu qui le poussait à vouloir s'enfuir.

— Trois ans, voulut-elle marchander, en limitant encore la proposition de John. En prime, je vous offrirai même un cheval pour repartir.

Sutherland concentrait son regard sur la route.

— Votre mari m'a acheté pour quatorze ans, lui rappela-t-il en desserrant à peine les dents.

— Je sais. Mais j'ai seulement besoin de vous jusqu'à ce que Noël soit assez grand pour m'aider et que nos chevaux se soient bâti une réputation.

Il se tourna vers elle et la dévisagea d'un air pensif, avant de répondre, presque à contrecœur :

— Je ne peux pas.

Fanny détourna la tête du côté de la rivière qui longeait la route et contint ses larmes. Elle ne voulait pas se montrer faible devant lui.

— Je ne veux pas perdre la ferme, dit-elle d'une voix qu'elle aurait préférée plus assurée.

Il y eut un long silence, que Sutherland brisa brutalement.

— Votre sœur ne vous ressemble pas.

Fanny s'éclaircit la gorge.

— Elle est à moitié indienne. Cherokee.

L'estime que lui portait Fanny monta d'un cran lorsqu'elle vit qu'il ne manifestait aucun dégoût, mais plutôt de la curiosité.

— J'ai lu des choses sur vos Indiens.

À ces mots, le désir d'apprendre à lire de la jeune femme se réveilla. Ce devait être merveilleux de découvrir le monde sans bouger de sa chaise.

— Y a-t-il des tribus indiennes, par ici?

— Non. Elles ont été repoussées vers l'ouest depuis longtemps.

— Alors, comment se fait-il…?

Il ne termina pas sa question et crispa les mains sur les rênes, comme s'il s'en voulait d'avoir clairement témoigné son intérêt.

— Notre père était trappeur. Après la mort de ma mère, il a pris une épouse cherokee. Et nous avons vécu dans leur tribu.

— Votre sœur est très… timide.

Fanny faillit lui expliquer que Clarisse n'avait pas dit un mot depuis bientôt dix ans, mais finalement elle préféra s'abstenir. L'Écossais en avait déjà assez vu et entendu pour aujourd'hui. Fanny craignait de le décourager totalement, s'il en apprenait davantage.

— Les gens n'aiment pas beaucoup les sang-mêlé, se contenta-t-elle de dire.

— Ils n'aiment pas non plus les repris de justice.

— Vous n'êtes pas un vrai repris de justice, rétorqua Fanny. Vous avez combattu pour votre pays.

— Les Anglais n'ont pas fait la différence.

Il avait dit cela avec un tel mépris que Fanny se demanda s'il ne la considérait pas elle aussi comme une ennemie.

— Votre famille est restée là-bas? demanda-t-elle.

Il n'avait sans doute aucune envie de poursuivre cette conversation, mais tant que Fanny parlait, elle ne pensait pas à John.

— Ça ne vous regarde pas, répliqua-t-il sèchement.

Et sur ces mots, il reprit son visage impassible, le regard rivé sur la route.

Fanny faillit s'emporter contre lui. Elle-même avait successivement perdu sa mère, son père, et maintenant son mari. Le chagrin, elle connaissait. Pour autant, elle ne s'était jamais retranchée du monde comme il le faisait. Il est vrai que quelqu'un avait toujours eu besoin d'elle. D'abord son père. Puis, Clarisse, à la mort de celui-ci. Et à présent, ses enfants. Elle n'avait jamais eu le loisir de se murer dans son chagrin.

«Vous n'êtes pas la seule.» Les paroles de l'Écossais l'avaient troublée. À qui faisait-il allusion? Et pourquoi cette – ou ces – personne avait-elle besoin de lui? Plus besoin de lui qu'elle-même?

Fanny éprouvait plus que jamais le sentiment d'être seule et démunie. Son naturel optimiste l'incitait à penser que les choses finissaient toujours par s'arranger. Mais pour la première fois de sa vie, elle n'était plus aussi confiante en l'avenir.

Ian aida Fanny Marsh à enterrer son mari sous le chêne.

Il avait cherché de quoi fabriquer un cercueil, mais n'avait trouvé aucune planche. Alors, ils s'étaient contentés d'envelopper le corps du défunt dans une couverture. Puis, Ian avait commencé à creuser un trou pour l'ensevelir.

L'opération se révéla beaucoup plus longue et fastidieuse que prévu. La terre manquait d'eau et résistait à sa bêche. Cependant, Ian prit plaisir à ce travail qui lui occupait l'esprit et sollicitait ses muscles, restés trop longtemps inactifs.

Au bout d'un moment, il releva la tête et aperçut Fanny Marsh qui l'observait depuis sa porte, ses enfants serrés dans ses bras. Tous avaient l'air horriblement tristes.

« Nous avons besoin de vous. » Les paroles de la jeune femme accompagnaient chaque pelletée de terre que soulevait Ian. Mais une autre voix chuchotait à son oreille : « C'est un piège. Pense à ta sœur. Pense à Katy. »

Sa main, recouverte de poussière, ne laissait plus voir le T gravé dans sa chair. Mais Ian savait que la marque était là. Et qu'elle le condamnerait inévitablement à mort s'il retournait en Écosse. Et cependant, il devait le faire. Pour retrouver Katy.

Ian enfonça l'outil dans la terre avec rage et frustration. Noël le contemplait avec de grands yeux tristes et la petite Amy semblait au bord des larmes. Même le chien tournait autour du trou la queue basse, comme s'il était conscient qu'on allait y ensevelir son maître.

Mais le chagrin de cette famille ne concernait pas Ian. Il ne devait rien à ces gens. Rien ! Que le diable emporte John Marsh ! Ian aurait préféré être acheté par quelqu'un d'autre. N'importe qui d'autre.

Le trou finit par avoir les dimensions convenables. Ian s'en extirpa et secoua ses vêtements couverts de poussière.

La femme abandonna ses enfants pour s'approcher de lui et lui saisir les mains avec une gentillesse qui le prit de court et réveilla brutalement son désir. Le désir banal d'un homme pour une femme, sans aucun souci des convenances ou des lois sociales.

Quand elle laissa brusquement retomber ses bras, Ian comprit qu'elle avait ressenti la même chose que lui.

— Allez vous laver les mains, lui conseilla-t-elle. Et changez-vous. Je peux vous donner les vêtements... les vêtements de John.

Ian hocha la tête et partit vers la pompe. Il ne voulait pas éprouver pour elle davantage de désir qu'elle ne souhaitait en ressentir pour lui. C'est-à-dire pas du tout.

Quand il se fut lavé les mains et le visage, il revint vers la maison. Fanny lui remit un pantalon noir et une chemise de coton.

Les vêtements d'un mort. Mais il n'avait pas le choix. La décence lui interdisait d'assister à des funérailles en tenue de travail.

Il retourna dans l'étable pour se changer rapidement. Il aurait voulu aussi se raser, depuis quatre jours que sa barbe poussait. Mais faute de lames, il dut renoncer. Cet incident lui rappela qu'il ne possédait plus rien. Sinon sa fierté.

Fanny Marsh l'attendait dans la cour. Ils rentrèrent ensemble dans la maison et Ian prit le corps du défunt dans ses bras pour le porter jusque dans sa tombe. Puis, il tendit à la veuve la bêche dont il s'était servi pour creuser le trou et la regarda verser une première pelletée de terre sur le corps. Son fils l'imita et aida sa petite sœur à faire de même. Après quoi le garçon rendit la bêche à Ian qui termina de reboucher le trou.

Fanny le regarda ensuite planter en terre la petite croix de bois qu'il avait confectionnée et sur laquelle il avait gravé le nom du défunt. Elle ne le remercia pas, mais la gratitude se lisait dans ses yeux.

Tout homme méritait une tombe décente, songeait Ian, alors qu'il empilait des pierres au pied de la croix pour la maintenir droite. Il enrageait de savoir que ses frères n'avaient pas eu ce droit. La dépouille de Patrick avait été abandonnée aux charognards sur la lande de Culloden et celle de Derek avait été brûlée. Ces maudits Anglais ne voulaient pas de martyrs.

Son travail terminé, Ian s'écarta de la tombe. Fanny Marsh posa alors une fleur sur le petit monticule de terre et sa sœur l'imita.

Ian était ému par cette dernière. Clarisse n'avait pas versé une larme, du moins pas en sa présence, mais ses grands yeux noirs brillaient de chagrin. Elle semblait terriblement fragile et vulnérable. Quand elle vit que Ian l'observait, elle se recula, apeurée.

Sa réaction le peina. Il n'avait jamais fait de mal à une femme ni à un enfant et ne se le serait pas permis. En vérité, s'il lui était arrivé de tuer d'autres hommes, pendant la guerre, il aurait préféré ne pas avoir à le faire. Il s'était destiné aux études pour devenir professeur. Pas pour se battre contre ses semblables.

Mais le destin était imprévisible. Il avait pensé également ne jamais quitter son Écosse natale, qu'il chérissait tant. Et voilà qu'il se retrouvait en Amérique, sous un chêne, dans des vêtements d'emprunt, à écouter Fanny Marsh réciter une prière sur la tombe de son mari.

Ian n'avait rien à reprocher à cette femme. Elle et ses enfants étaient innocents et ce n'était pas leur faute s'il s'était retrouvé jeté au milieu de leur famille. Mais Katy aussi était innocente. Et elle avait probablement encore plus besoin de lui que Fanny Marsh.

Les funérailles terminées, Ian repartit vers l'écurie pour s'occuper des chevaux. Ils avaient été nourris et abreuvés, mais il leur fallait maintenant de l'exercice. Dix chevaux! Fanny Marsh n'arriverait jamais à s'en occuper toute seule.

En revanche, elle pouvait les vendre. De si belles bêtes lui rapporteraient un bon prix. Et avec cet argent, la jeune veuve pourrait s'acheter une maison. Rien ne l'empêcherait, non plus, de se remarier. Elle ne manquait pas de charme et les prétendants seraient sans doute nombreux. Ainsi, il pourrait s'en aller sans le moindre remords. Même s'il n'avait à se sentir coupable de rien. C'était la meilleure solution.

Soudain rasséréné, Ian sella l'étalon et le conduisit dehors. Fanny Marsh se tenait toujours devant la tombe, ses enfants à ses côtés. Par contre, Clarisse avait de nouveau disparu.

Ian les regarda un moment. Ils formaient, tous les trois, un tableau saisissant imprégné de tristesse. Fanny Marsh se tenait bien droite, dans sa robe noire, ses longs cheveux fauves flottant au vent. Son garçon imitait sa posture, le dos raide et le visage fermé. Même la petite Amy était étrangement calme pour son âge. À ses yeux baignés de larmes, Ian devina qu'elle commençait à comprendre que son père ne reviendrait jamais.

Malgré ses efforts pour rester neutre, Ian savait ce qu'ils ressentaient. Il était encore très jeune lorsqu'il avait perdu ses propres parents, mais il se rappelait parfaitement son chagrin. C'était terrible de perdre des personnes si proches de vous qu'on ne pouvait même pas imaginer la vie sans elles.

Ce souvenir le ramena à Katy. Comment avait-elle pu survivre après avoir perdu tout ce qu'elle aimait ? Savait-elle que Ian était encore vivant ? Ou le croyait-elle mort, comme le reste de la famille ?

Quand Fanny Marsh s'aperçut de sa présence, il s'approcha d'elle.

— Les chevaux ont besoin d'exercice, dit-il.

Elle le dévisagea en silence et Ian n'eut pas de mal à deviner ses pensées : s'il partait en promenade à cheval, il y avait de fortes chances pour qu'il ne revienne jamais. Mais d'un autre côté, il aurait tout aussi bien pu partir sans prévenir. De toute façon, elle n'avait pratiquement aucun moyen de le retenir. Et ils le savaient l'un comme l'autre.

— Je peux l'accompagner, maman ? demanda Noël.

Ian s'apprêtait à secouer la tête.

— Noël peut monter une des juments, dit-elle avec un regard implorant, en poussant son fils devant elle.

Le garçonnet avait besoin d'une distraction et, en son âme et conscience, Ian ne pouvait pas la lui refuser.

Finalement, il hocha la tête.

— Merci, dit-elle. Et merci également pour la croix. Vous n'étiez pas obligé.

— Non, en effet.

— Vous êtes un homme étrange, Ian Sutherland.

Pour toute réponse, Ian repartit vers l'écurie, Noël sur ses talons.

Pendant le souper, l'Écossais ne dit pas un mot. Les enfants ne parlèrent pas davantage. Et Clarisse, qui était revenue, resta silencieuse comme à son habitude. Personne non plus ne manifesta un grand appétit – excepté Ian.

Fanny avait été de nouveau frappée de le voir dominer la table par sa seule stature et elle s'était demandé si c'était une bonne idée de continuer à l'inviter à partager leurs repas. Cependant, Noël semblait apprécier sa présence.

Elle aussi, en fait, même si elle se refusait à se l'avouer ouvertement. Ian Sutherland avait quelque chose de rassurant, en dépit de ses manières acerbes. La force qu'il inspirait avait permis à Fanny de tenir tête à Robert. Et de supporter sans défaillir les funérailles de John. Dans cette épreuve atroce, cet homme avait témoigné de plus de sollicitude qu'elle n'en avait espéré.

Mais combien de temps allait-il rester ? Fanny percevait son désir de partir. Cependant, elle avait terriblement besoin de son aide et se souciait peu, dans les circonstances présentes, que quelqu'un d'autre puisse vouloir compter sur lui. En fait, Fanny se sentait prête à utiliser tous les moyens à sa disposition – les enfants, la gratitude, les menaces – pour l'obliger à rester. Au moins jusqu'à ce que le tabac soit replanté. Leur avenir en dépendait.

Comme elle le regardait manger, elle remarqua qu'il lorgnait, parfois, vers l'étagère où étaient entassés les livres. Fanny était peut-être victime de son imagination, cependant elle aurait juré qu'il mourait d'envie d'y jeter un œil.

À peine eut-il avalé sa dernière bouchée qu'il recula sa chaise.

La jeune femme tenta de le retenir.

— Ne partez pas déjà. Ne voudriez-vous pas lire quelque chose aux enfants ?

Il la dévisagea curieusement, puis se tourna vers les enfants avant d'arrêter son regard sur Clarisse.

À la stupéfaction de Fanny, sa petite sœur ne baissa pas les yeux, comme elle le faisait d'ordinaire avec un étranger, ou dès que la conversation portait sur elle. Fanny savait trop bien ce qu'avait vécu la malheureuse enfant pour la blâmer de son comportement. Elle espérait seulement que Clarisse finirait, un jour, par retrouver confiance en quelqu'un. Se pouvait-il que ce moment fût arrivé ? Avec un homme aussi peu prévisible ?

La jeune fille répondit par un hochement de tête enthousiaste au regard interrogateur de l'Écossais. Sa réaction étonna un peu plus Fanny, mais elle comprit bien vite que tout le monde, ce soir, était prêt à saisir la moindre occasion pour retarder le moment d'aller au lit.

Elle-même s'angoissait à cette perspective. Le lit qu'elle avait partagé avec John serait vide. Même s'il ne l'avait plus touchée depuis que sa maladie s'était déclarée, la jeune femme s'était habituée à sa présence à ses côtés.

Ian parut encore hésiter un moment, puis il hocha finalement la tête.

— D'accord, dit-il. Je vais lire un moment.

Fanny quitta la table pour lui montrer sa petite bibliothèque, achetée en plusieurs fois à des colporteurs de passage. Elle savait qu'il y avait deux manuels scolaires et une bible. En revanche, elle ignorait le contenu des autres ouvrages. L'Écossais parcourut leurs titres du regard et esquissa un sourire en reconnaissant l'un d'eux.

— Votre mari ne vous faisait jamais la lecture ?

— Il ne savait pas lire.

L'homme paraissait sceptique et Fanny devinait pourquoi. Il avait vu, ce matin, la plantation de Robert et devait se douter que John avait reçu une bonne éducation.

— Quand il était petit, il a eu des tuteurs, mais il n'a jamais réussi à déchiffrer les lettres, expliqua-t-elle, avant d'ajouter, d'un ton plus amer : Robert le traitait d'idiot, mais il avait tort. John connaissait beaucoup de choses et personne ne savait mieux que lui s'occuper d'un cheval. C'est d'ailleurs pourquoi… c'est pourquoi le père de John lui légua son écurie à sa mort, même s'il n'était que son fils cadet.

Sutherland haussa les sourcils.

— Alors pourquoi avez-vous acheté ces livres ?

Il devait sans doute la prendre pour une folle.

— J'ai toujours pensé que je saurais lire un jour, répondit-elle, sur la défensive.

Un muscle de la joue de Ian se tendit et Fanny devina que sa réponse l'avait touché. L'espace d'un instant, elle crut même déceler une lueur d'approbation dans son regard. Finalement, il s'empara du livre qui l'avait fait sourire.

— *Robinson Crusoé*, dit-il.

Fanny le regarda caresser la couverture de l'ouvrage et en déduisit que c'était un homme qui aimait la compagnie des livres. Il lui avait expliqué que sa famille élevait des moutons, mais elle suspectait, à présent, qu'il ne lui avait pas dit toute la vérité. Et elle espérait bien en apprendre un peu plus avant qu'il ne disparaisse.

Ils retournèrent s'asseoir à table et il ouvrit le volume devant lui. À la manière dont il feuilletait les pages, on voyait bien qu'il était plus à l'aise dans le maniement d'un livre que dans celui d'une bêche.

Fanny cessa de laisser vagabonder ses pensées à l'instant précis où il commença sa lecture. Elle se retrouva emportée par un flot de mots. Il lisait avec une telle conviction que l'atmosphère et les décors du récit prenaient soudain vie dans la petite pièce.

Comme Fanny aurait aimé que John assiste à ce moment de grâce ! Mais, peut-être était-il là, qui sait ? Quelque part, au-dessus de leurs têtes, il les observait et il leur souriait. Après tout, c'était lui qui leur avait amené cet homme.

7

Une chandelle à la main, Ian étudiait, assis sur son lit, le livre qu'il avait rapporté de la maison. C'était une histoire de la colonie du Maryland, fondée par les Anglais en 1632. L'ouvrage était enrichi d'une carte détaillée.

Ian savourait sa bonne fortune d'avoir à portée de main les informations dont il avait le plus besoin. Il trouva sans peine Chestertown, au bord de la rivière Chester, et repéra l'endroit où devait à peu près se trouver la ferme des Marsh. Sa première curiosité satisfaite, il étudia le reste du plan. Le Maryland était divisé en deux parties par la baie de Chesapeake qui remontait très loin dans les terres. La partie est, entre la baie et l'océan, était appelée la péninsule. Elle était sillonnée de très nombreuses rivières, de toutes tailles. La Chester, au nord, était l'une des plus grandes.

Promenant sa chandelle au-dessus de la carte, Ian étudiait les différentes routes propices à son évasion. Toutes passaient par la côte, bien sûr. Chestertown présentait l'avantage d'être le port le plus proche. Mais c'était aussi là que la police le chercherait en premier.

Le succès de sa fuite dépendrait beaucoup de l'attitude de Fanny Marsh. Dénoncerait-elle sa disparition aux autorités ? Elle aurait tort de s'en priver.

Après tout, son mari avait déboursé quarante livres pour l'acheter et elle lui avait fait clairement comprendre qu'elle avait besoin de son aide.

Elle n'avait réclamé que trois ans, mais Ian ne pouvait même pas lui accorder trois mois. Il ne pouvait pas davantage lui parler de Katy. Sinon, elle devinerait qu'il voulait repartir en Écosse au lieu de profiter de sa liberté pour s'enfoncer plus loin dans le continent américain. Et si la nouvelle de son retour en Écosse se répandait, Ian était un homme mort.

Poursuivant l'examen du document qu'il avait sous les yeux, il comprit que s'il parvenait à «emprunter» un bateau, il pourrait se rendre, seul, jusqu'à Baltimore, où il courrait moins de risques d'être appréhendé. De là, il embarquerait sur un navire en partance pour la France d'où il rallierait l'Écosse.

Ian referma le livre, souffla la chandelle et s'allongea sous les couvertures. Mais au lieu de s'endormir, il continua d'échafauder des plans. L'aventure était risquée, mais au moins il tenait enfin un espoir auquel s'accrocher.

Et il refusait de se laisser attendrir par la famille qui dormait – ou ne dormait peut-être pas – dans la maison voisine, ni par la tombe fraîchement creusée sous le chêne.

Robert Marsh s'était attablé dans une taverne de Chestertown avec l'un des employés de la société qui se chargeait de vendre esclaves et domestiques. Robert était venu en ville dans l'intention de percer le mystère Sutherland. Il n'avait pas mis longtemps à découvrir que John avait acheté un Écossais condamné à quatorze ans de servitude pour trahison.

— C'est un sacré gaillard, commenta son compagnon. Une forte tête qui a besoin d'être matée.

— Quatorze ans... répéta Robert d'une voix songeuse.

— Ouais. Et encore, j'ai entendu dire qu'il a échappé de peu à la pendaison.

— Combien mon frère a-t-il déboursé pour l'avoir ?

— Quarante livres. Mais il aurait mieux fait de renoncer. Ce type n'est pas un cadeau.

Robert commanda une nouvelle tournée.

— Que sais-tu d'autre à son sujet ?

L'homme vida sa chope de bière.

— Il est sacrément arrogant, pour un forçat. Un de ses compagnons prétendait qu'il était lord. Mais ça m'étonnerait.

Un lord. Cela expliquait sans doute pourquoi l'étranger avait refusé avec tant de hauteur sa proposition de travailler pour lui, estima Robert. Mais les grands airs ne l'impressionnaient pas. Ce Sutherland n'était rien de plus qu'un esclave qui avait appartenu à John et que possédait maintenant Fanny. Et si l'homme passait entre ses mains, songea-t-il avec délectation, le fouet lui apprendrait rapidement l'humilité.

En fait, Robert ne pardonnait pas à cet Écossais le mépris qu'il lui avait clairement témoigné. Personne n'avait le droit de le traiter ainsi de haut, et certainement pas un repris de justice. Depuis qu'il avait hérité de la plantation familiale, Robert s'était ingénié à briser quiconque osait se croire supérieur à lui.

En agissant ainsi, il ne faisait que se venger de l'attitude de son père, qui n'avait jamais réellement eu confiance en sa valeur. Dans son testament, ce père indigne avait attribué à John, qui n'était que le cadet, quelques-unes des terres les plus fertiles et ses meilleurs pur-sang. Robert s'était senti en partie déshérité, même s'il avait reçu l'essentiel de la fortune familiale. Tout cela parce que John savait s'occuper des chevaux et que leur père les préférait au tabac, qui avait pourtant fait leur richesse.

Robert ne l'oublierait jamais. Et le pardonnerait encore moins.

Il en avait voulu aussi à John d'avoir épousé Fanny, une fille de basse extraction. Depuis cinq ans que Robert était veuf et sans enfants, il cherchait lui-même une autre femme et n'avait trouvé personne qui lui convînt et qui soit de son rang. Fanny avait au moins pour elle l'avantage d'être très séduisante. Aussi Robert s'était-il senti de plus en plus attiré par elle, en dépit de sa modeste origine sociale. Et en dépit du commandement qui disait : « Tu ne convoiteras pas la femme de ton prochain. » Robert se voulant un bon serviteur de Dieu, le désir que lui inspirait cette femme l'avait rendu encore plus furieux contre John, contre elle et, pour finir, contre lui-même.

Sauf que tout avait changé, désormais. John était mort et enterré. Et Fanny se retrouvait seule… avec un forçat.

Robert maudit le stupide entêtement de sa belle-sœur. Il la voulait sous son toit. Il voulait aussi les chevaux et ces quelques hectares de terre en bordure de la rivière. En fait, il voulait tout. Et personne, surtout pas cet Écossais, ne se mettrait en travers de son chemin.

À présent, Robert savait quoi faire.

Il se leva de table et son compagnon l'imita aussitôt.

— Non, non, lui dit Robert avec effusion. Buvez un dernier verre à ma santé.

Et il jeta quelques pièces sur la table avant de quitter la taverne.

Ian sortit de l'écurie et s'étira sous les premiers rayons du soleil.

Il se sentait bien. Presque trop bien. C'était quand même merveilleux de se savoir libre.

Enfin, presque libre, rectifia-t-il aussitôt.

Son sommeil avait été agité. Il avait revécu, en cauchemar, sa traversée de l'océan et ces longues semaines passées à fond de cale, les chaînes aux pieds, sans voir le jour et sans presque rien manger. Il n'était pas près d'oublier cette expérience insupportable.

Mais ce matin, tout lui semblait possible.

Son regard se promena sur le décor qui l'entourait : la cour de la ferme, le petit poulailler, l'enclos qui abritait une truie et quatre porcelets, plus loin les pâtures des chevaux et encore plus loin, les champs. Et, bien sûr, la maison. Et sa ménagerie insolite.

Le chien à trois pattes accourut vers lui en remuant la queue. La corneille était perchée sur un piquet de clôture et le chat se prélassait sous un arbre. Les enfants n'étaient pas en vue, mais Ian savait que quelqu'un d'autre était déjà réveillé, car de la fumée s'échappait de la cheminée.

Il longea l'écurie pour apercevoir le chêne au pied duquel John avait été enterré et c'est alors qu'il vit Clarisse agenouillée devant la tombe.

Elle leva les yeux vers lui, surprise, et Ian crut d'abord qu'elle allait s'enfuir dans les bois qui bordaient la rivière. Mais pas du tout. Elle se redressa et tendit la main, l'invitant à la rejoindre.

Ian s'approcha. Clarisse pointa un doigt sur lui, puis elle plaça ses mains l'une contre l'autre, paumes jointes, et les porta à son oreille en penchant la tête de côté, pour mimer le sommeil.

Ian comprit ce qu'elle lui demandait.

— Oui, j'ai bien dormi, répondit-il.

Pourquoi ne parlait-elle pas ? Fanny Marsh n'avait rien dit à ce sujet et il n'avait pas voulu poser de questions. Il aurait bien aimé savoir, cependant. La vulnérabilité de la jeune fille l'émouvait profondément.

— Merci de me l'avoir demandé, ajouta-t-il.

Après un moment d'hésitation, elle mima le geste d'ouvrir un livre en interrogeant Ian du regard.

— D'accord, dit-il. Je ferai encore la lecture ce soir.

Un sourire si radieux éclaira son visage qu'on aurait dit un rayon de soleil perçant les nuages après la pluie.

Lucky se mit à aboyer joyeusement, comme s'il était content pour elle. Clarisse pointa alors le chien, puis Ian et encore l'animal.

Ian devina qu'elle cherchait à lui expliquer qu'elle était surprise de voir avec quelle facilité Lucky l'avait adopté.

— Je pense qu'il aime tout le monde, suggéra-t-il d'un ton moqueur.

Elle secoua la tête et fit la grimace.

— Il n'aime pas les gens ?

Elle balança sa main de part et d'autre.

— Il n'aime que très peu de personnes ?

Elle hocha la tête, visiblement ravie qu'il la comprenne aussi facilement. Puis, agita de nouveau ses mains, pour raconter une histoire.

Ian déchiffrait chaque épisode. Un piège. Un chien qui cherchait à s'en échapper. Quelqu'un – Clarisse – ouvrait le piège. Alors, elle mimait la peur et désignait le chien.

— Il était terrifié ?

Elle hocha encore la tête. Ensuite, en même temps qu'elle pointait la maison, elle désigna la patte manquante de Lucky.

— C'est Fanny qui l'a soigné, devina Ian.

Clarisse hocha à nouveau la tête et, s'approchant de Ian, pointa les cicatrices à ses poignets.

— Oui, dit-il. Elle m'a soigné, moi aussi.

Et préférant dévier la conversation, il ajouta :

— Fanny m'a expliqué que tu avais du sang cherokee.

Les yeux de Clarisse perdirent soudain de leur éclat et elle détourna la tête.

— J'ai lu que c'était un peuple de braves.

Elle le scruta attentivement, comme si elle n'arrivait pas à croire ses paroles, puis elle hocha la tête.

— Tu dois être très fière.

Clarisse raidit les épaules et le scruta de nouveau de ses yeux noirs. Elle était très mignonne, même avec ses cheveux ébouriffés. Ses traits étaient fins et réguliers et son regard mystérieux semblait cacher d'étranges secrets. Mais ce qui frappait, surtout, c'étaient sa minceur et son allure presque éthérée. Ian était convaincu que Fanny Marsh, même à son âge, n'avait pas été aussi fragile. Elle témoignait d'une force intérieure que Clarisse ne possédait pas et ne posséderait sans doute jamais.

Clarisse s'approcha de Ian et lui toucha la main, juste du bout des doigts, avant de s'enfuir à toutes jambes vers les bois.

Il la regarda disparaître, partagé entre la surprise et le mécontentement. Il aurait voulu que Clarisse sache qu'elle pouvait lui faire confiance et, en même temps, il ne souhaitait pas que les membres de la famille Marsh s'attachent à lui. Pas plus qu'il ne souhaitait se lier à eux.

Ian soupira et s'apprêtait à rentrer dans l'écurie, quand il vit Fanny Marsh sortir de la maison.

— Où est passée Clarisse ? demanda-t-elle, alors qu'elle le rejoignait.

— Elle a disparu. Elle me parlait de Lucky quand…

— Elle vous *parlait* ?

— Par gestes.

Il hésita, avant de demander :

— Comment a-t-elle perdu l'usage de la parole ?

— Elle n'a pas toujours été muette, commença Fanny, jusqu'au jour où…

Elle s'interrompit et Ian ne la pria pas de continuer. Après tout, cette histoire ne le regardait pas. Et il se jura bien de se le rappeler chaque fois qu'il serait tenté de poser une question à propos des Marsh.

— Je crains de l'avoir un peu effrayée. Nous évoquions ses origines et je lui disais qu'elle devait se

sentir très fière quand elle a détalé brusquement. Ai-
je dit quelque chose de mal ?

Fanny se détendit.

— Beaucoup de gens, à commencer par Robert, la
traitent de sang-mêlé avec dédain. Je suppose qu'elle
aura été surprise que quelqu'un lui parle aussi gentiment de ses ancêtres.

— Je voulais seulement…

— Ne vous excusez pas. Clarisse vous aime énormément. C'est très rare qu'elle cherche à communiquer avec quelqu'un. Sauf avec John, moi ou les
enfants, bien sûr. Elle m'a dit, hier, qu'elle pensait que
c'était Dieu qui vous envoyait.

Ian ferma les yeux. Si Dieu l'avait réellement envoyé,
il avait employé des moyens plutôt cruels.

— Je vais donner à manger aux chevaux, annonça-
t-il brutalement, pour couper court à cette conversation qui le mettait mal à l'aise.

— Le petit déjeuner est presque prêt, l'informa
Fanny.

Il hocha la tête.

— Merci de vous montrer si patient avec elle, continua-t-elle.

Ian hocha encore la tête et se dépêcha de s'enfermer dans l'écurie. Dieu du ciel ! Cette femme avait le
don de le mettre au supplice.

Fanny regarda Ian Sutherland disparaître, puis rentra à la maison.

Le livre qu'il avait commencé hier soir était resté
ouvert sur la table de la cuisine. Elle le prit dans ses
mains et le feuilleta avec révérence en se rappelant à
quel point la voix chaude de l'Écossais les avait tous
fascinés. Noël l'avait écouté religieusement, le regard
muet d'admiration. Même Amy, pourtant si petite,
avait tenu jusqu'au bout sans broncher.

En fait, l'Écossais avait paru aussi captivé qu'eux

par l'histoire qu'il lisait, même si Fanny aurait juré qu'il la connaissait déjà. Il n'avait pas buté sur un seul mot, comme le pasteur le faisait parfois à la messe, et il avait modulé sa voix en fonction du récit. Au moment où la tempête détruisait le navire du jeune Robinson Crusoé, on aurait juré voir les éclairs, entendre le tonnerre et sentir les coups de boutoir des vagues contre la coque du bateau.

Fanny alla reposer le livre sur l'étagère, puis jeta un œil dans le four, sur le gâteau qui cuisait. Constatant qu'il était doré à point, elle le sortit et le posa au milieu de la table, à côté du pain, des fruits et des céréales qui composaient le reste du petit déjeuner. Puis, elle mit le couvert et se surprit à compter six assiettes.

Avec un soupir résigné, elle rangea la sixième assiette dans le placard. John lui manquait terriblement, même s'il n'avait jamais été quelqu'un qui faisait beaucoup de bruit, surtout le matin.

Maintenant qu'elle l'avait perdu, Fanny réalisait à quel point elle avait apprécié son mari, sa patience, sa gentillesse, sa tolérance, aussi.

Les enfants débarquèrent dans la cuisine sans qu'elle eût à les appeler, comme si un sixième sens les avait informés que le petit déjeuner était prêt. Amy vint avec sa poupée, Pétunia, et Noël était suivi du chat.

Fanny ouvrit la porte, pour appeler les autres. Mais elle n'eut pas à le faire. Sutherland arrivait de l'écurie, suivi de Lucky et de Clarisse, qui avait réapparu.

Elle remarqua tout de suite que l'Écossais s'était servi du rasoir qu'elle lui avait donné la veille au soir. Le rasoir de John. La pâleur de son visage, après des mois d'enfermement, faisait ressortir avec encore plus d'éclat le vert de ses pupilles. Mais Fanny lui trouvait bien meilleure mine qu'à son arrivée. Sa peau avait repris quelques couleurs et il marchait avec plus d'assurance.

En fait, elle réalisait soudain que Ian Sutherland était très bel homme. Elle n'aurait pas dû nourrir de telles pensées, alors qu'elle venait tout juste d'enterrer son défunt mari. Mais c'était une constatation. Ian Sutherland était indéniablement un bel homme.

Alors qu'il se rapprochait d'un pas tranquille, la jeune femme se rappela brusquement les paroles de son beau-frère : « Vous ne pouvez quand même pas songer sérieusement à vivre là-bas toute seule… à part… cet étranger. » Dieu l'en préserve, mais si Robert avait raison ?

Fanny s'imaginait déjà les racontars des autres fermiers du comté – que Robert ne manquerait pas de prévenir de la situation. Elle connaissait son influence. S'il décidait de se servir de la présence de l'Écossais pour lui nuire, Fanny savait qu'il ne reculerait devant rien.

Cependant, elle ne pouvait pas se permettre de renoncer à Sutherland. Cela reviendrait à renoncer à la ferme. Son indépendance était en jeu. Si elle abandonnait la ferme, elle se retrouverait sous la coupe de Robert – et Clarisse et les enfants avec elle.

La jeune femme quitta son poste d'observation avant que l'Écossais ne gravisse le perron, pour retourner s'activer devant ses fourneaux. Elle sut qu'il était entré en entendant ses semelles battre le plancher de la cuisine.

— Je peux vous aider ?

Fanny lui jeta un coup d'œil par-dessus son épaule, surprise de son offre.

— Non, merci. Contentez-vous de vous asseoir, dit-elle, en constatant à nouveau à quel point il était beau.

Ses vêtements propres et son visage rasé l'avaient métamorphosé.

Les enfants avaient déjà pris place autour de la table et étaient, pour une fois, très sages. Noël caressait le chat sur ses genoux et Amy serrait Pétunia dans ses bras, comme si elle voulait empêcher sa pou-

pée de partir. Ce spectacle donna à Fanny le sentiment que ses deux enfants cherchaient désespérément à se raccrocher à quelque chose. Aussi n'eut-elle
pas le cœur de demander à Noël de mettre le chat par
terre pour pouvoir manger tranquille.

Elle retira la cafetière du feu et servit Ian Sutherland en premier.

— Avez-vous d'autres animaux cachés quelque
part ? demanda-t-il, avec une pointe d'humour. J'ai
déjà vu le chat, le chien, la corneille, le raton laveur,
l'écureuil et le renard. Je me demandais où était le
reste de la ménagerie.

Fanny allait répondre, mais Noël la devança :

— Papa disait toujours que maman finirait par
nous rapporter un éléphant à la maison.

À peine eut-il terminé sa phrase qu'il baissa piteu-
sement les yeux sur son assiette.

Fanny se dépêcha de servir tout le monde, avant de
s'asseoir à son tour et d'incliner la tête en signe de
recueillement. Ian, qui avait déjà sa cuiller à la main,
la reposa et se tint droit.

— Noël, c'est à toi, lui dit sa mère.

Le garçon réfléchit un moment, avant de réciter :

— Notre Père qui êtes aux cieux, bénissez cette
humble nourriture et... veillez sur papa, qui est votre
serviteur.

Fanny se mordit la lèvre. C'était toujours John qui
avait béni leurs repas, et ses prières étaient beaucoup
plus longues. Cependant, pour aujourd'hui, la jeune
femme n'avait rien de mieux en tête.

Un sourire si furtif éclaira le visage de l'Écossais
que Fanny se demanda si elle ne l'avait pas imaginé.

— C'était court, commenta Amy.

— Je sais, ma chérie, répondit sa mère.

— Papa priait toujours très longtemps, ajouta la
petite.

— Qu'en pensez-vous ? demanda Fanny en s'adressant à Ian.

— C'était parfait, répondit-il.

Fanny soutint son regard, pour s'assurer qu'il ne s'était pas moqué d'elle. Elle jugeait de la première importance qu'il respecte son autorité devant les enfants.

— Parfait, répéta-t-elle, avant de commencer à manger.

Les enfants et Clarisse touchèrent à peine à leur assiette. Même Ian mangea sans grand enthousiasme. Et en silence. Quand il eut terminé, il leva les yeux sur Fanny.

— Qu'attendez-vous de moi, aujourd'hui ?

Fanny hésita, car il y avait beaucoup à faire. Le plus urgent était de replanter le tabac, mais pas avant la pluie.

— Sauriez-vous entraîner les chevaux ?

— Oui.

— Vous avez déjà préparé des courses ?

— Non. Mais je m'y connais en chevaux.

Fanny savait qu'il montait à la perfection, pour l'avoir vu la veille se promener sur l'étalon. Mais chevaucher était une chose, entraîner à la course en était une autre. Tout à coup, la jeune femme réalisait qu'elle ne savait pratiquement rien de cet homme, alors que le destin de la ferme – et celui de toute la famille – dépendrait entièrement de la manière dont ils travailleraient ensemble.

Que Dieu lui vienne en aide !

8

Ian fut réveillé par le bruit de la pluie tambourinant sur le toit de l'écurie. Il se leva et alla ouvrir la porte.

D'épais nuages faisaient écran aux premières lueurs de l'aube et l'obscurité empêchait de voir à plus de trois pas. Mais la température avait délicieusement fraîchi. Cela faisait à peine une semaine que Ian se trouvait dans le Maryland et il commençait déjà à détester la moiteur qui y régnait en ce moment. La petite brise coutumière des Highlands qui nettoyait si bien le ciel lui manquait.

Tant d'autres choses lui manquaient, que cet orage était pour lui une distraction bienvenue.

N'ayant pour tout vêtement que son pantalon, Ian fit quelques pas dehors et s'immobilisa sous la pluie, pour profiter du ruissellement des gouttes sur sa tête et son torse.

Un éclair déchira le ciel, bientôt suivi d'un coup de tonnerre. Lucky, resté prudemment à la porte de l'écurie, poussa un gémissement, comme s'il voulait demander à Ian de rentrer. Le chien avait pris l'habitude de le suivre comme son ombre et Ian n'avait pu se résoudre à l'en dissuader. Cependant, pour une fois il ignora les supplices de l'animal et continua de profiter de la douche.

Un nouvel éclair stria le ciel, illuminant les parcelles contenant les plants de tabac attendant d'être mis en terre. Ian songea que cette pluie leur ferait le plus grand bien, avant de se reprocher cette pensée.

Diable! En seulement une semaine, les Marsh avaient presque réussi à le dissuader de s'évader le plus vite possible. Ian avait compris que la famille avait un urgent besoin de cette récolte. Comment, en bonne conscience, aurait-il pu les abandonner avant la plantation?

Mais, d'un autre côté, comment pouvait-il s'attarder davantage en Amérique, alors que sa sœur, à supposer qu'elle fût vivante, avait encore plus besoin de lui?

Plante le tabac, se dit-il. Fais ça pour eux. Après, tu pourras partir la conscience tranquille. D'ici à ce que tout soit prêt à être ramassé, les poulains de l'année seront assez grands pour être vendus. Fanny Marsh pourra alors se défaire de son troupeau entier. L'argent qu'elle en retirera, ajouté à celui de la récolte, lui permettra d'attendre sereinement jusqu'à... jusqu'à quand, au fait ?

Jusqu'à ce que la jeune et ravissante veuve se trouve un nouveau mari. Dieu était témoin qu'elle était encore assez belle pour plaire...

Ian resta un long moment sous la pluie battante, à penser à l'Écosse, à sa sœur, à ses plans d'évasion et à tout ce qui pouvait l'empêcher de se rappeler à quel point Fanny Marsh était séduisante et combien son désir de l'aider grandissait de jour en jour.

Le bruit du tonnerre finit par réveiller Fanny. La pluie, enfin ! Elle récita mentalement une prière de remerciement. Les plantations allaient pouvoir commencer.

Abandonnant le lit qui lui paraissait désormais trop grand, elle se posta devant la fenêtre et aperçut l'Écossais à la lumière des éclairs qui déchiraient le ciel. Il se tenait au milieu de la cour, torse nu, sous la pluie. Quelle mouche l'avait piqué de s'exposer ainsi à l'orage ?

Pensait-il à son pays ? Ou aux autres personnes qui avaient besoin de lui ?

Depuis l'enterrement de John, Sutherland s'était acquitté de toutes les tâches que Fanny lui avait confiées. En revanche, il avait refusé de lui apprendre à lire, ainsi qu'aux enfants. « Je ne veux pas commencer quelque chose que je ne pourrai pas terminer », avait-il objecté. Il avait également cessé de partager avec eux le petit déjeuner et le repas de midi. « Ce n'est pas ma place et, de toute façon, je n'ai pas le temps », avait-il expliqué.

Fanny n'avait pas insisté, mais elle avait eu le sentiment de perdre une bataille importante. L'inviter à table était une façon de l'intégrer à la famille pour qu'il ait davantage envie de rester.

Elle attendit un nouvel éclair, pour le voir de nouveau, mais l'orage se déplaçait trop rapidement pour que la cour de la ferme soit illuminée.

Fanny retourna alors vers son lit, dans l'espoir de dormir encore un peu. Si la pluie s'apaisait, elle commencerait à planter le tabac dès le lendemain, avec Noël et l'Écossais. C'était un travail pénible, douloureux pour le dos, mais indispensable à leur survie.

Le surlendemain, le pasteur méthodiste arriverait pour célébrer le service funéraire de John. Robert serait là, lui aussi. Fanny redoutait une nouvelle dispute avec son beau-frère, à propos de la religion et du salut de l'âme de John. Robert amènerait sans doute avec lui un pasteur anglican de Chestertown et tenterait de l'imposer à Fanny.

John, comme toute sa famille, avait été élevé dans le dogme anglican et n'aurait jamais songé à le quitter avant son mariage. Mais le jour où il s'apprêtait à épouser Fanny et à accepter Clarisse sous son toit, le pasteur anglican, au début de la cérémonie, avait publiquement reproché à Clarisse d'être une sang-mêlé. John l'avait fusillé du regard, avant de prendre Fanny et Clarisse par la main pour quitter l'église. Ils avaient ensuite cherché un religieux plus tolérant et l'avaient trouvé en la personne du révérend Rufus Winfrey.

Fanny n'avait pas été étonnée de l'attitude de ce pasteur anglican. Elle s'était hélas habituée à rencontrer partout l'intolérance, dès que les gens apprenaient que son père s'était remarié avec une Indienne. À part les Quakers et le révérend Winfrey, qui avait importé la religion méthodiste dans cette partie du Maryland, personne n'avait approuvé son union avec John.

Quel dommage, songeait la jeune femme, qu'il n'y ait pas sur Terre plus de gens comme le révérend Winfrey, ou comme Ian Sutherland, qui semblait aussi dépourvu de préjugés que lui.

Allongée sur son lit, dans l'obscurité, Fanny se demanda ce que le pasteur penserait de l'Écossais. Ne serait-il pas effrayé de savoir qu'elle et Clarisse vivaient désormais seules, sous le même toit qu'un aussi bel homme ? Le révérend ne la condamnerait sans doute pas. Mais Fanny n'était pas non plus certaine qu'il l'approuverait.

Mon Dieu, venez à mon secours ! pria-t-elle silencieusement. Je ne veux pas aller vivre chez Robert, et Ian Sutherland est mon dernier espoir de sauver la ferme. Je ne peux pas le perdre. Aidez-moi à trouver un moyen de le garder. Je vous en supplie !

Le révérend Winfrey célébrait la messe en plein air, sur une petite prairie qui bordait la rivière. Fanny s'y rendit avec Clarisse et les enfants. Elle avait invité l'Écossais à se joindre à eux, mais il avait poliment refusé.

Avant le début du service, Fanny apprit au révérend la mort de son mari.

— Nous l'avons déjà enterré, mais je vous serais très reconnaissante de venir réciter une prière sur sa tombe.

— Mais bien sûr, répondit-il spontanément. Et pas plus tard que cet après-midi.

Sitôt la messe terminée, Fanny eut la surprise de recevoir les condoléances des autres paroissiens. Certains proposèrent même d'assister au service funéraire. La plupart de leurs voisins fermiers avaient toujours gardé leurs distances. Fanny supposait que c'était à cause de Robert ou des origines de Clarisse. Peut-être les deux. Robert était très craint et les Indiens, suspectés d'atrocités, étaient mal vus de ces petits planteurs.

Du coup, Fanny avait eu le sentiment d'être isolée avec John, sans véritables amis sur qui ils auraient pu compter. Mais à voir la sympathie que lui exprimaient aujourd'hui ses voisins, elle se demandait si elle ne s'était pas trompée.

— C'était un type bien, lui dit soudain Tim Wallace, qui s'était approché d'elle, son fils, Tim, sur ses talons.

Pour les distinguer, on les avait surnommés le Grand Tim et Tim Junior, bien que le fils, à dix-sept ans, fût déjà plus grand que son père.

Fanny les connaissait de vue, mais avait rarement eu l'occasion de converser avec eux. Elle avait entendu dire que le Grand Tim avait dû autrefois se vendre comme domestique pour s'acquitter du prix de sa traversée lorsqu'il avait immigré en Amérique. Mais, depuis, il avait racheté sa liberté et économisé assez d'argent pour acquérir sa propre ferme.

— Merci, monsieur Wallace, répondit-elle, les larmes aux yeux. Vous avez raison, John était quelqu'un de bien.

— Avez-vous besoin de quoi que ce soit?

Fanny remarqua que le regard de Tim Junior s'appesantissait sur Clarisse, qui gardait les yeux baissés.

— Oui, s'il vous plaît. Pourriez-vous informer mon beau-frère, Robert, que le service funéraire aura lieu cet après-midi?

L'aîné des Wallace hocha la tête.

— Je passerai par sa propriété sur le chemin du retour.

Et, changeant de sujet, il ajouta :

— Mon fils et moi avons presque terminé de replanter notre tabac. Si vous le souhaitez, d'ici à deux ou trois jours, nous pourrions venir vous donner un coup de main dans vos champs.

Si seulement cette proposition avait été faite deux semaines plus tôt! songea amèrement la jeune femme. Avant que John ne vende un cheval pour acheter les papiers de Ian Sutherland et avant qu'il ne se tue au travail...

— Merci beaucoup, mais j'ai déjà quelqu'un pour m'aider.

— Je l'ai entendu dire, reprit Wallace. Mais quelques bras supplémentaires ne seront pas de trop.

Fanny allait encore refuser poliment, quand Clarisse tira sur sa manche pour attirer son attention. Fanny regarda sa sœur, qui hocha la tête en signe d'assentiment.

La jeune femme était médusée. C'était bien la première fois que Clarisse encourageait des étrangers à venir à la ferme.

— Ce serait un plaisir de vous aider, intervint Tim Junior.

C'était un charmant jeune homme avec un sourire timide. Il ressemblait beaucoup à sa mère, morte deux ans plus tôt.

Cependant, Fanny hésitait encore à accepter. Certes, la proposition des Wallace était bien tentante. Depuis deux jours qu'ils avaient commencé à planter, avec l'Écossais, ils n'avaient pas encore accompli le dixième du travail et les pluies s'étant arrêtées, la tâche devenait de plus en plus difficile à mesure que la terre séchait. Le soir, Fanny et Ian rentraient si épuisés qu'il n'était plus question de lecture avant de se mettre au lit. Quand bien même Ian aurait eu la force de lire, Fanny n'aurait pas eu celle de l'écouter.

Oui, l'offre des Wallace méritait d'être considérée.

Toutefois, Fanny ne voulait pas leur créer d'ennuis avec Robert. Si celui-ci apprenait leur geste, il pouvait se lancer dans des représailles. Les Wallace, comme la plupart des fermiers de la région, gagnaient tout juste de quoi subsister. Or, Robert avait assez d'influence pour leur faire interdire tout crédit et, du même coup, les précipiter à la ruine.

— Alors, madame Marsh ?

Amy, impatiente de partir, tirait sur la jupe de sa mère. La prairie se vidait peu à peu et bientôt Fanny serait la dernière. Elle regarda Tim Wallace droit dans les yeux et arrêta sa décision. Le salut de sa famille passait avant tout.

— Merci. J'apprécierai énormément votre aide.

Tim Wallace hocha la tête.

— Dès que nous aurons terminé chez nous, nous viendrons sur vos terres.

Ils se dirent au revoir et le Grand Tim s'éloigna vers son cheval. Tim Junior s'attarda un peu, le temps de sourire à Clarisse, qui rougit légèrement, avant de rejoindre son père.

Fanny ne pouvait en vouloir au jeune homme d'être attiré par sa sœur. Clarisse était ravissante et particulièrement en beauté aujourd'hui. Pour une fois, elle avait brossé ses cheveux et les avait tirés en arrière, dégageant l'ovale de son visage et ses pommettes légèrement saillantes.

En y repensant bien, Fanny réalisait que sa sœur avait beaucoup changé, depuis une semaine. Elle restait plus souvent à la maison, s'occupait d'Amy et communiquait beaucoup avec Ian.

En fait, tout avait commencé avec l'arrivée de ce dernier.

Et la disparition de John.

La mort, avait appris Fanny, avait le don d'obliger les vivants à changer d'attitude.

C'était ce qui se passait en ce moment.

Ian se tenait à distance du petit groupe rassemblé autour de la tombe.

Il avait passé la matinée à replanter le tabac et n'avait pas eu le temps de sortir les chevaux. Ceux-ci le lui faisaient sentir par leurs hennissements dès qu'il rentrait ou seulement s'approchait de l'écurie. Les clôtures demandaient à être réparées. La maison aurait bien eu besoin d'un bon coup de peinture. Toute la ferme partait à vau-l'eau.

Mais Fanny Marsh ne semblait pas disposée à renoncer.

Le pasteur récitait ses prières, mais Ian était trop éloigné pour les entendre vraiment. Il n'avait pas voulu se mêler au groupe. Cependant, il avait été attiré malgré lui par la voix mélodieuse du révérend.

Robert Marsh aussi se tenait à l'écart. À son arrivée, il avait croisé le regard de Ian et celui-ci avait immédiatement compris que le beau-frère de Fanny était maintenant au courant de son véritable statut à la ferme.

Le service se termina et les participants prirent alors le chemin de la maison où Fanny Marsh avait prévu une petite collation. Mais la plupart des fermiers repartirent assez vite. Seuls deux hommes – un jeune et un adulte, tous les deux avec des yeux bleus – et Robert s'attardèrent un peu. Puis, les deux inconnus s'en allèrent à leur tour et il ne resta plus que Robert.

— Vous ne pouvez pas demeurer ici avec ce forçat, dit-il soudain à sa belle-sœur. Il pourrait vous tuer ou tuer les enfants. John...

— John souhaitait que je reste ici, sur notre terre, le coupa Fanny. Et M. Sutherland n'a aucune intention de nous faire du mal.

— Comment pouvez-vous prétendre une chose pareille ? s'emporta Robert. Il attend seulement son heure.

— Il aurait déjà eu mille occasions de s'en prendre à nous, s'il avait voulu.

— Tout le monde désapprouve cette situation, reprit Robert, essayant une autre tactique.

— Soyez honnête, Robert. *Vous seul* la désapprouvez. Parce que vous convoitez cette ferme. Mais vous ne l'aurez pas. John a travaillé dur pour laisser quelque chose à ses enfants, alors que vous possédez déjà tout ce qu'il vous faut. Cette ferme reviendra à Noël.

— Noël héritera un jour de ma plantation, puisque je n'ai pas d'enfants. En attendant, je peux assurer son éducation. Et vous donner à tous une belle maison.

— Nous avons déjà une maison. Elle nous suffit.

Robert prit les mains de la jeune femme et tourna ses paumes vers le ciel. Ian comprit qu'il voulait lui montrer les marques de son travail dans les champs.

— C'est ce que vous désirez, Fanny ? Des ampoules ? Et de la poussière ?

Ian s'avança.

— C'est de la poussière honnête, dit-il.

Robert se retourna vers lui.

— Ne vous mêlez pas de ça.

— Je fais ce que je veux.

Robert plissa les lèvres.

— Je sais tout sur vous. Vous êtes un forçat. Un traître.

— Seulement aux yeux des Anglais, répliqua Ian.

Robert se tourna de nouveau vers sa belle-sœur.

— J'ai appris que John avait payé quarante livres pour l'avoir. Je vous rachète ses papiers cent livres. Avec cet argent, vous aurez de quoi envoyer Noël à l'école à Chestertown et assurer une dot à votre sœur.

Ian s'obligea à contenir sa rage. Il serrait les poings à l'idée d'être vendu une deuxième fois. Cent livres représentaient une petite fortune pour Fanny Marsh. Avec cet argent, elle serait assurée de passer l'hiver, même si la récolte de tabac s'avérait moins fructueuse que prévu.

— Non, répondit-elle sèchement.

Robert parut aussi médusé que Ian. Mais plus de colère que d'étonnement.

— J'aimerais savoir pourquoi, dit-il.

— Je ne vous vendrai jamais rien, ni personne, expliqua Fanny avec une véhémence qui força l'admiration de Ian.

Mais elle ajoutait déjà :

— J'ai vu comment vous traitiez vos esclaves. Je ne pourrais pas supporter de vous confier un animal et encore moins un être humain.

Ian l'admirait de tenir ainsi tête à un homme qu'elle craignait.

Robert Marsh s'était empourpré de colère et son regard allait de Ian à la jeune femme.

— Êtes-vous sûre qu'il n'y a pas d'autre raison ? demanda-t-il sur un ton qui laissait parfaitement deviner à quoi il songeait.

Fanny le gifla avec une telle violence qu'il recula de trois pas. Le regard brillant de fureur, Robert porta la main à sa joue et revenait déjà sur la jeune femme.

Ian s'interposa.

— À votre place, je ne ferais pas cela.

— Dégagez, hors de mon chemin ! lui cria Robert.

— Il n'en est pas question. C'est plutôt à vous de partir. Et tout de suite.

— Vous n'êtes qu'un repris de justice ! Vous représentez un danger pour notre communauté. Je vous ferai jeter en prison pour m'avoir menacé.

— Je n'ai entendu aucune menace, dit Fanny.

Robert écumait de rage, mais Ian lisait dans ses yeux qu'il avait peur de lui. À juste titre, du reste.

Ian brûlait d'envie de se jeter à la figure de cet arrogant. Une bonne bagarre lui donnerait l'occasion d'expulser la violence qui bouillonnait dans ses veines depuis la défaite de Culloden. Si seulement Robert Marsh voulait bien le provoquer, il se ferait un plaisir de lui sauter dessus.

Mais l'autre semblait l'avoir compris. Il recula d'un pas, puis de deux et se tourna vers Fanny.

— Nous n'en resterons pas là, dit-il. Je pensais que vous finiriez par vous montrer raisonnable, mais puisque ce n'est pas le cas, je me verrai obligé de recourir à d'autres moyens. Il existe des papiers dont vous ne soupçonnez sans doute pas l'existence. Cet homme et votre ferme seront bientôt à moi.

Et sur ces mots, il remonta en selle et cravacha sa monture sans un regard derrière lui.

Fanny le regarda disparaître, pâle comme un linge.

— Pourquoi ne lui avez-vous pas vendu mes papiers ? l'interrogea Ian.

— Robert traite ses esclaves comme des bêtes de somme. Beaucoup meurent à la tâche avant d'avoir pu recouvrer leur liberté.

C'était une explication et cependant, Ian ne comprenait toujours pas. Pourquoi se serait-elle souciée de son sort, alors qu'elle avait tant besoin de cet argent ?

— Quels papiers peut bien posséder Robert ? Qu'aurait pu lui laisser votre mari ? demanda-t-il encore.

Elle fronça les sourcils, visiblement soucieuse.

— John n'avait pas confiance en son frère. Il ne lui aurait rien donné d'important.

— Alors… ?

— Robert a pu tendre un piège à mon mari, suggéra-t-elle, embarrassée. Comme je vous l'ai expliqué, John ne savait ni lire ni écrire, à part son nom. Robert a pu lui faire signer un papier en prétextant n'importe quoi.

Ian resta silencieux un moment. Il se sentait soudain mal à l'aise. Le jour de son arrivée, Fanny Marsh lui avait demandé de lui apprendre à lire, ainsi qu'aux enfants. Et depuis, elle avait réitéré sa demande à maintes reprises. Ian avait refusé chaque fois, pour ne pas s'engager davantage vis-à-vis des Marsh. Mais il réalisait à présent que Fanny Marsh ne désirait pas savoir lire uniquement pour son agrément. Elle voulait disposer d'une arme pour protéger sa famille des convoitises de son beau-frère.

Comment, dans ce cas, pouvait-il refuser d'accéder à sa requête ?

La réponse était évidente : il ne le pouvait pas.

Tout à coup, Ian jugeait de la première importance de donner à Fanny Marsh ce qu'elle attendait. Ne venait-elle pas de renoncer à une petite fortune pour le sauver des griffes de son beau-frère ? Que Ian ait eu l'intention de fuir le plus vite possible de chez Robert Marsh, comme il avait compté le faire ici, ne changeait rien à l'affaire. Fanny Marsh s'était courageusement sacrifiée pour lui et Ian se sentait désormais son débiteur. C'était aussi simple que cela.

Il ne lui restait donc plus qu'à s'acquitter de sa dette. Au plus vite.

— Je n'aime pas devoir quelque chose aux autres, dit-il, alors qu'elle repartait déjà vers la maison.

Elle s'arrêta et se retourna, interloquée.

— Je commencerai à vous apprendre à lire dès ce soir. Ainsi qu'aux enfants.

Un sourire éclaira ses lèvres. C'était la première fois que Ian la voyait sourire depuis la mort de son mari.

— C'est entendu, dit-elle.

Ian hocha la tête et reprit le chemin des champs de tabac, furieux contre lui-même et contre la terre entière.

9

Ian commença par leur apprendre l'alphabet.

Devant Fanny et Noël pendus à ses lèvres, il épela un premier groupe de lettres, qu'il demanda ensuite à ses élèves de réciter à leur tour. Il leur fit répéter la leçon plusieurs fois de suite, avant de poursuivre par un deuxième groupe de lettres. Et ainsi de suite. À tout moment, Ian s'attendait que l'un des deux se lasse de ces répétitions, mais pas du tout.

Assise à côté de son frère, la petite Amy essaya au début de suivre, elle aussi. Mais très vite, son attention retomba et elle abandonna pour jouer avec sa poupée. Ian n'en fut pas surpris, étant donné son jeune âge. S'il avait eu un livre d'images à lui offrir, sans doute aurait-il pu lui rendre l'exercice plus attrayant. Clarisse, pour sa part, s'agitait beaucoup autour de la pièce. Elle semblait visiblement intéressée par l'exercice, mais pour une raison que Ian ne s'expliquait pas, elle refusait de s'impliquer vraiment. Pourtant, il la surprit plusieurs fois à former du bout des lèvres les lettres que sa sœur et son neveu épelaient à haute voix.

La soirée était chaude et humide, mais une petite brise bienvenue entrait par la fenêtre ouverte. Ian avait dîné avec les Marsh et Fanny avait insisté pour que la leçon commence sitôt la table débarrassée.

Ils travaillèrent sans relâche, jusqu'à ce qu'Amy se fût endormie avec sa poupée et que Noël piquât du nez sur la table.

— Il est temps d'arrêter, dit Ian.

Et voyant que Fanny Marsh acquiesçait, il ajouta :

— Nous aurions besoin de cahiers et de crayons. Et aussi d'un manuel de lecture.

— Nous irons à Chestertown demain. De toute façon, je comptais bientôt m'y rendre. Je... j'ai quelqu'un à voir.

— Et le tabac ?

Elle réfléchit, puis haussa les épaules.

— Il attendra.

Si Ian avait eu besoin d'une preuve supplémentaire du désir que la jeune femme avait d'apprendre à lire, celle-ci en était une de taille. Il savait combien la récolte de tabac avait de l'importance, à ses yeux. Pourtant, elle n'hésitait pas à la faire passer après l'achat de cahiers et de crayons.

— Tu apprends vite, dit-il à Noël.

— Maman aussi, répondit fièrement le garçon.

— Oui, c'est vrai.

Ian se leva de table pour partir. Fanny le rejoignit au moment où il mettait la main sur la poignée de la porte.

— Merci, dit-elle d'une voix douce.

— Ne me remerciez pas déjà. Et n'espérez pas de miracle. Je ne vous apprendrai que les bases.

Ces réticences n'empêchèrent pas la jeune femme de le remercier encore. Ian lisait dans ses yeux une sincère gratitude.

Une fois dehors, il marcha tout droit vers l'écurie, mais s'arrêta au beau milieu de la cour, constatant que c'était la pleine lune. Une lumière argentée baignait les champs et il apercevait distinctement les sillons qui attendaient les jeunes plants de tabac.

Sans plus réfléchir, il se dirigea vers les cultures.

Après le départ de Ian, Fanny coucha les enfants, puis revint dans la grande pièce pour prendre un des précieux ouvrages posés sur l'étagère à côté de la cheminée. Elle l'ouvrit et examina les caractères imprimés sur le papier, avec le fol espoir de parvenir enfin à les déchiffrer. N'y réussissant pas, elle referma le livre avec un soupir de frustration.

Elle avait parfaitement mémorisé les lettres que son professeur lui avait fait réciter. C'était un début. Mais si petit ! Elle s'angoissait déjà à l'idée d'être comme John et de ne jamais arriver à traduire ces lettres en mots.

Elle rangea le livre sur l'étagère, puis lava la vaisselle du souper en récitant à nouveau l'alphabet que lui avait enseigné Ian Sutherland. Elle réussit à le faire trois fois de suite, dans l'ordre et sans commettre la moindre erreur. Du moins voulut-elle s'en persuader. Avoir appris tout l'alphabet en une seule soirée lui semblait déjà un miracle.

Noël aussi apprenait vite. Même plus rapidement qu'elle. Mais le plus étrange, c'était encore l'attitude de Clarisse. Sa sœur était restée avec eux toute la soirée, certes en retrait, mais sans rien perdre de ce qui se disait.

Fanny savait pourquoi sa sœur n'avait pas voulu s'investir complètement en prenant place, comme les autres, autour de la table. Clarisse se considérait comme incapable d'apprendre quoi que ce soit. On lui avait tellement raconté, quand elle était plus

108

petite, qu'elle était idiote, qu'elle avait fini par le croire. Et Fanny ne voyait pas comment l'aider à reprendre confiance en elle...

La vaisselle terminée, la jeune femme retourna dans la chambre des enfants s'assurer de leur sommeil. Le clair de lune baignait la pièce et elle n'eut pas besoin d'allumer de chandelle.

Noël s'était endormi, un bras posé sur le chat. Fanny se pencha pour l'embrasser sur le front.

Oh, comme elle désirait sa sécurité ! Le voir toujours ainsi, un sourire innocent illuminant son visage. Et qu'il ne connaisse jamais les épreuves qu'elle avait traversées dans sa propre jeunesse.

Elle s'approcha ensuite de l'autre lit. Amy s'était blottie dans les bras de sa tante, comme d'habitude. Toutes deux semblaient également sereines.

Fanny retint difficilement une larme d'émotion. C'était ici sa maison. C'était là que vivait sa famille. Comment pourrait-elle renoncer à ce havre de paix pour la demeure froide et inhospitalière de Robert ? Sans parler des intentions malveillantes de son beau-frère. Rien que d'y penser, elle en frissonnait.

Fanny embrassa Amy, puis se rendit dans sa propre chambre et se changea pour mettre sa chemise de nuit. Ne se sentant toujours pas fatiguée, elle se planta devant la fenêtre et tira les rideaux pour regarder le paysage éclairé par la lune.

C'est alors qu'elle le vit. Sa silhouette longiligne se dessinait au milieu des champs, sur fond de ciel étoilé, tandis qu'il travaillait la terre. Il était encore très mince, mais ses gestes avaient peu à peu retrouvé une aisance et une grâce étonnantes. Au début, il s'était montré un peu gauche pour planter le tabac, puis il n'avait pas tardé à acquérir la technique et le rythme des fermiers aguerris.

Ian Sutherland. Son « serviteur ». Cependant un serviteur qui prenait chaque jour un peu plus d'importance dans la vie et l'avenir de sa famille.

Fanny observa son « domestique » encore quelques minutes, puis se décida à ôter sa chemise de nuit pour revêtir la vieille robe qui lui servait à travailler dehors. Elle retroussa ses manches au-dessus des coudes, puis sortit rejoindre Sutherland.

Il la regarda approcher avec une caisse contenant les plants qu'elle venait de déterrer des semis. Il s'empara de la caisse sans un mot et Fanny repartit aussitôt déterrer d'autres pousses, pour son propre usage. Puis, elle revint vers l'Écossais et ils se mirent à planter ensemble, sillon contre sillon.

Le temps passa. La lune avait presque atteint son zénith. Cependant, Fanny était déterminée à travailler aussi longtemps que l'Écossais. Après tout, c'étaient ses champs. S'il devait passer la nuit dessus, elle en ferait autant.

Au bout d'un certain temps, ils se redressèrent et firent une pause.

— Il est temps que vous alliez au lit, lui dit-il. Je crois me souvenir que le trajet est long, jusqu'à Chestertown.

Il n'était guère à plus d'un mètre d'elle, grand, fort, sentant la terre et la sueur. En croisant son regard, Fanny eut l'intime conviction qu'un courant passait entre eux – c'était une émotion muette, mais parfaitement intelligible. Et sa signification effraya la jeune femme. Comment pouvait-elle être attirée physiquement par cet étranger, alors que John n'était pas encore froid dans sa tombe ?

Cependant, elle ne pouvait nier ce qu'elle ressentait.

— Vous n'étiez pas obligé de faire ça, lui dit-elle.

— Je le fais quand même. Mais ne le prenez pas pour plus que ça n'est.

— C'est-à-dire ?

— Le paiement de ma dette envers vous. Et uniquement cela.

— Il n'empêche. Je ne sais pas ce que nous aurions fait, sans vous.

110

— Votre mari a payé quarante livres pour que je vous serve, répliqua-t-il, avant d'ajouter, d'une voix radoucie : Vous devriez aller vous reposer.

— Et vous ?

Il haussa les épaules.

— Voilà bien longtemps que le sommeil ne m'est plus d'aucun réconfort.

Depuis la mort de John, Fanny éprouvait la même chose. Et son grand lit vide ne lui apportait plus désormais le repos. Alors, plutôt que d'argumenter davantage, elle reprit ses plantations là où elle les avait laissées.

L'Écossais soupira, puis se remit lui aussi au travail.

La lune poursuivit sa course vers l'ouest. Lorsqu'elle disparut derrière la cime des arbres, ils avaient planté encore deux caisses supplémentaires de jeunes pousses.

Agenouillée devant son sillon, Fanny contemplait le travail accompli avec un sourire satisfait. Certes, il restait encore beaucoup de pousses à mettre en terre, mais ils avaient rattrapé, en une nuit, le retard pris dans la journée, avec la messe, puis le service funéraire de John.

L'Écossais se redressa et lui offrit sa main pour l'aider à se relever. Ils étaient tous les deux pleins de terre et fatigués au-delà de toute expression, cependant Fanny ressentit à cet instant une immense fierté.

Elle arriverait à s'en sortir. Sans John. Même si cette dernière pensée la rendait un peu honteuse, elle savait, à présent, que c'était vrai et cette certitude lui ôtait un grand poids sur la conscience.

L'Écossais tendit la main pour écarter une mèche de cheveux qui retombait sur ses yeux.

— La journée sera longue, dit-il. Vous devriez vous reposer un peu.

Il avait dit cela avec une gentillesse que Fanny ne lui connaissait pas. Comme si le dur labeur qu'ils venaient de partager ensemble les avait rendus amis.

Et même peut-être un peu plus que cela.

Soudain, Fanny se sentit horrifiée. Elle n'aurait pas dû nourrir de tels sentiments si peu de temps après la disparition de John. Et certainement pas pour un homme qui avait clairement fait entendre qu'il comptait repartir à la première occasion.

À cet instant, elle aurait dû s'en aller. La seule présence de l'Écossais suffisait à lui donner des frissons dans tout le corps. Et le pire, c'était qu'elle lisait dans ses yeux qu'il avait compris son trouble. Et qu'il ressentait la même chose, lui aussi. Oui, elle aurait dû le quitter promptement et courir s'enfermer dans sa chambre.

Mais elle se trouva incapable du moindre mouvement.

Et lorsqu'il tendit la main vers son visage, en souriant, Fanny sentit son cœur s'emballer.

— Vous avez de la terre sur le nez, dit-il en le touchant du bout du doigt. Cela ne vous empêche pas d'être une très belle femme, madame Marsh. Particulièrement ce soir.

Il laissa brutalement retomber sa main et s'éloigna rapidement, en direction de la pompe.

Fanny expira lentement l'air retenu dans ses poumons. Ses jambes la portaient à peine et sa joue la brûlait là où il l'avait touchée.

Confuse et horrifiée par sa réaction, elle courut vers la maison. Au moment de passer devant la pompe, elle ne put s'empêcher de jeter un regard vers Ian et vit qu'il s'était débarrassé de sa chemise pour se laver.

Une fois chez elle, elle remplit une bassine d'eau et se nettoya rapidement. Puis, elle s'enferma dans sa chambre, se dévêtit et se mit au lit.

Il faisait encore nuit. Fanny avait au moins une bonne heure de sommeil devant elle avant que l'aube ne pointe ses premières lueurs.

Mais réussirait-elle à dormir ?

Le lendemain matin, quand Fanny revit l'Écossais, elle constata d'emblée que la complicité qui avait pu les lier durant la nuit, alors qu'ils travaillaient côte à côte dans les champs, avait disparu.

Comme il ne s'était pas montré au petit déjeuner, la jeune femme pensa qu'il avait oublié de se lever, ce qui n'aurait pas été extraordinaire, sachant l'heure à laquelle il s'était couché. Mais quand elle voulut aller le réveiller, elle le trouva occupé à travailler dans l'écurie. Un bref regard autour d'elle lui apprit qu'il avait déjà nourri et abreuvé les chevaux, si bien qu'elle se demanda s'il s'était seulement couché.

Il l'accueillit avec une telle froideur dans les yeux qu'elle ne reconnut pas l'homme avec qui elle avait travaillé toute la nuit. Il était redevenu un étranger qui la considérait avec indifférence.

Fanny voyait tous ses espoirs s'envoler. Elle s'était imaginé que leur complicité nocturne aurait tout changé et que Ian Sutherland ne serait désormais plus aussi réticent à l'idée de rester.

— Voulez-vous que j'attelle la voiture, ou préférez-vous aller à cheval ?

— En chevauchant, nous serons rentrés ce soir.

Il parut sceptique.

— C'est un long trajet.

— Je sais. Mais les chevaux auront besoin qu'on s'occupe d'eux demain matin. Noël ne peut pas s'en charger tout seul. Et puis, je ne veux pas abandonner Clarisse trop longtemps.

Ian haussa un sourcil et Fanny comprit qu'il se demandait pourquoi Clarisse, qui était presque une jeune femme à présent, n'aurait pas pu se débrouiller pour un soir. Mais il ne posa pas la question.

— Nous ne sommes pas obligés d'y aller, dit-il à la place. Les cahiers et les crayons peuvent attendre.

Fanny n'était pas de cet avis. À ses yeux, ils valaient de l'or. Ils étaient la clé de sa liberté. Les papiers de Ian Sutherland n'étaient pas moins importants. Elle devait les reprendre à Douglas Turner, ainsi que John le lui avait conseillé. Robert avait laissé entendre qu'il voulait se l'approprier. Fanny ne voulait pas lui donner le temps de la prendre de vitesse. Une fois qu'elle aurait récupéré le contrat de servitude, elle l'annulerait.

Cependant, elle jugea préférable de ne pas parler de tout cela maintenant. Bien qu'elle méprisât l'idée de retenir un être humain en otage, elle ne voyait pas d'autre moyen, pour l'instant, de protéger sa famille de ce qui ne manquerait pas d'arriver si Ian Sutherland partait avant que tout le tabac ne soit planté. Fanny avait besoin de quelques semaines de répit. Après, Ian Sutherland déciderait peut-être de rester de son plein gré.

Mais Fanny en doutait. La froideur de son regard prouvait qu'il ne se sentait aucune attache avec les Marsh. Elle eut soudain envie de savoir qui d'autre pouvait avoir besoin de lui. Pourtant, elle n'osa pas lui poser la question, de peur d'essuyer une rebuffade.

— Sellez deux chevaux, lui dit-elle. Je vais nous préparer un peu de nourriture à emporter.

— Très bien.

Fanny s'attarda encore un moment. Elle aurait voulu ajouter quelque chose qui aurait ravivé le lien qui s'était tissé entre eux durant la nuit. Mais elle ne trouva aucun mot capable d'ébranler ce mur d'indifférence glacée que Ian avait érigé autour de lui. Du reste, sans doute n'avait-il aucune envie de voir ce mur s'écrouler.

Résignée, la jeune femme tourna les talons et repartit vers la maison.

Ian sortait de l'un de ses pires cauchemars. Il avait dormi à peine une heure, mais cela avait suffi pour réveiller ses démons. Les images les plus atroces avaient défilé dans sa tête : Derek se balançant au bout de sa corde, comme un pantin désarticulé ;

Patrick gisant sur la lande de Culloden, le torse ensanglanté; Katy courant, affolée, sur les remparts de Brinaire et qui l'implorait, les larmes aux yeux, de venir à son secours.

Cette dernière vision continuait de le hanter, alors qu'il sellait les chevaux. La situation avait assez duré. Il devait s'échapper d'ici au plus vite.

Cependant, sa raison lui conseillait de garder son sang-froid. Il ne servirait à rien de filer vers le premier port venu, alors qu'il n'avait pas le moindre argent pour payer sa traversée.

Convaincu qu'il devait encore patienter, Ian songea à demander à Fanny Marsh de l'argent pour poster une lettre. Si Katy vivait encore, il arriverait bien, avec un peu de chance, à entrer en contact avec elle ou au moins à avoir de ses nouvelles.

Mais le courrier parvenait difficilement jusque dans les Highlands. Et Ian ne savait pas à quel ami s'adresser. Qui avait survécu à Culloden et qui était mort? Qui avait trahi et qui était resté fidèle?

Bien sûr, il aurait pu s'abaisser à écrire aux Macrae. C'étaient sans doute ceux qui avaient le plus de chances de connaître le sort de sa sœur. Les Macrae avaient certes sauvé la vie de Ian, mais ils avaient permis qu'il soit vendu au plus offrant, comme un vulgaire animal de trait. Et les Macrae avaient trahi et n'avaient pas levé le petit doigt pour sauver Derek. Comment, alors, espérer qu'ils veilleraient sur Katy?

Non, Ian n'avait personne vers qui se tourner. Personne en qui il aurait pu avoir confiance. Il n'avait d'autre choix que de retourner lui-même en Écosse. Et le plus tôt possible.

Les chevaux sellés, il les sortit de l'écurie. Fanny Marsh l'attendait sous le porche de sa maison. Elle portait une robe noire et elle avait caché ses cheveux sous un bonnet. Mais sa tenue austère ne faisait que souligner la finesse de sa taille, le modelé parfait de son visage et l'éclat de ses yeux marron.

Elle semblait sans défense et, cependant, Ian était convaincu qu'elle était le genre de femme à survivre à bien des épreuves. La résistance et la détermination qu'elle avait montrées au cours de la nuit le prouvaient assez. Fanny Marsh pouvait en endurer beaucoup plus que Katy.

Elle descendit le perron à sa rencontre et lui tendit deux sacoches de selle. Maladroite, la corneille, abandonna son perchoir, sur un piquet de clôture, pour venir se poser sur son épaule. Clarisse observait la scène depuis la maison, mais les enfants se précipitèrent à la suite de leur mère. Fanny confia la corneille à Noël, puis elle l'embrassa et fit de même avec la petite, qui pleurait presque.

— Soyez sages, leur dit-elle à tous les deux.

— Quand est-ce que tu reviens, maman ? demanda Noël.

— Il me semble vous l'avoir déjà dit tout à l'heure, répondit gentiment Fanny.

— Ce soir, répéta Noël.

Mais il ne semblait pas convaincu.

— Exactement. Il sera sans doute très tard, mais je vous promets d'être là.

— Je t'attendrai, maman.

Fanny hocha la tête.

— Si tu ne t'es pas endormi avant.

À moitié rassuré, le garçon se tourna vers Ian.

— Je réciterai mon alphabet. Ça me tiendra éveillé.

Ian faillit lui prodiguer un encouragement, mais s'y refusa au dernier moment et décida d'ignorer l'enfant. Non sans peine. Il avait tellement crispé les mains sur les rênes de la jument que celle-ci, sentant une tension, recula de plusieurs pas.

— Nous ferions mieux de partir, maintenant, madame Marsh.

Noël semblait abattu, mais il se laissa câliner une dernière fois par sa mère, puis il prit sa sœur par la main, tandis qu'il tenait toujours la corneille de l'autre.

Ian aida Fanny à monter en selle avant de se jucher sur sa propre monture. Lucky se mit à les suivre dès qu'ils commencèrent à descendre l'allée.

— Reste ici, lui ordonna Ian.

Le chien lui jeta un regard déconcerté, mais se résigna à obéir. Il repartit en trottinant vers la maison.

Décidément, la journée s'annonçait pénible.

Ils marquèrent un bref arrêt en milieu de matinée, pour se restaurer un peu et abreuver les chevaux. L'Écossais goûta les tartines au fromage que Fanny avait préparées, mais il limita sa conversation à des monosyllabes et la jeune femme finit par renoncer.

Malgré son attitude glaciale, elle restait cependant convaincue qu'il existait quelque chose entre eux. Du moins, Fanny ressentait-elle un frisson chaque fois que leurs regards se croisaient. Il était impossible que Ian Sutherland n'éprouve pas la même chose.

Pourquoi n'avait-elle rien connu de tel avec John? Ses remords augmentaient un peu plus chaque jour.

Elle avait souvent entendu parler, dans sa jeunesse, de grandes histoires d'amour, où des Indiennes n'hésitaient pas à se jeter du haut d'une falaise après la mort de leur guerrier. Ces histoires avaient-elles réellement existé, ou n'étaient-elles que des légendes?

Le père de Fanny et sa femme, Petit Faon, n'avaient été guère plus que de bons amis, exactement comme elle-même avec John. Aussi la jeune femme avait-elle toujours pensé que l'amour se résumait à une solide amitié. Mais cela, c'était avant de connaître Ian Sutherland.

Fanny essayait encore d'y voir plus clair dans ses sentiments quand ils atteignirent Chestertown, aux alentours de midi. La jeune femme s'arrêta devant le grand magasin de la ville et donna quelques pièces à Ian.

Il les prit d'un air interloqué.

— Vous ne venez pas avec moi ?

— J'ai autre chose à faire. Achetez tout ce que vous jugerez utile pour nos leçons. Après, offrez-vous une chope de bière. Je vous retrouverai ici dans une heure.

Il la regarda bizarrement.

— Vous me faites confiance ?

— Oui.

— Vous ne devriez pas.

— Peut-être pas, en effet. Mais je n'ai guère le choix.

Il la dévisagea encore un long moment, avant de mettre pied à terre.

— Vous ne descendez pas ?

Elle secoua la tête, puis répéta :

— Je vous retrouve ici dans une heure.

Et sur ces mots, elle partit.

Sentant le regard de Sutherland dans son dos, la jeune femme crispait ses doigts sur les rênes. Elle n'était vraiment pas sûre de pouvoir lui faire confiance, mais elle n'avait de toute façon aucun moyen de l'enchaîner.

Elle passa plusieurs pâtés de maisons, avant de descendre de cheval devant le bureau de Douglas Turner. Un regard en arrière l'avertit que son « domestique » n'avait pas cherché à la suivre. Tant mieux. Elle préférait qu'il ignore où elle se rendait.

Fanny hésita un instant, puis se décida à pousser la porte, ce qui déclencha le tintement d'une clochette. Elle attendit dans l'entrée que Douglas Turner vienne à sa rencontre.

Il apparut au bout de quelques secondes. Fanny l'avait déjà rencontré une ou deux fois et l'avait toujours apprécié. Il arriva avec le sourire, mais, la voyant seule, il s'alarma.

— Quelle raison vous amène, madame Marsh ?

Fanny se mordillait la lèvre. Elle n'arrivait pas à parler.

— John… réussit-elle enfin à dire… John est mort il y a deux semaines.

Turner ferma les yeux un instant, avant de les rouvrir presque aussitôt.

— Je suis désolé. Mais ce n'est pas vraiment une surprise. Il n'avait pas du tout bonne mine, la dernière fois que je l'ai vu.

Il soupira, puis lui montrant la porte de son bureau, ajouta :

— Entrez donc et dites-moi ce que je peux faire pour vous.

Fanny le laissa la guider jusqu'à une chaise à haut dossier, face à son bureau. Elle s'assit et croisa les mains sur ses genoux, pendant qu'il reprenait place dans son fauteuil.

— John m'avait demandé de venir vous rendre cette visite, commença-t-elle. Il avait confiance en vous. Je crois qu'il vous a laissé son testament… et aussi certains papiers concernant un serviteur.

Turner hocha la tête.

— C'est exact. Je garde tout cela dans une enveloppe. Naturellement, vous héritez de tout. Du moins, jusqu'à la majorité de votre fils.

— Il… il n'y a pas de doute là-dessus ?

L'avocat fronça les sourcils.

— Aucun, que je sache.

— Robert… hésita la jeune femme, mon beau-frère, pourrait vouloir prétendre le contraire.

Turner secoua la tête d'un air résolu.

— Il n'y arrivera pas, ma chère. John m'avait exprimé très clairement ses dernières volontés. D'ailleurs, je vais tout de suite vous chercher cette enveloppe.

Fanny expira l'air contenu dans ses poumons.

— Merci.

— Pour ce qui est du contrat de votre domestique, je vous conseille de le revendre, madame Marsh. Vous ne pouvez pas garder ce genre d'homme chez vous, maintenant que vous êtes seule.

— J'y réfléchirai, répondit Fanny, qui savait déjà qu'elle ne revendrait pas les papiers de Ian Sutherland.

Turner disparut dans la pièce adjacente et réapparut moins d'une minute plus tard, avec l'enveloppe dans sa main.

— N'hésitez pas à demander mon aide, dit-il en lui tendant l'enveloppe. Par exemple, je pourrais m'occuper de la revente de ce contrat, si vous le souhaitez.

Fanny caressait l'enveloppe du bout des doigts.

— Je me souviendrai de votre proposition, merci.

— N'attendez pas trop, madame Marsh, lui conseilla Turner.

— Je n'ai encore rien décidé. Pour l'instant, le plus urgent est de terminer les plantations.

— Votre beau-frère pourrait vous aider, j'imagine.

Fanny referma sa main sur l'enveloppe.

— Merci, monsieur Turner. Il faut que je parte, à présent.

Turner la reconduisit à la porte avec un haussement d'épaules résigné. Mais il écarquilla les yeux en découvrant la monture de la jeune femme.

— Vous n'êtes quand même pas venue seule en ville, madame Marsh ?

— M. Sutherland m'accompagnait.

— M. Sutherland ?

— Une relation, répondit prudemment Fanny.

C'était un demi-mensonge. Et comme Turner ne manifestait aucune réaction, Fanny en déduisit qu'il ne se souvenait plus du nom marqué sur les papiers, ou qu'il ne les avait pas lus.

Turner l'aida à monter en selle et Fanny le gratifia d'un sourire.

— Encore merci, dit-elle en glissant l'enveloppe dans une des sacoches.

— De rien, madame Marsh. Et n'oubliez pas que vous pouvez compter sur moi.

Après lui avoir dit au revoir, Fanny reprit la direction du bazar. Elle espérait y dénicher des petits cadeaux pour les enfants, pendant qu'elle attendrait Ian. Alors qu'elle arrivait à hauteur du magasin, elle regarda derrière elle et reconnut, au loin, la voiture de Robert qui s'arrêtait devant le bureau de Douglas Turner.

Fanny retint son souffle en voyant son beau-frère descendre de voiture et s'engouffrer dans l'immeuble. Priant le Ciel que Robert ne l'ait pas remarquée, elle se dépêcha de rentrer dans le magasin, au cas où il ressortirait rapidement.

Le cheval de l'Écossais n'était plus attaché devant le magasin, aussi Fanny ne fut-elle pas surprise de ne pas trouver Sutherland à l'intérieur. Combien de temps était-elle restée chez Turner ? Vraisemblablement pas plus d'une demi-heure.

Il va revenir, se rassura-t-elle, en se retenant de demander au vendeur s'il n'avait pas servi un homme de grande taille, avec des cheveux bruns et courts.

Elle examina plusieurs poupées, malheureusement trop chères pour sa bourse. Puis, son attention fut attirée par une petite boîte à musique, délicatement ouvragée, qui jouait les premières mesures d'une valse chaque fois qu'on soulevait son couvercle. En d'autres circonstances, Fanny aurait applaudi à cette petite merveille. Mais chaque note de musique semblait égrener les secondes et les minutes qui passaient sans que Sutherland donne signe de vie.

Fanny jeta un coup d'œil par la vitrine. L'attelage de Robert descendait la rue à vive allure, les chevaux fouettés par le cocher. La voiture dépassa le magasin et continua sa route vers le sud, en direction de la plantation Marsh.

Fanny se sentait oppressée. Pourquoi Robert avait-il rendu visite à Turner ? Que lui voulait-il ? Et qu'était devenu l'Écossais ? S'était-il enfui avec l'étalon ?

L'heure était passée, maintenant.

La jeune femme alla vers la porte.

— Ian Sutherland, murmura-t-elle, où êtes-vous ?

10

Ian trouva facilement la taverne qu'il cherchait. Coincée entre deux bureaux de compagnies maritimes, *La Sirène* affichait une devanture délabrée. Mais l'intérieur était rempli de marins.

Ian poussa la porte en serrant prudemment contre lui le paquet contenant ses achats. *La Sirène* était le genre d'endroit où les objets personnels disparaissaient en un clin d'œil. Il disposait d'une bonne heure avant que Fanny Marsh ne s'inquiète à son sujet et probablement de deux ou trois heures avant qu'elle ne signale sa disparition aux autorités. Ian comptait employer ce temps à glaner les informations dont il avait besoin pour fuir ce pays.

La taverne était sombre et l'atmosphère empestait le tabac, la bière et la transpiration. Toutes les tables étaient prises, ce qui convenait parfaitement à Ian. Tout en balayant la salle du regard, il tendait l'oreille pour écouter les conversations et repérer une tablée susceptible d'accueillir un Écossais. Il avait pris soin, en entrant, de conserver ses gants. C'étaient en fait les gants d'équitation de John Marsh. De même que les vêtements qu'il portait avaient appartenu à John Marsh. Savoir qu'il ne possédait plus rien, pas même une pièce de monnaie bien à lui, le mortifiait. Heureusement, il lui restait son intelligence. Et il comptait s'en servir pour, avec un peu de chance, arriver à ses fins.

Son oreille ne tarda pas à reconnaître, dans le brouhaha ambiant, la musicalité si particulière de l'accent écossais. Il se dirigea aussitôt vers la table d'où provenaient ces voix familières.

— Compatriotes, dit-il aux cinq marins occupés à étancher leur soif, puis-je me joindre à vous ?

L'un des hommes, reconnaissant son accent, leva les yeux vers lui.

— Oui, tu peux.

Un autre marin contempla les vêtements de Ian — modestes, mais bien coupés – d'un œil suspicieux.

— De quel bateau êtes-vous ? demanda Ian.

— De l'*Elizabeth*, répondit celui qui l'avait accueilli. Nous avons débarqué il y a deux jours.

Ian s'installa à côté d'eux et commanda une bière à la serveuse, puis attendit d'avoir bu quelques gorgées avant de demander à ses compagnons :

— Quelle est votre prochaine destination ?

— La Jamaïque.

— Avez-vous assez de bras ?

— Tu n'as pas la dégaine d'un marin, lui fit remarquer gentiment un des hommes.

— Je n'en suis pas un, avoua Ian.

— Mais nous avons toujours besoin de bras solides, fit valoir un autre homme. Le capitaine Jack aime les durs au travail.

Ian sentit son cœur s'emballer. C'était donc si facile ? Si leur capitaine manquait de main-d'œuvre, il ne poserait pas trop de questions indiscrètes.

— Est-il possible, depuis la Jamaïque, de prendre un bateau à destination de la France ?

— Non. Aucun navire ne part des colonies anglaises pour la France.

Ian voyait déjà tous ses espoirs s'évanouir. Mais l'homme ajouta :

— Le meilleur moyen de rallier la France, c'est de partir du Canada. Mais la route est longue.

Aucune route ne semblait trop longue à Ian. Il termina sa bière et en commanda une autre. Ses compagnons étaient déjà plus ou moins ivres, excepté celui qui continuait de l'observer bizarrement.

— Comment trouvez-vous Chestertown ? demanda Ian, pour détourner la conversation sur un sujet neutre.

— Ça manque de femmes consentantes, marmonna l'un des marins.

— Parle pour toi, riposta un autre. Avec ta tête, c'est pas étonnant qu'elles veuillent pas de toi.

Un coup de poing partit. Puis, un autre. Ian abandonna sa bière et se recula vers la porte. Il ne voulait surtout pas se retrouver compromis dans une rixe.

Le marin qui l'avait longuement observé lui emboîta le pas. Le temps qu'ils atteignent la porte, la taverne entière était déjà devenue un champ de bataille.

Ian se dépêcha de s'éclipser. Il était de toute façon grand temps d'aller retrouver Fanny Marsh, avant qu'elle n'alerte les autorités.

Le marin le suivait toujours. Ian s'arrêta et se retourna pour lui faire face. L'autre observait sa main gantée, comme s'il pouvait voir à travers le tissu.

— Je suis le second de l'*Elizabeth*, expliqua-t-il. Nous appareillons dans cinq jours. Le capitaine ne posera pas de questions. Une fois à la Jamaïque, il est possible de trouver un bateau à destination d'une île française. Et de là, vous rallierez la France.

Ian n'en croyait pas ses oreilles. *Cinq jours.*

— Pourquoi me dites-vous tout cela ?

Le marin sortit sa main de sa poche. Il portait la même marque infamante que Ian.

— J'ai travaillé sept ans dans les champs de tabac et ce fut bien pénible, dit-il. Quand j'ai retrouvé ma liberté, j'ai préféré renoncer à la terre pour m'engager dans la marine. Je ne le regrette pas. Le capitaine Jack est bourru, mais ce n'est pas un mauvais homme. Si vous le servez sans rechigner, il ne vous cherchera pas querelle.

L'homme examina Ian des pieds à la tête, avant d'ajouter :

— Vous avez l'air solide, même s'il vous manque un peu de graisse sur les os.

— Cela ne m'explique toujours pas pourquoi vous me dites tout ça, insista Ian.

— Écoutez, je ne vais pas raconter de salades à un

compatriote. Pour tout vous avouer, le capitaine m'a chargé de lui trouver de la main-d'œuvre de renfort. Si vous êtes disposé à travailler dur, il ne vous posera pas de questions indiscrètes.

Ian hocha la tête. L'autre avait parfaitement deviné qu'il cherchait à fuir discrètement. Une réaction logique de la part de quelqu'un qui avait connu le même sort que lui.

— Merci du renseignement. Je vais garder ça dans un coin de ma tête.

— Vous pourrez me trouver à cette taverne tous les soirs jusqu'à vendredi. Nous appareillons samedi à l'aube. Je m'appelle Tom Jarvie, précisa-t-il en tendant la main.

Ian la serra chaleureusement, pour sceller leur accord. Puis, l'autre retourna vers la taverne.

Cinq jours, songea Ian. Dans cinq jours, il pouvait prendre la route du retour. Convaincu que la chance venait de lui sourire, il rejoignit sa monture d'un pas léger. Une fois en selle, il fourra dans une des sacoches le sac contenant ses achats. Les cahiers et les crayons qui ne serviraient jamais. Le manuel de lecture qui ne serait jamais ouvert.

C'était dommage, bien sûr, et il se sentirait sans doute vaguement coupable d'abandonner Fanny Marsh alors qu'elle avait tant besoin de lui. Mais il aurait eu bien plus de remords s'il n'était pas parti à la recherche de Katy.

Éperonnant sa monture, il la lança au petit trot. Mme Marsh l'attendait dans le bazar.

Et Katy l'attendait de l'autre côté de l'océan.

Fanny se refusait à renoncer.

Elle avait conscience que le vendeur l'épiait du coin de l'œil. Il lui avait demandé plusieurs fois ce qu'elle désirait et bien sûr, elle n'avait pas pu répondre qu'elle attendait un forçat.

Des larmes montaient à ses yeux. Pas seulement parce qu'elle se sentait trahie, mais parce qu'elle avait l'impression que le ciel lui tombait sur la tête. Comment réussirait-elle à s'en sortir, sans Ian Sutherland ?

Elle n'aurait d'autre solution que de vendre un cheval. À perte, évidemment, et la mort dans l'âme. Au moins, l'argent de cette vente lui permettrait de passer l'hiver.

Mais l'année prochaine ? Le problème se reposerait en termes identiques. Si elle vendait un second cheval, et encore un autre l'année suivante, elle finirait par vider l'écurie. Et alors, il ne lui resterait plus rien.

Pour la centième fois, elle scruta la rue d'un regard anxieux. Il avait une heure de retard. Peut-être même davantage. S'était-il enivré dans une taverne ? Avait-il fraternisé avec un autre Écossais ? Ou bien...

Et soudain, elle l'aperçut. Il était encore tout au bout de la rue, mais elle l'aurait reconnu entre mille, rien qu'à son allure. Il avait une façon naturelle et gracieuse de monter un cheval qui trahissait ses nobles origines. Lorsqu'il arriva à hauteur du bazar, Fanny fut déçue de constater qu'il semblait aussi morose que lorsqu'il l'avait quittée. Elle avait espéré que sa petite escapade en ville lui aurait redonné le sourire.

Dès qu'il eut stoppé son cheval, la jeune femme sortit du magasin pour le rejoindre. Leurs regards se croisèrent brièvement et Fanny se sentit tout à coup inférieure. C'était un homme instruit, habitué à la richesse et ses yeux semblaient lui dire : « Comment osez-vous penser que vous me possédez ? Qu'est-ce qui vous en donne le droit ? »

Je n'ai aucun droit, songea la jeune femme. Juste besoin de vous. Mais elle commençait à désespérer de le garder plus d'un mois.

Il mit pied à terre et lui offrit son bras pour l'aider à monter en selle, sans se donner la peine d'expliquer la cause de son retard.

— Avez-vous acheté les cahiers et les crayons ?

— Oui, et aussi une ardoise, des craies et deux manuels de lecture.

La joie que Fanny aurait dû éprouver à la perspective d'apprendre enfin à se servir d'un crayon était gâchée par la froideur de l'homme qu'elle avait à ses côtés. C'était sans espoir. Il la détestait, comme il haïssait ce pays et sa captivité. Quoi qu'elle pût dire ou faire, il ne changerait pas d'avis.

Et pourtant, leur relation restait troublante. Fanny en eut de nouveau la preuve en prenant la main qu'il lui tendait pour l'aider à monter sur sa jument. À l'instant où leurs doigts se touchèrent, la jeune femme sentit sa peau s'embraser et ses jambes flageoler. Elle se hissa en selle tant bien que mal, le cœur battant, sans oser croiser le regard de Ian.

Il s'écarta bien vite, du reste, pour enfourcher sa propre monture et se remettre en route.

Fanny lui emboîta le pas, fixant son dos raide et l'esprit agité de pensées contradictoires.

Ils arrivèrent à la maison bien après la tombée de la nuit. Ian attendait ce moment avec impatience, tant il était pressé de se séparer de sa compagne. Ni l'un ni l'autre n'avait prononcé le moindre mot durant tout le trajet de retour et cependant Ian n'avait cessé de songer à Fanny Marsh. Elle n'avait pas besoin de parler : sa simple présence suffisait à ébranler ses défenses. Pourquoi diable lui faisait-elle autant d'effet ? Parce qu'elle était jolie ? Mais Ian avait connu des femmes encore plus belles. Parce qu'elle était tendre et généreuse ? Ou simplement parce qu'il se laissait enivrer par son délicat parfum de fleur ? Quoi qu'il en soit, il ne pouvait plus nier que Fanny Marsh le troublait profondément. Il avait quitté Chestertown avec la conviction qu'il s'enfuirait de la ferme avant la fin de la semaine, mais à présent, il n'était plus sûr de rien.

Au moment d'aider la jeune femme à descendre de cheval, il éprouva, de nouveau, une sensation étrange au contact de sa main. Et il savait qu'elle ressentait la même chose, car elle s'écarta prestement.

— Bonne nuit, madame Marsh, dit-il avec une politesse affectée en reprenant les rênes des chevaux pour les conduire à l'écurie.

— Bonne nuit… Ian.

Il s'arrêta net. C'était la première fois qu'il entendait quelqu'un l'appeler par son prénom depuis la mort de Derek. Après tous ces mois durant lesquels on l'avait traité comme un animal, son propre nom sonnait comme une caresse à ses oreilles. Surtout prononcé par des lèvres aussi délicates.

Il se retourna pour la regarder. Elle était ravissante, au clair de lune. Elle avait ôté son chapeau et sa chevelure ambrée contrastait joliment avec le noir de sa robe de deuil.

Ils restaient immobiles l'un face à l'autre et ce moment aurait pu s'éterniser si la corneille n'était venue se percher sur l'épaule de sa maîtresse.

— Elle ne va que sur les gens qu'elle connaît, expliqua Fanny en caressant le crâne de l'oiseau. J'avais pris l'habitude de l'envoyer chercher John quand il travaillait dans les champs. Dès qu'elle se posait sur lui, il savait qu'il était temps de rentrer dîner.

Elle baissa les yeux et se mordit la lèvre, un tic qu'il avait déjà souvent remarqué chez elle.

— J'aurais voulu…

— Vous auriez voulu quoi ? ne put s'empêcher de demander Ian, alors qu'il s'était pourtant juré de rester distant avec cette femme.

— J'aurais voulu pouvoir donner davantage à John, dit-elle avec un léger tremblement des lèvres.

Ian comprit alors qu'elle était rongée par le remords. Il ne connaissait que trop bien ce sentiment. Si Derek ne s'était pas attardé volontairement, après la défaite de Culloden, pour le secourir, son frère serait aujourd'hui encore en vie. Pas une nuit ne s'écoulait sans que cette pensée vienne hanter son sommeil. Le remords était un poison insidieux, qui ne vous quittait jamais vraiment.

— John Marsh m'avait paru être un homme comblé, dit-il.

Elle leva furtivement les yeux sur lui, mais les rabaissa presque aussitôt.

— Il se contentait de peu.

— Il avait une jolie femme, deux enfants adorables, quelques hectares de bonne terre et d'excellents chevaux. Seul un orgueilleux aurait exigé plus.

Fanny resta silencieuse un moment, tandis qu'elle continuait de caresser l'oiseau.

— Qu'avez-vous vécu, Ian ?

Encore son prénom !

— Je préfère ne pas m'en souvenir, répondit-il.

— Mais vous vous en souvenez quand même, n'est-ce pas ? Vous ne pensez qu'à ça, en fait.

— Oui, madame Marsh. Dans mes cauchemars. Et je ne pense pas que vous souhaitiez vraiment les connaître.

Elle cessa de caresser la corneille et le regarda droit dans les yeux.

— Pourquoi êtes-vous revenu ?

Ian se doutait qu'elle brûlait de lui poser cette question depuis qu'ils s'étaient retrouvés devant le bazar de Chestertown.

— Parce qu'aucun bateau n'appareillait aujourd'hui, répondit-il honnêtement.

Les épaules de la jeune femme s'affaissèrent et Ian se demanda si elle n'avait pas espéré une autre réponse.

Mais il n'allait tout de même pas se sentir coupable ! Elle connaissait ses intentions depuis le début. Il ne lui avait jamais menti.

— Ainsi, vous envisagez toujours…

— D'échapper à la servitude ? Oui, maîtresse.

— Ne vous…

— Si jolie que vous soyez, vous n'arriverez pas à me faire changer d'avis, la coupa Ian.

— Mais le châtiment…

Il haussa les épaules.

— J'ai déjà connu l'enfer. Rien ne peut plus m'effrayer, désormais.

Rien, excepté le désir grandissant qu'il éprouvait pour elle et qui lui échauffait les sangs à mesure que leur conversation se prolongeait.

Elle voulut dire quelque chose, hésita et finalement se contenta de hocher la tête.

— Bonne nuit. Que Dieu veille sur votre sommeil.

Ian ricana.

— Dieu m'a abandonné depuis longtemps, maîtresse, répliqua-t-il, en insistant sur le dernier mot, pour bien marquer leur différence de statut.

Et pour ne pas risquer de changer d'avis et de commettre un geste de pure folie, il tourna brusquement les talons et partit vers l'écurie.

Fanny se leva à l'aube. Elle s'habilla rapidement et passa dans la grande pièce pour préparer le petit déjeuner. Mais avant de se mettre aux fourneaux, elle voulut jeter un coup d'œil au-dehors.

Elle ouvrit la porte juste au moment où Royauté, monté par l'Écossais, traversait les prés au galop. En quelques secondes, l'animal et son cavalier disparurent dans les bois qui bordaient la propriété. Si étonnant que cela puisse paraître, Ian Sutherland était encore meilleur cavalier que John. Il manifestait une grâce et une puissance qui se communiquaient à sa monture. En tout cas, Fanny n'avait jamais vu Royauté galoper aussi vite.

À peine eut-elle formulé cette pensée que la jeune femme se sentit à nouveau coupable de comparer les deux hommes.

— Où il va ?

Fanny sursauta en découvrant Noël juste derrière elle. Elle l'embrassa avec effusion.

— Il est sorti dégourdir un peu Royauté, répondit-elle.

Du moins préférait-elle le croire.

— J'aurais voulu qu'il m'emmène avec lui, marmonna l'enfant.

Fanny lui fit les gros yeux.

— Il n'est pas question que tu galopes à cette allure.

— Je suis bon cavalier, plaida Noël. M. Sutherland me l'a dit.

— Ça n'empêche que je ne veux pas que tu ailles aussi vite, insista Fanny, angoissée à l'idée que son fils puisse avoir un accident.

Pour changer de sujet, elle demanda :

— Comment se porte notre petit renard ?

— Bien, grommela Noël, mécontent de devoir renoncer à la précédente discussion. Il ne boite plus, mais...

— Mais quoi ?

— Il a commencé à creuser un trou sous le grillage de son enclos.

— Hmm.

Fanny soupira. Le temps était largement venu de rendre sa liberté à l'animal. Elle avait déjà songé à le faire la semaine précédente, mais n'en avait pas eu l'opportunité.

— J'irai le voir après le petit déjeuner, annonça-t-elle. Ensuite, toi et moi nous irons continuer à planter le tabac.

— Et M. Sutherland ?

— J'imagine qu'il viendra nous aider dès qu'il en aura terminé avec les chevaux.

Noël avait besoin d'un héros, ou du moins d'une figure masculine qui lui serve de modèle. Fanny se doutait qu'il aurait – à nouveau – le cœur brisé quand l'Écossais s'en irait.

Or, depuis la veille, elle savait désormais que son départ n'était plus qu'une question de temps.

L'emmener avec elle à Chestertown avait sans doute été une erreur. Leur relation avait changé au cours de ce voyage, sans qu'elle pût dire comment, ni à quel moment précis cela s'était produit. Ce qui était sûr, en revanche, c'était que Ian Sutherland ne s'était jamais montré aussi froid et distant que depuis qu'ils s'étaient retrouvés devant le bazar.

— Tu crois qu'il va reprendre les leçons ce soir ? demanda Noël.

— Je ne sais pas s'il en aura le temps.

— Moi si, assura Noël, tout confiant.

À condition qu'il revienne, songea la jeune femme.

Et puis, zut, à la fin ! Elle n'allait quand même pas passer son temps à se demander s'il serait toujours là.

Elle ne put cependant s'empêcher de continuer à penser à Ian tandis qu'elle préparait le petit déjeuner. Elle devait prendre une décision à son sujet, mais étant donné le peu de choix qui s'offrait à elle, la nécessité le disputait à sa conscience.

Que devait-elle faire passer en premier ? Ses propres intérêts ou ceux de Ian ? La sécurité de sa famille ou sa liberté ?

Elle pouvait le laisser repartir. Il lui suffirait de contresigner ses papiers, cachés sous son matelas, et de les lui rendre. Ensuite, elle vendrait la ferme et les chevaux, ainsi qu'il le lui avait conseillé et elle s'achèterait une petite maison, n'importe où, loin de Robert. Mais lorsque l'argent viendrait à manquer, que ferait-elle ?

Elle n'en avait pas la moindre idée.

Aussi, pour se prémunir d'une catastrophe, Fanny ne voyait pas d'autre solution que de garder Ian Sutherland avec elle. Et le seul moyen qu'elle eût de parvenir à ses fins était de recourir à l'autorité légale dont elle disposait sur lui. Elle ne pourrait pas l'empêcher de vouloir s'enfuir, mais elle pouvait rendre presque impossible toute tentative.

Mais que penserait-il d'elle, si elle en arrivait à ces extrémités ? Pourraient-ils encore travailler côte à côte dans les champs comme deux compagnons ? Lui dirait-il à nouveau qu'elle était jolie ? Voudrait-il toujours lui apprendre à lire ?

Qu'est-ce qui comptait le plus ? L'opinion que l'Écossais pouvait avoir d'elle, ou la prospérité de la ferme ?

Un bruit de cavalcade dans la cour sortit la jeune femme de ses pensées.

Noël se précipita à la porte, Amy sur ses talons.

— Attends, Noël, reste ici avec ta sœur ! lui ordonna Fanny.

— Mais, maman...

— Reste ici ! répéta Fanny sur un ton impérieux qu'elle employait rarement avec ses enfants.

Surpris, Noël lâcha la poignée de la porte et recula dans la pièce.

— Merci, mon chéri. Je n'en aurai pas pour longtemps, expliqua Fanny.

Elle se débarrassa de son tablier, donna un rapide baiser au garçon et à la fillette et sortit.

Ian avait déjà dessellé Royauté et il l'étrillait quand Fanny entra dans l'étable. L'odeur de cuir et de sueur qui flottait dans l'air lui enivra les sens à mesure qu'elle s'approchait de lui. Sa chemise, trempée par la transpiration, lui collait à la peau, révélant sa fine musculature, et ses yeux verts brillaient dans la pénombre comme deux émeraudes pures.

Il ne dit rien, pas même un salut, mais Fanny aurait juré qu'il frottait plus nerveusement l'étalon depuis qu'elle était entrée.

— Ian ?

— Madame Marsh ?

Il ne s'était même pas tourné vers elle, mais au moins il s'était abstenu de l'appeler « maîtresse », comme hier soir.

— Vous cherchez à m'éviter.

— Je vois mal comment je pourrais y réussir, puisque je vous appartiens.

— Ne pouvez-vous donc pas oublier cela ?

— Et vous ?

La réponse, évidente, troubla la jeune femme : non, elle ne le pouvait pas. Elle resta un moment silencieuse, à l'observer pendant qu'il s'occupait de Royauté.

— Peu d'hommes sont capables de le monter, observa-t-elle.

Il s'écoula un bon moment avant que Ian ne se décide à répondre, d'une voix glacée par l'indifférence :

— C'est une belle bête. J'en ai rarement vu de semblables.

— John tenait l'amour des chevaux de son père. Il n'aurait jamais voulu les confier à mon beau-frère. Robert...

Ian lui jeta un coup d'œil, pour l'encourager à continuer.

— ... Robert maltraite ses animaux, avoua Fanny. C'est pourquoi leur père avait préféré les léguer à son fils cadet. Il savait que Robert aurait été prêt à tout pour gagner une course. Même à fouetter un cheval jusqu'à la mort.

Ian parut réfléchir un moment. Fanny vit un muscle de sa joue se tendre et elle savait, à présent, que ce tic traduisait un conflit intérieur. Mais, tout à coup, Ian reprit son travail.

— Alors, vendez-les à quelqu'un d'autre.

— Aucun n'a encore couru. Tant qu'ils n'ont rien gagné, ils ne valent pas plus que de simples chevaux de race. Il y a quinze jours, John avait retiré seulement quarante-cinq livres de la vente d'un des yearlings et...

Fanny s'interrompit brutalement, les joues cramoisies.

Ian croisa méchamment son regard.

— C'était toujours cinq livres de plus que ce qu'il a

payé pour m'avoir. Un cheval valant davantage qu'un homme, il aurait dû garder le cheval.

— Dois-je comprendre que vous avez toujours l'intention de partir ?

— Je ne vous ai jamais bercée d'illusions à ce sujet.

— Mais je… j'espérais que vous finiriez par… vous plaire ici.

— La question n'est pas de savoir si je me plais ou non.

— Alors, ça veut dire que vous vous plaisez ?

— Le pays est joli et le climat agréable, répondit-il d'un ton délibérément évasif. Quoique l'été soit un peu chaud à mon goût. En revanche, j'imagine que l'hiver est plus doux que dans les Highlands. Mais le problème n'est pas là. Je ne pourrais pas rester, même s'il s'agissait du plus beau pays de la Terre. Je dois rentrer en Écosse.

— Vous connaissez comme moi le châtiment qui vous attend si vous retournez là-bas. Ils vous tueront.

— Je suis déjà presque mort. Ce qui reste de moi ne vaut plus grand-chose.

— Vous vous trompez, Ian Sutherland.

— Madame Marsh, c'est plutôt vous, qui vous laissez abuser.

Fanny prit une profonde inspiration et rassembla tout son courage avant d'abattre sa dernière carte.

— Je ne vous laisserai pas partir.

Il ricana.

— Ni Dieu ni diable ne pourrait me retenir ici.

Il tapota affectueusement le museau de Royauté, avant d'ajouter, pour changer de sujet :

— Dois-je mettre les bêtes dans les pâtures ?

— Je pourrais avertir le shérif que vous vous êtes renseigné sur les départs des bateaux. Il serait capable de doubler votre peine.

— Je sais ce que je risque. On me l'a déjà expliqué plusieurs fois.

Il la regarda droit dans les yeux.

— Je suis né libre et personne ne pourra rien y changer. Ni le roi, ni vous.

Il avait dit cela d'une voix qui glaça la jeune femme. Mais si elle baissait les bras maintenant, qui se battrait pour sa famille ?

— Je vous ferai pourchasser dans tous les ports.

— Ah, la douce Mme Marsh finit par montrer ses crocs, ironisa-t-il.

Fanny le fusilla du regard. Elle le détestait. Elle se détestait.

— Je ne vous demande qu'un an, pas plus. Après, je vous rendrai vos papiers et vous serez libre. Mais si vous partez avant, je veillerai à ce qu'on double votre peine.

Et sur ces mots, elle s'enfuit vers la porte, avant qu'il ait pu surprendre ses larmes. Mais pas assez vite, cependant, pour qu'elle ne l'entende murmurer :

— Mais non, vous ne le ferez pas.

11

Ian passa sa journée avec les chevaux, à les entraîner et à évaluer leurs performances. Peu à peu, il commençait à connaître les points forts et les points faibles de chacune des bêtes. Ce qui était parfaitement inutile. Il ne resterait pas assez longtemps ici pour que cette expérience lui serve.

Depuis la pâture où il exerçait les chevaux, il pouvait apercevoir les champs où Fanny Marsh travaillait. Elle avait enrôlé toute sa famille pour l'aider à planter le tabac, y compris la petite Amy, qui n'était probablement pas d'une grande aide. Chaque fois que Ian jetait un coup d'œil à cette femme qui s'obstinait à vouloir le ranger dans son camp, il repensait à leur conversation de la matinée.

Il ne pouvait pas blâmer Fanny Marsh de l'avoir menacé. Le fait qu'elle se soit laissé aller à de telles extrémités augmentait même ses remords de devoir la quitter. Il savait qu'elle se battait uniquement pour protéger sa famille. De la même manière que lui se battait pour protéger ce qui lui restait de famille. Hélas! leurs désirs étaient incompatibles.

Noël lui apporta du fromage et du pain à l'heure du déjeuner. Sans attendre d'y être invité, le garçonnet se percha sur la clôture et le regarda manger.

— Maman dit qu'il faut que je rende sa liberté à Joseph.

— Qui est Joseph?

— Vous savez bien, mon renard! Je voudrais le garder, mais maman prétend qu'il va s'en prendre à nos poules.

Ian ne put s'empêcher de sourire.

— Ta mère a raison.

Le garçonnet soupira, résigné.

— Bon, alors j'irai le relâcher dans les bois, maintenant qu'il est assez grand pour chasser tout seul. Vous m'accompagnerez?

— Ta mère peut s'en charger à ma place. Ou ta tante, répondit Ian, qui voulait décourager l'enfant de s'attacher à lui.

Comme Noël ne disait plus rien, Ian le regarda. La déception se lisait sur son visage enfantin, mais Ian s'obligea à ne pas se laisser émouvoir. Il continua de manger en silence.

Cependant, Noël revint à la charge.

— Je pensais que vous saviez beaucoup de choses sur les renards, dit-il. Vous savez plein de choses sur tout. Maman dit que vous avez le même don pour les chevaux que mon... que mon papa.

Le garçonnet s'interrompit soudain et baissa la tête, sans doute pour cacher ses larmes, songea Ian, qui reconsidéra sa position. Il n'avait pas le droit de rejeter un enfant innocent, qui venait en plus de perdre son père. Ian essaya de s'imaginer Katy à la place de Noël. Et si son besoin d'affection dépendait, en ce moment même, de la gentillesse d'un étranger ? Ce n'était pas impossible, après tout. Dans ce cas, Ian prierait très fort pour que sa sœur obtienne la tendresse qu'elle demandait. Même si cela devait obliger cette personne à repousser ses propres désirs.

— C'est d'accord, dit-il. Demain, nous rendrons sa liberté à Joseph. En attendant, tu ferais mieux de retourner aider ta mère.

Noël avait déjà redressé la tête.

— Vous reprendrez les leçons, ce soir ?

— Oui.

— Et vous nous lirez encore des pages de *Robinson Crusoé* ?

— Un ou deux chapitres, oui. Ensuite, je repartirai planter un peu de tabac.

Le garçonnet fronça les sourcils, perplexe.

— Mais alors, quand est-ce que vous dormirez ?

Ian haussa les épaules.

— Je n'ai pas besoin de beaucoup de sommeil.

— Moi non plus, répliqua Noël le plus sérieusement du monde. Mais maman prétend que je dois dormir beaucoup pour grandir. Elle n'a pas encore vu que j'étais presque une grande personne.

Ian résista à l'envie d'éclater de rire. Noël n'avait que sept ans et il se rêvait déjà en adulte.

— C'est vrai, dit-il, pour ne pas le vexer. Tu es courageux à la tâche.

Le garçonnet se rengorgea sous le compliment.

— Maintenant, retourne aider ta mère et ta sœur, reprit Ian. Pendant ce temps, je vais continuer avec les chevaux. Sir Gray brûle de galoper en liberté.

— Je peux vous aider ?

— Non. Ta mère a plus besoin de toi que moi.

Cette fois, le garçonnet accepta la rebuffade sans rechigner.

— Je suis content que vous soyez venu chez nous, dit-il à Ian, avant de détaler.

Ian le vit rejoindre sa mère et sa tante, courbées au-dessus des plants de tabac. Près du champ où elles travaillaient, quelques arpents de terre avaient été laissés en herbe, qui ondulait doucement sous la brise.

Il faudrait bientôt moissonner ce foin. Les clôtures avaient besoin d'être réparées. Et l'une des juments, si Ian ne s'était pas trompé, mettrait bas dans quelques semaines. Sans parler de toutes les autres tâches qui attendaient.

Comment une femme, aidée d'une gamine de quinze ans qui ne parlait pas et d'un petit garçon de sept ans, pourrait-elle s'en sortir ?

La réponse était évidente : elle n'y réussirait pas.

Mais Ian savait que Fanny Marsh se tuerait à essayer.

Fanny étudia soigneusement son nom écrit sur l'ardoise, avant de le recopier. Peu à peu, tous ces signes commençaient à prendre sens à ses yeux.

Elle recopia ainsi son nom plusieurs fois, en s'appliquant avec le sourire. Plus jamais elle ne signerait d'une croix.

Désormais, elle savait aussi reconnaître quelques autres mots, comme « chien », ou « chat ». C'étaient de petits mots, pour l'instant, mais bientôt elle en apprendrait de plus compliqués. Ce n'était qu'une question de temps. Quatre jours avaient passé depuis leur retour de Chestertown et elle se sentait déjà une femme différente.

À côté d'elle, Noël se livrait à l'exercice – écrire son nom – avec le même sourire. C'était à croire que l'Écossais lui avait offert le monde. Et d'une certaine manière, c'était un peu cela.

Ian Sutherland se montrait un professeur très patient et corrigeait les erreurs de ses élèves avec beaucoup de tact, pour ne jamais les vexer. À l'inverse, il accueillait chaque nouveau succès par des félicitations qui leur donnaient l'envie de se dépasser encore davantage. Clarisse ne s'était toujours pas vraiment jointe au groupe, mais elle restait dans la cuisine jusqu'à la fin des leçons en écoutant tout ce qui se disait.

Même Amy voulait participer. Pas une séance ne commençait sans qu'elle essayât de réciter l'alphabet :

— A, b, c, d, e, *ève*…

— *Èf*, la corrigeait aussitôt son frère.

— C'est ce que j'ai dit ! répliquait Amy, indignée. *Ève*…

Après quoi, la leçon pouvait vraiment commencer.

Jusqu'à présent, Ian n'avait jamais essayé de faire écrire Clarisse. Aussi Fanny fut-elle surprise de le voir, ce soir-là, prendre l'ardoise et écrire dessus le prénom de sa sœur avant de tendre l'ardoise à la jeune fille.

— C.L.A.R.I.S.S.E., épela-t-il posément. Voudrais-tu m'écrire ton nom, juste comme je viens de le faire ?

Clarisse le dévisagea, interdite.

— Tu peux le faire, insista gentiment Ian. Je sais que tu en es capable.

Fanny retenait son souffle. Elle se rappelait le jour où sa sœur s'était réfugiée en larmes dans ses bras, après qu'on l'eut traitée de «stupide Indienne». Depuis, Clarisse n'avait plus jamais dit un mot.

— Tu peux le faire, insista encore Ian.

Clarisse prit une craie d'une main tremblante et s'empara de l'ardoise en levant les yeux sur Ian.

— Vas-y, essaie, l'encouragea-t-il.

Clarisse commença alors à écrire sur l'ardoise. Quand elle eut terminé, elle compara longuement son travail au modèle, avant de rendre l'ardoise à Ian.

Il hocha la tête.

— C'est parfait, dit-il, et il donna un coup d'éponge sur l'ardoise pour l'effacer. Recommence, maintenant.

Cette fois, Clarisse devrait se débrouiller sans modèle. Fanny n'était pas sûre que Ian ait eu une bonne idée.

Pour l'instant, elle-même n'était pas encore capable d'écrire son nom toute seule. Et Noël non plus. Un échec serait catastrophique pour Clarisse.

Mais sa sœur semblait soudain pleine d'assurance. Ou plutôt, songea Fanny, Ian avait réussi à lui donner confiance en elle. Toujours est-il que Clarisse reprit l'ardoise et la craie et répéta l'opération. Plus lentement que la première fois et avec beaucoup plus d'application. Puis, elle examina longuement son travail, parut satisfaite et rendit enfin l'ardoise à Ian.

L'Écossais sourit en découvrant le résultat. Un vrai sourire, radieux, comme Fanny ne lui en avait encore jamais vu.

— Très bien ! s'exclama-t-il. Tu apprends vite !

Le regard de Clarisse s'éclaira soudain et Fanny en fut stupéfaite. Pour la première fois depuis des années, sa sœur semblait vraiment heureuse.

— Moi aussi, j'apprends vite ? voulut savoir Noël.

— Bien sûr, répondit Ian. Ta petite sœur et ta mère aussi.

Fanny accepta de bon cœur le compliment.

— À présent, continuez sans moi, poursuivit Ian, qui s'était levé. Je repars planter un peu de tabac.

— Et *Robinson Crusoé* ? protesta Noël.

Ian parut hésiter.

— Tu sauras bientôt le lire tout seul, si tu continues à bien travailler tes leçons, répondit-il finalement.

Fanny comprit le message. Ian Sutherland leur demandait explicitement de ne pas s'en remettre toujours à lui.

— S'il vous plaît… insista Noël.

Lucky, qu'on n'avait pas entendu de toute la soirée, profita de ce moment pour aboyer. Et le chat miaula.

— Vous voyez, même eux veulent entendre la suite de l'histoire, plaida Noël.

L'Écossais se tourna vers Fanny, pour réclamer son soutien du regard. Mais elle ne put se résoudre à le lui donner. Ian avait raison sur le fond : le tabac était plus urgent que tout le reste. Mais elle mourait d'envie, comme les autres, d'écouter la suite de *Robinson Crusoé*. Aussi se contenta-t-elle de hausser les épaules.

Ian soupira.

— Bon, d'accord. Mais pas plus d'un chapitre.

Noël bondit de sa chaise pour aller chercher le livre et l'apporter à Ian, qui l'ouvrit aussitôt.

— Où en étions-nous ? Ah oui, au chapitre sept. Voilà…

Et il commença à lire, de sa belle voix qui emplissait la pièce.

Fanny sentit l'émotion la gagner au récit de ce naufragé qui se réveillait sur une plage déserte après une tempête. Elle avait l'impression que la solitude et la détresse de Robinson trouvaient un écho dans la manière dont Ian Sutherland lisait chaque phrase. Comme s'il évoquait son propre destin. Ou celui de la jeune femme.

Ils avaient l'un et l'autre beaucoup perdu en peu de temps. Et ils essayaient l'un et l'autre de sauver ce qui pouvait encore l'être.

Fanny détourna la tête et retint à grand-peine ses larmes. Comme elle regrettait John et sa présence rassurante ! Il avait travaillé dur pendant des années pour le bien de sa famille. Et c'était encore l'objectif qu'il poursuivait lorsqu'il avait acheté les papiers de Ian Sutherland. Hélas ! Il n'avait pas pu acheter la loyauté de cet homme. Sans doute avait-il espéré gagner par la confiance ce qu'il n'avait pas pu avoir par l'argent. Mais la mort ne lui en avait pas donné le temps.

À la fin du chapitre, comme il l'avait annoncé, Ian referma le livre et se releva, sourd aux injonctions de Noël qui le pressait de continuer. Puis, il salua Fanny, avec une politesse de pure forme et, sans attendre de réponse, quitta la maison.

Quand tout le monde fut couché, la jeune femme se planta devant la fenêtre de sa chambre pour apercevoir sa silhouette dans les champs de tabac. Elle songea un moment à le rejoindre, mais résista finalement à son envie. Le souvenir de la nuit où ils avaient travaillé côte à côte – et où Ian lui avait furtivement caressé la joue – était encore trop vivace.

Elle comprenait, à présent, pourquoi il avait évité de se trouver seul en sa présence, depuis cette fameuse nuit. Il savait aussi bien qu'elle que leur attirance mutuelle ne pouvait mener à rien. Fanny avait le sentiment de déshonorer la mémoire de John chaque fois qu'elle pensait un peu trop à Ian. Et cependant, elle ne pouvait pas nier l'existence de cette attirance.

— Ian Sutherland, murmura-t-elle dans la solitude de sa chambre, que vais-je devenir quand vous serez parti ?

Ian se réveilla, comme d'habitude, aux premières lueurs de l'aube. Bien qu'il eût dormi à peine quatre heures, il se sentait en bien meilleure forme que ces derniers temps. Le soir, il partirait pour Chestertown et, le lendemain matin, à cette même heure, il se réveillerait à bord d'un bateau qui le conduirait vers sa liberté.

Il avait déjà pensé à tous les détails. Il quitterait la ferme après le coucher du soleil, en empruntant une jument et en laissant un mot à Fanny pour lui expliquer qu'elle pourrait retrouver l'animal dans l'écurie de louage de Chestertown. La jeune femme ne savait pas encore assez bien lire pour déchiffrer la lettre toute seule, mais un voisin l'y aiderait.

Pendant qu'il travaillait, cette nuit, Ian avait fait la paix avec lui-même. Le tabac était presque complètement planté. Fanny n'aurait pas à se débarrasser de son écurie. En vendant seulement deux chevaux, elle pourrait engager un manœuvre, peut-être même deux, qui l'aideraient à tenir la ferme.

Il restait une difficulté, cependant. Les chevaux – Royauté en premier – avaient besoin d'être entraînés par un cavalier expérimenté. Ian ignorait comment Fanny résoudrait ce problème, mais il refusait d'en éprouver le moindre remords. Après tout, il ne lui devait rien. John Marsh avait pris un risque en acceptant d'acheter un être humain. Il avait joué et il avait perdu.

Jusqu'au soir, Ian entendait poursuivre son programme comme si de rien n'était. Il commença donc sa journée en s'occupant des chevaux. Après les avoir nourris et abreuvés, il sella Fantôme Gris pour lui faire faire un peu d'exercice dans les bois.

Depuis son arrivée à la ferme des Marsh, Ian avait toujours apprécié ces premières heures matinales, lorsque le soleil se levait sur les champs et les arbres. C'était l'un des rares moments de la journée où il éprouvait une sensation de liberté. Il en oubliait presque les raisons de sa présence ici pour ne goûter qu'à la magie de ce pays.

Bien qu'il ne fût pas fermier, il devinait les richesses que recelait la terre fertile du Maryland. S'il était arrivé dans cette région en d'autres circonstances – et s'il n'y avait pas eu Katy –, Ian se serait volontiers persuadé que les colonies américaines avaient tout pour rendre un homme heureux.

Encore fallait-il que cet homme fût libre. L'Amérique avait aussi ses défauts, au premier rang desquels se trouvait l'esclavage. C'était comme une peste qui gangrenait ce beau pays. Il ne fallait pas l'oublier.

Ian talonna les flancs de sa monture, qui accéléra aussitôt l'allure. C'était une bête puissante, musculeuse, capable sans doute de bien des prodiges. À condition, bien sûr, d'être entraînée par quelqu'un de compétent et de…

Ian s'obligea à penser à autre chose. Ce quelqu'un, ce ne serait pas lui.

Il fit galoper Fantôme Gris le long de la rivière pendant une bonne demi-heure. Au moment de tourner bride pour rentrer à la ferme, sa monture poussa soudain un hennissement, comme si elle avait senti une présence dans les fourrés.

— Calme-toi, mon beau ! Que se passe-t-il ?

Au même instant, Clarisse émergea du bois, un panier à la main.

— Clarisse ! s'écria Ian. Que fais-tu, si loin de la maison ?

Elle désigna quelque chose derrière elle et Ian aperçut un petit carré de champignons qui avaient poussé au pied d'un arbre.

— Ah, tu ramasses de quoi préparer le déjeuner !

La jeune fille secoua la tête.

— Non ?

Elle secoua encore la tête, avec une grimace dégoûtée.

— Ce sont des champignons vénéneux ?

Cette fois, elle hocha la tête.

— Alors pourquoi ce panier ?

Clarisse lui fit signe de la suivre. Ian mit pied à terre et, tirant son cheval par les rênes, il accompagna la jeune fille jusqu'à un buisson de mûres.

— J'ai compris, dit-il. Fanny voulait des mûres pour faire une tarte.

Au lieu de hocher simplement la tête, la jeune fille lui sourit. C'était la première fois que Ian la voyait sourire ainsi et il en fut honoré. Cependant, il ne comprenait pas comment il avait pu à ce point gagner la confiance de Clarisse. Il n'avait rien fait de particulier pour elle, sinon la traiter comme il aurait traité n'importe quel autre être humain aussi sensible qu'elle. Car il sentait bien que la jeune fille était fragile. Et aussi qu'elle avait souffert. Il l'avait lu dans son regard, le jour où ils s'étaient rencontrés.

— Katy... murmura-t-il. (Et devant le regard interrogateur de Clarisse, il précisa) : C'est ma petite sœur. Tu me fais penser à elle. Vous avez les mêmes cheveux noirs.

Clarisse lui prit la main pour la serrer, en signe de réconfort. Ian accepta son geste de bon cœur. Cela faisait des mois qu'il errait l'âme en peine, sans pouvoir confier ses tourments à quiconque. Puisque Clarisse lui avait accordé sa confiance, il lui semblait logique de lui donner la sienne en retour.

— Elle a les cheveux noirs, reprit-il, mais ses yeux sont verts, comme les miens.

Clarisse plaça sa main parallèlement au sol et la fit monter et descendre, en interrogeant Ian du regard.

— Tu veux savoir quel âge elle a ?

Clarisse hocha la tête.

— Elle approche de ses huit ans, à présent. À peu près comme Noël.

La jeune fille parut surprise. Elle s'était sans doute imaginé que Katy avait son âge. Poursuivant son interrogatoire, elle tourna la tête de part et d'autre, en fronçant les sourcils.

— J'ignore où elle se trouve, avoua Ian, pour répondre à sa question. En fait, je ne sais même pas si elle vit encore.

Clarisse le regardait avec une telle compassion que Ian se sentit tout près de pleurer. Au bout d'un an, il croyait que le mur qu'il avait érigé entre lui et son chagrin était désormais indestructible. Il s'était lourdement trompé : ce n'était qu'un mur de sable. Son chagrin était toujours là, bien vivace. Mais il ne pouvait pas lui laisser libre cours tant qu'il n'avait pas accompli son devoir jusqu'au bout.

— Il faut que je rentre à la ferme, dit-il. J'ai du travail qui m'attend. Laisse-moi t'aider à terminer ta cueillette et ensuite, je te ramène avec moi.

Une lueur apeurée traversa fugitivement le visage de la jeune fille. Mais elle se reprit et accepta la proposition de Ian. En quelques minutes ils remplirent le panier de mûres sauvages.

Ian rentra à la ferme, le panier coincé entre ses cuisses et Clarisse, assise en croupe derrière lui, les mains accrochées à sa ceinture. Fanny, qui lavait du linge dans la cour, les regarda arriver, visiblement stupéfaite.

Ian stoppa sa monture devant l'écurie, enjamba la croupe de l'animal pour glisser au sol avec le panier et tendit la main à Clarisse pour l'aider à descendre.

— Merci pour cette plaisante récréation, lui dit-il. Cela faisait des années que je n'avais pas ramassé de mûres. Ce fut un plaisir.

Clarisse le gratifia d'un nouveau sourire et courut s'enfermer dans la maison, le panier serré dans ses bras.

Fanny avait suivi la scène, médusée.

— Comment avez-vous réussi ce prodige? demanda-t-elle à Ian.

— Quel prodige?

— Qu'elle accepte de monter en croupe derrière vous.

— Je le lui ai tout simplement proposé.

Fanny fronça les sourcils, incrédule.

— Elle ne laisse jamais personne la toucher.

— Elle n'avait aucune raison d'avoir peur de moi, madame Marsh.

— Je sais. Mais…

Fanny n'alla pas plus loin dans son explication. Mais Ian était décidé, pour une fois, à en savoir plus.

— Depuis quand ne parle-t-elle plus?

Fanny hésita longuement, comme si elle n'était pas certaine de souhaiter lui répondre. Finalement, elle soupira.

— Elle a parlé jusqu'à l'âge de six ans. C'était l'âge qu'elle avait à la mort de notre père. Quand nous nous sommes retrouvées orphelines, un de ses associés trappeurs, du moins nous pensions que c'était un ami, a proposé de nous recueillir. Il nous avait promis que nous serions bien traitées. Au lieu de cela, il a… il s'en est pris à Clarisse.

Ian sentit une boule se former dans sa gorge. Les soldats anglais s'étaient conduits pareillement avec les femmes et les enfants de son pays. Qui sait si Katy elle-même n'avait pas… Mais il préférait ne pas y penser, cela le rendait fou.

— Et vous ? demanda-t-il à Fanny. Avez-vous pu échapper à ce monstre ?

La jeune femme eut un geste d'impuissance.

— Je me trouvais dans la pièce d'à côté. J'ai entendu Clarisse crier et j'ai voulu me précipiter à son secours. Mais il avait verrouillé la porte. Quand elle est ressortie… J'ai tout de suite compris qu'il s'était produit quelque chose de terrible. J'ai voulu le tuer, mais il était beaucoup plus fort que moi et je n'ai réussi qu'à me blesser moi-même.

Elle avait dit cela sur un ton de culpabilité, comme si elle s'en voulait de ne pas avoir pu faire davantage.

— Vous n'aviez personne vers qui vous tourner ?

Elle secoua la tête.

— Cranshaw – c'était son nom – m'avait menacée de me faire arrêter pour vol si je racontais quoi que ce soit. De toute façon, personne n'aurait voulu croire une fillette de six ans, à moitié Indienne, et sa sœur de quinze ans, qui avait elle-même vécu parmi les Indiens. Finalement, il s'est débarrassé de nous en nous vendant comme domestiques.

Ian en resta bouche bée. Sans lâcher les rênes de Fantôme Gris, il avança vers la jeune femme, pour mieux écouter la suite de son récit.

— Il nous emmena loin, à Baltimore, pour que sa femme ne puisse jamais apprendre ce qui s'était passé. Notre vente fut…

Elle secoua la tête, incapable de poursuivre.

— Je suis bien placé pour savoir à quoi ressemble cette épreuve, dit Ian, qui s'était arrêté juste devant elle.

Elle hocha tristement la tête, puis, le fixant droit dans les yeux, elle reprit :

— John nous a achetées, exactement comme il vous a acheté. Parce qu'il avait bon cœur. Il savait que l'autre fermier qui s'intéressait à vous était réputé pour faire mourir ses esclaves à la tâche. C'est pour cela qu'il a surenchéri. Nous aurions vraiment préféré un domestique consentant, qui aurait travaillé chez nous pour racheter le prix de sa traversée.

Ian songeait à tous les sarcasmes dont il l'avait abreuvée – et aussi son défunt mari – à propos des êtres humains qui achetaient d'autres êtres humains. Comme si elle était seule responsable de ce qui lui était arrivé.

Il songeait également au navire qui appareillerait le lendemain matin et une boule commençait à se former dans son estomac.

Soudain, le regard de Fanny se figea. Elle fixait quelque chose derrière Ian.

Il se retourna pour voir ce qui la troublait.

Robert Marsh.

La corneille, qui s'était posée sur le toit de la maison, s'envola en croassant. Lucky se mit à aboyer méchamment et le chat traversa furtivement la cour. Au même instant, Clarisse apparut sous le porche. Son visage s'assombrit dès qu'elle aperçut Robert Marsh et elle rentra précipitamment à l'intérieur.

Marsh stoppa sa monture, mais ne mit pas pied à terre. Ian en déduisit qu'il voulait impressionner Fanny en obligeant la jeune femme à lever les yeux vers son beau-frère. Celui-ci balaya les champs du regard, et lança un coup d'œil hostile à Ian avant de reporter son attention sur la jeune femme.

— Je vois que vous avez presque fini de planter votre tabac, dit-il.

— Oui, nous ne nous sommes pas trop mal débrouillés.

— J'ai parlé au shérif. Il pense comme moi que vous ne devriez pas vivre ici toute seule avec ce forçat.

— Je ne vis *avec* personne d'autre que ma sœur et mes enfants, répliqua Fanny d'une voix parfaitement calme. M. Sutherland dort dans l'écurie.

— *M.* Sutherland ?

— Parfaitement.

— Notre petite communauté n'aime pas cette situation.

— Je me fiche de savoir ce que pensent les gens. Personne ne s'est offert pour nous aider. En partie à cause de vous.

— C'est de la calomnie, Fanny. Vous savez très bien que j'avais proposé mes services à John.

— Oui ! Seulement s'il acceptait de vous vendre la ferme en viager. Et devant son refus, vous avez fait en sorte que personne d'autre ne vienne l'aider.

Marsh secoua lentement la tête.

— Vous vous trompez. John voulait me donner ses terres et je possède les papiers qui le prouvent. J'aurais bien sûr préféré un peu plus de coopération de votre part. Mais si vous refusez d'entendre raison, je n'aurai pas d'autre solution que de porter cette affaire en justice.

Fanny était terrifiée. Ian le voyait au tremblement de ses mains. Cependant, elle tenait tête à son beau-frère.

— Je ne vous crois pas, dit-elle. John m'aurait prévenue, s'il avait réellement eu les intentions que vous lui prêtez.

— Ma pauvre Fanny, répondit Marsh avec un soupir condescendant. Les hommes ne disent pas toujours tout à leur femme.

Ian observait la jeune femme et devinait aisément ses pensées. Robert avait probablement rédigé de faux papiers prétendant que John avait souhaité léguer sa ferme à son frère. Comme elle ne savait pas lire, elle serait incapable de dénoncer la supercherie.

— Vous mentez, dit-elle.

— C'est ce que nous verrons. Mais franchement, Fanny, j'aurais préféré éviter un procès. Vous êtes la femme de mon défunt frère. Il en va de mon devoir moral et spirituel de m'occuper de vous.

Ian était convaincu que Marsh croyait à ce qu'il disait. C'était bien là le drame. Robert refusait d'admettre qu'il convoitait le bien de sa belle-sœur. Il habillait sa cupidité de préceptes moraux et religieux. Fanny avait de bonnes raisons de le redouter. Ce genre de personnage renonçait rarement à ses projets.

— Et comment comptez-vous vous occuper de moi ? demanda-t-elle.

— Je vous accueillerai sur ma plantation. Mais si vous insistez pour rester ici, je récupérerai cet homme et je vous enverrai tous les jours deux ouvriers agricoles.

— Je vous ai déjà expliqué que M. Sutherland n'était pas à vendre.

Marsh haussa les sourcils, incrédule.

— Pour quelle raison refuseriez-vous d'échanger deux ouvriers contre ce forçat, ma chère belle-sœur ? demanda-t-il d'un ton fielleux.

L'insinuation était limpide.

— Sortez de ma propriété, Robert ! s'écria Fanny, la voix blanche de colère.

— Nous saurons bientôt à qui appartiennent vraiment ces terres, répondit-il. Et à qui appartient cet homme.

— Fichez-moi le camp tout de suite !

Robert, le regard noir, avança sa monture vers la jeune femme. Aussitôt, Ian s'interposa entre Fanny et l'animal.

— Vous avez entendu Mme Marsh, dit-il. Elle vous demande de partir.

Robert s'était empourpré de rage. Il tira si brutalement sur les rênes de sa jument que celle-ci émit un hennissement plaintif.

— Nous n'en resterons pas là, menaça-t-il. Je vous préviens que si vous gardez cet homme, vous serez mise au ban de notre communauté et déshonorée. Sans compter que, de toute façon, ces terres me reviendront un jour ou l'autre.

Il les fusilla tous les deux du regard, avant de conclure :

— Je vous donne une semaine pour vous décider, Fanny.

Et, sur ces mots, il fit faire demi-tour à sa jument et la fouetta sauvagement.

Dès qu'il eut franchi les limites de la ferme, Ian s'adressa à Fanny :

— Pourquoi ne pas lui avoir donné mes papiers en échange des deux ouvriers qu'il vous promettait ?

— Il vous tuerait. Et vous n'auriez aucune chance de lui échapper.

Pas si je pars ce soir ! songea Ian. Robert Marsh ne pourrait pas le pourchasser sur l'océan.

— Du reste, reprit-elle, lui donner vos papiers n'aurait rien réglé. Il ne sera pas satisfait tant qu'il n'aura pas intégré ces terres à sa plantation et mis tous les chevaux dans son écurie. Pour commencer, il a besoin de se débarrasser de vous. Mais ce n'est qu'une étape dans son projet.

Ian comprit alors que, s'il s'enfuyait maintenant, il rendrait service à Robert Marsh. Fanny se retrouverait seule face à son beau-frère. Exactement comme Robert l'espérait.

Grands dieux ! Ian n'aurait jamais imaginé qu'il aurait un jour à choisir entre sa sœur et Fanny Marsh et sa famille. Comment avait-il pu laisser la jeune femme prendre tant d'importance dans sa vie, au point de rivaliser avec sa sœur, autant dire son propre sang ?

Et comment, surtout, se sortir de pareil dilemme ?

12

C'est Fanny qui décida pour lui.

Ce soir-là, aussitôt après avoir fini sa leçon, Ian repartit dans l'écurie, pour y attendre que la maison se soit endormie. Il n'avait rien à préparer, rien à emballer. Pour tout bagage, il n'emporterait que ses espoirs. Et ses remords.

Mais tout à coup la porte de l'écurie s'entrouvrit et Fanny lui fit signe de la main.

— Venez avec moi, lui dit-elle.

Ian préféra s'exécuter, pour ne pas risquer d'éveiller ses soupçons.

La grande pièce de la maison était déserte. Clarisse et les enfants étaient donc couchés.

— Attendez ici, lui dit la jeune femme.

Puis, elle disparut dans sa propre chambre et revint la minute d'après avec des papiers dans les mains, que Ian reconnut tout de suite.

Intrigué, il la regarda s'asseoir à la table et se saisir de l'un des crayons qu'il avait achetés quelques jours plus tôt.

— Je veux vous rendre votre liberté, expliqua-t-elle. Montrez-moi comment je dois m'y prendre.

Ian la regarda, médusé.

— Robert finira par trouver un moyen de vous avoir, poursuivit-elle. Il ne vous pardonnera pas de vous être interposé entre lui et moi. Désormais, il doit vous considérer comme son ennemi et il n'aura de cesse qu'il ne se soit vengé. Mais je ne veux pas le laisser faire.

Ian, éberlué, n'était pas sûr d'avoir bien entendu. C'était trop énorme.

— Vous voulez me libérer ? Sans condition ?

Elle baissa les yeux et il devina qu'elle se rappelait leur récente conversation – et ses menaces.

— Sans condition. Je ne veux pas courir le risque que Robert s'empare de vos papiers.

À cet instant, sans le savoir, elle s'attachait Ian avec plus de force que n'importe quelle chaîne. Dès lors qu'elle lui rendait sa liberté, il devenait son débiteur. C'était une question d'honneur. Pour un peu, Ian aurait presque détesté la jeune femme. Elle l'obligeait à renoncer à son plan d'évasion. Et, du même coup, l'emprisonnait dans une autre sorte de captivité. C'était diabolique.

— Que dois-je faire pour vous libérer ? insista-t-elle.

Ian prit les papiers qu'il n'avait encore jamais eu l'occasion de lire et les étudia soigneusement. Rien n'interdisait qu'il puisse racheter sa propre liberté.

Certes, il n'avait pas d'argent, mais légalement, une somme symbolique pouvait suffire.

Sa liberté, enfin ! Mais à quel prix…

Il reposa les papiers. Fanny attendait sa réponse et ne se doutait visiblement pas des tourments que son offre lui causait.

— Il suffit que je rachète mon contrat, dit-il.

— Dans ce cas, je vous le vends pour ce que vous avez dans votre poche.

— L'autre jour, vous parliez de lancer le shérif à mes trousses, lui rappela-t-il. Pourquoi avez-vous changé d'avis ?

Elle secoua la tête.

— Je n'aurais jamais mis mes menaces à exécution. J'espérais juste que… vous finiriez par vous plaire ici.

Ian soupira.

— Ce n'est pas que je ne me plaise pas, madame Marsh. Mais aucun homme ne souhaite voir sa liberté mise sous condition.

— C'est différent, maintenant, puisque…

Ian préféra tout de suite couper court à ses espérances.

— Non, madame Marsh. Je vous ai déjà dit qu'on avait besoin de moi, en Écosse. J'ai une petite sœur, Katy, qui est à peine plus âgée que votre fils. Elle a disparu pendant que j'étais en prison et j'ignore ce qu'elle est devenue, ni même si elle vit encore. Je dois tenter de la retrouver.

Elle hocha lentement la tête et Ian comprit que cette fois elle avait perdu tout espoir de le garder.

— Je suis désolée, dit-elle, avec une pitié sincère qui ébranla Ian.

— Je comptais partir cette nuit, avoua-t-il. Et embarquer sur un bateau qui appareille demain matin pour la Jamaïque. De là, j'aurais gagné une colonie française, pour rallier la France et ensuite rejoindre l'Écosse.

Elle hocha encore la tête, comme si elle comprenait son projet et l'approuvait.

— Montrez-moi à quel endroit je dois signer vos papiers.

Son regard s'éclaira furtivement et elle ajouta :

— Ne pourriez-vous pas revenir ?

— Pas si les Anglais découvrent ma fuite.

Elle regarda sa main et Ian comprit qu'elle pensait à sa marque.

— J'ai songé à la brûler, dit-il.

— Je n'ai pas beaucoup d'argent, monsieur Sutherland, mais je peux quand même vous aider. Vous n'aurez qu'à vendre un de mes chevaux à Chestertown.

De toute sa vie, Ian n'avait jamais entendu une proposition aussi généreuse. Fanny Marsh ne lui demandait rien en retour, alors que sa propre situation était pourtant désespérée.

— Et vous, madame Marsh ? Qu'allez-vous faire ?

— Grâce à vous, le tabac a pu être planté. Je demanderai à Tim Wallace de m'aider à le récolter. S'il ne peut pas, je vendrai un yearling pour payer un ouvrier agricole.

— Et Robert ?

— Il ment. Je suis sûre qu'il n'a aucun papier. Il le prétend juste pour me faire peur.

Ian aurait voulu être aussi affirmatif qu'elle. Son avenir et celui de ses enfants dépendaient de cette ferme et de leurs chevaux.

— Vous m'aviez offert de me rendre ma liberté au bout d'un an, dit-il finalement, se sentant pris au piège. Je vous accorde cette année, en tant qu'homme libre.

— Et votre sœur?

Ian sentit son cœur se serrer. L'honneur exigeait bien des sacrifices.

— J'écrirai en Écosse, si vous voulez bien me payer le prix des affranchissements. C'est la seule chose que je vous demande.

— Vous avez d'autres frères et sœurs?

— Non. J'avais deux frères. L'aîné est mort à la bataille de Culloden et le cadet a été pendu par les Anglais, répondit-il succinctement.

Il ne voulait aucune compassion de sa part. Juste payer sa dette et rien de plus. Une année! Et si c'était trop long? S'il arrivait malheur à Katy entre-temps?

— Vous devriez peut-être quand même partir, dit-elle, comme si elle avait deviné ses pensées. Sinon, vous ne vous le pardonneriez jamais.

— Si Robert s'en prenait à vous, je ne me le pardonnerais pas davantage. Je ne peux pas vous abandonner à la merci de cette crapule.

Ian avait amèrement conscience de l'ironie de sa situation. Qu'il parte ou qu'il reste, il ne serait pas près, de toute façon, de retrouver un sommeil paisible.

Fanny n'insista pas. Elle semblait avoir compris qu'il ne changerait plus d'avis. Du moins pour l'instant.

— Ne perdons pas de temps, dit-elle. Le plus urgent est de régler cette histoire de papiers. Où dois-je signer?

— Il faudrait un témoin. Quelqu'un en qui vous ayez toute confiance.

— Clarisse.

— Elle n'est pas majeure.

— Alors, le révérend.

Son visage s'assombrit.

— Mais il ne repassera pas avant une bonne semaine. Je préfère signer tout de suite. Je n'ai vraiment pas confiance en Robert.

Ian hésita, sachant que son prochain geste pouvait rallonger sa captivité, même si ce n'était plus sous la même forme. Le dilemme était vraiment machiavélique. Cependant, Fanny Marsh avait sans doute raison. Alors il s'empara du crayon et écrivit, en travers des papiers : « Le présent contrat a été annulé après paiement de la dette. » Puis, il regarda la jeune femme s'appliquer à signer son nom. Elle y mit tant de fierté que Ian sentit encore son cœur se serrer.

— Je les donnerai à signer au révérend dès qu'il reviendra, dit-elle après avoir terminé.

Ian hocha la tête. Le pacte était scellé, à présent.

Mais désormais, il lui faudrait vivre avec.

Robert abandonna sa monture à un valet d'écurie et se précipita dans la bibliothèque pour se verser un whisky. L'alcool l'aiderait à contenir sa rage. Il voulait préparer un plan d'action.

Son bluff n'avait pas marché. Il ne possédait évidemment aucun papier prouvant que John avait souhaité lui abandonner ses terres, mais il était persuadé que Fanny n'en savait rien – les hommes discutaient rarement affaires avec leur femme. Elle était simplement obstinée au-delà de toute raison.

Cependant, Robert n'était pas à court d'idées. Par exemple, il pouvait produire un faux testament. Certes, il aurait préféré ne pas en arriver à cette extrémité, mais après tout, la fin justifiait les moyens. Il expliquerait qu'il n'avait pas révélé tout de suite l'existence de ce document pour ne pas déposséder sa belle-sœur tant qu'il ne deviendrait pas évident qu'elle était incapable de diriger la ferme toute seule. De cette façon, il apparaîtrait à la fois généreux et magnanime.

Faire rédiger un faux testament ne serait pas difficile. Robert connaissait un excellent faussaire à Chestertown. Il ne resterait plus, ensuite, qu'à régler le problème de ce maudit Écossais. Robert était convaincu que Ian Sutherland était un homme dangereux et qu'il convoitait sa maîtresse. Bien qu'il lui parût inimaginable que Fanny pût éprouver le moindre sentiment à l'égard de ce renégat, cette simple éventualité rendait Robert malade de jalousie. Que Fanny lui batte froid, à lui, son beau-frère, passe encore. Mais qu'elle finisse par lui préférer un forçat, voilà qui serait inadmissible.

Robert était bien déterminé à empêcher que cela puisse arriver. Et pour cela, il devait commencer par éloigner cet Écossais de sa belle-sœur. Une fois qu'il serait sous sa coupe, Robert saurait bien le mater.

Il se servit un autre verre et le vida d'un trait, en se promettant de se mettre en campagne dès le lendemain. Dès qu'il aurait convaincu le pasteur anglican et les autorités du comté de se méfier de l'étranger, Fanny se retrouverait acculée. Pour sauver sa réputation, elle n'aurait d'autre choix que de lui revendre les papiers de l'étranger. Ensuite, il lui serait plus facile de la convaincre de venir habiter chez lui. Avec un peu de chance, il n'aurait même pas besoin de recourir au faux testament.

Robert sourit en songeant à sa victoire. Il se faisait fort d'apprendre à ce maudit Écossais les bonnes manières.

Ian écrivit ses lettres et alla les poster à Chestertown le surlendemain du départ de l'*Elizabeth*. Cette fois, il se rendit seul en ville. Avec la confiance de Fanny. Mais ce voyage avait pour lui un goût de cendres.

Après avoir posté son courrier, il ne put résister à la tentation d'une petite promenade sur les quais.

L'*Elizabeth* avait disparu, mais un autre navire s'était déjà amarré à sa place. Ian s'en détourna le cœur lourd et fit prendre aussitôt à Royauté le chemin du retour. Il ne voulait surtout pas s'attarder et risquer de rencontrer d'autres compatriotes qui lui auraient donné envie de briser sa promesse.

Une année! Comment tiendrait-il aussi longtemps, alors qu'il avait déjà tant souffert de ne pas savoir, durant tous ces derniers mois, ce qu'était devenue Katy?

La rédaction de ses lettres ne l'avait pas beaucoup réconforté. Écrire à des amis dont il ignorait, pour la plupart, le sort s'était révélé une épreuve douloureuse. Moins douloureuse, cependant, que de se retrouver à chevaucher, tout seul, sur cette route du retour, en se demandant si au moins une de ses missives arriverait à bon port.

Ian ne se sentait à peu près bien que lorsqu'il travaillait. D'ailleurs, durant ces deux derniers jours, il s'était abruti à la tâche. Quand il s'épuisait dans les champs de tabac ou à entraîner les chevaux, il pensait moins à ses démons. Les leçons du soir, qui l'obligeaient pourtant à partager avec Fanny Marsh une intimité qu'il aurait préféré éviter, lui offraient une distraction bienvenue.

La veille, Ian avait reçu l'aide d'un jeune homme, Tim Wallace, le fils d'un des fermiers venus assister aux funérailles de John. C'était un beau garçon, souriant et au visage avenant. Fanny lui avait appris qu'on l'appelait Tim Junior, pour le distinguer de son père, le Grand Tim.

Tim Junior s'était présenté à la ferme, en expliquant que son père et lui avaient terminé leurs propres plantations et qu'il venait offrir ses bras.

— Es-tu sûr? lui avait demandé Fanny. Robert…

— Personne ne dit à un Wallace ce qu'il doit faire, avait répondu le garçon, le regard rivé sur Clarisse, qui se tenait derrière sa sœur.

Fanny avait également appris à Ian que le Grand Tim s'était autrefois vendu comme domestique et qu'il mettait beaucoup de fierté, depuis qu'il avait racheté sa liberté, à ne recevoir d'ordres de personne. « Commandez-lui quelque chose et vous pouvez être sûr qu'il fera le contraire », avait-elle résumé.

Tim Junior semblait bien décidé à rester quelques jours à la ferme. Ian en profiterait pour lui confier la réparation des clôtures. Comme cela, lui-même pourrait consacrer davantage de temps à l'entraînement des chevaux, en prévision des courses qui reprendraient dès l'automne.

Il suffirait d'une ou deux victoires pour augmenter d'un coup la valeur marchande de toute l'écurie. Le moindre yearling verrait sa cote facilement doublée. Et Fanny ne pourrait pas dire qu'il n'aurait pas tout tenté pour l'aider à se sortir d'affaire.

Ian était résolu à ne pas ménager ses efforts, pendant les douze mois à venir. Ainsi, l'année prochaine, à la même époque, Fanny serait à la tête d'une ferme prospère et Ian pourrait partir la conscience tranquille. Avant de la quitter, il l'aiderait à trouver un régisseur compétent, quelqu'un qui sache aussi bien cultiver la terre que s'occuper des chevaux. Ensuite, il ne lui resterait plus qu'à rentrer en Écosse, le devoir accompli et sa dette acquittée.

Avec l'espoir qu'il ne soit pas trop tard pour Katy.

Ian rentra à la ferme après la tombée de la nuit. La maison éclairée semblait l'inviter. Il savait que, dès qu'il en pousserait la porte, il serait chaleureusement accueilli par ses occupants.

D'une certaine manière, cette humble petite ferme lui était devenue plus agréable que le souvenir des hautes murailles de Brinaire, où il était pourtant né. Mais désormais, dès qu'il pensait à Brinaire, les souvenirs heureux de son enfance s'effaçaient derrière ceux, entêtants, de la tragédie.

À quoi bon se bercer d'illusions ? Le monde qu'il avait aimé et dans lequel il avait grandi avait bel et bien disparu.

Ian entra directement dans l'écurie et donna à boire à Royauté avant de le panser.

Il prit tout son temps. Il savait que Fanny attendait qu'il se montre, ne serait-ce que pour dire qu'il était rentré, mais Ian n'avait pas envie, pour le moment, de se retrouver face à elle. Depuis qu'il avait posté ses lettres, il éprouvait le sentiment d'avoir accompli l'ultime geste qui scellait sa promesse de rester ici une année entière. Et même s'il ne songeait pas à revenir sur sa parole, cela faisait mal. Terriblement mal.

Il entendit la porte s'ouvrir et sut, sans même avoir à lever les yeux, que c'était elle. Il l'avait reconnue à son parfum.

— Je suis navrée, dit-elle.

Ian brossait la robe de Royauté avec une vigueur renouvelée.

— À quel propos ?

— Que vous n'ayez pu prendre votre bateau.

— Moi aussi.

Un long silence suivit. Fanny s'était placée de l'autre côté de l'étalon et lui caressait le cou. Ian était soulagé que la carrure de l'animal les empêche de se voir.

— Royauté était le cheval favori de John, dit-elle.

— Ça ne m'étonne pas. On peut dire qu'il porte bien son nom. J'avais déjà vu, en Écosse, des chevaux aussi beaux que lui, mais pas aussi rapides.

Ian avait l'impression que sa voix résonnait dans le vide. Il était conscient de ne parler que pour dire n'importe quoi, plutôt que de laisser libre cours à son désarroi intérieur.

— Je me demandais si vous reviendriez.

— Tiens donc ! répliqua-t-il avec ironie.

Il y eut encore un silence.

— En fait, reprit-elle, je ne savais pas si j'en avais envie.

Il renonça à lui demander ce qu'elle avait voulu dire. Peut-être avait-elle pensé, elle aussi, à Katy. Ou alors redoutait-elle sa présence de la même manière qu'il redoutait la sienne.

— Tim est toujours là ? voulut-il savoir.

— Oui. Je crois qu'il s'intéresse à Clarisse.

— Comment le prend-elle ?

— Elle est toujours aussi timide. Mais à midi, elle a été lui porter son déjeuner.

Ils conversaient de manière détachée, sans émotion. Et toujours sans se voir.

— Je suis trop fatigué pour donner une leçon, ce soir. Et puis, je n'ai pas le cœur à ça.

— Je m'en doutais. Je vous ai apporté à manger.

— Je n'ai pas faim.

— Vous êtes encore très maigre.

— Ça ne m'empêche pas de faire mon travail.

— Je sais.

L'étalon baissa brusquement la tête pour boire dans son seau. Leurs regards se croisèrent et Ian en eut le cœur serré. Alors que Fanny aurait dû triompher, il ne lut que du chagrin et de la peine dans ses yeux. Comme si son chagrin épousait le sien.

Furieux contre lui et contre elle, Ian sortit de la stalle et alla se planter au milieu de l'écurie, juste sous la lanterne qu'il avait allumée en arrivant.

Il désirait cette femme jusqu'à en souffrir. Il ne désirait pas seulement son corps, mais aussi son cœur. Son besoin de tendresse était sans doute même le plus fort.

Il l'entendit sortir à son tour de la stalle et tirer le verrou derrière elle.

— Noël vous attendait pour vous souhaiter bonne nuit, mais il a fini par s'endormir.

— Je pense plutôt qu'il avait envie d'écouter la suite de *Robinson Crusoé*.

— Oui, aussi, répondit-elle en souriant. Je lui ai promis de vous souhaiter bonne nuit à sa place.

Ian ferma les yeux et pria le Ciel qu'elle s'en aille tout de suite, avant qu'il ne soit trop tard. Son parfum dominait tellement les odeurs de l'écurie qu'il croyait ne plus sentir que lui.

Il rouvrit les yeux et se retourna. Elle s'était adossée à la porte de la stalle. Trois bons mètres les séparaient, mais à cet instant, ils ne mesuraient guère plus de trois centimètres.

— Il n'est pas l'heure que vous alliez au lit ?

Elle haussa les épaules. La lanterne accrochait des reflets dorés à ses cheveux.

— Rien ne presse.

Désignant le plateau qu'elle avait posé sur une caisse, elle ajouta :

— Vous devriez manger quelque chose.

Ian hocha la tête sans la quitter du regard.

Bon sang ! Pourquoi ne partait-elle pas ?

Mais lui-même était incapable de se détourner de la jeune femme.

Il brûlait d'envie de la prendre dans ses bras et d'enfouir ses doigts dans ses cheveux qu'il devinait doux comme de la soie. Il rêvait aussi de lui caresser les joues et de sentir ses lèvres contre les siennes. Il voulait... Il en voulait trop.

Tandis qu'ils restaient l'un en face de l'autre, à se regarder sans bouger, Ian comprit qu'ils se trouvaient dans l'œil du cyclone. Tout semblait calme et tranquille. Mais c'était une apparence trompeuse. D'une minute à l'autre, la tempête pouvait éclater, terrible. Il suffirait de peu de chose : un regard entendu, un geste équivoque...

Mus par un même élan, ils s'avancèrent tous deux l'un vers l'autre. Fanny hésita, puis fit un deuxième pas. Et un troisième...

Ian lui tendit les bras. Elle s'y précipita et il les referma sur elle en la serrant très fort. Elle avait posé sa tête contre son torse et sans doute entendait-elle son cœur battre à tout rompre.

Elle noua les mains à son cou et releva les yeux. Ian soutint son regard un long moment puis, baissant la tête, il approcha ses lèvres des siennes.

C'était du désir, bien sûr. Un désir physique, mais pas seulement. Il avait besoin de ce contact intime pour se sentir vivant. Cela faisait si longtemps…

Pour elle aussi. Ian le comprit à la ferveur avec laquelle elle se pendait à son cou, en l'implorant du regard. Alors, il ne chercha pas à en savoir plus et laissa parler son instinct. Il était de toute façon trop tard : la tempête s'était déclarée.

Ian s'empara des lèvres de Fanny et elle répondit sans hésiter à son baiser. Il la sentit tout contre lui, tandis que, de ses mains, elle lui caressait le dos de haut en bas, le faisant frissonner. À son tour, il entreprit d'explorer son corps et l'attira encore plus près de lui, au point que son membre érigé caressait maintenant le ventre de la jeune femme. Elle se raidit aussitôt. Ian relâcha ses lèvres et devina instinctivement qu'elle était sur le point d'éclater en sanglots.

Elle éprouvait le même désir que lui. Au moins dans son corps. Mais ses larmes prouvaient que sa raison n'était pas encore prête à l'accepter.

Ian la garda dans ses bras. Elle avait reposé sa tête contre son torse et tremblait. Depuis des semaines, elle luttait pour empêcher ses larmes de couler avec la même énergie qu'elle mettait à surmonter les obstacles dressés sur sa route. Elle émit un petit sanglot.

— Laissez-vous aller, lui conseilla Ian. Vous ne pourrez pas garder votre chagrin toujours enfermé.

Elle hésita encore un instant, puis expira l'air contenu dans ses poumons et pleura enfin toutes les larmes de son corps, sans plus chercher à se retenir.

Ian la serrait toujours dans ses bras et lui caressait les épaules.

Les minutes se succédèrent. Ian n'aurait pas su dire combien de temps il resta ainsi à la soutenir et à la réconforter en murmurant dans sa langue natale, qu'elle ne pouvait évidemment pas comprendre. Finalement, ses pleurs s'arrêtèrent. Ian continua de la serrer dans ses bras jusqu'à ce qu'elle ne tremble plus et trouve enfin la force de s'écarter de lui.

— Je suis… désolée, dit-elle.

— Vous n'avez pas à vous excuser. De rien.

Elle le regarda sans mot dire, puis, rassemblant ses jupes, elle sortit en courant de l'écurie.

Ian la suivit jusqu'à la porte et la vit s'engouffrer dans la maison. Elle courait comme si tous les démons de l'enfer la poursuivaient.

Pas *tous* les démons, hélas ! Quelques-uns étaient restés avec lui, dans l'écurie, pour le tourmenter. Et Ian pressentait que sa torture durerait longtemps. Des mois, sans doute.

13

Fanny n'avait jamais eu aussi honte de sa vie. John n'était pas mort depuis un mois qu'elle se comportait déjà comme une jument en chaleur.

La tête enfouie dans son oreiller, elle essayait d'oublier les sensations qui avaient ébranlé sa notion du bien et du mal.

— Pardonne-moi, John, murmura-t-elle en tendant la main vers la moitié du lit qu'il avait occupée de son vivant.

Elle éprouvait des remords, à présent, de n'avoir rien regretté lorsqu'ils avaient cessé de faire l'amour, à cause de la santé de John. Cette possession charnelle ne lui avait pas manqué. Elle avait toujours considéré l'acte physique comme un devoir, pas déplaisant certes, mais dont elle pouvait parfaitement se passer.

Sauf que, tout à l'heure, c'était différent.

La gorge nouée, luttant contre les larmes qui menaçaient à nouveau de la submerger, la jeune femme se concentra sur le souvenir du visage de son mari.

— Je vous aimais, John, sincèrement, chuchotat-elle dans l'obscurité de sa chambre.

Cela ne résolvait pas son problème. Pourquoi son corps, et son cœur, ne lui obéissaient-ils plus en présence de Ian Sutherland ? Fanny avait bien conscience que son attirance – qu'elle devinait mutuelle – pour l'Écossais n'était pas purement physique. Et elle savait qu'elle datait de leur première rencontre. De la minute même où ils s'étaient connus. Il ne servirait à rien de vouloir prétendre le contraire.

Mais cette attirance n'était pas seulement indécente. Elle ne rimait à rien. Ian Sutherland n'avait cessé de répéter qu'il ne voulait pas s'attacher à ce pays. Il était déterminé à rentrer en Écosse pour retrouver sa sœur, au mépris des dangers qui le guettaient là-bas. De toute façon, Fanny ne se faisait aucune illusion sur ses chances de le retenir. En Écosse, Ian avait été lord. Riche, puissant et instruit. Alors qu'elle n'était qu'une veuve illettrée avec deux enfants et une sœur muette à charge, et pour toute possession une petite ferme qui réclamait un dur labeur.

Fanny essaya longuement de chasser ses démons pour s'endormir. Mais n'y parvenant pas, elle finit par renoncer et se releva. Une chandelle à la main, elle arpenta la maison sans but précis, jusqu'à ce que ses pas la mènent devant la porte.

Elle sortit sous le porche et inspira à pleins poumons l'air qui embaumait la terre fraîchement retournée.

Fanny aimait cette odeur qui lui évoquait des idées de renouveau. Le ciel était dégagé et les étoiles brillaient au firmament comme des grains de sucre étalés sur une couverture sombre.

Le regard de la jeune femme se porta inévitablement sur l'écurie. Ian s'était-il endormi ?

Après un long soupir, elle descendit les marches et traversa la cour en prenant la direction des pâtures, où elle apercevait les silhouettes de quelques chevaux se découper sous la lumière de la lune. Deux juments dormaient, parfaitement immobiles sur leurs sabots, tête baissée. Une autre jouait avec son poulain.

Ce spectacle raviva les larmes de la jeune femme. Elle aimait ces bêtes. Elle aimait le travail de la ferme et le miracle des saisons qui se répétait, récolte après récolte, année après année.

Ian Sutherland ne pouvait-il pas voir, lui aussi, la beauté de cette terre ? Ne ressentait-il vraiment rien pour ce pays ?

Fanny essuya ses yeux d'un revers de main et rentra à la maison.

Le lendemain, le shérif Tom Vaughn rendit visite à la ferme.

Fanny était occupée à sa lessive quand elle vit avec appréhension trois cavaliers approcher. Clarisse, qui surveillait Amy, prit la fillette dans ses bras et disparut à l'intérieur de la maison, tandis que Noël se rapprochait prudemment de sa mère.

Ian exerçait Sir Gray dans l'une des pâtures. Fanny le vit stopper l'animal, observer un moment les cavaliers, puis retourner à son travail.

Le shérif et ses deux adjoints s'immobilisèrent devant la jeune femme et ôtèrent leurs chapeaux. Mais seul le shérif mit pied à terre. Les deux autres restèrent en selle, la tête tournée vers Ian.

— Madame Marsh, commença le shérif, j'ai été navré d'apprendre la mort de John. C'était quelqu'un de bien.

— En effet.

— Avez-vous besoin d'aide ?

Fanny secoua la tête. Voyant que le shérif jetait aussi des coups d'œil à l'Écossais, elle sentit son appréhension redoubler.

Vaughn reporta son attention sur elle.

— J'ai entendu dire que vous aviez acheté un manœuvre. Un forçat.

— Apparemment, mon beau-frère vous a déjà tout raconté.

— Il s'inquiète à votre sujet.

— Ça ne le regarde pas, répliqua Fanny, qui regretta aussitôt son ton cassant.

Le shérif la toisa d'un air désapprobateur.

— Il agit selon son devoir.

— J'apprécie votre sollicitude, shérif, ainsi que celle de Robert. Mais M. Sutherland ne représente aucun danger pour ma famille.

Vaughn s'esclaffa.

— Ce n'est pas ce que pensent les Anglais ! Ils l'ont jugé assez dangereux pour le condamner à une lourde peine. Les gens parlent beaucoup de cette histoire. Ils se rappellent que des forçats, autrefois, se sont rebellés contre leurs maîtres. Et les gens n'aiment pas vous savoir, veuve et sans défense, seule avec cet homme.

Fanny songea à lui répondre que l'Écossais pouvait partir s'il le voulait, puisqu'elle lui avait rendu sa liberté, mais la prudence la retint. Les papiers n'avaient pas encore été contresignés par le révérend Winfrey et Fanny n'avait pas confiance dans le shérif.

— C'est très simple, reprit celui-ci. Vous ne pouvez plus continuer à vivre ici avec cet homme. On murmure déjà des accusations à votre sujet.

— *Quelles* accusations ?

— Fornication.

Fanny était trop médusée pour répondre. Maudit soit Robert ! Quels mensonges avait-il encore été inventer !

— Si mon beau-frère vous a raconté qu'il s'était passé quelque chose entre M. Sutherland et moi, il aura menti.

Le regard méprisant du shérif la rendait folle de rage et elle contenait mal son envie de le gifler.

— M. Marsh n'est pas le seul à penser ainsi, répliqua-t-il. Personne ne comprend pourquoi vous n'allez pas vous placer sous la protection de votre beau-frère. C'est là-bas qu'est votre place.

Fanny serra les dents.

— J'ai compris. Je peux vivre sous le même toit que Robert Marsh, mais je ne peux pas vivre dans ma propre maison à partir du moment où un domestique dort dans l'écurie. C'est bien cela ?

— M. Marsh est votre parent devant la loi. Sa maison est la vôtre. Ce domestique est un renégat. Vous n'avez pas à fréquenter de telles personnes.

Il s'adressa à ses adjoints :

— Amenez le forçat ici.

Les poings serrés de rage, Fanny regarda l'un des adjoints du shérif diriger sa monture vers l'enclos où travaillait Ian. Elle fut un peu soulagée en le voyant descendre de Sir Gray et suivre l'homme jusqu'à eux. Il ne restait plus qu'à espérer qu'il ne ferait ni ne dirait rien pour provoquer le shérif. Mais sa démarche arrogante et la façon dont il crispait les mâchoires n'auguraient rien de bon.

Le shérif pointa sa cravache sur lui.

— Votre nom ?

— Ian Sutherland.

Le shérif lui empoigna la main, pour examiner sa marque.

— Soyez plus poli avec moi.

Ian ne répondant pas, le shérif lui donna un coup de cravache sur la main. Ian ne cilla même pas. Il continuait de fixer son interlocuteur.

— Votre crime ?

— Les Anglais appellent cela trahison, dit-il avec mépris. Je préfère parler d'engagement loyal pour mon véritable souverain.

Vaughn se tourna vers Fanny.

— Où sont ses papiers ?

Fanny hésita. Ian la regardait et il attendait sans doute qu'elle dise à Vaughn qu'il avait racheté sa liberté. Mais elle n'avait pas confiance. Elle connaissait assez Tom Vaughn pour savoir qu'il agissait sur les ordres de Robert.

— Je ne les ai pas ici, répondit-elle.

Le shérif plissa les yeux.

— Où sont-ils ?

— En lieu sûr.

— Je ne saurais trop vous conseiller, madame Marsh, de revendre les papiers de cet homme. Il ne peut vous causer que des ennuis.

Fanny tendit le bras pour montrer les champs de tabac.

— Ah oui ? Sans M. Sutherland, ces champs seraient encore vides. Mon mari avait confiance en lui. Et moi aussi.

Vaughn la gratifia d'un sourire odieusement condescendant.

— Vous n'êtes qu'une femme, madame Marsh. Et les femmes se laissent facilement abuser par les hommes.

— Y compris la vôtre, je suppose ? ne put s'empêcher de répliquer Fanny.

Le shérif s'empourpra violemment.

— Je vous avertis solennellement, madame Marsh, que les gens ne sauront tolérer longtemps cette situation. Débarrassez-vous de cet homme pendant qu'il en est encore temps.

Noël choisit ce moment pour intervenir :

— Je ne veux pas que M. Sutherland s'en aille !

Vaughn abaissa son regard sur lui.

— C'est un criminel, mon garçon. Il pourrait te tuer.

Noël secoua la tête avec véhémence.

— Non.

Le shérif préféra reporter son attention sur Fanny.

— J'insiste, madame Marsh. Débarrassez-vous de lui au plus vite.

Et sans attendre de réponse, il remonta en selle et repartit avec ses deux adjoints.

Ian regarda les trois cavaliers disparaître. Pourquoi Fanny n'avait-elle pas dit au shérif qu'il était libre ?

Mais était-il vraiment libre, au fait ? Il manquait encore la signature du pasteur pour authentifier l'annulation du contrat de servitude. Et Fanny avait agi devant le shérif comme si elle le considérait toujours en sa possession. Peut-être n'avait-elle pas réellement l'intention de le libérer. La mise en scène de l'autre soir n'avait été qu'une comédie destinée à gagner sa confiance. À présent, elle retarderait encore et encore, sous tous les prétextes, la signature du révérend Winfrey.

Plein d'amertume, il s'éloigna vers l'écurie sans un regard en arrière.

— Ian.

Il ne se retourna même pas.

— Ian ! répéta-t-elle, cette fois en courant pour le rattraper.

Ian continua de l'ignorer, mais elle le suivit jusqu'à l'écurie. Arrivé devant la porte, il finit par se tourner vers elle.

— Pourquoi ne lui avez-vous pas dit ?

Elle avait écarquillé les yeux, pour tenter de comprendre et, à cet instant, Ian les trouva si magnifiques,

171

avec leurs prunelles ambrées, qu'il faillit presque en oublier sa colère.

— Je ne pouvais pas laisser Vaughn s'emparer des papiers, dit-elle. Je n'ai pas confiance en lui.

Et moi, je n'ai pas confiance en vous, songea à lui répondre Ian. Mais il préféra ne rien dire et s'éloigna de la jeune femme en repartant vers les pâtures.

— Ian !

— Vous avez obtenu ce que vous vouliez.

— Pas si vous pensez que je vous ai menti.

— Ce que je pense ou non n'a pas d'importance.

Il enjamba la clôture d'un bond et remonta en selle sur Sir Gray. Il lui fit faire trois tours de l'enclos, en accélérant progressivement l'allure. Au quatrième tour, Ian jeta furtivement un coup d'œil de côté, s'attendant que Fanny soit toujours là.

Mais elle était partie.

Une semaine plus tard, Fanny comprit, en arrivant sur le pré où allait se tenir la messe, que Robert avait parfaitement manœuvré. À l'exception des Wallace, personne ne lui adressa la parole.

Elle se tint à l'écart, avec Clarisse et les enfants, pendant que le révérend baptisait un nouveau-né et mariait un jeune couple, mais elle ne put retenir une larme lorsque le pasteur demanda aux mariés s'ils étaient prêts à s'aimer pour le meilleur et pour le pire.

Puis, ce fut le traditionnel baiser, un peu maladroit, mais plein de tendresse. Son propre mariage, se souvenait Fanny, avait ressemblé à cette cérémonie toute simple. Elle n'avait jamais eu à le regretter.

La messe commença enfin, la détournant un peu de son chagrin. Après le service, le révérend Winfrey s'approcha d'elle et des enfants.

— Bonjour, madame Marsh, dit-il avec un sourire franc et chaleureux.

Fanny fut soulagée de ne lire ni censure ni désapprobation dans son regard.

— Accepteriez-vous de venir déjeuner à la maison, révérend ?

Il parut hésiter.

— J'aurais besoin de votre aide, ajouta Fanny.

Il hocha la tête.

— C'est entendu. Je me réjouis déjà à l'idée de ce repas.

Fanny attendit qu'il ait terminé de s'entretenir avec toutes les familles ayant assisté à la messe. Quelques-uns, parmi ceux qui l'avaient toisée d'un œil noir à son arrivée, semblaient maintenant regretter leur comportement et s'en allèrent sans oser croiser son regard.

Puis, le pasteur revint vers elle.

— Peut-être devriez-vous prendre la route un peu après nous, lui suggéra-t-elle, voulant lui épargner le reproche d'avoir rendu visite à une femme perdue de réputation.

— Et me priver du plaisir de votre compagnie ? se contenta-t-il de répondre.

Fanny lui sourit. Elle l'avait toujours apprécié et sans doute jamais davantage qu'en ce moment précis. C'était un homme d'une minceur presque squelettique et au visage sans grâce, qui s'habillait pauvrement. Mais ses prunelles bleues irradiaient un tel amour de son prochain qu'elles faisaient passer son apparence au second plan. Son Dieu était de toute bonté et Rufus Winfrey mettait à le servir un dévouement qui forçait le respect des fidèles.

Fanny lui était reconnaissante de braver les commérages pour elle. Mais combien de temps pourrait-il résister à la pression ?

Le révérend attacha son cheval au chariot de la jeune femme pour prendre place à côté d'elle, sur la banquette, tandis que les enfants et Clarisse s'étaient installés à l'arrière. Une fois sur la route, Fanny se demanda comment engager la conversation. Le pasteur vola à son secours en demandant des nouvelles des plantations.

— Tim Wallace est venu nous aider. Mais… Ian a planté presque tout le tabac tout seul. Et maintenant, il entraîne les chevaux.

— Ian… C'est votre domestique, n'est-ce pas? demanda le révérend. Je l'ai aperçu, aux funérailles de John. Il m'a paru très amer.

— Il a toutes les raisons de l'être.

— Pourriez-vous m'expliquer pourquoi?

— Je préférerais qu'il vous en parle lui-même.

— Vous sentez-vous en sécurité avec lui?

— Oui. Et les enfants l'adorent.

— Les enfants sont toujours d'excellents juges, approuva-t-il. Et vous? Que pensez-vous de lui?

— Je l'apprécie beaucoup, avoua Fanny, après un moment d'hésitation. Et je souhaite lui rendre sa liberté. Après le déjeuner, j'aimerais que vous apposiez votre signature, en tant que témoin, sur l'annulation de son contrat de servitude.

— Vous savez que je ne porte pas l'esclavage en mon cœur, madame Marsh. Quelque apparence qu'il prenne. Vous agissez bien.

— Il y a autre chose, ajouta Fanny en baissant la voix. Vous avez sans doute entendu la rumeur colportée par mon beau-frère. Il veut que Ian s'en aille. Mais si je le perds, je perds aussi la ferme.

— Souhaite-t-il rester?

— Il va rester un an, répondit Fanny, éludant en partie la question.

Le révérend soupira.

— Vous avez marchandé sa liberté contre une année de travail?

Si seulement c'était si simple!

— Pas exactement. Je lui ai offert de lui rendre sa liberté sans condition mais il a insisté pour rester un an.

— Autrement dit, c'est un homme d'honneur.

Fanny acquiesça en silence.

— Je suis effectivement au courant des rumeurs, reprit le révérend. D'ailleurs, plusieurs familles auraient souhaité que je vous condamne publiquement pendant mon prêche.

Fanny baissa les yeux, crispant un peu plus ses mains sur les rênes.

— Pourquoi ne l'avez-vous pas fait ?

— Je leur ai dit de ne pas juger, s'ils ne veulent pas être jugés à leur tour. Mais la bataille s'annonce rude. À mon avis, ils reviendront bientôt à la charge.

— Robert veut mes terres et il sait que je ne pourrai pas les garder si personne ne m'aide. Or, il terrifie tout le monde.

— Ne m'avez-vous pas dit que les Wallace vous aidaient ?

— Certes. Mais ils doivent d'abord s'occuper de leur propre ferme.

Le révérend hocha la tête en silence.

— Le shérif est venu, il y a quelques jours. Il a prétendu qu'on m'accusait de... fornication. Je suis convaincue qu'il a été envoyé par Robert.

— Ma pauvre enfant ! s'exclama le pasteur.

— Je... je n'ai pas...

Le révérend posa la main sur son bras.

— Bien sûr, mon enfant. Je vous fais confiance.

Fanny se concentra un moment sur la route, afin de se calmer quelque peu.

Comment formuler la question qui lui brûlait les lèvres ? Comment même oser l'aborder ? C'était purement blasphématoire et cependant, Fanny ne voyait pas d'autre moyen de protéger sa famille. C'était une idée un peu folle et Ian la rejetterait sans doute. De même que le pasteur. Mais elle voulait essayer. C'était son dernier espoir.

Les quelques mots qu'elle avait prévu de dire refusèrent de sortir. Du coup, elle préféra changer de sujet momentanément.

— Ian nous apprend à lire, dit-elle, consciente d'être sur la défensive. Et il travaille dur dans les champs.

Le pasteur manifesta sa curiosité.

— Il est professeur ?

Fanny secoua la tête.

— Je crois qu'il était lord, en Écosse. Mais il n'en parle jamais. En tout cas, il lit très bien. Et il se montre excellent instructeur. Noël sait déjà lire des phrases entières.

Fanny aussi, du reste. Mais elle ne voulait pas avoir l'air de se vanter devant le pasteur.

Le révérend s'était plongé dans une réflexion silencieuse.

— Ce n'est pas un criminel, s'empressa de préciser la jeune femme. Il a combattu pour son roi.

Et comme ils approchaient maintenant de la ferme, elle comprit qu'elle devait se jeter à l'eau.

— Révérend Winfrey, si Ian Sutherland et moi étions mariés, les commérages cesseraient, n'est-ce pas ?

Elle s'attendit à une explosion, qui ne vint pas. Au bout d'un moment, le pasteur finit par demander :

— La suggestion vient de lui ?

Fanny se sentit devenir cramoisie. Elle secoua la tête.

— Pensez-vous que M. Sutherland acceptera ?

Fanny redoutait un refus. Elle en serait terriblement humiliée. Cependant, elle voulait risquer sa chance. Elle savait qu'elle perdrait tout si Ian partait maintenant. Il fallait qu'il accepte. Même s'il refusait de s'attacher à ce pays.

— Ce n'est pas impossible, répondit-elle. À condition qu'il reçoive l'assurance qu'il pourra annuler cette union plus tard.

Fanny se tourna vers le pasteur, mais son visage était impénétrable et elle ne put deviner ses pensées. Au moins, il n'avait pas repoussé violemment son idée.

Mais à supposer qu'il s'y rallie, il resterait encore à convaincre Ian.

Ils terminèrent le trajet en silence. Une fois arrivés à la ferme, le révérend aida Fanny et les enfants à descendre du chariot.

— Où est votre Écossais ?

Sir Gray n'était pas dans l'enclos.

— Dans les bois, je suppose. Il entraîne Sir Gray pour les courses de Chestertown.

— Montrez-moi les papiers que vous voulez me faire signer.

Fanny alla chercher dans sa chambre le contrat de servitude qu'elle avait caché sous son matelas. Le révérend s'était assis à la table pour l'attendre. La jeune femme lui tendit les papiers ainsi qu'un crayon.

— C'est votre signature ? demanda-t-il après avoir examiné le contrat.

Fanny acquiesça.

Le pasteur apposa sa propre signature et la date juste à côté. ·

— Merci.

Il hocha la tête en souriant.

Fanny contemplait les papiers qu'il tenait toujours à la main – ces précieux papiers, qui représentaient la liberté d'un homme. Elle avait été blessée de voir que Ian la soupçonnait de l'avoir trahi. Sans doute réagissait-il ainsi parce qu'il ne croyait plus en personne. Mais Fanny ne désirait rien autant que sa confiance. Maintenant que les papiers étaient parfaitement en règle, ainsi qu'elle le lui avait promis, peut-être commencerait-il enfin à la croire.

Mais lui ferait-il assez confiance pour accepter de l'épouser ? Croirait-il à sa volonté d'annuler ce mariage dans un an ou suspecterait-il un nouveau piège ?

Et accepterait-il de ne pas consommer cette union ?

Fanny voulait garder espoir. Elle était convaincue qu'il finirait par comprendre que c'était l'unique solution pour qu'il puisse vivre libre et en paix.

Elle alla remettre les papiers dans leur cachette, puis commença à préparer le repas.

Ian ramena Sir Gray à l'écurie avec l'intention de manger quelque chose sur le pouce, puis de ressortir, cette fois avec Fantôme Gris. Mais il eut la surprise, en pénétrant dans l'écurie, de tomber sur un homme d'Église, assis tranquillement sur une botte de foin.

Lucky vint l'accueillir en jappant joyeusement. Ian le caressa distraitement, son regard rivé sur l'étranger. Il reconnut enfin le visage du pasteur qui était venu dire une messe sur la tombe de John, quelques semaines plus tôt.

— Mon révérend, le salua-t-il, tandis qu'il conduisait Sir Gray dans sa stalle.

— Nous n'avons pas été présentés lors des funérailles de M. Marsh, monsieur Sutherland. Je m'appelle Rufus Winfrey. Mme Marsh a été assez aimable pour m'inviter à déjeuner. Elle désirait que je signe certains papiers, en qualité de témoin.

Ian, qui s'était emparé de la brosse pour étriller Sir Gray, suspendit brutalement son geste. Ainsi, Fanny ne lui avait pas menti. Elle avait demandé la signature du pasteur, exactement comme elle l'avait promis. À cet instant, il réalisa qu'il n'avait jamais vraiment douté de la parole de la jeune femme. Il s'était servi de son mensonge devant le shérif – un mensonge destiné à le protéger, lui avait-elle expliqué – pour prendre ses distances avec elle. Et surtout avec les sentiments qu'elle lui inspirait. Il était plus facile de s'imaginer sa duplicité que d'affronter la réalité en face.

— Avez-vous pensé au mariage ?

La question du pasteur, posée d'un ton parfaitement détaché, laissa Ian abasourdi.

— Je crains de vous avoir surpris, ajouta l'homme d'Église, qui s'était approché de la stalle de Sir Gray.

Ian était si confus qu'il dut s'éclaircir la gorge avant de pouvoir répondre.

— Si vous parlez de Mme Marsh, ce n'est pas très décent. Elle vient juste de perdre son mari.

Winfrey haussa les épaules.

— Dans ce pays, les veuves se remarient souvent très vite. C'est préférable pour leur sécurité.

— Je n'ai aucune intention de me marier.

— N'oubliez pas qu'elle vous a rendu votre liberté.

— Et vous voudriez que je la reperde déjà ?

— Elle m'a dit que vous aviez accepté de rester une année entière.

— C'est exact.

Le révérend soupira.

— Robert Marsh répand déjà la rumeur que vous exercez une très mauvaise influence sur elle et qu'il se passe des choses indécentes entre vous.

Il marqua une pause, avant d'ajouter :

— Ce matin, à la messe, Mme Marsh s'est retrouvée exclue.

Ian étouffa un juron.

— Robert Marsh cherche à semer la zizanie. Un mariage lui couperait l'herbe sous le pied.

Ian commença à étriller la robe de Sir Gray.

— Pas question. Je veux rentrer en Écosse.

— Oui, mais dans un an...

— Comment pouvez-vous encourager un mariage sans amour ?

— Ne vous appréciez-vous pas mutuellement ?

Les mouvements de la brosse se firent plus véhéments.

— Beaucoup de gens se marient pour moins que ça, monsieur Sutherland, insista le pasteur.

Ian frottait Sir Gray de plus en plus fort.

— Robert Marsh est décidé à ruiner la réputation de Mme Marsh.

Cette fois, Ian explosa.

— Elle n'espère quand même pas...

— Elle n'y est pour rien, le coupa le pasteur. C'est *moi* qui ai pensé à cette solution.

— Eh bien, c'est une très mauvaise idée, répliqua Ian.

Il reprit sa brosse et un long silence s'installa avant que le pasteur ne reprenne la parole.

— Si ce mariage n'était pas consommé, il serait très facile de l'annuler.

Ian leva les yeux sur Rufus Winfrey, qui ne cilla pas.

— Vous êtes fou.

Le révérend joignit les mains.

— Ce mariage pourrait résoudre tous vos problèmes. Il vous protégerait légalement, l'un et l'autre, de toute interférence extérieure.

— Non, répliqua Ian. Non. C'est un prix que je ne suis pas disposé à payer.

— Même pas pour Mme Marsh et sa famille ?

— Que le diable vous emporte !

Ian jeta la brosse à terre, sortit de la stalle et se mit à faire les cent pas d'un bout à l'autre de l'écurie. Le révérend Rufus Winfrey n'était pas un homme de Dieu. C'était un démon, envoyé par Lucifer en personne. Il n'avait pas son pareil pour planter sa lame là où ça faisait le plus mal.

Comment Ian aurait-il pu refuser de considérer la proposition du pasteur ? Comment pouvait-il refuser d'aider la femme qui, par sa signature, avait réduit à néant le châtiment que lui avaient infligé les Anglais ?

L'homme d'Église était resté calmement devant la stalle de Sir Gray. Ian s'arrêta à sa hauteur.

— Elle n'acceptera jamais, dit-il.

Le révérend esquissa l'ombre d'un sourire.

— Ce n'est pas certain.

Ian déglutit péniblement. Il était catholique. Le mariage devait durer toute une vie. Mais un mariage non consommé pouvait s'annuler. Que devait-il, exactement, à Fanny Marsh ?

Une année. Seulement une année.

De toute façon, elle n'accepterait jamais d'épouser un ancien forçat sans le sou. Dès que la ferme serait remise sur pied, elle n'aurait que l'embarras du choix pour trouver un mari.

Mais, bizarrement, cette dernière perspective n'était pas du tout pour plaire à Ian.

— Je vais réfléchir, dit-il. Mais ce n'est pas moi qui ferai la demande.

Le sourire du pasteur s'élargit.

— Je lui parlerai, répondit-il, avant de repartir, avec un calme étudié, vers la porte.

— Elle dira non, l'avertit Ian.

Le révérend se retourna.

— Peut-être.

Et là-dessus, il quitta l'écurie.

Ou peut-être pas, songea Ian. Mais, dans ce cas, que ferait-il?

Il ramassa la brosse et se remit au travail.

14

Le révérend Rufus Winfrey murmura une courte prière avant d'entrer dans la maison. Il savait que le soir, au moment de se coucher, il devrait avoir une sérieuse conversation avec le Créateur, mais pour l'instant il n'avait pas le temps d'une plus longue introspection. Il espérait seulement que la proposition inattendue de Fanny Marsh lui avait été inspirée par Dieu.

Certes, vouloir se servir des liens sacrés du mariage à des fins strictement personnelles pouvait paraître contestable. Cependant, Rufus était habitué à une interprétation très libérale de la volonté divine.

Et puis, il avait aimé tout de suite l'Écossais, devinant son intégrité sous ses dehors cyniques. Du reste, ce n'était pas un forçat comme les autres. Le seul crime de cet homme, après tout, était d'avoir combattu pour une cause qu'il estimait juste.

Les enfants aussi aimaient cet homme. Et les yeux de Fanny s'éclairaient dès qu'elle parlait de lui. En fait, si Rufus avait été joueur, il n'aurait pas hésité à parier sa bible qu'une annulation ne serait pas nécessaire…

Avait-il pour autant le droit d'autoriser un tel mariage ? C'était une autre question. L'initiative paraissait bonne, au premier abord. Noël et Amy avaient besoin d'un père. Fanny d'un mari. Et tous – y compris Ian Sutherland – avaient besoin d'arguments solides à opposer à Robert Marsh. Rufus n'ignorait pas le degré de nuisance de cet homme. Marsh n'avait aucune conscience dès lors que ses intérêts étaient en jeu.

Plus il y réfléchissait, plus Rufus trouvait la suggestion de Fanny, qu'il avait volontiers reprise à son compte, inspirée par le bon sens. Il avait bien menti un peu en assurant à Ian que l'idée était de lui, mais il était réellement convaincu que c'était la meilleure solution. Et l'Écossais préférait sans doute savoir que le projet venait d'une tierce personne.

Il ne restait plus qu'à espérer que ce petit arrangement avec l'orthodoxie n'irriterait pas le Seigneur.

Dès qu'il ouvrit la porte, Rufus sentit un délicieux fumet lui chatouiller les narines. L'instant d'après, un courant d'air lui frôla l'oreille et il vit, à son grand étonnement, un gros oiseau noir se poser sur l'épaule de Clarisse, qui mettait le couvert. La jeune fille caressa le crâne de l'oiseau avant de l'éconduire gentiment et le volatile alla se percher sur un dossier de chaise.

— C'est Maladroite, notre corneille, expliqua Fanny. Elle se considère comme un membre de la famille.

— C'en est un, intervint Noël, assis par terre devant la cheminée. Comme Lucky et Difficile.

— Je connais déjà Lucky, fit le pasteur. Qui est Difficile ?

— Vous allez vous asseoir dessus, répondit Noël.

Rufus regarda ce qu'il avait pris pour une chaise vide la seconde d'avant. Un petit chat était grimpé sur le siège et agitait tranquillement sa queue, comme s'il se trouvait là depuis longtemps.

Rufus s'approcha d'une autre chaise, mais le chat le devança encore.

— Il adore jouer à ce jeu, expliqua Noël, qui s'était levé pour prendre le félin dans ses bras.

— Je vois, répondit Rufus, qui en fait ne voyait rien du tout. Pourquoi ce chat s'appelle-t-il Difficile ?

Amy était déjà assise à table, les bras croisés devant elle.

— Difficile aime les souris, dit-elle.

— Mais il n'aime pas les attraper, compléta sa mère, amusée. C'est un chat paresseux, qui évite de se fatiguer.

Plus il voyait vivre la famille Marsh et plus Rufus considérait d'un bon œil son rôle d'entremetteur. Ces gens respiraient la bonté. Et ce qu'il avait vu de Ian, dans l'écurie, avait suffi à le persuader que c'était un homme compétent, dur à la tâche mais aussi très humain. Sa façon de traiter les chevaux suffisait à le prouver. Un homme de cette trempe-là ne pouvait que convenir à cette famille.

— Madame Marsh, pourrais-je vous parler en privé ?

La jeune femme le regarda avec anxiété, devinant qu'il avait parlé avec Ian. Elle se tourna vers Clarisse.

— Peux-tu t'occuper de surveiller le déjeuner, s'il te plaît ?

La jeune fille hocha la tête et vint se planter devant le four, d'où s'échappait la merveilleuse odeur qui avait assailli le pasteur à son entrée.

Rufus suivit Fanny sur le perron. La jeune femme s'assit en haut des marches et le révérend, l'imitant, s'installa à ses côtés.

— Je suis navrée, commença-t-elle en triturant son tablier. Je n'aurais jamais dû vous…

— Ne vous excusez pas, mon enfant, la coupa Rufus. Je considère que vous avez eu une excellente idée.

Elle le regarda, médusée.

— C'est vrai ?

— Oui, oui, oui, répondit Rufus, en se gardant toutefois de préciser qu'il était à peu près convaincu que les mariés n'auraient pas besoin de recourir à une annulation.

— Vous lui avez parlé ?

— Oui. Et il n'a pas dit non.

— Donc, il n'a pas dit oui, rectifia Fanny.

Mais une petite lueur d'espoir s'était allumée dans son regard.

— Je lui ai laissé croire que l'idée venait de moi, reprit Rufus. En fait, il se refuse à imaginer que vous allez y consentir.

La jeune femme écarquilla tellement les yeux qu'il était facile de deviner qu'elle n'avait pas réellement pensé que son plan puisse marcher. La réponse de l'Écossais, loin de la soulager, sembla raviver son angoisse et son chagrin. Rufus comprit alors ce qu'il lui avait fallu de courage pour suggérer cette idée. Elle l'avait fait par amour pour ses enfants et pour défendre ce que son défunt mari avait construit.

— Il a raison. Je n'aurais jamais dû vous parler de tout cela, alors que je viens à peine d'enterrer John.

— Je le sais. Comme je sais que vous aimiez votre mari. Mais beaucoup d'autres femmes, dans notre colonie, se retrouvent confrontées au même problème que vous et le résolvent en se remariant promptement.

Il la regarda avec gravité, avant d'ajouter :

— Vous savez bien que j'ai raison, madame Marsh. La vie de la ferme est rude. Vous avez besoin d'un homme.

184

La jeune femme fronça les sourcils, regarda en direction de l'écurie, puis reporta son attention sur le pasteur.

— Il ne tient pas à moi. Et je ne suis pas amoureuse de lui.

— Aimiez-vous John, lorsque vous l'avez épousé ?

Elle hésita suffisamment longtemps pour rendre toute réponse inutile.

— Beaucoup de couples se forment pour des raisons qui n'ont rien à voir avec l'amour et, malgré tout, cela ne les empêche pas de connaître le bonheur, insista le révérend. Ce mariage vous protégerait ainsi que Ian et ferait taire les commérages que votre beau-frère répand sur votre compte.

— *Protégerait Ian* ?

— Bien sûr. Personne ne pourrait aller raconter que M. Sutherland vous a forcée à signer les papiers lui rendant sa liberté.

La jeune femme médita longuement les paroles du pasteur. Puis, elle demanda :

— Vous ne pensez pas que… ce serait manquer de respect à la mémoire de John ?

— Je pense que John aimerait vous savoir en sécurité. N'est-ce pas la raison qui l'avait poussé à acheter cet Écossais ?

Fanny resta encore silencieuse un moment, avant de risquer :

— Mes biens vont devenir ses biens.

À présent que Rufus s'était entretenu avec les deux protagonistes, il était définitivement convaincu que cette union serait une bonne chose.

— Nous pourrions prévoir un contrat qui ménagerait vos intérêts, suggéra-t-il. Toutefois, en mon âme et conscience, je doute fort que Ian Sutherland soit le genre d'homme à prendre avantage d'une femme.

Le regard de Fanny persuada Rufus qu'elle ne le pensait pas davantage. Cependant, elle secoua la tête et revint au début de leur conversation.

— Vous avez dit qu'il n'avait pas dit oui.

— Je pense qu'il finira par accepter. Pour vous et pour les enfants.

Rufus la vit se mordiller la lèvre, l'air songeur, avant de soupirer lourdement.

— S'il accepte…

Elle ne termina pas sa phrase.

Fanny se reprochait sa folle audace. Le mariage était une chose sacrée et pas un vulgaire expédient auquel on pouvait recourir pour résoudre un problème.

Pourquoi avait-elle eu cette idée?

Qu'en aurait pensé John?

La jeune femme frissonna. Comment pouvait-elle envisager d'épouser Ian Sutherland, alors qu'elle sentait encore la présence de John dans toute la maison? Bonté divine! Même les draps portaient encore son odeur. Et elle voulait y installer un autre homme à sa place!

Mais après tout…

C'était John lui-même qui avait amené Ian Sutherland ici. Il lui avait ouvert la porte de son foyer, l'avait invité à s'asseoir à la table commune en souhaitant ouvertement que l'Écossais devienne un membre de leur famille. John pressentait sans doute sa fin prochaine et il avait pu agir ainsi en songeant à l'avenir.

Le déjeuner était prêt. Fanny servit le révérend, Ian et les enfants. Quand Ian porta le regard sur elle, elle aurait voulu pouvoir s'enfuir et se terrer dans un trou. Son expression était indéchiffrable. Se pouvait-il que le révérend ait eu raison de croire qu'il finirait par accepter?

Cette idée la fit paniquer. Mais elle ne devait pas oublier que c'était elle qui avait lancé cette proposition. Et pour des raisons bien précises.

Elle toucha à peine à son assiette. Heureusement, les enfants bavardèrent avec le révérend tout le long du repas. Sans eux, la pièce serait restée plongée dans un silence angoissant.

Le déjeuner terminé, Fanny se tourna vers sa sœur :

— Clarisse, voudrais-tu emmener les enfants jouer dehors ?

Clarisse la regarda, puis regarda Ian et le révérend Winfrey. Ses yeux s'assombrirent et, l'espace d'un instant, Fanny crut y déceler une lueur de rébellion. Cependant la jeune fille prit Amy par la main et sortit.

Noël dévisagea les adultes d'un air intrigué, avant de suivre sa tante, le chat dans ses bras et Lucky sur ses talons.

Le révérend Winfrey repoussa sa chaise, se leva de table, hésita un moment, puis déclara :

— Je pense que vous devriez converser en privé, tous les deux.

Et il disparut à son tour dehors.

Ses mains croisées devant elle, Fanny contemplait fixement la table sans oser lever les yeux sur Ian.

C'est lui qui se décida à rompre le silence.

— Madame Marsh, le révérend m'a proposé un curieux marché. Puisque je suis d'accord pour rester un an, il pense qu'il serait préférable de... de nous marier.

Il avait dit cela sans la moindre chaleur, comme s'il ne voyait dans ce mariage que ce qu'il venait de décrire : un curieux marché. Il n'avait même pas appelé Fanny par son prénom. À ses yeux, elle n'était que « madame Marsh ». Une étrangère, en somme.

Fanny pouvait-elle confier sa vie et celle de ses enfants à cet homme qu'elle connaissait si peu ? Une femme mariée n'avait pas beaucoup de pouvoir, surtout ici, dans les colonies. Malgré la protection du révérend Winfrey, Fanny dépendrait de Ian Sutherland.

La jeune femme osa enfin le regarder. Ses prunelles émeraude n'exprimaient aucune émotion particulière. Ni encouragement ni réprobation. En revanche, il semblait attendre sa réponse.

Pouvait-elle lui faire confiance ?

Le révérend Winfrey avait personnellement tranché pour l'affirmative. Noël, Amy et Clarisse aussi. Même le chien lui faisait confiance ! Alors, pourquoi pas elle ?

Cependant, avant de s'engager plus loin, Fanny ne pouvait pas ne pas lui poser la question qui la taraudait depuis un moment :

— Vous n'avez… personne, en Écosse ?

— Une femme, vous voulez dire ? demanda-t-il en ricanant. Je ne suis pas bigame, madame Marsh.

Fanny se mordit la lèvre, confuse.

— Non, je voulais dire… enfin, je ne voudrais pas vous obliger à commettre un acte qui pourrait blesser quelqu'un qui tiendrait à vous.

— Pourquoi cela devrait-il vous préoccuper, du moment que vous obtenez ce que vous souhaitez ?

Il y eut un silence glacé. Fanny voyait bien qu'il cherchait à la torturer moralement, mais elle ne comprenait pas pourquoi. Lui avait-elle fait du mal sans le savoir ?

Elle se releva et rassembla ce qui lui restait de dignité.

— C'était une mauvaise idée. Je vais le dire au révérend Winfrey.

Ian se leva à son tour et retint la jeune femme par la main. Des lueurs vert sombre obscurcissaient ses yeux et lui donnaient un regard inquiétant.

— Un mariage de pure forme n'est pas une perspective très alléchante, dit-il.

Fanny tremblait. Mais ce n'était pas Ian qui lui faisait peur. Elle était terrifiée par la façon dont son propre corps réagissait à la présence de cet homme.

— Croyez-vous que nous puissions vivre comme mari et femme *sur le papier seulement* ? demanda-t-il en insistant bien sur les derniers mots.

Et soudain il l'embrassa, avidement, goulûment. Fanny en frissonna, mais ne put le repousser. Alors, elle comprit sa colère et comprit aussi ce qu'il cherchait à lui montrer. Il se sentait autant pris au piège qu'elle.

Comment pourraient-ils vivre sous le même toit et jouer cette comédie du mariage sans risquer de se détruire l'un l'autre ?

L'attirance de leurs corps était si forte que Fanny n'arrivait même pas à se désengager de son étreinte. Ian continuait de l'embrasser à pleine bouche. Elle savait qu'elle aurait dû l'empêcher de prendre de telles libertés et cependant, elle s'en trouvait bien incapable. Dieu du ciel ! Il éveillait au plus profond d'elle-même des sensations dont elle n'aurait jamais soupçonné l'existence.

Finalement, ce fut Ian qui s'écarta le premier. Il paraissait très contrarié.

— Je suis catholique, madame Marsh. Quand je donne ma parole, je la tiens jusqu'au bout, commença-t-il. J'ai promis de retrouver ma sœur, comme j'ai promis de vous aider pendant une année entière. Si la seule manière d'y parvenir est de vous épouser, je n'hésiterai pas à le faire. Mais ce me sera une torture de ne pas faire l'amour avec vous. Parce que je vous désire. Ne pas le reconnaître serait mentir.

Fanny déglutit péniblement. Son propre désir creusait comme un immense vide à l'intérieur d'elle-même et c'était une sensation qu'elle n'avait encore jamais connue.

Un mariage de pure convenance ? L'idée la faisait presque rire. Plus elle y pensait, plus elle l'envisageait comme un mariage de grande *inconvenance*. Cependant, elle était maintenant décidée à aller jusqu'au bout.

— Alors, acceptez-vous ? lui demanda-t-elle.

— Oui, répondit-il sobrement, avant d'aller ouvrir la porte.

Le révérend Winfrey s'était assis sur les marches du porche. Il regardait, dans la cour, les enfants nourrir la corneille avec des grains de maïs. L'oiseau picorait dans leurs mains en toute confiance.

— C'est stupéfiant, commenta le pasteur.

Fanny s'approcha de lui.

— Du vivant de John, elle allait le prévenir lorsque le dîner était prêt, expliqua-t-elle. Maladroite nous considère un peu comme sa famille. Quand nous l'avons recueillie, elle avait une aile cassée que nous avons soignée. Je parie que d'ici à une semaine ou deux, c'est Ian qu'elle ira chercher dans les champs.

Ian. Fanny s'étonnait presque de prononcer son prénom avec une telle facilité. Lui, en revanche, semblait beaucoup moins à l'aise. Il s'était adossé au mur et, à en juger par son expression butée, on aurait juré qu'il s'apprêtait à monter à l'échafaud plutôt qu'à se marier.

Ce fut pourtant lui qui se décida à annoncer la nouvelle au pasteur :

— J'ai demandé à Mme... j'ai demandé à Fanny de devenir ma femme, et elle a accepté.

Un grand sourire illumina le visage du révérend Winfrey.

— Il nous faut un témoin. Deux, même, si possible.

Fanny réfléchit un instant.

— Les Wallace ?

Le révérend hocha la tête.

— C'est un très bon choix.

Ian s'avança jusqu'aux marches.

— Comment se rend-on chez eux ? demanda-t-il.

— Noël peut vous montrer le chemin, répondit Fanny, qui fit signe à son fils de s'approcher.

Le garçon vint se planter en bas des marches.

— Qu'est-ce qu'il y a, maman ?

Fanny savait qu'elle devait apprendre la nouvelle à ses enfants et à Clarisse, mais elle ne voyait pas de quelle manière s'y prendre. Comment annoncer à un petit garçon qui venait tout juste de perdre son père qu'il allait en avoir un nouveau ? Et devait-elle lui dire que ce ne serait que pour une année ? Noël aimait déjà beaucoup Ian. Elle craignait qu'il ne s'attache trop à lui.

La jeune femme se tourna vers le révérend, espérant son aide, mais il semblait aussi perdu qu'elle. Fanny soupira et rassembla Noël, Amy et Clarisse autour d'elle.

— Je vais épouser M. Sutherland, leur dit-elle.

— Je l'aime bien, répondit instantanément Amy.

Noël fronça les sourcils.

— Il va devenir notre papa ?

— Pas tout à fait. Il va habiter avec nous pendant quelque temps, mais ensuite il rentrera en Écosse.

Noël semblait dérouté. Clarisse aussi.

— Les gens désapprouvent qu'un homme et une femme non mariés vivent sous le même toit, tenta de leur expliquer Fanny. Alors, Ian et moi allons nous marier. Mais les choses resteront comme avant.

— Il s'installera dans ta chambre ? voulut savoir Noël.

Fanny ne s'était même pas encore posé cette question.

— Non. Il continuera de dormir dans l'écurie.

Clarisse s'abstint évidemment du moindre commentaire. Mais Fanny savait qu'elle comprenait même ce qu'on ne lui expliquait pas.

— Clarisse ?

— Clarisse aussi l'aime bien, intervint Amy.

Fanny interrogeait sa sœur du regard, attendant une réponse. La jeune fille lui serra furtivement la main. C'était, de sa part, un geste de soutien.

— Tu as compris, n'est-ce pas ?

Clarisse hocha la tête.

Fanny n'était pas certaine que les enfants aient aussi bien saisi la situation. Amy était de toute façon trop petite. Mais Noël, c'était différent. Et puis, on risquait de lui poser des questions. Fanny s'agenouilla devant lui et le regarda droit dans les yeux.

— Tu as bien compris que Ian ne resterait ici qu'un an ?

Il hocha la tête.

— Mais il te faudra quand même prétendre que c'est ton nouveau papa.

Noël parut hésiter. Fanny devina qu'il pensait à John et qu'il devait se demander si sa conduite ne serait pas déloyale envers la mémoire de son père. Elle le comprenait d'autant mieux qu'elle ressentait la même chose.

— Papa voulait que Ian reste pour nous aider à tenir la ferme, dit-elle.

— Je sais, répondit Noël.

— Peux-tu lui montrer comment on va chez les Wallace ?

Noël opina du chef.

— Mais tu ne répéteras pas à M. Wallace et à Tim Junior ce que nous venons de dire, n'est-ce pas ?

Il secoua la tête.

Fanny le serra contre elle, sans savoir si elle souhaitait vraiment qu'il comprenne tout ce qu'elle venait de lui expliquer. Elle craignait qu'il se fasse une étrange idée de sa mère.

— Vas-y, maintenant, dit-elle en se relevant.

Le garçonnet se dirigea vers Ian et ils partirent ensemble vers l'écurie. Noël imitait déjà la démarche de Ian. Avant longtemps, il finirait par prendre son accent écossais. Fanny n'était pas certaine qu'il ait réalisé que Ian ne resterait qu'un an parmi eux.

Pour un enfant de cet âge, une année représentait l'éternité. Mais Fanny, elle, y pensait déjà comme au lendemain.

Fanny avait prononcé autrefois ces paroles. À l'époque, elle n'était encore qu'une gamine de quinze ans, un peu effrayée par ce qui lui arrivait. Mais aujourd'hui, elle répétait ces mêmes mots d'une voix aussi monocorde que neuf ans plus tôt.

Elle n'était pas amoureuse, alors. Pas plus qu'aujourd'hui. C'était son deuxième mariage et elle se retrouvait à nouveau en train d'épouser un homme pour des raisons qui n'avaient rien à voir avec l'amour.

Son regard glissa jusqu'aux Wallace, père et fils, qui se tenaient un peu à l'écart. Ils avaient accepté avec joie leur rôle de témoins, cependant ils ne connaissaient pas la vérité. Fanny se demandait avec inquiétude si ce qu'elle faisait n'était pas une offense à Dieu.

Ian, à côté d'elle, avait baissé la tête et semblait se poser la même question. Fanny voulait au moins croire que le Seigneur, comprenant leur situation, saurait leur pardonner.

— Si quelqu'un a de bonnes raisons de s'opposer à ce mariage, qu'il le fasse maintenant ou jamais, récita le pasteur.

Fanny s'attendit presque que Robert surgisse par surprise dans la pièce. Mais il ne se passa rien et la question du pasteur retomba dans un profond silence.

Le révérend Winfrey se tourna alors vers Ian.

— Acceptez-vous de prendre cette femme pour épouse et de vivre avec elle selon la règle divine dans les liens sacrés du mariage ? Jurez-vous de l'aimer et de la protéger, pour le meilleur et pour le pire, jusqu'à ce que la mort nous sépare ?

— Oui, répondit fermement Ian après une seconde d'hésitation.

Puis, Fanny murmura son assentiment à la même question. Elle sentait, à la raideur de Ian, qu'il prenait sur lui pour ne pas céder à son envie de quitter la pièce.

Le révérend Winfrey formula une dernière prière avant de prononcer les mots consacrés :

— Je vous déclare unis par les liens sacrés du mariage, au nom du Père, du Fils et du Saint-Esprit.

C'était fini. Mais Fanny était si tendue qu'elle ne savait pas ce qu'elle devait faire ensuite.

— Vous pouvez embrasser la mariée, suggéra le pasteur à Ian.

Fanny aurait volontiers donné un coup de pied au révérend, malgré tout le respect qu'elle lui portait. Comme s'il ne savait pas pertinemment que ce n'était qu'un mariage de convenance ! Quand elle leva les yeux sur lui, elle s'aperçut que Rufus Winfrey souriait avec un petit air entendu.

Ian se pencha vers elle pour l'embrasser. Ce fut un baiser furtif, qui suffit pourtant à faire frissonner la jeune femme. Puis, Ian se tourna vers les Wallace et reçut leurs félicitations, tandis que Noël lui serrait la main et qu'Amy venait l'embrasser. Clarisse, elle, était restée en arrière, vaguement circonspecte. Mais quand le fils Wallace s'approcha d'elle, elle ne chercha pas à s'enfuir et Fanny se détendit.

Pendant ce temps, Tim Wallace continuait de féliciter Ian.

— Merci d'être venus, lui dit celui-ci.

— C'est un plaisir de savoir Mme... Sutherland en de bonnes mains. Mon fils vous apprécie beaucoup.

— Il travaille bien.

— Oui, acquiesça son père avec un sourire.

Jetant un coup d'œil vers Tim Junior et Clarisse, il ajouta :

— Je le soupçonne d'avoir une autre bonne raison de venir chez vous.

Fanny ne savait toujours pas quoi faire. Elle restait plantée au milieu de la pièce comme si elle avait pris racine dans le plancher. Heureusement, Tim Wallace se porta à son secours.

— J'ai apporté une bonne bouteille pour fêter l'événement, lui dit-il.

Fanny s'empressa d'aller chercher des verres qu'elle

distribua. Puis, le Grand Tim ouvrit la bouteille et versa une bonne rasade de rhum à chacun.

— Puisse votre maison connaître toujours la joie ! souhaita-t-il aux nouveaux mariés.

Les hommes – y compris le révérend – vidèrent aussitôt leurs verres. Mais Fanny toucha à peine au sien. Tim Wallace semblait vraiment avoir accueilli ce mariage comme une bonne nouvelle. Par chance, il ne suspectait pas la mascarade.

Le révérend vint serrer la main de la jeune femme.

— Je dois partir, à présent. Portez-vous bien, tous. Je compte sur votre présence dans deux semaines, pour la prochaine messe.

Et baissant la voix, il ajouta :

— Je propose qu'on tienne l'affaire secrète, tant que je n'ai pas fait enregistrer le certificat de mariage à Chestertown. Ian a signé un document dans lequel il reconnaît renoncer à tout droit sur votre ferme. Vous avez pris la décision qui s'imposait, Fanny. Ne regrettez rien. Je suis sûr que John vous aurait approuvée.

— J'aimerais pouvoir le croire.

Le révérend sourit tristement.

— Je pense, mon enfant, qu'il savait ce qu'il faisait en achetant les papiers de Ian Sutherland. Il m'avait expliqué qu'il voulait trouver quelqu'un qui soit capable de prendre soin de sa ferme *et* de sa famille.

Fanny retenait difficilement ses larmes.

— Il n'aurait quand même pas pu imaginer cela.

— Qui sait ? Les voies du Seigneur sont impénétrables.

Les voies du Seigneur étaient peut-être impénétrables, songea Fanny, mais elles étaient surtout source de chagrin.

Le pasteur relâcha finalement sa main.

— Si vous avez besoin de moi, ma femme sait toujours où me trouver.

Fanny hocha la tête.

Quelques minutes plus tard, le révérend avait quitté la maison. Les Wallace partirent peu après lui.

Ian retourna dans l'écurie nourrir les chevaux et Fanny commença à préparer le dîner. Noël ne la lâcha pas d'une semelle et parlait sans cesse du mariage. En revanche, Amy était étrangement calme. Elle caressait le raton laveur, entré dans la maison après le départ des invités.

Clarisse aida sa sœur à mettre la table, puis, tout à coup, elle serra Fanny dans ses bras. Ce geste d'affection était si inattendu de sa part que la jeune femme ne put retenir une larme.

Clarisse se désigna du doigt et son regard était si limpide que Fanny n'eut aucune peine à comprendre son interrogation. Sa sœur voulait savoir si elle s'était mariée pour la protéger.

— Pas seulement toi, lui répondit Fanny. Nous tous.

Clarisse lui sourit et son regard voulait dire : « Je t'aime. »

— Moi aussi, je t'aime, Clarisse.

La jeune fille termina de mettre le couvert, pendant que Fanny apportait le pain sur la table. Ce dîner de noces serait tout simple. Soupe, pain et fruits. Des mets ordinaires, pour une journée extraordinaire.

Mais c'était moins cette journée qui préoccupait Fanny que la nuit qui s'annonçait – et avec elle, toutes les choses que Ian et elle ne feraient pas ensemble.

15

Ian essaya de manger normalement, mais avec quatre paires d'yeux rivées sur lui, ce n'était pas très facile.

Son dîner de noces ne ressemblait pas du tout à ce qu'il aurait pu s'imaginer.

Il se rappelait le grand banquet organisé à Brinaire pour le mariage de Patrick. Et les rires qui avaient résonné jusque tard dans la nuit sous les hauts plafonds du château.

Ce soir, personne ne riait et une certaine tension régnait dans la petite pièce où s'était assemblée toute la famille. Du reste, il n'y avait pas de quoi être joyeux. Un mariage, d'ordinaire, était porteur d'avenir. Mais pas celui-ci. Après dîner, Ian irait retrouver son petit lit dans l'écurie. Il dormirait seul et demain la vie reprendrait, exactement comme avant.

Son assiette terminée, Ian repoussa sa chaise, dans l'intention de prendre congé de sa nouvelle famille. Mais avant qu'il ait eu le temps de se lever, Amy glissa de son siège pour grimper sur ses genoux.

— C'est vrai que tu es mon papa, maintenant ?

Noël se tourna vers Ian. Il était de toute évidence curieux d'entendre sa réponse.

Ian interrogea Fanny du regard, mais elle semblait aussi perplexe que lui.

Il s'obligea à sourire à la petite.

— Pas exactement, ma chérie. Mais je t'aime très, très fort.

Apparemment satisfaite de cette réponse, la fillette se lova contre lui.

— Vous nous faites la leçon, ce soir ? proposa Noël.

Pourquoi pas ? Après tout, cette soirée n'était pas différente des autres.

Et cependant, si. Ian avait l'intime conviction que quelque chose avait changé entre Fanny et lui. Leur attirance mutuelle était arrivée à son point limite, comme une corde sur laquelle on aurait trop tiré.

Quelques mots avaient suffi à tout changer. Quelques mots et un baiser.

Ian la désirait plus que jamais. Il voulait la serrer dans ses bras, savourer ses lèvres, se délecter de sa tendresse, goûter à cette quiétude qu'elle semblait porter intérieurement. Il n'avait jamais désiré une femme aussi fort et maintenant leur union se trouvait scellée par la loi divine. Tout ce qui les retenait encore de se donner l'un à l'autre était cette promesse de partir dans un an.

Une promesse qui s'annonçait terriblement dure à tenir.

Mais Ian ne devait pas faillir. Et pour commencer, il ne devait pas laisser ces enfants le regarder comme leur nouveau père. Même s'il savait qu'il n'oublierait jamais cette famille, comme elle ne l'oublierait sans doute jamais.

Il reposa Amy par terre pour aller prendre cahiers, crayons et manuels de lecture. En revenant s'asseoir à table, il croisa le regard de Fanny et vit qu'elle se retenait de pleurer. Il n'était pas difficile de deviner ses pensées : elle en était probablement au même point que lui.

Noël s'empara d'un manuel et commença tout de suite à lire quelques phrases à haute voix. Le garçon avait fait des progrès considérables, tout comme Fanny et même Clarisse. Cependant, Ian s'obligeait à n'en retirer aucune fierté. Il voulait rester détaché. Continuer à se considérer comme un étranger en visite.

Mais il savait bien que, au fond de son cœur, il se mentait à lui-même.

Les jours suivants, Ian travailla avec acharnement et prit ses repas seul dans l'écurie. En revanche, il venait chaque soir à la maison donner sa leçon.

Fanny sentait sa réticence à passer avec elle plus de temps qu'il n'était nécessaire à la bonne marche de la ferme. Son attitude la blessait, même si elle la comprenait d'autant mieux qu'elle souffrait dès qu'il était là. Le désir qu'il lui inspirait devenait chaque jour un peu plus fort.

N'ayant pas revu Robert, elle en avait conclu qu'il n'était pas encore instruit de leur mariage. Mais dès que la nouvelle se répandrait, elle savait qu'elle devrait affronter la colère de son beau-frère et cette perspective lui glaçait les sangs.

Ce matin-là, Noël entra en trombe dans la cuisine.

— Tu devrais venir voir Sir Gray, lui dit-il en lui prenant la main. C'est le cheval le plus rapide de la Terre. Viens voir !

Fanny avait mis du pain à cuire, mais elle calcula qu'il lui restait une bonne vingtaine de minutes avant de le retirer du four. Elle suivit Noël dehors et Amy leur emboîta le pas en suçant son pouce.

Clarisse s'était perchée sur la clôture de l'enclos où Ian exerçait Sir Gray. Fanny rejoignit sa sœur et regarda Ian, penché sur l'encolure du cheval, passer au galop. Son corps épousait à la perfection les mouvements de l'animal, comme s'ils ne faisaient qu'un.

Ian. Elle ne disait plus l'Écossais, maintenant, mais seulement Ian. Après tout, il était devenu son mari. Et de le voir, si beau, si viril dans l'action, provoqua en elle une nouvelle bouffée de désir. Il menait Sir Gray à un train d'enfer, sans fouet ni cravache, ne communiquant avec sa monture que par des signes imperceptibles. John lui avait dit un jour que seul un cavalier exceptionnel pouvait parvenir à cette osmose parfaite avec l'animal.

Ian, de toute évidence, était ce genre de cavalier. Et le spectacle qu'il lui offrait faisait frissonner Fanny dans toute sa chair.

Ian se redressa sur sa selle. Sir Gray ralentit progressivement l'allure jusqu'au petit trot et son cavalier l'amena vers la clôture. Tout le monde le regardait, mais lui n'avait d'yeux que pour Fanny.

— C'est un phénomène, dit-il en flattant l'encolure de sa monture.

Fanny était comme hypnotisée. Ian portait une des anciennes chemises de John, mais le vêtement, trop étroit pour sa carrure, moulait son torse musclé. En quelques semaines, il avait repris du poids et ses activités au grand air lui avaient dessiné une silhouette idéale.

Il sauta à terre et s'approcha encore, n'étant plus séparé de la jeune femme que par la clôture. Il dégageait une odeur de savon, de cuir et de sueur que Fanny trouva enivrante.

— Sir Gray pourrait gagner n'importe quelle course, assura-t-il avec un sourire.

Fanny aurait voulu prolonger ce moment de grâce et tendre la main pour lui caresser la joue. Mais elle se contenta de lui rendre son sourire.

— Je pense que cela mérite une petite sortie.

Il haussa les sourcils.

— Un pique-nique, expliqua-t-elle. Pas loin d'ici, il y a une petite plage où nous allons parfois.

— On pourrait pêcher, proposa Noël.

— Tu sais pêcher ? lui demanda Ian.

— Papa m'avait appris un jour, juste avant de tomber malade.

C'était il y a deux ans, se souvint Fanny avec tristesse. Après, John n'avait eu la force que de faire le strict nécessaire. Mais même avant sa maladie, il n'avait pas su apprécier ce que représentait une sortie en famille. Il fallait toujours qu'il s'occupe et n'avait jamais été capable de se détendre complètement.

— Alors, qu'en dites-vous, Ian ?

— J'ai du travail.

— Vous n'avez pas arrêté de travailler, depuis votre arrivée.

— Il me semble que c'est pour cela qu'on m'a fait venir.

Ce rappel était blessant, mais Fanny se demandait s'il en avait fait la remarque pour elle, ou seulement pour lui. En tout cas, elle voyait s'envoler ses espoirs de vivre une journée un peu différente. À présent, elle était presque certaine qu'il allait décliner son invitation.

Mais, pour une fois, Amy eut l'idée d'intervenir au bon moment. Elle tira sur la main de Ian.

— S'il vous plaîîîît...

— Bon sang de bonsoir, marmonna Ian entre ses dents.

Fanny l'avait entendu.

— Ça veut dire oui ?

Il soupira.

— Je suppose. Mais je dois d'abord bouchonner Sir Gray.

— Je vais vous aider, proposa aussitôt Noël.

— Moi aussi, renchérit Amy, qui savait pourtant qu'on lui avait interdit d'approcher les chevaux.

— Tu vas m'aider moi, ma chérie, lui dit sa mère.

Et prenant la main de sa fille, elle l'entraîna d'autorité vers la maison.

Mon Dieu, faites que ce pique-nique ne tourne pas au désastre ! pria-t-elle silencieusement.

Assise à côté de Ian sur la banquette, Fanny lui indiquait la direction à prendre pour longer la rivière Tuckahoe, qui se jetait dans la baie de Chesapeake.

Dans leur dos, Noël et Amy, excités par cette promenade, discutaient avec animation, tandis que Clarisse, silencieuse comme à son habitude, souriait aux anges. Lucky aussi était du voyage. Dressé sur ses pattes de derrière, il s'appuyait à la ridelle du chariot en tournant la tête de part et d'autre, la truffe en éveil. Maladroite, qui n'avait pas non plus voulu rester à la maison, s'était perchée sur le dossier de la banquette arrière et essayait tant bien que mal de garder l'équilibre, malgré les cahots de la route.

Le panier à provisions avait été rempli de bonnes choses : du pain frais, du jambon, du fromage, du cidre et les premières pêches de la saison. Il faisait chaud, mais pas trop et le ciel d'un bleu éclatant promettait une journée sans nuages.

Tous les ingrédients étaient réunis, espérait Fanny, pour réussir cette sortie.

Elle avait remarqué que Ian s'était lavé et changé. Elle-même avait enfilé une robe propre, quoique noire comme la précédente. Malgré son mariage, elle était toujours en deuil. En revanche, elle avait renoncé au chapeau pour laisser ses cheveux retomber sur ses épaules et elle se félicitait de cette liberté qui lui redonnait une impression de jeunesse.

À mesure qu'ils approchaient de la mer, des mouettes de plus en plus nombreuses tournoyaient au-dessus de leurs têtes. Lorsque le chemin devint trop sablonneux pour les roues du chariot, Ian se décida à arrêter les chevaux.

La plage n'était plus qu'à quelques mètres. D'ailleurs, on pouvait l'apercevoir à travers les pins. Et l'air embaumait déjà le sel.

Lucky sauta le premier du chariot, pour se lancer à la poursuite d'un écureuil. D'un battement d'ailes, Maladroite alla se percher sur un buisson voisin, d'où elle pourrait guetter le moment où Fanny déballerait le déjeuner.

Noël se précipita tout de suite vers la plage, tandis que Ian aidait Clarisse et Amy à descendre.

Puis, ce fut le tour de Fanny. Ian souleva la jeune femme dans ses bras avec une agilité déconcertante et la reposa sur le sable. Mais il ne la relâcha pas tout de suite.

La brise venue de l'océan semblait tournoyer autour d'eux comme pour les isoler du reste du monde. Inévitablement, leurs regards se croisèrent et Fanny vit Ian pencher légèrement son visage vers le sien.

L'espace d'un instant, elle crut qu'il allait l'embrasser et le souhaitait presque, tant son désir la tenaillait. Aussi, quand il la relâcha et recula d'un pas, elle ne put retenir un petit soupir déçu.

Puis, Ian récupéra le panier dans le chariot et le lui tendit.

— Partez devant. J'apporterai les couvertures quand j'aurai attaché les chevaux.

— Je préfère vous attendre.

Il haussa les épaules.

— Comme vous voudrez.

Elle le regarda dételer les deux juments et les attacher au tronc d'un pin, avant de leur donner un seau d'eau. Puis, il revint vers elle et ils s'engagèrent ensemble sur le sentier qui conduisait à la plage.

C'était l'une des innombrables criques qui jalonnaient les côtes dentelées de la baie de Chesapeake. Dans ces petits havres abrités du vent du large, la mer semblait chaude et accueillante et le sable invitait à la paresse.

Fanny déploya les couvertures et tous retirèrent leurs chaussures, déjà pleines de sable. Après quoi Clarisse emmena Amy se promener, tandis que Ian rejoignait Noël au bord de l'eau.

Fanny s'assit pour contempler son nouveau mari et son fils. Ils observaient, à genoux, un crabe des sables que Noël venait de déterrer. La scène était poignante, parce que John aurait dû se trouver là pour partager ce moment de bonheur avec Noël. En même temps, Fanny ne pouvait que se réjouir de voir Ian Sutherland donner maintenant à son fils cette présence masculine dont il avait besoin.

La jeune femme passa la matinée à savourer son oisiveté. C'était si rare ! Elle aida Clarisse et Amy à construire un château de sable, marcha un peu avec sa fille le long du rivage, puis revint sur les couvertures et se contenta de regarder les autres. Clarisse et

Amy ramassaient maintenant des coquillages, tandis que Ian et Noël se préparaient à pêcher. Après avoir récupéré leur matériel dans le chariot, ils avaient retroussé les jambes de leurs pantalons et s'étaient avancés dans l'eau avec la ferme intention de « rapporter le dîner », comme l'avait annoncé Noël avec peut-être un peu trop d'optimisme.

Fanny les observait de temps à autre, laissant chaque fois son regard dériver sur le pourtour de la crique baignée par le soleil. À un moment, elle crut apercevoir une silhouette bouger à la lisière d'un bosquet de pins. Elle pensa qu'il s'agissait d'un autre pêcheur, mais lorsqu'elle mit sa main en visière devant ses yeux pour mieux voir, la silhouette – du moins, si c'en était bien une – s'immobilisa. Le temps que Fanny cligne des yeux, elle avait disparu. Pourquoi cette personne cherchait-elle à se cacher ? Fanny voulut se persuader qu'elle avait rêvé, cependant, un mauvais pressentiment l'assaillit tout à coup.

Elle songea à s'en ouvrir aux autres, puis se ravisa. Elle n'avait jamais vu Noël et Ian aussi heureux et ne voulait pas leur gâcher bêtement leur plaisir.

Un peu après midi, Fanny décida qu'elle avait été la victime de son imagination. Aucune autre silhouette ne s'étant montrée, elle chassa l'incident de son esprit et ouvrit le panier à victuailles. C'était le signal qu'attendait Maladroite depuis leur arrivée. À peine Fanny venait-elle de commencer à disposer le déjeuner sur les couvertures, que la corneille vint se poser à côté d'elle, guettant d'un œil avide la nourriture.

Fanny, s'amusant du manège de l'oiseau, eut soudain une idée. Décidant qu'elle n'avait rien à perdre, elle appela Ian et lui fit signe de la rejoindre.

— Il est l'heure de manger, lui dit-elle, mais avant je voudrais tenter une petite expérience.

Elle lui tendit un morceau de pain, qu'il accepta, malgré son air interrogateur.

— Maintenant, marchez jusqu'à la souche, là-bas, et posez le pain sur votre épaule.

— Je peux savoir pourquoi ?

— Vous allez comprendre. Du moins, si ça marche.

Ian se plia à son étrange requête et alla se planter devant le tronc d'arbre abandonné là par la mer.

Fanny se tourna alors vers la corneille, qui avait suivi son échange avec Ian d'un œil intéressé.

— Maladroite, lui dit la jeune femme, va jusqu'à Ian.

L'oiseau la regarda en penchant la tête d'un côté et de l'autre.

— Ian, répéta Fanny, qui le montrait maintenant du doigt.

L'oiseau croassa et prit son envol pour aller se poser directement sur Ian. Au lieu de repartir avec le morceau de pain dans son bec, elle resta perchée sur son l'épaule pour le picorer.

Fanny sourit, autant de sa victoire que de l'expression médusée de Ian. Elle rappela la corneille, qui s'envola cette fois avec le restant de pain dans son bec pour revenir se poser sur les couvertures. La jeune femme lui arracha le morceau de pain.

— Ian. Retourne vers Ian.

La corneille, indignée qu'on lui ait volé son déjeuner, ne bougea pas.

— Ian, insista Fanny, qui n'était pas sûre de réussir cette fois, puisque l'oiseau n'aurait pas de récompense.

Mais Maladroite la surprit agréablement en retournant se poser sur l'épaule de Ian.

— Revenez vers moi, lui dit-elle. Pas trop vite.

Dès qu'il fut arrivé à sa hauteur, Fanny félicita chaleureusement l'oiseau et lui rendit son morceau de pain.

Maladroite s'adjugea sa récompense en prenant soin, cette fois, d'aller la dévorer un peu plus loin, sur la plage, tandis que Ian s'agenouillait sur les couvertures, toujours médusé.

— Voilà comment elle allait chercher John dans les champs, lui expliqua Fanny. La première fois, il a été aussi surpris que vous. Après, on a compris qu'elle agissait ainsi parce qu'il emportait toujours une pomme ou un morceau de pain.

— C'est étonnant, admit Ian. Je n'avais encore jamais vu d'oiseau se comporter en animal domestique.

— Maladroite vit avec nous depuis qu'elle est toute petite. Clarisse lui a appris à ne pas avoir peur de nous. C'est d'ailleurs pareil avec tous nos amis. Ils se sont habitués à nous, mais c'est toujours ma sœur qu'ils préfèrent.

— Ma sœur aussi aimait… aime particulièrement les bêtes. Elle possédait deux furets.

— Des furets ?

Il sourit.

— Oui. Ils ressemblent à des petites souris, mais ils sont beaucoup plus longs.

Une lueur avait brillé dans ses yeux, pour s'éteindre presque aussitôt. Fanny comprit qu'une partie de lui-même resterait toujours ancrée de l'autre côté de l'océan. Mieux valait l'accepter une bonne fois pour toutes, plutôt que d'en éprouver toujours du chagrin.

Cachant du mieux qu'elle pouvait sa déception, elle demanda à Ian d'appeler les enfants, pendant qu'elle terminait de déballer leur déjeuner.

Ils mangèrent tous assis sur les couvertures. Lucky et Maladroite, qui s'étaient vu refuser ce privilège, restèrent à proximité, pour ne pas rater les miettes qu'on leur lançait.

Après le repas, Amy s'endormit presque aussitôt. Fanny installa une couverture un peu à l'écart, sous l'ombre d'un pin, et Ian, déposa la fillette endormie.

Clarisse était déjà repartie se promener le long de la plage. Fanny rangea les restes du repas dans le panier, tandis que Noël terminait son dessert.

— Vous pêchiez, en Écosse? demanda-t-il à Ian.

— Oui. Avec mes frères, nous allions attraper des saumons dans les rivières.

— Vous voulez bien y retourner avec moi?

— Si tu veux. Mais ce n'est pas la meilleure heure. Quand il fait chaud comme ça, les poissons se réfugient dans les eaux plus profondes, pour goûter un peu de fraîcheur. Ils remonteront à la surface en fin d'après-midi.

Le visage du garçon s'assombrit.

— Mais on peut quand même essayer?

— Oui, on peut toujours essayer. Qui sait, la chance sera peut-être de notre côté?

Noël poussa une exclamation de triomphe, saisit sa canne à pêche et courut vers le rivage.

Comme Ian se penchait pour ramasser son propre attirail, Fanny se tourna dans sa direction.

— Merci, lui dit-elle.

Il se raidit imperceptiblement, soutint son regard puis, après un hochement de tête, partit rejoindre Noël.

Quand elle eut tout rangé dans le panier, Fanny s'allongea et s'appuya sur ses coudes pour regarder les pêcheurs. Elle se demandait combien de temps Noël résisterait à une occupation qui exigeait une telle immobilité. Elle-même n'aurait certainement pas la patience de tenir plus d'une demi-heure. D'autant qu'ils n'avaient encore rien pris. Mais son fils semblait apprécier ce moment d'intimité qu'il partageait avec Ian.

Au bout d'un moment, Ian attira l'attention de la jeune femme, en lui désignant la canne à pêche de son fils. Fanny vit alors la canne se courber, se redresser presque instantanément, avant de se courber encore, puis de s'immobiliser.

La première réaction de Noël fut de se précipiter dans les vagues, mais Ian lui chuchota quelques mots à l'oreille et le garçonnet maîtrisa son excitation.

Fanny s'assit, les genoux repliés contre elle, pour mieux voir. Elle pensait que Ian allait récupérer la canne à pêche de son fils et prendre la direction des événements. Mais pas du tout. Il laissa faire l'enfant, en lui expliquant seulement, par mots et par gestes, comment réussir à capturer le poisson qui avait mordu à l'hameçon.

Au bout de quelques minutes de prudentes manœuvres, Noël avait réussi à attirer sa prise jusqu'à ses pieds. Ian se baissa alors pour s'emparer du poisson et les deux pêcheurs se sourirent mutuellement, fiers de leur victoire.

Fanny partageait tellement leur joie qu'elle faillit en pleurer. Elle n'avait encore jamais vu son fils aussi heureux. La maladie de son père l'avait obligé à grandir vite et à supporter des responsabilités trop lourdes pour un enfant de cet âge. Or, il n'était encore qu'un petit garçon. En l'espace de quelques heures, Ian avait réussi à lui faire retrouver les plaisirs de l'enfance.

Cependant, Fanny se demandait si elle avait vraiment raison de s'en féliciter. Elle avait proposé cette sortie à la plage pour dérider Ian et tenter de le distraire de ses idées noires. Elle espérait, du même coup, s'offrir, ainsi qu'aux enfants, une journée de récréation et de repos. Mais à voir comment Noël s'attachait de plus en plus à Ian, elle n'était plus si sûre d'avoir eu une bonne idée.

— Regarde, maman !

Son fils accourait vers elle, pour lui montrer sa prise. C'était une perche jaune, qui devait peser un bon kilo.

— On pourra la manger ce soir, maman ?

— Ça pourrait faire un excellent dîner, approuva Fanny.

— À condition que tu en pêches au moins une autre, ajouta Ian, qui les avait rejoints.

— On y retourne ? proposa Noël.

— Non, mon garçon. Je te laisse te débrouiller tout seul, maintenant. J'ai envie d'une petite sieste.

Au grand étonnement de Fanny, Noël ne montra aucune déception. Il alla déposer son précieux fardeau dans un des seaux qui avaient servi le matin à la confection du château de sable, l'emplit d'eau et le laissa à bonne distance du rivage, avant de repartir vers sa canne à pêche.

— Je parie que je vais en attraper un encore plus gros ! leur cria-t-il par-dessus son épaule.

— Et moi, je parie que tu vas réussir, lui répondit Ian.

Il se laissa tomber à côté de Fanny et s'allongea sur le dos, une jambe étendue et l'autre repliée, avant de fermer les yeux. Fanny n'osait pas lui parler, encore moins bouger et à peine respirer, de peur de le déranger. Son visage était serein et c'était la première fois qu'elle le voyait aussi détendu depuis qu'elle le connaissait.

Sa peau avait pris des couleurs, à force de travailler au grand air. En comparaison, le petit duvet brun qui couvrait ses bras semblait s'être éclairci. Fanny mourait d'envie de tendre la main pour le caresser.

— Noël est très éveillé pour son âge, dit-il soudain.

Sa voix fit sursauter la jeune femme. Elle le croyait déjà endormi.

— Ou... oui, réussit-elle à répondre.

— Et il m'a l'air doué pour la pêche.

— Mmm.

Il gardait les yeux fermés et semblait se délecter de la caresse du soleil sur son visage. Fanny pensa à ses longs mois de réclusion, d'abord dans un cachot, puis à fond de cale, privé de la lumière du jour. Pourquoi n'ouvrait-il pas son col de chemise, pour profiter davantage du soleil ?

De telles pensées troublaient la jeune femme. Elle avait peur d'être impudique. Mais, après tout, Ian n'était-il pas son mari ?

Il rouvrit soudain les yeux. Fanny détourna prestement la tête, confuse d'avoir été surprise pendant qu'elle l'admirait.

— Parlez-moi de vos parents, lui dit-il.

C'était la première fois qu'il lui posait une question aussi personnelle. Fanny était si stupéfaite qu'elle mit du temps à répondre.

— Vous voulez dire… mon père ?

— Oui. Et aussi votre mère.

— Eh bien… Je ne me souviens pas de ma mère. J'avais à peine plus d'un an, lorsqu'elle est morte. Aussitôt après, mon père a émigré aux colonies et m'a emmenée avec lui.

Ian roula sur le côté et se redressa sur un coude.

— De quel milieu venait votre père ?

Fanny hésita longuement, redoutant sa réaction.

— Il était anglais, mais un peu comme vous. C'était le… second fils d'un lord.

— Voilà qui explique certaines choses, murmura Ian. Elle le regarda, intriguée.

— Que voulez-vous dire ?

— Votre façon de vous exprimer. Vous parlez comme une femme originaire d'un très bon milieu.

— Ah bon ?

— Oui. C'est pourquoi je ne comprenais pas pourquoi vous ne saviez ni lire ni écrire.

— Mon père considérait qu'une femme n'en avait pas besoin, répondit-elle sans pouvoir cacher son amertume. Quand j'étais petite, je lui ai souvent demandé de m'apprendre, mais il a toujours refusé. «Les livres corrompent les femmes», répétait-il. Et il ajoutait que ma mère le lui avait bien prouvé.

Ian fronça les sourcils.

— Saviez-vous ce qu'il entendait par là ?

Fanny contempla un moment la plage devant elle. Elle n'avait jamais raconté à personne – pas même à John ou à Clarisse – ce que lui demandait Ian. Mais devaient-ils rester de parfaits étrangers l'un pour l'autre pendant toute une année ? Puisqu'ils ne partageraient pas le même lit, au moins pouvaient-ils partager leurs souvenirs les plus personnels.

Elle rassembla tout son courage pour commencer sa confession.

— Oui, je le savais. Une nuit, pas très longtemps avant qu'il ne meure, mon père s'était enivré. Il buvait souvent, mais cette fois, il avait beaucoup plus abusé que d'habitude. Il délirait et pleurait à chaudes larmes. Peu à peu, cependant, j'ai fini par mettre de l'ordre dans son discours. Cette nuit-là, j'ai plus appris sur mon père que durant toutes les années où j'avais vécu à ses côtés.

Fanny inspira à pleins poumons avant de continuer :

— Ma mère venait elle aussi d'une noble famille. Elle avait eu des professeurs et était parfaitement instruite. Mon père l'aimait beaucoup. L'adorait, même, je pense. Sinon, il ne serait pas entré dans une telle rage le jour où il la surprit au lit... avec son frère.

Ian laissa échapper un juron.

— Il les a tués tous les deux, poursuivit Fanny. Son frère et sa femme – ma mère. Ensuite, il m'a prise avec lui pour fuir l'Angleterre.

— La justice ne l'a pas rattrapé dans les colonies ?

Fanny secoua la tête.

— Non. Nous ne vivions pas dans des endroits où l'on pouvait s'attendre à trouver un noble. Mon père avait complètement rompu les amarres avec son ancien milieu. Il était devenu trappeur et nous habitions dans les bois, loin des villes et des villages. Quand j'avais sept ans, il a rencontré la mère de Clarisse et nous sommes partis vivre avec son peuple.

— Les Cherokees, murmura Ian.

— Oui. Les Indiens m'ont enseigné beaucoup de choses sur ce pays, mais je n'ai jamais pu apprendre à lire. Mon père était convaincu que ma mère l'avait trahi à cause de cela. Il croyait que son éducation avait fini par la persuader qu'elle méritait mieux que le cadet d'un lord.

Ian ricana.

— Celle-là, je ne l'avais encore jamais entendue ! Mettre l'infidélité sur le compte de l'instruction !

— C'était stupide, bien sûr. Mais mon père y croyait dur comme fer. Il avait même changé mon prénom. À l'origine, je portais celui de ma mère. Je n'ai jamais su si c'était pour se protéger, ou simplement parce qu'il ne voulait plus que quoi que ce soit lui rappelle son ancienne femme.

Ian resta silencieux un moment, avant de demander :

— Savez-vous quel était votre prénom d'origine ?

— Éléonore. Mais je ne me souviens pas de m'être jamais fait appeler autrement que Fanny. Je n'aurais sans doute jamais connu la vérité, si un jour il ne m'avait pas fait jurer de nier farouchement connaître une Éléonore, au cas où quelqu'un me poserait la question. Je parlais à peine, lorsque nous avons quitté l'Angleterre, mais il pensait peut-être que je me rappelais quand même m'être appelée Éléonore. Mon père était quelqu'un de très malheureux.

— Comment a-t-il fini ?

Fanny soupira lourdement.

— Un jour, les Anglais ont attaqué notre village. La mère de Clarisse a été tuée sur le coup et mon père, gravement blessé. Sentant qu'il allait mourir, il nous a confiées à un autre trappeur, de ses amis, qui lui promit de prendre soin de nous.

— Était-ce l'homme dont vous m'avez déjà parlé ?

Fanny hocha la tête.

— Papa n'était pas un mauvais bougre. Il a toujours fait de son mieux pour m'élever ainsi que Clarisse. Malheureusement, il avait le chic pour accorder sa confiance à des gens qui ne la méritaient pas.

— C'est peut-être pour cela que vous réussissez le contraire.

Elle le regarda, intriguée. Il s'était de nouveau allongé sur le dos.

— Votre père ne savait pas juger les hommes ni les femmes d'ailleurs, expliqua-t-il. Alors, vous avez appris par vous-même, pour vous protéger. Vous aviez compris que vous pouviez faire confiance à John Marsh. Et vous saviez que, même si j'étais un étranger et un forçat, je ne vous ferais aucun mal et encore moins à votre sœur ou à vos enfants.

Ian ferma les yeux et soupira. Puis, il reprit :

— Votre vœu sera exaucé, Fanny. Vous saurez bientôt lire et écrire. Au train où vont les choses, je pense même que nous allons devoir retourner à Chestertown acheter un manuel plus difficile.

— Merci, murmura Fanny, rose de confusion.

— Ne me remerciez pas déjà. Attendez d'avoir réussi à écrire une page entière toute seule…

Il finit par s'endormir, et Fanny s'abandonna au plaisir – et à la torture – de le regarder. Elle aurait voulu s'allonger près de lui et poser la tête sur son épaule, mais elle n'osa pas prendre cette liberté.

Aussi finit-elle par se détourner et porter le regard vers les buissons où elle avait cru apercevoir une silhouette le matin. Il n'y avait rien, sinon les feuilles bercées par le souffle du vent. C'était sans doute cela qu'elle avait pris, un peu vite, pour une présence humaine.

Cependant, elle n'arrivait pas complètement à se débarrasser de la sensation d'être épiée et qu'un événement sinistre se préparait.

16

Le soleil était déjà presque couché lorsque Ian lança les chevaux sur la route du retour.

Installé à l'arrière du chariot, Noël couvait des yeux les trois poissons qu'il avait pêchés. Amy s'était endormie dans les bras de Clarisse et Lucky, allongé sur le plancher du véhicule, ronflait lui aussi. Fanny, assise à côté de Ian, semblait perdue dans ses pensées, mais l'esquisse d'un sourire éclairait ses lèvres.

Dieu du ciel ! Ian ne s'était pas senti aussi bien depuis une éternité. Cette journée lui avait donné l'impression de renaître à la vie. Peut-être à cause de cette joie simple qu'il avait partagée à pêcher avec Noël. Ou du sourire radieux d'Amy lorsqu'elle lui avait montré les coquillages qu'elle avait ramassés en lui disant : « Regarde mes trésors ! » ou encore du bonheur d'avoir profité du soleil et de la mer. Mais plus sûrement encore, à cause de Fanny. C'était elle qui avait programmé cette sortie et c'était elle qui en avait assuré la réussite.

Quelle que fût la cause exacte de son humeur, Ian n'était de toute façon pas disposé à bouder son plaisir. Aujourd'hui, au moins, il avait pu mettre de côté ses remords et son chagrin.

Il conduisait en fixant la route, aussi ne pouvait-il se tourner vers Fanny. Mais il n'avait pas besoin de la regarder pour la voir. Son image dansait dans sa tête. Il la revoyait manger de bon appétit pendant leur pique-nique, s'amuser de la pêche miraculeuse de Noël, ou encore se promener, cheveux au vent, ses jupes gonflées par la brise, à la lisière des vagues en tenant sa fille par la main.

Le chariot roula dans un nid-de-poule et la secousse fit que leurs cuisses se touchèrent. Malgré les épaisseurs de tissu qui séparaient leurs deux épidermes, Ian sentit instantanément monter son désir. Tournant la tête, il fut frappé de l'éclat des prunelles de la jeune femme. Ses cheveux cascadaient sur ses épaules et ses joues avaient pris quelques couleurs au soleil. Elle était si désirable que Ian dut faire appel à toute sa volonté pour ne pas arrêter le chariot et la prendre dans ses bras. Dieu lui pardonne, mais il avait terriblement envie de lui faire l'amour !

Elle avait détourné le regard, mais il n'eut pas de mal à deviner qu'elle avait été aussi troublée que lui par ce contact fortuit. Cette idée ne fit qu'accroître son excitation au point que son membre le faisait presque souffrir.

Reportant à contrecœur son attention sur la route, Ian secoua les rênes et pressa les chevaux d'accélérer l'allure.

Les poissons s'avérèrent délicieux. Ian vida son assiette en se demandant si le plaisir qu'il prenait désormais à chaque repas, après tant de mois de privations, durerait encore longtemps. Il espérait que oui. Autrefois, il considérait le fait de manger comme tout à fait ordinaire. Aujourd'hui, il savourait la moindre bouchée.

Les autres, du reste, semblaient partager son plaisir. Clarisse mangea plus que d'habitude et Noël dévora avec fierté le produit de sa pêche. Seule la petite Amy toucha à peine à son assiette et se rendormit bien vite.

Quant à Fanny, c'était différent. Elle s'était resservie deux fois et avait félicité son fils, mais Ian voyait bien que quelque chose la tourmentait. Et, à en juger par la façon dont elle évitait systématiquement son regard, il devinait aisément ce que cela pouvait être.

Lorsque Noël voulut débarrasser la table pour la leçon, sa mère secoua la tête.

— Non. Nous sommes tous fatigués. Et je pense que Ian mérite une bonne nuit de repos.

— Mais, maman…

— Il est tard, Noël. C'est l'heure d'aller au lit.

Comme l'enfant s'apprêtait encore à protester, sa mère lui fit les gros yeux. Vaincu, il soupira et se leva de table. Mais, au lieu d'aller tout de suite dans sa chambre, le garçonnet vint serrer la main de Ian.

— Merci de m'avoir accompagné à la pêche.

— De rien, mon garçon. Merci à toi de nous avoir offert ce succulent repas.

Noël parut vouloir s'attarder encore un moment, mais il partit finalement se coucher sans rien ajouter.

Clarisse prit dans ses bras Amy toujours endormie et vint saluer Ian en lui pinçant la manche, avec un sourire. Ian en fut touché. La jeune fille témoignait si rarement sa joie que chacun de ses sourires avait l'éclat d'un bijou. Mais avant qu'il ait pu la remercier, Clarisse avait déjà filé dans la chambre.

Ian se retrouva donc seul à table avec Fanny.

La petite brise nocturne apportait, par les fenêtres restées ouvertes, des parfums qui lui chatouillaient les narines.

Ian comprit qu'il devait partir. Tout de suite. Sinon, il embrasserait Fanny. Et cette fois, ni l'un ni l'autre ne voudraient rompre l'enchantement. Ils termineraient la soirée dans le même lit, leur mariage serait consommé et deviendrait alors irrévocable. Ian se retrouverait écartelé entre deux engagements contradictoires.

Comment s'en sortirait-il ? En se coupant en deux, une moitié de lui restant ici, tandis que l'autre retournerait en Écosse pour retrouver Katy ?

Il se leva de table et quitta la maison sans un mot.

Une fois dehors, il se rendit compte qu'il était trop nerveux pour trouver le sommeil. Tant de pensées le harcelaient. Il marcha donc vers les pâtures et siffla.

Royauté vint à sa rencontre, espérant une pomme ou un quignon de pain.

— Désolé, vieux, s'excusa Ian en lui flattant l'encolure. J'ai oublié de t'apporter quelque chose.

L'étalon souffla bruyamment, puis sembla lui pardonner et frotta la tête contre sa veste.

Ian pensa aller chercher une selle dans l'écurie. Une bonne chevauchée l'aiderait à le délivrer de ses pensées érotiques. C'était, du reste, une merveilleuse soirée pour se promener à cheval. Les rares nuages qui traversaient le ciel n'empêchaient pas la lune d'éclairer le paysage.

Soudain, Ian se raidit en sentant la présence de Fanny dans son dos. Mais il ne se retourna pas. Sa main continua de caresser l'encolure de l'étalon, tandis que les secondes défilaient dans un silence pesant.

Finalement, il se décida à rompre la glace.

— Vous ne devriez pas être ici, dit-il tout bas.

— Je sais, répondit-elle dans un murmure.

Il y eut un autre silence, qui dura encore une éternité. Et puis Ian capitula. Bon sang, il n'était qu'un homme, après tout, pas un ange ! Il se retourna.

Elle se tenait si près de lui qu'il n'eut qu'à tendre les bras pour l'attirer à lui. Elle ne chercha même pas à résister et répondit à son étreinte en passant les bras autour de sa taille. Ian chuchota son nom et la serra un peu plus contre lui, comme s'il voulait qu'elle soit une partie de lui-même.

D'ailleurs, elle était *déjà* une partie de lui-même. Sans qu'il y ait pris garde, la jeune femme, en l'espace de quelques courtes semaines, lui était devenue aussi indispensable que l'air qu'il respirait.

— Pourquoi es-tu venue ?

— Je ne voulais pas que cette journée se termine déjà. Je ne voulais pas vous laisser seul. Et je n'avais pas envie de rester seule, avoua-t-elle.

Elle posa la tête contre son épaule avant d'ajouter :

— Mais je peux m'en aller, si c'est ce que vous souhaitez.

Ian lui effleura le front et les tempes du bout des lèvres.

— Je ne le souhaite pas.

La jeune femme releva la tête et Ian promena un doigt sur sa joue, jusqu'à la naissance de son cou. Il lui semblait qu'il pourrait rester des heures à la caresser ainsi. Sa peau était aussi douce au toucher que l'étoffe la plus précieuse.

— Si nous faisons l'amour, ça ne m'empêchera pas de vouloir repartir, voulut-il la mettre en garde.

Elle ferma un instant les yeux et hocha la tête.

— Je sais.

Quand elle rouvrit les yeux, ses prunelles ambrées ne reflétaient ni doute ni hésitation. Elle était résolue à laisser parler sa passion jusqu'au bout.

Ian lui donna un petit baiser. Puis, il s'empara de sa main pour l'entraîner dans l'écurie, jusqu'à son lit. Il la fit asseoir à côté de lui en gardant sa main dans la sienne.

— Fanny, il y a quelque chose que tu dois savoir. Maintenant, avant que nous n'allions plus loin.

Ian la sentit se raidir. Mais il jugeait de son devoir de lui dire ce qu'il pensait ne jamais confier à personne. Il prit une profonde inspiration avant de commencer.

— Je t'ai expliqué que mon frère Derek avait été pendu.

— Oui, murmura-t-elle.

— Mais je ne t'avais pas dit que j'avais assisté à son supplice.

Fanny lui étreignit la main.

— Nous avions été capturés ensemble, poursuivit-il. En fait, Derek aurait pu s'échapper. Mais, comme j'étais blessé, il a préféré rester avec moi pour me soigner. Et sa récompense a été un nœud coulant. J'étais supposé être pendu en même temps que lui.

— Que s'est-il passé, alors ? demanda Fanny.

— La famille chez qui j'ai en partie grandi… D'abord, il faut que tu saches que les Écossais envoient souvent leurs enfants dans des familles amies. Ce fut mon cas avec les Macrae, dont les terres étaient voisines des nôtres. Mais quand la guerre a éclaté, les Macrae se sont rangés dans le camp du roi George. Après la bataille de Culloden, les Macrae apprirent que j'avais été condamné à la pendaison et ils intercédèrent auprès de la Couronne pour me sauver la vie. Mais ils n'ont pas levé le petit doigt pour Derek. Et les Anglais m'ont laissé assister à son supplice, avant de m'apprendre que j'avais été épargné.

— Ô Ian… murmura-t-elle d'une voix qui trahissait son émotion et sa compassion.

Mais ce n'était pas ce que Ian attendait d'elle. Il lui racontait cette histoire pour que les choses soient bien claires entre eux.

— Fanny, ma vie ne m'intéressait plus, reprit-il, une boule dans la gorge. Ma grâce me semblait une trahison envers Derek et mon autre frère, Patrick, tué sur la lande de Culloden. Et une trahison envers tous les autres Écossais morts au combat ou exécutés par les Anglais. La seule raison qui me retenait encore sur cette Terre, c'était de retrouver Katy.

Ian marqua encore une pause, pour rassembler son courage avant d'en venir à ce qui ébranlerait la jeune femme.

— Dans ses dernières paroles, Derek me donna rendez-vous au ciel ou en enfer. Il m'attend toujours. J'ai l'impression d'être en sursis, Fanny. Ou plutôt, de vivre à crédit, tant que je n'aurai pas accompli ma mission, qui est de retrouver Katy. Tu dois bien comprendre que, une fois que je serai parti d'ici, je n'ai aucune chance de revenir. Et tu te retrouveras veuve une seconde fois.

Fanny ne bougeait pas. Comme il n'avait pas allumé de chandelle, Ian ne pouvait voir son visage. Mais il sentit une larme tomber sur sa main.

Il lui caressa la joue et s'aperçut qu'elle était trempée.

— Ne pleure pas pour moi, Fanny. Ce n'était pas ce que je cherchais en te racontant tout cela. Je considérais simplement que tu avais le droit de savoir.

— Ô Ian, je n'arrive même pas à imaginer…

— Chuut. C'est fini, maintenant.

Mais ses pleurs ne firent que redoubler.

— Ah, Fanny ! Tu as vraiment le plus tendre des cœurs.

Il se pencha vers elle et leurs lèvres se rencontrèrent. Bien que ce baiser eût le goût salé des larmes de la jeune femme, Ian ne se rappelait pas en avoir connu de plus merveilleux.

Mais la tendresse céda bien vite à la passion. Ils s'enlacèrent fougueusement, happés par le tourbillon vertigineux de leur désir, et le baiser de Ian se fit plus impérieux.

Fanny sentait son corps se liquéfier. Elle se cramponnait à Ian, émerveillée par les sensations que lui procurait le contact de sa langue dans sa bouche. Instinctivement, elle s'arqua contre lui, tandis qu'il abandonnait ses lèvres pour laisser courir la langue le long de son cou, laissant une traînée de feu sur son passage. Sans cesser de l'embrasser, il la caressait si avidement que la jeune femme en avait des frissons dans tout le corps.

Au bout d'un moment, il commença à délacer le ruban qui fermait sa robe, dénudant d'abord ses épaules, puis ses seins.

Fanny murmura son nom. Il la fit s'étendre sur le matelas, avant de s'allonger sur elle, pour lui embrasser un sein, puis l'autre, titillant du bout de la langue ses mamelons durcis par le désir.

Fanny laissa échapper un petit cri de plaisir. La langue de Ian allumait un brasier qui la consumait de l'intérieur. Elle n'avait jamais rien connu de tel. C'était nouveau, un peu choquant et, en même temps, terriblement délicieux. Si délicieux qu'elle n'avait aucune envie que cela cesse. Au contraire, elle en voulait davantage. Comme si elle était désormais incapable de lutter contre le désir qu'il avait éveillé en elle.

Loin de l'abattre, cette constatation lui donna une nouvelle force. Elle s'enhardit, d'une main légèrement tremblante, à déboutonner la chemise de Ian pour lui caresser le torse et sentir ses muscles rouler sous ses doigts.

Avec un grognement sourd qui traduisait son plaisir, Ian s'empressa de se débarrasser complètement de sa chemise, avant de lui enlever sa robe et ses jupons. Puis, il ôta prestement ses chaussures et son pantalon et se rallongea sur la jeune femme.

Fanny s'émerveilla du contact de leurs peaux nues. Ian s'empara à nouveau de ses lèvres et elle prit plaisir à lui caresser le dos jusqu'aux fesses. Mais ses mains s'immobilisèrent brutalement lorsqu'elle sentit, sous ses doigts, une longue cicatrice au niveau de sa hanche.

Elle se rappela alors ses paroles : « Derek aurait pu s'échapper. Mais, comme j'étais blessé, il a préféré rester avec moi pour me soigner. » Fanny se le représentait sur le champ de bataille, étendu, ensanglanté, au milieu d'un paysage de désolation et de mort, implorant son frère de s'échapper. Mais Derek était resté. Et il avait fini au bout d'une corde, laissant Ian avec ses remords et sa solitude.

Fanny aurait voulu lui dire qu'il n'était plus seul. Qu'elle serait toujours là. Mais elle savait qu'il ne l'écouterait pas. Alors, elle décida de le lui dire avec le seul langage qui restait à sa disposition : celui de son corps.

Elle ondula sous lui, reprit ses caresses avec encore plus de fougue et l'embrassa avec toute la tendresse et l'ardeur dont elle était capable. D'un seul coup, tout ce qui lui restait de pudeur s'était brutalement envolé. Plus rien ne comptait que ce désir, immense, qui réclamait d'être assouvi.

Au bout d'un moment, Ian relâcha ses lèvres.

— Fanny, tu es sûre de...

— Oui, oh oui !

Il embrassa à nouveau ses seins, avant de laisser courir sa langue plus bas, le long de son ventre.

— Ian, murmura-t-elle d'une voix suppliante. Ian…

Il ne fit pas durer sa torture plus longtemps. Fanny sentit son membre la pénétrer doucement, tendrement d'abord. Puis, d'une poussée brusque, il la posséda entièrement. Elle cria son nom et noua ses cuisses autour de ses reins. Ian allait et venait en elle avec une sensualité qui la consumait littéralement de plaisir. À mesure que ses mouvements se faisaient plus rapides, Fanny avait l'impression d'être aspirée dans un tourbillon. Son plaisir monta jusqu'au moment où la tension accumulée dans son corps explosa soudainement.

Elle s'entendit crier, puis entendit la voix de Ian faire écho à la sienne, tandis qu'il se perdait une dernière fois en elle dans un ultime soubresaut. Ensuite quand tout fut terminé, ils restèrent de longues et merveilleuses minutes enlacés, à savourer les derniers frissons de plaisir qui les traversaient encore.

— Fanny…

Il avait prononcé son nom comme une prière, d'une voix teintée de révérence. À cet instant, la jeune femme sut qu'elle n'avait jamais vécu de moment aussi fort, ni que personne ne l'avait autant aimée.

Finalement, Ian roula sur le côté et Fanny l'entendit craquer une allumette pour allumer la chandelle. Elle faillit lui dire de ne pas le faire, qu'elle préférait l'obscurité, mais quand elle le vit à la lumière, elle changea d'avis. Tout à l'heure, elle avait senti sa force et sa virilité. À présent, elle découvrait son amant dans toute sa splendeur.

La jeune femme laissa son regard courir sur son torse musclé, recouvert d'un fin duvet brun, et s'arrêta sur la cicatrice qu'elle avait touchée. Quand elle releva les yeux, elle vit que Ian la contemplait exactement comme elle le contemplait.

— Tu es magnifique, lui dit-il.

Fanny s'émut du compliment. Elle aimait, aussi, la façon dont il la couvait des yeux. Pour la première fois de sa vie, elle se sentait belle et en harmonie avec son corps et elle n'éprouvait aucune honte à se montrer à Ian.

John n'avait jamais su engager les préliminaires comme lui. Il se déshabillait toujours dans le noir, invitant Fanny à l'imiter, avant de la posséder rapidement. Elle ne se souvenait pas l'avoir vu une seule fois entièrement nu. Pas plus qu'elle ne s'était montrée une seule fois à lui en tenue d'Ève.

Loin d'en éprouver du remords ou de la honte, Fanny ressentait plutôt une immense tristesse. Pauvre John ! Il n'avait pas connu la splendeur de l'acte charnel. Faire l'amour n'avait jamais été pour lui qu'une fonction indispensable à la procréation. Fanny l'avait longtemps cru, elle aussi. Jusqu'à cette nuit.

— Je suis désolé, dit soudain Ian. Je n'aurais pas dû profiter de la situation.

Fanny réalisa qu'il avait interprété son silence comme un regret. Des regrets, elle en avait effectivement. Mais pas à son sujet. Elle s'empressa de le détromper.

— Pourquoi ? Nous sommes mariés, que je sache.

— C'est vrai.

— Je l'ai voulu autant que vous. Et je ne regrette rien.

Il lui caressa le ventre.

— Et si tu es enceinte ?

— J'aimerai ce bébé autant que Noël et Amy.

Il fronça les sourcils.

— Je n'en doute pas une seconde. Mais je ne voudrais pas partir en te laissant un fardeau supplémentaire. Il ne faut plus que cela se reproduise.

Fanny posa la main sur la sienne.

— Je sais.

— Fanny… Nous ne pouvons plus envisager une annulation, à présent.

— Je mentirai.

Il secoua la tête.

— Je ne te laisserai pas mentir devant ton Dieu.

— C'est aussi le vôtre.

— Nous nous sommes quittés le jour où j'ai vu Derek monter au gibet.

Il avait dit cela d'une voix si lourde de chagrin que Fanny en eut le cœur brisé pour lui.

— Ian, ne désespérez pas. Vos lettres vont vous aider à retrouver votre sœur et vous reviendrez avec elle pour qu'elle vive avec nous.

Il secoua la tête.

— Revoir Katy n'est pas la seule raison qui me pousse à vouloir retourner en Écosse.

— Mais…

— Ils ont pris mes terres, Fanny. Ils se sont emparés de mon héritage familial. Tu ne peux pas comprendre ce que ça représente parce que tu n'es pas écossaise. Chez nous, l'esprit de clan passe avant tout. Mes deux frères sont morts pour mon pays. Ils l'ont honoré de leur mémoire.

Et lui non, parce qu'il vivait encore, comprit Fanny. Il n'avait pas besoin de le dire explicitement, ça se lisait dans ses yeux. Arriverait-il à vivre un jour sans cet atroce sentiment de culpabilité qui le poursuivait depuis la mort de ses frères ? Incapable de répondre pour l'instant, Fanny soupira et roula hors du lit.

Ian l'imita et ils commencèrent à se rhabiller en silence. En le voyant remettre son pantalon, Fanny regarda de nouveau la cicatrice qui lui barrait la hanche. Ian s'en aperçut.

— Ce n'est pas beau à voir, dit-il.

En effet. Seule une épée avait pu faire une cicatrice aussi large. La peau s'était d'ailleurs mal refermée et c'était un miracle qu'il ait pu survivre à une blessure pareille.

Fanny tendit la main pour le caresser à cet endroit.

— Je ne l'aime pas uniquement parce qu'elle vous a fait souffrir.

Il haussa les épaules.

— Beaucoup d'autres ont souffert plus que moi.

— Je n'en suis pas si sûre.

Ian l'attira soudain à lui pour la serrer très fort dans ses bras.

— Tu es comme une flamme dans la nuit. J'ai peur de trop souffler et de l'éteindre. Je voudrais tellement que tu ne…

Fanny posa un doigt sur ses lèvres pour le faire taire.

— Vous m'avez donné des trésors que je chérirai toujours. Comme m'apprendre – *nous* apprendre – à lire et nous ouvrir l'esprit à des mondes nouveaux. Et puis, il y a ce que vous m'avez donné ce soir.

Il resta un long moment silencieux, le visage impénétrable, avant de finalement la relâcher.

— Tu devrais rentrer, maintenant.

— Oui.

Cependant, Fanny dut faire appel à toute sa volonté pour trouver la force de quitter l'écurie.

Une année. Elle disposait d'une année. Il lui avait promis cela et elle savait qu'il tiendrait parole. Mais elle savait aussi que Katy l'appelait. Il était convaincu qu'il devait rentrer en Écosse pour retrouver sa sœur et ensuite y mourir, comme étaient morts ses frères et ses compagnons d'armes. C'était une question d'honneur. Mais peut-être changerait-il d'avis après avoir retrouvé Katy. Et Fanny espérait bien mettre à profit l'année dont elle disposait pour le persuader qu'il y avait autant d'honneur à vivre qu'il y en avait à mourir.

En sortant de l'écurie, la jeune femme leva les yeux vers le ciel étoilé et chuchota une brève prière.

— Mon Dieu, faites qu'il retrouve Katy !

17

Fanny fut réveillée par le bruit caractéristique d'une hache s'abattant sur une bûche de bois. Elle ouvrit les yeux et sursauta en constatant que sa chambre était déjà baignée de soleil. Elle n'avait pas l'habitude de se lever si tard.

Elle alla à sa fenêtre. Ian fendait du bois avec une telle véhémence qu'on aurait cru qu'il s'en prenait à tout un bataillon de soldats anglais.

Fanny ne pouvait pas l'en blâmer. Elle avait elle-même très peu dormi et les dilemmes qui l'avaient tenue éveillée une partie de la nuit lui donnaient aussi l'envie de taper dans quelque chose pour assouvir sa frustration.

Elle s'habilla rapidement et passa dans la grande pièce. Sa famille ne l'avait pas attendue pour commencer la journée. Clarisse avait allumé le poêle et une bonne odeur de café chaud embaumait l'air. Sa sœur avait également habillé Amy, qui jouait avec le chat.

— Je vais chercher Ian ? demanda Noël.

Fanny hésita, puis finit par acquiescer. Le bruit de la hache avait cessé.

— As-tu trait la vache, fiston ?

Le garçonnet eut un sourire mutin.

— J'y vais tout de suite.

— Sarah peut attendre que tu aies mangé.

— D'accord.

Noël sortit. Fanny le regarda s'éloigner, paniquée. Elle se demandait comment se comporter et surtout, s'inquiétait de croiser le regard de Ian. La vérité était qu'elle était tombée amoureuse de lui. Mais, si elle le lui avouait, elle ne ferait qu'ajouter à ses problèmes. Ses épaules avaient beau être larges et solides, Ian en supportait déjà assez comme cela.

Mais pouvait-elle faire comme si rien ne s'était passé hier soir, alors que son corps en frissonnait

encore et que son sang s'échauffait dès qu'elle entendait prononcer son nom ? Le plus étonnant était
qu'elle ne ressentait aucune culpabilité. Durant sa
nuit de veille, elle avait fini par se persuader que John
avait en quelque sorte prévu cette situation et qu'il
l'approuvait de là où il se trouvait maintenant.

Fanny ne fut pas réellement surprise de voir Noël
revenir seul.

— Ian a sellé Royauté, annonça-t-il. Il dit qu'il ne
veut pas manger.

— Royauté a besoin d'exercice, répondit-elle pour
le consoler.

Hélas ! elle-même était incapable de se réconforter
aussi facilement.

— Et si nous relâchions le renard aujourd'hui ? proposa-t-elle en guise de diversion.

Noël secoua la tête.

— Ian m'a promis qu'il le ferait avec moi.

— Je veux y aller, moi aussi, intervint Amy. Avec
Ian.

— Ian a du travail, répliqua Fanny, un peu plus
sèchement qu'elle ne l'aurait voulu.

Noël baissa tristement la tête, mais Amy décida de
s'entêter.

— Je veux voir Ian.

Clarisse échangea un regard entendu avec Fanny et
souleva la petite pour l'asseoir à table.

— Avant toute chose, tu vas manger un peu, jeune
demoiselle, lui dit sa mère.

— J'ai pas faim. Je veux voir Ian.

— Après le petit déjeuner, promit Fanny.

D'ici là, Ian serait probablement rentré. Et Amy
aurait de toute façon oublié son caprice.

La jeune femme s'assit entre ses deux enfants, mais
toucha à peine à la nourriture. Elle revivait, en pensée, les meilleurs moments de sa nuit. Était-ce la
même chose pour Ian ? Quel était son état d'esprit, ce
matin ? Regrettait-il ce qui s'était passé ?

Le petit déjeuner expédié, elle débarrassa la table avec l'aide de Clarisse, puis jeta un œil dans la cour. La porte de l'écurie était fermée, signe que Ian n'était pas encore revenu.

Fanny décida alors de régler le problème du renard. Sa patte était guérie depuis longtemps, mais les événements de ces dernières semaines avaient retardé sa libération.

— Bon, qui veut m'accompagner dans les bois?

— Pourquoi aller si loin? demanda Noël. Il n'y a qu'à ouvrir la porte de son enclos.

— Non. Si on fait cela, tu sais très bien qu'il restera à rôder autour de la ferme, pour dévorer nos poules.

Noël se rangea à son point de vue et acquiesça, même s'il n'avait pas vraiment envie de se séparer de son petit protégé.

Fanny se tourna vers sa fille :

— Amy, tu viens avec nous?

La fillette avait les larmes aux yeux.

— Je veux pas qu'il s'en aille.

— Mais tu veux qu'il soit heureux, n'est-ce pas, ma chérie?

Pas de réponse. La fillette sanglotait en silence.

— Amy?

— Je veux pas que Ian s'en aille.

— Ian? répéta Fanny, surprise. Mais, ma chérie, nous parlons du renard.

— Ian ne va pas partir, renchérit Noël.

Amy regarda tour à tour sa mère et son frère.

— C'est vrai?

Fanny hocha la tête.

— C'est vrai. Ian est parti promener Royauté, mais il ne va pas tarder à revenir.

— Il ne nous a pas lu d'histoire, hier soir, accusa la fillette.

— Tu dormais, lui fit remarquer Noël.

— C'est pas vrai! nia la fillette en sanglotant de plus belle.

Fanny était déroutée par la soudaine crise de sa fille. La perspective de dire au revoir au renard et le fait que Ian n'était pas « vraiment » son papa et qu'il repartirait un jour prochain avaient sans doute contribué à lui égarer l'esprit. Sans compter qu'Amy percevait peut-être les angoisses de sa mère.

Fanny prit la fillette dans ses bras.

— Personne ne va partir pour l'instant, ma chérie, lui murmura-t-elle.

Amy se laissa dorloter pendant quelques instants, avant de demander à être reposée par terre.

— Je peux dire au revoir à Samuel ?

— Samuel ?

— Le renard, expliqua Amy d'un ton agacé.

— Je croyais que tu l'appelais Joseph, lui fit remarquer Fanny, qui avait pourtant déconseillé à ses enfants de donner un nom à l'animal.

— Il s'appelle Joseph, assura Noël pour corriger sa sœur.

— Non ! Il s'appelle Samuel ! rétorqua celle-ci avec autorité.

Comme la dispute menaçait de s'éterniser, Fanny décida de couper court :

— Bien sûr, ma chérie, tu peux lui dire au revoir. Nous allons tous prendre le chariot pour le ramener chez lui.

— Tu crois qu'il va retrouver sa famille, maman ?

Fanny soupesa soigneusement sa réponse.

— Hmm… Je pense qu'il va se retrouver une très jolie famille.

— Alors, je vous suis, décréta Amy.

— Je vais m'occuper d'atteler les chevaux, annonça Fanny. Toi, Noël, j'aimerais que tu récupères la cage que ton père avait utilisée pour Lucky quand il était petit. Pendant ce temps, Clarisse et Amy vont nous cueillir quelques pêches, au cas où nous aurions un petit creux sur le chemin du retour.

Chacun partit vaquer à sa tâche. Fanny constata, en entrant dans l'écurie, que les chevaux avaient été nourris et abreuvés et qu'un seau de lait attendait devant la stalle de Sarah. Ne voyant pas venir Noël, Ian avait dû traire la vache à sa place.

La jeune femme aurait voulu l'attendre ici, dans l'écurie. Pourquoi pas en s'asseyant sur son lit pour rêver, tout éveillée, à leur soirée précédente. Le simple fait de *regarder* ce lit, où ils avaient fait l'amour, la faisait frissonner. Cependant, elle ne voulait pas qu'il puisse la surprendre dans sa méditation. Ian avait décidé qu'ils ne recommenceraient plus et qu'ils devaient se comporter désormais comme s'ils ne brûlaient pas de désir l'un pour l'autre. Ça marcherait peut-être. Bien que Fanny en doutât beaucoup.

Après avoir attelé deux juments au chariot, la jeune femme aida Noël et Clarisse à faire passer le renardeau de son enclos à la petite cage en fer fabriquée autrefois par John.

L'opération menée à bien, Clarisse et Fanny hissèrent la cage à l'arrière du chariot, puis tout le monde s'installa pour partir.

— Est-ce qu'on peut caresser Joseph à travers les barreaux de sa cage ? demanda Noël.

— Il s'appelle Samuel, le contra sa sœur.

— Quel que soit son nom, je vous interdis de le caresser, répliqua Fanny. Rappelez-vous ce que je vous ai dit au sujet des animaux sauvages. Plus ils sont habitués à l'homme et plus ils ont de mal ensuite à réintégrer leur habitat naturel.

Le ciel était aussi pur et dégagé que la veille, mais faute de vent, l'air était chaud et oppressant. Le chariot roula à travers champs, pour s'engager dans les bois qui bordaient la ferme. Au passage, Fanny jeta un œil aux plants de tabac. Ils avaient déjà bien poussé et arboraient une belle couleur verte, prometteuse d'une récolte abondante. Le potager, hélas, n'offrait pas un aussi beau spectacle. Les légumes les plus fragiles souffraient du manque d'eau.

Une fois dans les bois, les chevaux ralentirent l'allure. Le chemin, peu fréquenté, était étroit et encombré de branches tombées à terre. Au bout d'une heure, ils atteignirent une petite clairière accueillante et Clarisse fit signe à sa sœur de s'arrêter.

Fanny se rangea à son avis. Ils étaient assez loin de la ferme, à présent. Et la clairière se trouvait idéalement située. La rivière coulait non loin, avec ses berges peuplées de canards qui offriraient au renardeau des repas copieux.

Clarisse aida Noël à descendre la cage par terre, puis la jeune fille, échangeant un regard avec sa sœur, se retira. Puisque Noël s'était occupé du renard depuis le début, c'était à lui maintenant que revenait l'honneur de lui rendre sa liberté.

— Il ne faut pas l'effrayer, avertit Fanny. Je propose que nous restions tous dans le chariot, pendant que tu porteras sa cage vers ces arbres, là-bas.

Noël hocha la tête avec une expression qui rappelait John.

— D'accord, dit-il.

— Moi aussi, je veux lui dire au revoir, intervint Amy.

— Ma chérie, tu peux lui dire au revoir tout de suite. Comme cela fait très longtemps que Samuel n'a pas connu la liberté, continua-t-elle en adressant à Noël un clin d'œil complice, il pourrait s'effrayer s'il voit trop de monde autour de lui quand on ouvrira sa cage.

Amy médita longuement l'argument, avant de choisir de s'y ranger.

— D'accord, dit-elle.

Fanny et Clarisse échangèrent un regard. Depuis la mort de John, Fanny trouvait sa sœur métamorphosée. Elle s'absentait de moins en moins souvent de la ferme et s'investissait beaucoup plus dans les tâches quotidiennes, comme si le drame l'avait mûrie. Mais la véritable évolution datait du soir où Ian l'avait invitée à écrire son nom sur l'ardoise. En l'espace de quelques semaines, Clarisse avait plus souri que Fanny ne l'avait vue sourire au cours des neuf années précédentes. C'est-à-dire depuis le jour où Cranshaw avait abusé d'elle, avant de la congédier en la traitant de stupide sang-mêlé.

Quand Amy eut dit au revoir au renard, Noël partit avec la cage vers le petit bosquet que lui avait indiqué Fanny. Il en revint au bout de quelques minutes, avec l'air grave de quelqu'un qui venait d'accomplir une action qui lui coûtait, mais qu'il savait être juste. Fanny était triste pour lui et en même temps satisfaite. Noël venait de prendre une grande leçon.

Dès qu'ils eurent repris place dans le chariot, Fanny fit faire demi-tour au véhicule et ils s'engagèrent sur le chemin de la maison. Le soleil était à son zénith. Ian était sans doute déjà rentré et il devait mourir de faim, ayant sauté son petit déjeuner.

Au bout de quelques minutes, Noël vint s'asseoir à côté de sa mère. Fanny lui étreignit le bras et lui sourit.

— Je crois qu'il était heureux d'être libre, dit-il.

— Tout le monde désire la liberté, tu sais, mon chéri.

— Il va me manquer.

— Je m'en doute. Mais j'imagine que Clarisse et toi n'allez pas tarder à nous ramener une autre bestiole. Et puis, il te reste Maladroite, Difficile, Bandit et Lucky.

— Lucky préfère Ian, maintenant.

Fanny fut soulagée de voir que son fils ne paraissait pas trop bouleversé par ce qui était devenu une évidence aux yeux de tout le monde.

— Lucky a compris que Ian avait plus besoin de lui que nous.

Noël la regarda, intrigué.

— Tu crois ?

— J'en suis persuadée. Rappelle-toi que Ian a perdu sa famille, son toit et, même un temps, sa liberté.

— Mais il nous a, maintenant, plaida Noël.

Il avait dit cela avec une assurance qui alarma Fanny. Elle avait beau lui avoir expliqué plusieurs fois que Ian repartirait un jour, son fils semblait s'accrocher à l'idée qu'il était là pour toujours.

Le moment était sans doute venu d'en dire un peu plus.

— Ian a une sœur dont il a perdu la trace pendant la guerre qui opposait ses compatriotes aux Anglais.

— Je sais.

— Il ignore où elle se trouve et si elle est encore en vie, mais il veut la retrouver. Comment réagirais-tu, si quelqu'un emmenait Amy on ne sait où ?

Noël ne répondit pas et Fanny jugea bon de le laisser méditer cette question en silence. Elle-même passa le reste du trajet à s'efforcer de ne pas penser à Ian. Elle réfléchit à ce qu'elle cuisinerait pour le déjeuner. Elle passa en revue tous les vêtements qui avaient besoin d'être raccommodés et, pour finir, se récita l'alphabet.

Lorsqu'ils sortirent de la forêt, elle fut bien vite ramenée à la réalité car des panaches de fumée noire s'élevaient à l'horizon. Et cela venait de la ferme.

— Maman !

— J'ai vu ! Clarisse, cramponne-toi et tiens bien Amy !

Fanny secoua violemment les rênes pour commander aux chevaux d'accélérer l'allure. Elle les aurait volontiers lancés au galop, mais la route était trop malcommode et le chariot avait déjà pris une vitesse peu raisonnable.

Quelques secondes plus tard, il apparut que ce n'était ni la ferme ni l'écurie qui brûlait, mais le tabac.

À mesure que le chariot se rapprochait, Fanny découvrait l'étendue du désastre : les plants les plus éloignés de la maison partaient en fumée.

Et Ian courait au milieu des flammes, un seau d'eau dans chaque main.

Fanny crut d'abord que l'absence de vent permettrait de juguler facilement l'incendie. Mais lorsque le chariot atteignit enfin la ferme, elle comprit que ses espoirs étaient vains. Même sans vent, le tabac se consumait à une vitesse terrifiante.

La jeune femme descendit prestement à terre.

— Noël, emmène Amy dans la maison et surveille-la. Prends le chien, également. Et ne sortez sous aucun prétexte !

Noël ouvrit la bouche pour protester, mais Fanny n'avait pas le temps d'argumenter. Elle courait déjà vers l'écurie, Clarisse sur ses talons, pour récupérer d'autres seaux.

Ian les rencontra à la pompe.

— Le côté sud, leur dit-il d'une voix essoufflée. Concentrez-vous sur le côté sud.

— Comment est-ce…

— Je n'en sais rien, la coupa-t-il. Mais, en tout cas, ce n'est certainement pas un accident.

Il avait les trait tirés et ses vêtements étaient déjà couverts de cendres. Depuis combien de temps luttait-il contre les flammes ?

— Clarisse, tu rempliras les seaux pour nous, dit-elle à sa sœur.

Fanny attendit d'avoir deux seaux pleins avant de suivre Ian, qui était reparti lutter contre l'incendie. Sur place, la jeune femme comprit qu'il avait renoncé à vouloir tout éteindre. Il vidait ses seaux en suivant une ligne qui délimitait les plants en deux parties, espérant ainsi sauver au moins une moitié de la récolte. Celle qui était le plus près de la maison. Hélas ! ses efforts semblaient désespérés. Des flammèches parvenaient à contourner cette ligne de démarcation, propageant l'incendie jusque dans les zones encore épargnées.

La jeune femme tendit à Ian ses deux seaux, récupéra ceux qui étaient vides et repartit en courant à la pompe, où Clarisse l'attendait avec deux autres seaux pleins à ras bord. Pendant qu'elle courait, Ian se servait d'une couverture saturée d'eau pour tenter d'étouffer les flammèches qui réussissaient à passer.

Fanny répéta ainsi le même trajet des dizaines de fois, jusqu'à ce qu'elle ne puisse plus respirer. Ses poumons étaient envahis par la fumée, ses jambes la portaient à peine et ses bras étaient douloureux d'avoir porté les seaux. Heureusement, les Wallace apparurent au bon moment pour prendre la relève.

— Nous avons aperçu la fumée, expliqua laconiquement Tim Junior.

Il n'avait pas besoin d'en dire plus.

Ne pouvant plus courir, Fanny resta avec Clarisse, qui commençait elle aussi à fatiguer de pomper sans relâche. Les deux sœurs se relayèrent à la manœuvre, tandis que les hommes continuaient de lutter contre le feu, au milieu d'une fumée de plus en plus épaisse.

Soudain, Fanny les vit disparaître derrière un rideau de flammes. N'écoutant que son instinct, elle empoigna deux seaux pleins et courut dans leur direction pour constater, avec horreur, qu'ils étaient encerclés par l'incendie.

— Ian ! cria-t-elle par-dessus le bruit des flammes.

— Va-t'en d'ici !

Fanny refusa évidemment d'obéir. Elle vida ses deux seaux devant elle et tourna aussitôt les talons pour aller en chercher d'autres. Mais Clarisse la rejoignait déjà, portant elle aussi deux seaux pleins à ras bord. Et Noël arrivait derrière, traînant un troisième seau, aussi vite que le lui permettaient ses petites jambes. En concentrant toute cette eau sur un même endroit, ils parvinrent à ouvrir un passage que les trois hommes s'empressèrent d'emprunter pour s'échapper.

Tout le monde repartit en courant vers la maison. Mais, cette fois, le combat était devenu désespéré. Fanny, les enfants, Ian et les Wallace se rassemblèrent autour de la pompe pour assister au désastre.

Fanny posa la main sur l'épaule de son fils.

— Je croyais t'avoir dit de surveiller Amy.

— Elle m'a promis de ne pas sortir, se défendit le garçonnet. Je voulais vous aider, maman !

Fanny renonça à le gronder. À sa place, elle en aurait fait de même.

Clarisse s'éclipsa quelques instants, le temps d'aller chercher la petite et de la ramener dans ses bras. Fanny serra sa sœur contre elle et garda sa main sur l'épaule de Noël. Ian, à son tour, se rapprocha d'eux, et ensemble ils regardèrent leur avenir partir en fumée.

Tout alla très vite. L'incendie ravagea la totalité des plants de tabac en un temps record. Lorsque la dernière flammèche s'éteignit, faute de pouvoir s'alimenter, Fanny laissa échapper un soupir de désespoir.

Ian, en revanche, semblait difficilement contenir sa colère.

— Je suis désolé, Fanny, dit-il.

— Vous n'avez pas à l'être. Ce n'est pas votre faute.

— J'aurais voulu pouvoir l'éteindre pendant qu'il en était encore temps.

Le Grand Tim secoua la tête.

— Non. C'était sans espoir. L'été est trop sec. Les plants étaient comme de l'amadou qui n'attend qu'une étincelle pour s'enflammer. Une fois l'incendie allumé…

Il secoua encore la tête, puis demanda :

— Comment est-ce arrivé ?

— J'étais occupé à bouchonner Royauté dans l'écurie, quand j'ai entendu Lucky aboyer. Je suis sorti pour voir qui venait nous rendre visite. C'est là que j'ai vu les flammes jaillir des deux extrémités des champs.

Wallace écarquilla les yeux.

— Des deux côtés en même temps ?

— Oui.

— Alors, ça veut dire que le feu n'a pas pris tout seul. Quelqu'un l'a allumé.

— Probablement. Mais je ne vois pas qui aurait pu faire ça.

Wallace hocha la tête d'un air entendu.

— Moi, je vois très bien.

Fanny croyait avoir deviné, elle aussi. Mais ce fut Tim Junior qui prononça le nom du suspect.

— Robert Marsh, lâcha-t-il froidement.

Ian fronça les sourcils.

— J'ai du mal à croire qu'il aurait osé…

— Au contraire, le coupa Wallace. Il en est parfaitement capable.

Fanny partageait son avis. Ian ne connaissait pas Robert depuis assez longtemps pour suspecter sa rouerie.

Ian resta un moment silencieux, puis il désigna la pompe :

— Nous ferions bien d'asperger les pâtures, au cas où le vent se lève. Je ne voudrais pas que des braises puissent menacer les bêtes.

Fanny se tourna vers son fils.

— Cette fois, reste avec ta sœur.

Noël hocha la tête.

— Promets-le-moi, insista Fanny.

— Je promets.

— Fais comme dit ta mère, mon garçon, intervint Ian. Elle a déjà assez de soucis comme cela pour ne pas avoir à s'inquiéter à votre sujet.

— Je vais m'occuper d'Amy, répondit Noël, avant d'entraîner la petite vers la maison.

Fanny libéra les juments qui étaient restées attelées au chariot et les conduisit dans l'écurie. Puis, elle revint aider Clarisse à pomper, tandis que les hommes étalaient le contenu des seaux sur les pâtures.

Une épaisse fumée âcre continuait de se répandre alentour. Fanny ne pouvait s'empêcher de penser que c'étaient les rêves de John et des heures de travail qui s'envolaient ainsi en fumée.

Le soleil se couchait déjà à l'horizon quand Ian et les Wallace jugèrent qu'il n'y avait plus de risques de voir l'incendie reprendre.

Fanny avait mal partout et elle se doutait que Clarisse était dans la même situation. Sans parler de leurs robes, bonnes à jeter. Mais les hommes, avachis au pied de la pompe, étaient dans un état bien pire encore. Ils étaient couverts de cendres des pieds à la tête, leurs vêtements avaient de nombreux trous et leur peau était brûlée à certains endroits.

Et, pour faire bonne mesure, tout le monde mourait de faim.

— Clarisse, va dire à Noël de mettre le poêle en route, dit-elle à sa sœur.

Puis, elle s'approcha des hommes pour examiner leurs brûlures.

— Suivez-moi à l'intérieur, leur dit-elle.

Ils se relevèrent sans protester et lui emboîtèrent docilement le pas.

Le dîner fut avalé en un clin d'œil. Au moment du dessert, Amy voulut s'asseoir sur les genoux de Ian pour manger sa tarte, mais Fanny l'en dissuada.

— Ian est blessé, lui chuchota-t-elle à l'oreille.

La fillette fit : « Ohhhh » et coula un regard de sympathie à Ian.

— Ce n'est pas grave, la rassura-t-il. J'ai connu pire.

Songeant à sa cicatrice, Fanny savait qu'il disait vrai. Cependant, ses brûlures étaient sérieuses. Les Wallace n'avaient pas davantage été épargnés. Avant de préparer à manger, elle leur avait offert à chacun un verre de la gnôle que John gardait pour les grandes occasions. Puis, pendant que le dîner cuisait, elle avait appliqué sur leurs brûlures un baume apaisant.

— Sans cette récolte, nous n'aurons pas de quoi nous nourrir et nourrir les chevaux pour tout l'hiver, dit enfin Fanny après le repas.

Ian hocha gravement la tête.

— Autrement dit, tu vas être obligée de vendre des chevaux.

— Oui.

— Combien ?

— Tout dépendra des courses de cet automne. Si Fantôme Gris et Sir Gray se classent honorablement, sans doute pas plus de deux. Sinon, au moins quatre.

— Quatre… répéta Ian, l'air sombre.

— Mais, même ainsi, nous n'aurons pas assez d'argent pour racheter des semis. Ce qui veut dire que nous serons encore privés de récolte l'année prochaine.

— Ce scélérat de Marsh ! explosa le Grand Tim, avant de s'apercevoir qu'il y avait des femmes et des enfants à table. Excusez-moi, Fanny, dit-il en rougissant.

— Ce n'est pas grave. Je n'en pense pas moins de mon beau-frère.

— Si ma récolte est bonne, je pourrai vous aider l'année prochaine, proposa Wallace.

— Il vaudrait mieux que Robert ne l'apprenne pas, commenta Ian. Sinon, vos champs pourraient bien partir aussi en fumée.

— Si je le surprends à rôder près de mes terres, je l'étripe.

Ian hocha la tête.

— S'il avait mis le feu à l'écurie, il serait déjà mort, à l'heure qu'il est.

— Robert veut les chevaux, il ne s'en prendra pas à eux, argumenta Fanny. Toutefois, je me demande pourquoi il en est venu à commettre pareil forfait. Serait-il informé de notre mariage ?

Le Grand Tim secoua la tête.

— Pas par nous, en tout cas. Nous n'avons rien dit à personne.

Fanny était effondrée. Si Robert avait mis le feu à la récolte alors même qu'il ignorait leur mariage, que ferait-il quand il serait au courant ? La réponse était terrifiante : il s'en prendrait directement à Ian. Tout à coup, la jeune femme se demandait si cette union avait été une bonne idée.

— Quoi qu'il en soit, reprit Ian, j'ai du mal à croire que Robert soit venu lui-même allumer l'incendie.

Le Grand Tim acquiesça.

— Non. Il ne se serait pas sali les mains.

— Il a probablement envoyé son contremaître, Cecil Martin, avança Tim Junior. Ce type est sans scrupules. On raconte que, la semaine dernière, il a fouetté un esclave à mort.

Fanny sentit son sang se glacer dans ses veines. Pour avoir rencontré une fois Cecil Martin, elle croyait volontiers tout ce qu'on racontait à son sujet. Il avait les yeux et l'allure d'un reptile. Mais, contrairement aux serpents, il n'attaquait pas pour se défendre, mais parce qu'il prenait plaisir à sa propre cruauté.

— Nous allons rentrer, annonça Wallace.

Il se leva de table, bientôt imité par son fils, qui n'avait pas quitté Clarisse des yeux de tout le repas.

— Merci, dit Fanny aux deux hommes.

— De rien, répondit Wallace. Ce dîner nous a largement récompensés de notre peine. Tim et moi sommes fatigués de nous cuisiner mutuellement les mêmes plats. C'était délicieux. Surtout la tarte.

— J'enverrai Clarisse vous en porter une autre demain, leur promit la jeune femme.

Tim Junior en profita pour décocher un nouveau regard à Clarisse, qui lui sourit.

Pendant que Ian raccompagnait les Wallace à leurs chevaux, Clarisse et Fanny conduisirent les enfants au lit. Puis, la jeune femme sortit sous le porche pour savoir ce qui retenait Ian. Elle le vit discuter avec les Wallace, mais ils ne parlaient pas assez fort pour qu'elle pût entendre ce qu'ils se disaient.

Après le départ des deux hommes, Ian revint à la maison et la jeune femme l'interrogea du regard.

— Ils vont enquêter discrètement autour d'eux, pour tenter d'apprendre quelque chose.

— J'espère qu'ils n'auront pas à regretter de nous avoir aidés.

Ian observa un silence avant de demander :

— John possédait-il une arme ? Un pistolet ou une carabine ?

— Oui. Une carabine qui lui servait à chasser. Mais cela fait plus d'un an qu'elle n'a pas été utilisée.

— Il suffira de la nettoyer. Reste-t-il encore des cartouches ?

— Quelques-unes, je crois.

— Pas de pistolet ?

Fanny secoua la tête.

— Sais-tu tirer ?

— Non.

— Je t'apprendrai demain matin.

Fanny aurait voulu refuser – elle se sentait parfaitement incapable de tuer qui que ce soit –, mais après les événements de la journée, elle comprit que Ian avait sans doute raison de vouloir l'initier au maniement d'une arme.

— D'accord, dit-elle.

— Maintenant, montre-moi cette carabine.

Fanny le conduisit dans sa chambre, réalisant qu'il y pénétrait pour la première fois. Elle le vit balayer du regard la petite pièce modeste, mais colorée, avec ses rideaux à fleurs, la descente de lit imprimée et le rocking-chair. Après avoir vécu si longtemps dans des huttes d'Indiens, Fanny avait toujours trouvé à cette

241

chambre des airs de palace. Mais que pouvait bien en penser quelqu'un qui avait grandi dans un château ?

Cependant, Ian ne manifesta aucune déception. Et quand son regard s'attarda sur le lit, Fanny comprit qu'il se moquait bien que ce ne fût pas un meuble de style. La nuit dernière, son matelas dans l'écurie avait parfaitement convenu.

Inquiète du cours que prenaient ses pensées, la jeune femme s'empressa d'aller décrocher la carabine installée au-dessus du lit et la tendit à Ian.

Il s'en saisit d'une main experte et l'examina rapidement, avant de déclarer :

— Ça ira très bien.

La jeune femme repensa à la guerre qu'il avait menée avec ses compatriotes. Combien d'hommes avait-il tués ? se demanda-t-elle, tandis qu'elle se baissait pour récupérer sous le lit la boîte contenant les cartouches. La lueur glacée qui s'était allumée dans son regard lui rappela soudain que Ian ne connaissait plus la peur. Si Robert avait surgi à cet instant, Ian aurait été tout à fait capable de le tuer.

— On se revoit demain matin, lâcha-t-il en partant déjà vers la porte, les yeux fixés sur la carabine et sur les cartouches.

Fanny le suivit jusqu'à la sortie, le cœur lourd. En voyant son expression, elle s'était souvenue des visages des Indiens lorsqu'ils se préparaient à la guerre. Toute trace de tendresse et d'émotion cédait alors la place à une froide détermination annonçant un combat sans pitié. À l'époque, cela l'avait toujours un peu effrayée. Et ce soir, elle renouait soudain avec cette peur.

Elle regarda Ian disparaître dans l'écurie, puis referma la porte avec un soupir. Son intention était de débarrasser la table du dîner avant d'aller se coucher, mais elle s'arrêta net en voyant Noël sur le seuil de la chambre.

— Je n'arrivais pas à dormir, expliqua-t-il.

Fanny le serra très fort dans ses bras. Elle ne voulait pas qu'il grandisse et qu'il se retrouve un jour, un fusil à la main, avec la même expression déterminée que Ian.

— Tu crois que Ian m'apprendra à me servir de la carabine de papa ?

— Il est trop occupé pour l'instant, répondit Fanny.

Elle savait que, un jour ou l'autre, Noël devrait de toute façon savoir manier une arme. Ne serait-ce que pour chasser. Mais, pour l'amour du Ciel, pas maintenant ! Pas déjà.

— Retourne te coucher et emmène Bandit, dit-elle dans l'espoir que la chaleur du petit animal aiderait son fils à se rendormir.

Difficile était déjà dans les bras d'Amy, mais le raton laveur était resté roulé en boule sur une chaise. Noël le prit dans ses bras avec délicatesse, puis revint vers sa mère, le regard plein de douceur.

— Tu sais, je suis bien content que Ian vive avec nous. Tu crois que papa sait qu'il nous protège ?

— Oui, mon chéri. J'en suis sûre.

18

Ian se laissa tomber comme une masse sur son matelas. Son vain combat contre l'incendie l'avait exténué et ses brûlures le faisaient souffrir, malgré le baume apaisant mis par Fanny. Cependant, sa rage était intacte.

Il étreignit la carabine qu'il avait posée à côté de lui, savourant le plaisir de posséder une arme. Au cours de l'année écoulée, il n'avait pas eu les moyens de se défendre contre ceux qui, comme Robert Marsh, avaient cherché à le plier à leur volonté. Mais, Dieu merci, les circonstances avaient changé.

À présent, Ian avait recouvré sa liberté et il ne laisserait personne – pas plus Marsh que quiconque – le menacer. Il avait bien l'intention de combattre ce maudit bâtard. Et le diable lui-même ne pourrait pas l'arrêter.

Les papiers de Ian avaient disparu.

Fanny fouilla pour la troisième fois sous son matelas, mais sans plus de succès. Le contrat demeurait introuvable.

Aussitôt après avoir raccompagné Noël à son lit, elle avait rejoint sa propre chambre, s'était rapidement débarbouillée et avait enfilé sa chemise de nuit. Mais, juste avant qu'elle ne se glisse dans ses draps, une petite voix intérieure lui avait conseillé de vérifier que les papiers de Ian se trouvaient toujours là où elle les avait cachés. L'incendie était criminel, lui soufflait cette petite voix. Ian et les Wallace en sont persuadés. Ce qui veut dire que la récolte est perdue parce que quelqu'un s'est introduit sur ta propriété. Et la petite voix ne l'avait pas laissée tranquille tant qu'elle n'avait pas vérifié que personne n'était entré dans la maison.

Hélas, si ! Et les papiers avaient disparu.

Bien qu'elle se souvînt parfaitement les avoir cachés sous le matelas, Fanny ne put s'empêcher de chercher partout ailleurs dans la pièce. Ce qui ne lui prit que quelques minutes, la chambre ne contenant, outre le lit et le rocking-chair, qu'un bureau avec quatre tiroirs et l'armoire où elle rangeait le linge. Les papiers de Ian restaient introuvables. En revanche, la petite boîte renfermant tout l'argent liquide dont elle disposait et les contrats de propriété des chevaux n'avaient pas bougé de leurs tiroirs. Fanny n'en fut qu'à moitié rassurée, car elle s'aperçut, en ouvrant l'armoire, que le linge avait été déplacé.

C'était la preuve que quelqu'un s'était bel et bien introduit dans sa chambre. Quelqu'un qui avait attendu son absence, pour venir fouiller dans ses affaires.

Fanny se rappela alors la silhouette qu'elle avait cru apercevoir, l'autre jour, sur la plage. Et son mauvais pressentiment. Pourquoi n'avait-elle rien dit à Ian ? Et pourquoi n'avait-elle pas songé à trouver une meilleure cachette pour son bien le plus précieux – les papiers qui authentifiaient la liberté de Ian ?

Quant au coupable, la jeune femme savait qu'elle n'avait pas à chercher bien loin. Il ne pouvait s'agir que de Robert.

Son beau-frère serait sans doute furieux d'apprendre que Ian était désormais libre. Du reste, elle se demandait à quoi pourrait bien lui servir de posséder ses papiers, désormais, puisqu'elle les avait signés et que le révérend Winfrey s'était porté témoin. À rien du tout. Robert n'en aurait aucun usage et Ian resterait libre. À moins qu'il n'arrive un accident au pasteur…

Mais Robert n'oserait quand même pas s'en prendre à un serviteur de Dieu ! Surtout quand on connaissait l'insistance avec laquelle il invoquait toujours la volonté du Seigneur pour justifier ses machinations.

Cependant, si Fanny était certaine que Robert laisserait le révérend Winfrey en paix, d'où lui venait, alors, ce mauvais pressentiment, qui lui rongeait les sangs ? Elle s'inquiétait pour le pasteur, mais aussi pour Ian. Comment réagirait Robert lorsqu'il apprendrait leur mariage ?

Dans l'immédiat, la jeune femme se retrouvait confrontée à un dilemme pressant : devait-elle oui ou non annoncer tout de suite à Ian que ses papiers avaient disparu ?

Elle trancha pour la négative. À quoi cela servirait-il, puisqu'ils ne pouvaient rien faire ce soir ? Autant attendre demain matin. Mais, de toute façon, elle ne pouvait pas ne pas lui dire. Il fallait qu'il sache. Pour agir en conséquence.

Le mieux serait sans doute qu'il parte. Cette perspective anéantissait Fanny, mais elle ne voyait pas d'autre solution. En aucun cas, elle n'aurait voulu mettre la vie de Ian en danger. Il avait provisoirement renoncé à retourner chercher sa sœur pour la protéger, elle. Elle ne pouvait pas faire moins pour lui.

Demain, à la première heure, elle lui annoncerait la nouvelle.

Il ne lui restait plus qu'à espérer qu'il ne quitterait pas un danger pour en retrouver un plus grand encore.

Cette nuit-là, Fanny ne put trouver le sommeil. Elle rêva, tout éveillée, que des cavaliers commandités par Robert surgissaient pour s'emparer de Ian. Celui-ci se défendait en brandissant la carabine de John et la fusillade éclatait. Ian s'écroulait à terre dans une mare de sang.

Finalement, un peu avant l'aube, la jeune femme abandonna son lit, sa chemise de nuit trempée de sueur par ses frayeurs nocturnes. Elle se lava et s'habilla rapidement, puis prépara le petit déjeuner.

Les enfants la rejoignirent d'abord, puis Ian.

Il s'était rasé et changé, mais ses traits accusaient encore la fatigue et ses mouvements étaient mesurés – sans doute les séquelles de ses brûlures.

La veille au soir, en présence des Wallace, il s'était assis pour la première fois au bout de la table, à l'ancienne place de John, face à Fanny. Ce matin, après un regard de connivence échangé avec la jeune femme, il reprit d'autorité la même chaise.

— Hier, j'ai relâché le renard, lui annonça Noël, qui était désormais assis à sa gauche.

— Excuse-moi, mon garçon. Je t'avais promis de t'accompagner.

Noël haussa les épaules.

— Ça n'est pas grave. Il valait mieux que vous soyez ici quand le feu s'est déclaré.

Il s'arma de courage, avant d'ajouter :

— Mais on pourrait peut-être retourner de temps en temps dans les bois tous les deux, pour voir comment va Joseph ? Si on le retrouve, bien sûr.

— On en reparlera, mon garçon.

Fanny vit la déception se peindre sur le visage de son fils. Noël aurait voulu une réponse plus affirmative, pour avoir un projet auquel se raccrocher. Encore ne s'agissait-il que de promenades dans les bois. Comment pourrait-elle annoncer au garçonnet que Ian ne partirait pas dans un an, mais demain ou après-demain ? Elle-même avait du mal à se résoudre à cette idée.

Elle toucha à peine à son petit déjeuner et remarqua que Ian ne mangeait guère davantage. En revanche, Clarisse et les enfants dévorèrent leur bacon et leurs tartines avec un bel appétit, comme s'ils ne s'étaient pas aperçus de la tension ambiante.

Dès qu'il eut bu son café, Ian quitta la table.

— Je vais entraîner Fantôme Gris, annonça-t-il en partant déjà vers la porte.

Fanny se leva de sa chaise pour le suivre, mais en voyant trois paires d'yeux la fixer en se demandant ce qui se passait, elle se rassit promptement. La nouvelle pouvait attendre encore un peu. Fanny ne voulait pas attrister trop tôt Clarisse et les enfants.

Mais peut-être était-ce elle qui voulait à tout prix repousser l'inéluctable ? Fanny n'avait jamais été lâche. Mais elle n'avait jamais non plus été amoureuse. Elle n'avait donc pas eu à annoncer à l'homme qu'elle aimait – son mari – qu'il devait partir au plus vite avant que le danger ne s'abatte sur lui.

Amy se proposa pour l'aider à faire la vaisselle, ce qui signifiait que l'opération prendrait deux fois plus de temps que nécessaire. Fanny aurait pu demander à Clarisse de s'occuper de la petite, mais sa sœur préparait déjà la tarte pour les Wallace. Et Noël était sorti jouer à Robinson Crusoé.

Quand la vaisselle fut enfin terminée et l'attention d'Amy détournée sur Clarisse, qu'elle voulait maintenant « aider » à confectionner sa tarte, Fanny jeta un coup d'œil par la fenêtre. Ian exerçait Fantôme Gris dans les pâtures.

Son cœur se serra un peu plus à la vue de ce spectacle. Ian avait été banni de son pays d'origine pour se retrouver ici, sans aucun bien et dans un univers qui ne lui était pas familier. Cependant, à le voir chevaucher Fantôme Gris avec sa grâce habituelle, la jeune femme avait l'impression qu'il avait retrouvé un autre chez-lui. D'ailleurs, il était chez lui, désormais. Et elle ne voyait vraiment pas comment lui annoncer qu'il ne pouvait plus en être ainsi.

Rassemblant le peu de courage qui lui restait, elle se dirigea vers la porte et l'ouvrit, résolue à accomplir ce qui devait l'être. Mais, à l'instant où elle mettait le pied dehors, elle aperçut son beau-frère qui galopait à bride abattue sur le chemin.

Fanny eut à peine le temps de surmonter sa panique que Robert s'arrêtait déjà devant le porche.

— Bonjour, Fanny.

La lueur malicieuse qui brillait dans ses yeux contredisait sa politesse de façade.

Fanny sentit la colère la gagner et réalisa soudain qu'elle n'avait plus peur de lui. Sans doute était-il venu brandir des papiers prétendant que John lui avait légué ses terres. Mais Fanny ne se laisserait pas abuser, car désormais elle savait lire. Et elle pourrait démontrer que ces papiers étaient des faux. Grâce à Ian, elle était maintenant capable de déjouer les machinations de son beau-frère. Et ce qui la réjouissait davantage, c'était que Robert l'ignorait encore.

Son beau-frère jeta un coup d'œil aux champs de tabac ravagés par les flammes, avant de reporter son attention sur la jeune femme.

— J'ai été mis au courant pour l'incendie. Je venais voir ce que je pouvais faire.

— Je pense que vous en avez déjà assez fait comme cela.

— Ce qui veut dire ? répliqua-t-il avec arrogance.

— Je crois que je n'ai pas besoin de me lancer dans de grandes explications. Le feu n'a pas pris tout seul.

Il réussit à feindre la surprise.

— À votre place, je porterais mes soupçons sur votre forçat. Il aura trouvé un moyen commode d'échapper à son travail.

La colère de Fanny tournait à la rage aveugle. Elle parvint, cependant, à garder un calme apparent.

— Je ne suis pas de cet avis, puisque le tabac était déjà planté. Et qu'il poussait bien.

— Vous oubliez qu'il aurait fallu faire les récoltes à l'automne, Fanny. Vous êtes décidément trop naïve.

Changeant abruptement de sujet, il ajouta :

— J'ai entendu dire que les Wallace vous avaient aidée. Je leur exprimerai ma gratitude.

— Ce ne sera pas nécessaire. Je leur ai déjà exprimé la mienne.

Robert abandonna soudain son masque de civilité.

— Vous ne devriez pas fréquenter ces gens, Fanny. Ils ne valent pas plus que votre Écossais.

— Vous dites cela parce que vous n'avez pas réussi à les plier à votre loi, répliqua Fanny, qui s'étonnait elle-même de son insolence.

Mais si la discussion s'éternisait, elle sentait qu'elle risquait de dire quelque chose qu'elle pourrait vraiment regretter. Comme : « Cet Écossais est mon mari et si vous touchez à un seul de ses cheveux, je vous fais arrêter. »

— Merci de votre sollicitude, Robert, mais elle est inutile, ajouta-t-elle.

Son beau-frère ricana.

— Votre forçat est dangereux, Fanny.

Il désigna les champs d'un grand geste du bras.

— Ceci le prouve amplement.

Fanny se mordit la langue pour ne pas répliquer. S'imaginait-il réellement pouvoir la convaincre que Ian avait mis le feu à sa récolte ?

— Maintenant que vos champs sont ravagés, reprit-il, il ne vous reste plus qu'à vendre la ferme.

— À vous, bien sûr.

— Oui. Vous pourrez vous installer dans ma demeure. Et venir avec vos chevaux. Je leur procurerai un entraîneur. Et si vous le souhaitez, ils resteront votre propriété.

— Comme c'est généreux !

Ignorant son sarcasme, Robert poursuivit :

— J'enverrai mes gens vous aider à déménager vos affaires.

— Non, répliqua fermement Fanny, alors qu'il s'apprêtait à repartir.

Robert suspendit son mouvement.

— Je ne partirai pas d'ici, Robert, ajouta la jeune femme.

Il leva les yeux au ciel, sous l'effet de l'exaspération.

— Fanny, vous êtes folle. Vous ne pouvez pas risquer votre vie et celle de vos enfants en restant avec cet homme !

— Ce que je peux faire ne vous regarde pas.

— Bien sûr, que ça me regarde ! Vous êtes la veuve de mon frère. Dieu exige que je vous protège.

Fanny ne put s'empêcher d'éclater de rire.

— Vous avez l'art de vous conformer aux exigences divines quand elles servent vos intérêts. Et que faites-vous donc de ce précepte qui interdit d'infliger à autrui ce que vous ne voudriez pas qu'on vous fît ?

Robert ouvrit la bouche pour riposter, mais la referma aussitôt et tourna la tête en voyant Fanny regarder derrière lui.

La jeune femme voyait avec inquiétude Ian venir dans leur direction. Elle aurait voulu éviter la confrontation pour ne pas inciter Robert à se venger tout de suite. Ils avaient besoin d'un peu de répit pour que Ian puisse s'enfuir sans danger.

Mais, à en juger par l'expression de Ian, il n'avait pas l'intention d'attendre plus longtemps pour dire à Robert ce qu'il pensait de lui. Il gravit les marches du porche et vint se placer à côté de Fanny, l'air agressif et le regard noir.

Fanny essaya quand même d'éviter l'inévitable.

— Robert, je vous demande de partir, à présent. Nous avons du travail et…

Ian l'interrompit sans lui demander son avis.

— Étiez-vous venu vous assurer que vos sbires avaient bien exécuté vos ordres? demanda-t-il à Robert.

Celui-ci s'empourpra.

— Je ne comprends pas de quoi vous parlez. J'étais venu offrir mon aide à Mme Marsh – et, du reste, je n'ai pas à me justifier devant les individus de votre espèce.

— Ian…

— Je crois, au contraire, que vous aurez à vous justifier, répliqua Ian. Reste à savoir où – devant un tribunal, ou en enfer.

— Espèce d'insolent!

Robert leva sa cravache dans l'intention de l'abattre sur Ian, mais celui-ci la lui arracha des mains. Avant que Fanny ait pu réagir, Ian s'était précipité pour jeter Robert à bas de son cheval.

— Ian! Ô mon Dieu…

Le cheval, paniqué, se cabra et Fanny poussa un cri de terreur en voyant ses sabots danser dangereusement au-dessus des deux hommes qui avaient roulé à terre.

L'animal finit par s'écarter, mais Fanny, impuissante, assista au désastre qu'elle redoutait. Ian bourrait de coups de poing son adversaire, qui n'était pas de taille à lui résister. Cependant, Robert parvint à se dégager. Il réussit à saisir le fouet qu'il portait à la ceinture avant que Ian ne revienne à l'attaque et il lui en assena un coup.

Le fouet atteignit Ian au bras et Fanny le vit grimacer de douleur. Mais il réussit à arracher le fouet des mains de Robert. Il le jeta au loin et reprit le combat à mains nues. Robert reçut un coup de poing en pleine figure. Puis, un second. Un troisième et encore un autre...

— Ian, arrêtez! lui cria Fanny, qui dévala les marches du perron pour courir vers eux.

Mais Ian continuait de cogner sans relâche.

— Ian! cria-t-elle en le secouant par l'épaule. Vous allez le tuer!

Robert saignait des lèvres et du nez et n'avait même plus la force de se protéger des coups qui pleuvaient sur lui.

— Ian, pour l'amour de Dieu...

N'obtenant pas plus de succès, Fanny renonça à insister. Une main sur la bouche, elle assista à la fin du combat en étouffant ses sanglots.

Finalement, Robert s'écroula, étourdi par les coups. Il avait le visage tuméfié et ne bougeait plus, mais Fanny l'entendit avec soulagement respirer bruyamment, comme s'il cherchait son souffle.

Ian se redressa et le contempla un moment d'un œil méprisant, avant d'aller s'adosser à l'un des piliers du porche.

Entre-temps, Noël était sorti de la maison, Lucky sur ses talons. Le chien aboyait férocement et il s'approcha de Robert en montrant les dents. Noël dut se précipiter pour le retenir par son collier. Le chien poussa un grondement, puis se tut et, pendant quelques instants, on n'entendit plus rien, sinon la respiration haletante de Robert.

Puis, il finit par rouler sur le côté et se redresser, très lentement, d'abord sur ses genoux, ensuite sur ses pieds. Il fit quelques pas mal assurés vers son cheval, s'arrêta pour souffler, reprit sa marche et atteignit enfin sa monture. Se cramponnant au pommeau de la selle, il réussit tant bien que mal à se jucher sur le dos de l'animal et agrippa aussitôt les rênes, pour assurer son équilibre.

Alors, seulement, il se tourna vers Ian et lui décocha un regard qui se voulait assassin, malgré ses yeux tuméfiés.

— Vous le regretterez, l'entendit marmonner Fanny.

Ian ne répondit même pas.

Robert rassembla ce qui lui restait de force pour éperonner sa monture. L'animal repartit au petit trot.

Fanny regarda son beau-frère s'éloigner, jusqu'à ce qu'il ait disparu derrière les arbres, puis elle se tourna vers Ian. Il contemplait également le chemin, à présent désert. Son regard était dur et froid, mais un sourire satisfait plissait ses lèvres.

À cet instant précis, Fanny éprouva l'étrange sentiment d'avoir affaire à un étranger. Elle connaissait le professeur attentionné et patient, qui avait appris à Clarisse à écrire son nom ; l'amant passionné qui lui avait embrasé les sens ; ou encore le fier Écossais, amer d'avoir été banni de son pays natal.

Mais ce guerrier qui pouvait rouer de coups un adversaire et quitter le combat tranquille et triomphant, non, elle ne le connaissait pas. Et il lui faisait peur.

Toutefois, il l'effrayait moins que Robert. Rien que de songer à ce que son beau-frère méditerait comme vengeance après une telle humiliation – surtout devant une femme – glaçait Fanny jusqu'aux os.

— Ian, j'ai à vous parler, lui dit-elle.

Au même instant, la porte s'ouvrit et Clarisse apparut, Amy accrochée à ses jupes.

— En privé, précisa la jeune femme.

— Partons nous promener à cheval, proposa-t-il.

Fanny hocha la tête.

— Je vais vous seller une jument. Retrouvez-moi devant l'écurie.

Tandis qu'il s'éloignait, Fanny se tourna vers sa sœur.

— J'aurais besoin que tu t'occupes des enfants pendant un petit moment.

Clarisse fronça les sourcils et regarda le chemin d'un air inquiet.

— Robert ne reviendra pas, la rassura Fanny. Du moins, pas tout de suite. Il tenait à peine en selle. De toute façon, je n'en ai pas pour longtemps.

— Je vais m'occuper d'Amy, intervint Noël avec le plus grand sérieux.

Fanny savait que la bagarre l'avait terrifié. Elle l'avait vu, tout à l'heure, dans ses yeux, lorsqu'il avait empêché Lucky de se jeter sur Robert. Malgré cela, Noël s'efforçait de réagir... en homme. Fanny en aurait presque pleuré.

— D'accord, mon chéri. Comme cela, Clarisse pourra s'occuper du repas.

— Est-ce que Ian va devoir partir, maintenant? voulut savoir le garçonnet.

Fanny s'apprêtait à répondre, mais réalisant que la petite était toujours accrochée aux jupes de Clarisse, elle se ravisa pour ne pas déclencher ses pleurs. D'un regard, elle fit signe à sa sœur de rentrer Amy à l'intérieur. Dès que Clarisse eut refermé la porte derrière elle, Fanny prit son fils par la main.

— Hélas, oui, mon chéri. Ian va devoir partir.

— Je veux pas qu'il parte, répliqua Noël.

— Aucun de nous ne le souhaite, répondit Fanny. Il me manquera, à moi aussi. Mais j'ai peur que, s'il reste, ton oncle s'en prenne violemment à lui. Et cela, je le veux encore moins.

— Moi non plus, opina Noël après un silence.

Fanny devinait le drame qu'affrontait son fils. Alors qu'il venait tout juste de perdre son père, il s'apprêtait maintenant à perdre celui qui avait commencé à remplacer John dans son cœur. Noël était encore trop petit pour supporter ces deux pertes coup sur coup.

— Je pourrai lui dire au revoir ? demanda-t-il finalement, la voix brisée.

— Bien sûr. Mais rassure-toi, il ne va pas s'en aller aujourd'hui. Et songe à tout ce qu'il nous a apporté. Grâce à cela, il restera toujours dans nos cœurs.

Une larme coula sur la joue du garçonnet.

— Je dois partir, à présent, lui dit tendrement sa mère. Tu vas t'occuper d'Amy, comme on a dit ?

Noël hocha tristement la tête. Fanny s'obligea à le quitter. Son petit garçon. Son cher petit garçon, que la vie obligeait à grandir trop vite. Beaucoup trop vite.

— Je reviens bientôt, lui promit-elle, avant de rejoindre l'écurie, où Ian l'attendait déjà avec la jument.

Il l'aida à monter en selle et ils prirent la direction de la rivière au petit trot.

Fanny renonça à engager la conversation pendant qu'ils chevauchaient et Ian ne fit rien pour rompre le silence. Parvenus à la rivière, ils continuèrent encore pendant quelques minutes, jusqu'à une petite clairière qui bordait le cours d'eau. Ils mirent pied à terre et Ian attacha les bêtes à un tronc d'arbre.

Pendant ce temps, Fanny s'approcha de la berge. Le niveau de la rivière était très bas et elle s'écoulait très lentement.

Elle sut que Ian était revenu près d'elle sans même avoir à se retourner. C'était comme un fluide qui communiquait entre leurs corps, dès qu'ils se trouvaient en présence l'un de l'autre.

Fanny rassembla son courage avant de lui faire face. L'épreuve qui l'attendait était sans doute la plus pénible qu'elle ait jamais connue de sa vie.

Elle se retourna enfin. Ian semblait parfaitement sûr de lui depuis la bagarre de tout à l'heure. Fanny sentit son cœur vaciller à l'idée de devoir saper cette belle assurance.

— Ian, il va vous falloir partir. Vous ne pouvez plus rester, désormais, lui dit-elle sur un ton qui mêlait supplique et regrets.

Ian la prit dans ses bras.

— Crois-tu que ce maudit bâtard peut m'impressionner ?

Il la regarda droit dans les yeux et Fanny sentit la violence qui irradiait en lui. C'était un vrai guerrier et, pour son plus grand désarroi, Fanny trouvait cela excitant. L'étincelle du désir s'était soudain rallumée dans son corps et elle craignait à présent un incendie encore plus ravageur que celui qui avait détruit la récolte de tabac. Car celui-là menaçait de les consumer tous les deux.

Elle s'obligea à s'écarter de son étreinte.

— Je vous en prie, écoutez-moi.

Mais Ian lui prit la main et la força à revenir dans ses bras.

— Ah, Fanny, tu dois être une sirène. Car tu me troubles trop.

— Une sirène ?

— Les sirènes étaient des figures de la mythologie. Elles se servaient de leurs voix enchanteresses pour attirer les marins et pour les naufrager ensuite. Aucun homme ne pouvait leur résister.

Fanny leva les yeux vers lui, le cœur battant. Était-elle la sirène qui devait le conduire à sa perte ?

— Non, Fanny, dit-il, comme s'il avait deviné ses pensées. Un marin, Ulysse, trouva le moyen de survivre à leur appel. Et j'ai bien l'intention d'en faire de même.

Cependant, Fanny était à moitié rassurée. Ian était trop confiant en lui. Il ne savait pas, comme elle, ce dont Robert pouvait être capable pour parvenir à ses fins. Elle devait absolument le mettre en garde. Mais la perspective de le perdre lui paraissait intolérable. Hélas ! elle n'avait pas le choix.

Elle se dressa sur la pointe des pieds pour approcher ses lèvres des siennes. Son intention était de lui donner un simple baiser d'adieu. Mais Ian en profita pour s'emparer de ses lèvres et elle répondit à son baiser passionné avec une ardeur égale à la sienne. Elle voulait, au moins une dernière fois, goûter à sa bouche pour en graver à jamais le souvenir dans sa mémoire.

Mais Ian ne s'arrêta pas là. Sa langue, à présent, courait le long de son cou, incendiant sa peau au passage. Et Fanny, les larmes aux yeux, connut l'agonie du désir. Plus rien, pour l'instant, ne comptait que leurs deux corps qui s'appelaient fiévreusement. Ni le passé ni le futur n'avaient d'importance en regard de ces caresses brûlantes qu'ils échangeaient. Ou plutôt, si : l'angoisse que Fanny ressentait pour Ian la rendait d'autant plus avide de jouir de son corps.

Ils se déshabillèrent mutuellement, avec fièvre, sans se soucier de leurs vêtements qui s'entassaient sur le sol. Puis, Ian porta Fanny jusqu'à un petit carré d'herbe grasse, au pied d'un chêne séculaire, et l'y déposa tendrement, comme s'il transportait un trésor. Le désir donnait à Fanny une force que rien ne pouvait arrêter. Elle tendit les bras pour attirer Ian à elle.

Il hésita, cependant, comme s'il ne voulait pas lui céder déjà.

— Tu es si belle, murmura-t-il, la voix empreinte d'émotion. Dieu, je… je…

Fanny le serra contre elle, pour que leurs deux corps ne fassent plus qu'un. Des frissons délicieux la traversèrent lorsqu'elle sentit son membre tendu tout contre ses cuisses.

La jeune femme avait l'impression que le temps s'était suspendu et que la Terre s'était arrêtée de tourner. Son monde se limitait à Ian et, pour l'instant, plus rien d'autre n'existait ni ne comptait. Répondant à son plus intime désir, Ian la pénétra enfin, lentement d'abord, mais avec une infinie sensualité. Comme s'il voulait la posséder totalement, corps et âme. La jeune femme répondit à son attente : ses hanches se mouvaient au même rythme que celles de son amant pour mieux fondre son corps avec le sien.

Ian allait et venait avec une lenteur délibérée, pour laisser leur excitation monter graduellement. Jusqu'à ce que l'appel du désir échappe à tout contrôle. Alors, ses poussées se firent plus sauvages et Fanny crut qu'elle allait se noyer dans un tourbillon de plaisir. Puis, ce fut l'explosion finale, violente et glorieuse, qui lui embrasa le corps avec la fulgurance d'un éclair.

Dans les secondes qui suivirent, la jeune femme entendit à peine les mots doux qu'il lui chuchotait à l'oreille.

Puis, elle comprit soudain qu'elle venait de commettre une terrible erreur. Et que Ian en paierait le prix. Après ce qui venait de se passer, son cœur serait encore un peu plus tiraillé entre le devoir, l'amour et l'honneur.

Et elle devait toujours lui annoncer qu'il lui fallait partir.

Mais pas tout de suite. Elle voulait le garder encore un peu, rien que pour elle, pour mieux graver ces instants de plénitude dans sa mémoire.

Ian roula finalement sur le côté, mais il lui prit la main et la porta à ses lèvres.

Fanny était bouleversée par sa tendresse. Elle aurait voulu lui donner tellement plus. Lui avouer qu'elle l'aimait. Mais c'était impossible. Car alors, il se sentirait obligé de rester, mais n'en éprouverait qu'un peu plus de remords de ne pas avoir tout tenté pour retrouver sa sœur. Et s'il restait, Robert chercherait à le tuer.

La jeune femme réfléchit à la meilleure façon de lui présenter la chose, avant de décider qu'il était préférable d'aller droit au but. Elle prit une profonde inspiration et se lança :

— Ian, il te faut quitter le Maryland. Le plus vite possible.

Il la regarda comme si elle avait perdu la raison.

— Tes papiers ont disparu.

Il se redressa sur un coude, ne semblant pas comprendre.

— Je les avais cachés sous mon matelas, expliqua Fanny. Hier soir, après cette histoire d'incendie et la visite de Robert, j'étais un peu inquiète. J'ai voulu m'assurer que les papiers étaient toujours à leur place et c'est là que j'ai constaté leur disparition.

Il ne disait rien, mais la contemplait toujours fixement.

— J'ai cherché partout, continua Fanny. Sans succès. On me les a volés. Et je ne vois qu'une personne que tes papiers pourraient intéresser. Robert, évidemment. Après votre bagarre, il n'aura de cesse qu'il n'ait sa vengeance.

Ian avait froncé les sourcils et, même s'il restait toujours silencieux, Fanny le connaissait assez, à présent, pour deviner qu'il refuserait de s'enfuir à cause de Robert.

— Comprends bien la situation, insista-t-elle. Si Robert possède tes papiers, il peut les détruire et faire établir à la place de faux documents prouvant que John t'a confié à lui. Puisque je lui ai refusé de te vendre, il cherchera à t'avoir par tous les moyens. Et il te tuera.

— Quelque puissant qu'il soit, je ne vois pas un tribunal qui pourrait l'acquitter après un meurtre.

— Le meurtre d'un homme libre, non. Mais le décès accidentel d'un esclave fouetté pour désobéissance ? Le shérif ne l'inculperait même pas.

Ian méditait ses paroles en silence.

— Sans ces papiers, poursuivit Fanny, ni toi ni moi ne pouvons prouver que tu avais racheté ta liberté. Le shérif étant clairement du côté de Robert, il souscrira à tous les mensonges que celui-ci lui servira.

— Le révérend Winfrey pourrait intervenir en notre faveur. Après tout, il a signé…

Ian ne termina pas sa phrase et Fanny lut dans ses yeux qu'il avait eu la même idée qu'elle.

— Il n'oserait quand même pas s'en prendre à un homme d'Église !

— Robert est capable de tout, assura Fanny. Plusieurs fermiers qui avaient refusé de lui vendre leurs terres ont disparu dans de mystérieux accidents.

Ian serra les dents.

— Dans ce cas, nous devons alerter le révérend Winfrey.

— Je m'en chargerai. Et toi, tu vas partir.

— Crois-tu que je te laisserais à la merci d'une brute dont nous venons de dire qu'il n'hésiterait pas à tuer un révérend ?

— Je peux m'occuper de moi et de ma famille. J'en ai l'habitude depuis longtemps. Je te libère de ta promesse, Ian.

— Comme s'il s'agissait seulement de cette promesse ! répliqua Ian, s'emportant. As-tu oublié les vœux que nous avons prononcés devant le révérend ?

— Mais ils étaient…

— Mensongers, c'est ça ? C'est ce que je me suis dit, au début. Et j'avais fini par m'en persuader. Jusqu'à ce que nous fassions l'amour ensemble. Fanny, peux-tu vraiment penser que je t'abandonnerais – et peut-être notre futur bébé – aux griffes de Robert ?

— C'est si tu restes, que j'ai toutes les chances de tomber dans ses griffes.

Il la regarda, incrédule.

— Je ne comprends pas, Fanny.

— Si tu disparais, Robert ne pourra pas te supprimer. Il ne pourra pas me toucher car je serai toujours ton épouse. Et il n'aura pas non plus la ferme, puisque les biens d'une femme reviennent toujours à son mari. Pars chercher ta sœur et reviens dans un an, si tu le souhaites. Entre-temps, si Robert essaie de produire de faux papiers, je m'arrangerai pour démontrer sa supercherie.

Fanny avait le cœur brisé. Elle savait pertinemment que Ian risquait tout autant la mort en retournant en Écosse. Mais elle restait convaincue que Robert représentait pour l'instant un danger autrement plus imminent.

Pendant un long moment, Ian donna l'impression d'être indécis. Puis, finalement, il prit la main de Fanny dans la sienne.

— Katy est seule et vous êtes quatre, dit-il. Elle est ma sœur, mais tu es ma femme par la loi. Tes enfants sont désormais les miens et ta sœur est aussi ma sœur. Je refuse de vous abandonner à lui.

Par la loi. Mais pas par le cœur. Il agissait, comme d'habitude, parce qu'il considérait qu'il en allait de son honneur. L'amour n'entrait pas, à ses yeux, en ligne de compte.

Fanny n'aurait pas été plus mortifiée si elle avait reçu un poignard en plein cœur. Cependant, elle s'efforça de n'en rien laisser paraître.

— Ian, je t'assure que Robert réussira à convaincre les tribunaux que tu lui appartiens. Et il te tuera. Tu as entendu, comme moi, Tim Junior dire qu'il avait récemment battu un esclave à mort. Et ce n'était pas la première fois. Comment pourras-tu me protéger si tu tombes dans ses mains ? Tu dois partir, Ian. J'arriverai à me débrouiller avec Robert. En revanche, je ne pourrai pas supporter de te voir tuer uniquement à cause de ta stupide fierté.

— Écoute, Fanny. Au cours de l'année écoulée, j'ai réchappé à une blessure à l'épée, évité de justesse la pendaison, croupi pendant des semaines dans des cachots infestés de rats, puis dans la cale d'un navire. Et je suis toujours là. Si les Anglais n'ont pas réussi à avoir ma peau, je vois mal comment ce petit prétentieux de Robert Marsh pourrait y parvenir.

Fanny était sidérée par son attitude. Elle lui offrait de repartir tout de suite dans son pays, pour se lancer à la recherche de sa sœur adorée, et il refusait.

— Que fais-tu de Katy ? voulut-elle insister. Elle a sans doute besoin de toi. Imagine qu'elle meure parce que tu ne seras pas venu à temps pour la sauver ? Robert continuera de lorgner sur mes terres, mais il ne touchera pas à un seul de mes cheveux. Il tient trop à sa position sociale pour s'y risquer. Mais, si tu meurs, qui s'occupera de Katy ? Elle n'est encore qu'une enfant. Et elle est seule.

Ian avait baissé les yeux, mais Fanny avait conscience du dilemme – une loyauté plutôt qu'une autre – qui le mettait au supplice.

— Pendant que tu chercheras ta sœur, les Wallace viendront m'aider, poursuivit Fanny, désireuse de pousser son avantage. Et si jamais la situation se dégradait, je pourrais toujours aller me réfugier chez les Cherokees avec toute ma famille. Je sais qu'ils nous accueilleront à bras ouverts. Pour tout dire, j'aimerais bien les revoir, depuis le temps. Ce sont de braves gens. Je suis sûre que tu les aimerais.

Ian ne disait toujours rien.

Fanny lui prit la main.

— Je t'en prie, Ian. Fais-le pour moi, pour Noël. Pars.

Il leva enfin les yeux sur elle.

— J'ai pris plaisir à le tabasser, Fanny. Plus personne ne me touchera avec un fouet sans perdre la vie.

Il avait dit cela d'une voix glacée qui fit frissonner la jeune femme. Mais, l'instant d'après, il tendit la main, pour lui caresser tendrement la joue.

— Tu ne sauras jamais tout ce que je te dois, Fanny. Tu m'as redonné foi et espoir à un moment où je croyais avoir tout perdu, même l'avenir.

Était-ce un adieu ? Fanny l'espérait de tout son cœur, même si elle redoutait déjà l'absence de Ian. Sa sécurité passait avant tout.

— Donc, tu pars ?

— Je ne partirai pas tant que je n'aurai pas l'assurance que le révérend Winfrey est sain et sauf et que notre mariage a été enregistré.

Fanny cacha sa déception du mieux qu'elle put.

— J'irai demain à Chestertown rendre visite à l'épouse du révérend, annonça-t-elle. Comme cela, nous saurons où il se trouve en ce moment. Je parlerai aussi à Douglas Turner. John lui faisait confiance. Du moins suffisamment pour lui avoir donné son testament, ainsi que tes papiers.

— Il devait donc avoir de bonnes raisons de penser que ce Turner ne le trahirait pas – et toi non plus, conclut Ian. Mais je t'accompagnerai.

La jeune femme secoua la tête.

— Je ne veux pas laisser Clarisse et les enfants seuls à la ferme. Pas après l'incendie. Et si nous les emmenons avec nous, il ne restera plus personne pour veiller sur les chevaux et les bâtiments. Robert va sans doute commencer par soigner ses blessures, avant d'attaquer à nouveau. Ce qui nous laisse quelques jours de répit. D'ici là, je serai rentrée de Chestertown et tu seras en route pour l'Écosse.

Fanny avait voulu paraître confiante et déterminée, mais, en son for intérieur, l'angoisse dominait. Elle avait peur pour Ian. Et elle avait peur aussi de sa propre solitude, quand il serait parti.

— Je vais réfléchir à ton plan, dit-il avec un sourire qui inquiéta Fanny sur ses véritables intentions.

Elle chercha de nouveaux arguments pour le convaincre, mais Ian s'était déjà relevé et lui tendait la main.

— Rentrons, avant que je ne fasse encore quelque chose que je pourrais regretter.

Fanny eut un pincement au cœur. Regrettait-il qu'ils aient fait l'amour parce qu'il partait ? Ou parce que cela l'avait un peu plus attaché à elle ? L'une et l'autre raison la torturaient autant.

Ian l'aida à remonter en selle, puis ils reprirent le

chemin du retour. À cause de l'étroitesse du sentier, ils chevauchaient l'un derrière l'autre. Fanny suivait Ian, le cœur plus tourmenté que jamais.

19

Robert s'examina dans la glace. Ses lèvres étaient gonflées, son œil gauche à moitié fermé et tout son visage était couvert de marques violacées terriblement douloureuses. Mais cela n'était que superficiel.

Ses autres blessures, invisibles, étaient sans doute bien pires. Sa mâchoire le faisait souffrir, mais heureusement, elle lui paraissait intacte. En revanche, il était à peu près certain d'avoir une ou deux côtes fêlées et chaque inspiration lui était un supplice. Ses bras et ses jambes n'avaient pas davantage été épargnés.

Il se versa un verre de whisky, qu'il but à petites gorgées – l'alcool lui brûlait les lèvres et l'intérieur de la bouche – en arpentant de long en large sa bibliothèque. Malgré ses souffrances, il était trop furieux pour s'asseoir dans un fauteuil.

L'Écossais paierait. Et cher. Que ce bâtard ait osé l'attaquer devant Fanny décuplait sa rage. Celle qui devait devenir sa femme l'avait vu mordre la poussière. Robert n'avait jamais connu pareille humiliation de sa vie.

On frappa soudain à sa porte.

— Entrez !

Trois domestiques firent leur apparition : Hannah, sa gouvernante ; Darlène, une soubrette – qui lui servait de maîtresse à l'occasion – et Silas, son valet. Hannah portait une boîte à pharmacie, Silas deux seaux d'eau chaude et Darlène des kilomètres de bandages.

— Vous avez été bien longs, se plaignit Robert, avant d'avaler une nouvelle gorgée de whisky.

— Il fallait faire chauffer l'eau, maître, expliqua Silas.

Robert le fusilla du regard.

— Tu oses me répondre ?

— Non, maître. Pardon, maître.

— J'aime mieux cela. Parce que je ne suis pas d'humeur à supporter tes insolences.

En d'autres circonstances, Robert n'aurait pas hésité à gifler le domestique. Mais là, ses blessures le faisaient trop souffrir.

— Aide-moi donc à me débarrasser de mes vêtements, dit-il.

Silas posa les deux seaux et se précipita pour dénouer la cravate de son maître et lui enlever sa chemise. À mesure que l'esclave réalisait l'importance des blessures, Robert voyait bien qu'il se demandait qui avait pu infliger cela à son maître. Mais Robert n'avait évidemment aucune intention de lui dire la vérité. Ni à personne d'autre, du reste.

— Mon cheval est tombé, expliqua-t-il pour couper court à toute spéculation.

Robert savait trop à quelle vitesse les domestiques colportaient les ragots de plantation en plantation. Il ne tenait pas à ce que ses voisins apprennent qu'il s'était fait rosser par l'Écossais.

Le seul fait de repenser à ce gredin suffit à raviver sa colère. Bon sang ! Robert avait dépêché un de ses hommes de confiance pour fouiller la maison de Fanny à la recherche de tous documents importants – et notamment le testament de John. L'homme n'avait pas trouvé le testament, mais lui avait rapporté, à la place, le contrat de servitude de l'Écossais. Robert avait été ulcéré de constater que cette crapule avait réussi à manipuler Fanny pour lui racheter sa liberté. Toutefois, cela n'avait pas de réelle importance. Dans le faux testament qu'il avait l'intention de produire,

Robert comptait stipuler que John lui avait légué la propriété de l'Écossais en même temps que celle de ses terres. Du coup, Fanny n'aurait plus aucun droit à disposer de sa personne.

Cette fois, Robert était déterminé à s'en remettre aux services d'un faussaire. Il avait patiemment attendu que Fanny entende enfin raison et il serait peut-être parvenu à ses fins si l'Écossais ne s'était pas dressé en travers de son chemin. À présent, la patience de Robert était à bout.

Dès demain, il enverrait un de ses hommes – sans doute celui qui avait fouillé la maison de Fanny et incendié ses champs – à Baltimore, chez Edward Hays. Robert avait déjà utilisé ses services pour modifier des plans cadastraux. Hays travaillait vite. Et c'était un faussaire de talent.

Dans trois jours au plus tard, Robert disposerait du faux testament, qu'il pourrait confier au juge d'instance – un de ses nombreux obligés, qu'il payait assez cher pour s'attirer sa bienveillance. Et le tour serait joué. Pour satisfaire la curiosité publique, Robert déclarerait qu'il avait souhaité donner du temps à sa belle-sœur, dans l'espoir qu'elle se rangerait à ses raisons, plutôt que de lui infliger une décision de justice, toujours désagréable à subir. Du même coup, il s'arrogerait le beau rôle.

Il restait un problème, cependant. John n'était mort que deux jours après avoir acheté l'Écossais. Personne ne croirait qu'il ait songé à changer son testament en si peu de temps. Mais Robert comptait surmonter la difficulté en misant sur la réputation de son frère, qui était un homme prudent. Il expliquerait que John, en mari avisé, sentant sa fin prochaine, avait eu l'idée de léguer tous ses biens à son frère – y compris le domestique qu'il comptait acheter pour l'aider –, à charge pour Robert de subvenir aux besoins de sa famille. Et cela, tout le monde serait disposé à le croire.

Il y avait bien encore une autre difficulté – la signature du révérend Winfrey, qui confirmait l'annulation du contrat de servitude de l'Écossais –, mais Robert entendait la balayer facilement. Winfrey n'était qu'un gêneur qui n'avait pas sa place dans le comté. La nouvelle religion qu'il prêchait encourageait les gens à défier l'ordre et la décence. La région ne se porterait que mieux sans sa présence…

Mais, dans l'immédiat, Robert devait endurer la gaucherie de ses domestiques occupés à soigner ses blessures. Hannah, en particulier, le faisait atrocement souffrir, à lui comprimer les côtes avec des bandages. Au bout d'un moment, il finit par exploser :

— Arrête ça, ou je te fais fouetter !

— Maître, vos côtes sont fêlées. Je suis obligée de serrer très fort pour les maintenir.

Robert s'abstint de répondre. Il aurait pu appeler un médecin, mais un médecin aurait tout de suite compris qu'il avait reçu une rossée. Et il aurait été le raconter à tout le monde. Non, mieux valait s'en remettre à Hannah. Elle soignait les esclaves et les domestiques de la plantation. Après tout, elle devait bien savoir ce qu'elle faisait.

Robert endura donc la douleur sans broncher, s'aidant de son whisky, qu'il buvait toujours à petites gorgées. Mais sa patience fut de courte durée. Sentant un nouvel élancement dans sa poitrine, il gifla Hannah à toute volée, l'envoyant à terre.

— Tu l'as fait exprès ! l'accusa-t-il. Tu n'avais pas besoin de serrer si fort. Sors d'ici, avant que je ne te fouette jusqu'au sang !

Hannah se releva et s'éclipsa sans demander son reste, tandis que les deux autres domestiques, pétrifiés, n'osaient plus faire un geste. Robert se délecta de leur peur, qui rendait ses souffrances un peu plus supportables.

— Va me chercher une autre bouteille de whisky ! ordonna-t-il à Silas.

La petite Darlène, restée seule, tremblait comme une feuille. En d'autres circonstances, Robert en aurait profité pour la posséder. La terreur qu'il lui inspirait ajoutait du piment à leurs relations. Mais il avait trop mal pour se livrer à des acrobaties aujourd'hui.

— Fiche-moi le camp !

Darlène s'enfuit vers la porte sans mot dire.

Après son départ, Robert songea qu'il commençait à se fatiguer d'elle. Il était temps de la revendre et de racheter une nouvelle maîtresse. Mais peut-être attendrait-il d'avoir épousé Fanny et qu'elle porte son héritier.

Il n'aimait pas Fanny. Cependant elle avait du charme et surtout elle n'était pas stérile, comme sa première épouse.

Bien sûr, avant de lui passer la bague au doigt, Robert devrait d'abord surmonter ses réticences. C'était une raison de plus pour ne pas différer davantage la réalisation de son plan. De toute évidence, Fanny s'inquiétait beaucoup de ce qui pourrait arriver à l'Écossais. Aussi, une fois qu'il serait ici, sur la plantation, Robert pensait pouvoir plus facilement convaincre Fanny de l'épouser et de venir vivre sous son toit.

Et, après le mariage, il tuerait ce maudit bâtard.

La corneille se profila sur le soleil couchant, puis, repliant ses ailes contre ses flancs, elle vint se poser délicatement sur l'épaule de Ian. Accroupi devant un sillon, il mettait en terre de jeunes plants de tabac, l'esprit encore occupé par son escapade dans les bois avec Fanny.

Ce qu'il vivait avec la jeune femme dépassait tous ses rêves les plus fous. Jamais il n'avait éprouvé autant de plaisir à faire l'amour et, pour rien au monde, il n'aurait voulu la quitter – ni la laisser partir.

Cependant, Fanny avait raison. Katy n'était encore qu'une enfant. Sans doute souffrait-elle de solitude, de faim, ou pire encore... Le devoir de Ian était de voler à son secours. Mais pouvait-il abandonner Fanny à son sort ? Saurait-elle, comme elle le prétendait, se protéger des manigances de Robert ?

Pour Ian, le dilemme était de taille. Mais il n'avait guère eu le temps d'y penser, depuis tout à l'heure. En rentrant à la ferme, ils avaient trouvé Tim Junior qui les attendait avec une provision de jeunes plants de tabac offerts par son père. Ian avait passé le reste de la journée à les mettre en terre, aidé de Tim et de Clarissé. Avec un peu de chance – et, surtout, de pluie et de soleil –, ces plants tardifs donneraient une petite récolte. Elle ne remplacerait pas ce qui avait été perdu, bien sûr, mais cela serait tout de même mieux que rien.

La corneille, toujours perchée sur l'épaule de Ian, croassa soudain.

— Nom d'une pipe ! s'exclama-t-il, ahuri.

Clarisse, qui avait observé la scène en riant, depuis le sillon d'à côté, lui fit comprendre, par gestes, que Maladroite voulait signifier que le dîner était prêt.

— C'est bon, c'est bon, dit-il à l'oiseau. Inutile de t'impatienter. On y va.

Mais la corneille attendit que la petite troupe ait repris le chemin de la ferme avant de quitter son épaule pour voler au-devant d'eux.

Lorsqu'ils arrivèrent à la maison, Fanny donna un morceau de pain à l'oiseau, en guise de récompense.

— Je crois que Maladroite vous a adopté, dit-elle. Elle avait l'air contente de partir vous chercher.

— Je préférerais qu'elle adopte quelqu'un d'autre – votre beau-frère, par exemple. J'ai bien cru qu'elle allait me rendre sourd.

— Robert la passerait à la broche.

— C'est une excellente idée. Je regrette de ne pas l'avoir eue moi-même.

La corneille battit des ailes en lui lançant un drôle de regard, comme si elle avait compris, et Fanny éclata de rire.

— Bon, trêve de plaisanteries, le dîner est prêt.

— Le temps de me laver et j'arrive.

Tandis que la jeune femme rentrait à l'intérieur de la ferme, Ian se dirigea vers la pompe pour se débarbouiller. Le contact de l'eau glacée sur sa peau le revigora si bien qu'il en oublia sa fatigue de la journée et les quelques bleus reçus pendant sa bagarre avec Robert. En fait, Ian ne s'était jamais senti aussi bien que maintenant.

À Brinaire, et ensuite à Édimbourg, à part un peu d'équitation, il ne s'était jamais livré à aucun exercice physique. Aussi ne savait-il pas qu'il possédait une âme de fermier, qu'il aimerait sentir le contact de ses mains avec la terre et qu'il prendrait plaisir à voir des plantes pousser.

Maudit soit Robert Marsh !

Après s'être lavé, Ian alla dans l'écurie pour se changer. Puis, s'emparant d'un peigne – qui avait autrefois appartenu à John Marsh –, il voulut se recoiffer devant la petite glace – elle aussi héritée du même propriétaire – accrochée à côté de son lit. Mais l'image que lui renvoya le miroir le surprit tellement, qu'il suspendit son geste pour s'observer plus en détail.

Son visage avait bronzé, mais surtout ses traits s'étaient durcis et de petites rides étaient apparues au coin de ses yeux. Il ne reconnaissait plus l'étudiant écossais au teint pâle qui seulement deux ans plus tôt vivait plongé dans ses livres.

Ce jeune homme-là n'existait plus. Pas plus que le château où il avait grandi. Et l'Écosse se trouvait maintenant bien loin, de l'autre côté de l'océan.

Dans un mouvement de rage, Ian balaya d'un revers de la main tous les objets se trouvant sur la caisse qui lui faisait office de table de nuit. Le chan-

delier, le rasoir, deux livres et une cuvette en porcelaine atterrirent par terre. En tombant, la cuvette se
brisa en mille morceaux et Ian les contempla, hébété,
tremblant de violence et de colère contenues.

— Je... je vais vous aider à tout ramasser, dit une
petite voix dans son dos.

Ian se retourna et vit Noël, debout devant la porte
de l'écurie. Le garçonnet dansait d'un pied sur l'autre
et balançait sans doute entre la tentation de rester ou
de s'enfuir.

— Une fois, j'ai eu envie de faire pareil, ajouta-t-il.

Ian restait parfaitement immobile pour essayer de
retrouver son sang-froid. Au bout d'un moment, il
demanda :

— Quand cela ?

— Le jour où papa est mort, avoua l'enfant. C'était
trop injuste.

— Mais tu t'es retenu et tu n'as rien cassé, n'est-ce
pas ?

— Non, j'ai eu peur. Maman était si...

Ian s'approcha de lui et se baissa pour se mettre à
sa hauteur.

— Ta maman... ?

— Elle était si triste, termina Noël d'une voix brisée.

— Parfois, cela soulage de tout casser, tu sais.

— C'est vrai ?

— Oui. Mais seulement quand les circonstances le
méritent.

Noël contempla les débris de porcelaine avant de
reporter son regard sur Ian.

— Je pensais à l'Écosse, lui expliqua celui-ci. Et à
ma petite sœur.

Noël opina gravement du chef.

— Maman m'a dit que vous ne saviez pas ce qu'elle
était devenue.

— C'est la vérité. Mes frères et moi l'avons laissée à
la maison quand nous sommes partis nous battre. Mais

nous avons perdu la guerre et notre maison nous a été retirée. Depuis, j'ignore ce qui est arrivé à Katy.

— Quel âge a-t-elle ?

— À peu près ton âge.

— Et vous voulez nous quitter pour aller la chercher, c'est ça, hein ?

— Ah, mon garçon... soupira Ian en posant la main sur l'épaule de Noël. Je ne veux pas vous quitter. Mais ma petite sœur est seule. Nos parents sont morts depuis longtemps et mes frères ont péri à la guerre. Katy n'a plus que moi. Voilà pourquoi je dois la retrouver. Tu comprends ?

Noël hocha la tête, résigné.

— Mais je ne partirai pas tant que je n'aurai pas l'assurance que vous êtes tous en sécurité, ajouta Ian.

— Vous reviendrez ? voulut savoir Noël.

Ian ne voulait pas lui mentir. Mais il ne tenait pas non plus à lui enlever tout espoir. Aussi choisit-il un compromis.

— J'essaierai, dit-il.

Noël resta un moment silencieux. Puis, il demanda :

— Avant de partir, vous pourriez m'apprendre à chasser ?

Ian ne put s'empêcher de sourire. D'abord, c'était apprendre à lire. Maintenant, à chasser. Avant longtemps, Noël trouverait une autre idée pour tenter de le retenir.

— Oui. Je te montrerai demain. Si nous avons terminé de planter le tabac des Wallace d'ici là.

— Je pourrai monter Fantôme Gris ?

— Ça, non. Il est trop impulsif. Ton père ne t'avait jamais emmené chasser ?

Le garçonnet secoua la tête.

— Il disait que j'étais trop jeune.

John Marsh avait raison. Cet enfant était trop petit pour apprendre à se servir d'une arme. Cependant, Ian jugeait que cela pourrait lui être utile après son départ.

Son départ... Plus cette perspective se rapprochait, et plus Ian sentait son cœur se serrer. Il avait difficilement survécu à la perte de sa première famille. Comment résisterait-il à cette nouvelle déchirure ?

— Nous partirons à la chasse demain matin, promit-il à Noël.

— Et ce soir, vous finirez *Robinson Crusoé* ?

— D'accord. Viens, maintenant. Nous avons du travail, si tu veux qu'on puisse faire tout ce que tu veux.

Noël lui tendit spontanément la main. Ian hésita un bref instant avant de s'en saisir.

Ils sortirent ensemble de l'écurie.

Ce soir-là, Robinson Crusoé rentra enfin chez lui et découvrit la fortune qui l'y attendait.

Amy s'était endormie sur les genoux de Ian, mais Noël se tenait bien droit sur sa chaise et écoutait attentivement la fin du récit. Clarisse et Tim Wallace – qui avait décidé de rester jusqu'au lendemain, pour terminer les plantations – essayaient de ne pas trop se manger du regard, mais Fanny aurait juré qu'ils ne prêtaient qu'une oreille distraite aux aventures de Robinson.

Elle-même ferma les yeux pour mieux s'imprégner de la voix chaude et passionnée de Ian. Quand il referma le livre, elle fut déçue que l'histoire soit déjà finie. Elle aurait voulu que le roman se prolonge indéfiniment, pour entendre Ian encore et encore.

La grande pièce avait sombré dans un silence qui menaçait de s'éterniser. Clarisse réagit la première. Elle se releva, prit Amy dans ses bras et partit la coucher. Noël, qui faisait des efforts désespérés pour ne pas fermer les paupières, tombait visiblement de sommeil, lui aussi. Du reste, il ne songea même pas à protester quand Ian le souleva de sa chaise pour aller le mettre à son tour au lit.

Tim dit au revoir et partit pour l'écurie, où il

passerait la nuit, sur un matelas installé à côté de celui de Ian.

Fanny resta à sa place et attendit le retour de Ian.

— Il s'est endormi à l'instant où sa tête a touché l'oreiller, dit-il.

— Il m'a annoncé que tu lui avais promis de l'emmener chasser.

— Oui. Il est temps qu'il apprenne à tirer.

Fanny hésita un moment avant de demander :

— Tu vas rester ?

— Jusqu'à ce que le tabac soit fini de planter.

— Je vous aiderai.

— Tu ferais mieux d'avertir le révérend Winfrey.

— Il ne reviendra pas à Chestertown avant plusieurs jours. Si je pars après-demain, nous pourrions en avoir terminé avec le tabac d'ici là. Robert passera sans doute le restant de la semaine au lit.

Du moins l'espérait-elle.

Encore deux jours à rester avec Ian. Deux jours à l'aimer et à redouter un peu plus son départ.

— Ne penses-tu pas que Noël est trop petit pour se servir d'une arme ?

— Il faut qu'il apprenne à se défendre, Fanny.

Fanny aurait voulu rétorquer que Noël avait bien le temps. Elle craignait aussi que son fils ne s'attache un peu plus à Ian, alors qu'il devait les quitter. Mais elle ne se sentait pas le cœur de lui refuser ce petit plaisir. Noël avait autant besoin qu'elle de Ian – même si c'était pour d'autres raisons.

Ian était allé remettre *Robinson Crusoé* à sa place, sur l'étagère. Fanny se leva pour le rejoindre. Sa main agrippa le manteau de la cheminée, pour ne pas avoir à le toucher, lui.

— Parle-moi de l'Écosse, lui dit-elle. J'aimerais savoir où tu vivais. À moins… à moins, bien sûr, que tu n'en aies pas envie.

Il la dévisagea un long moment sans rien dire, puis alla s'asseoir sur le bord de la table, face à elle.

— Je suis né au château de Brinaire.

— C'est un joli nom…

— C'était, surtout, un endroit merveilleux. Dans les Highlands, pas très loin de la mer et entouré de montagnes.

— C'était ?

— Les Anglais l'ont pris et l'ont détruit. Ils ont aussi radié le titre qui aurait dû appartenir à mes enfants. Je n'ai plus rien à t'offrir, ni à ma sœur, d'ailleurs.

Fanny fit un pas vers lui.

— Ne dis pas cela ! Tu as tellement à donner, au contraire !

Il hocha la tête avec un sourire ironique.

— Tu as peut-être raison, après tout. Je commence à devenir un fermier acceptable. Doublé d'un entraîneur de chevaux de course.

— Est-ce que… ce n'est pas trop difficile, après avoir été un lord ?

Il haussa les épaules.

— Le titre, en soi, m'importait peu. Je déplore seulement sa perte parce qu'il appartenait à notre famille depuis des siècles. Pour le reste, je ne me suis jamais imaginé en grand seigneur. J'ai toujours aimé les livres et mes années d'études à Édimbourg ont compté parmi les plus belles de ma vie.

Il regarda la jeune femme droit dans les yeux, avant d'ajouter :

— Fanny, tu sais pourquoi je dois partir. Ce n'est pas parce que l'Écosse me manque, même si je me languis de mon pays. J'ai retrouvé le bonheur ici, dans le Maryland, et l'Amérique me manquera dès que je l'aurai quittée. Mais il y a Katy…

Fanny redoutait de fondre en larmes d'un instant à l'autre.

— Fanny ?

La jeune femme comprit que son regard devait refléter son angoisse, car Ian la serra un moment contre lui, avant de la relâcher et de croiser les bras en soupirant.

— Cette situation me pèse autant qu'à toi, tu sais. Je te veux, mais mon avenir est trop incertain. Les Anglais n'hésiteront pas à me tuer, s'ils me retrouvent en Écosse.

Fanny ne cessait de se demander si elle avait fait le bon choix en le pressant de partir. Ne l'envoyait-elle pas plus sûrement à la mort qu'en le laissant à la merci de Robert ?

— Fanny ? insista-t-il, voyant qu'elle ne disait toujours rien.

— Et si nous partions ensemble dans le Sud, chez les Cherokees ? proposa-t-elle subitement, sans même y avoir réfléchi. Là-bas, nous pourrions vivre en sécurité.

— Et nous cacher, comme ton père ? John voulait cette terre pour toi et les enfants. Et, de toute façon, ça ne résoudrait pas le problème de Katy.

Fanny savait qu'elle en demandait trop. Plus, en tout cas, qu'il ne pourrait jamais lui donner. Elle voulait son cœur. Mais lui ne parlait que de terre. « L'Amérique me manquera », avait-il dit. L'Amérique. Pas elle.

— Tu ferais mieux d'y aller tout de suite, dans ce cas, dit-elle, ravalant les larmes qu'elle se refusait à laisser couler devant lui.

Fanny entendit le son de ses pas s'éloigner sur le plancher, puis la porte s'ouvrir et se refermer sur son passage. Elle s'approcha alors de la fenêtre et le vit marcher vers l'écurie, sans un regard en arrière.

Elle comprit qu'il pensait déjà à l'Écosse. Au moment où il foulerait à nouveau le sol de sa terre natale. Et Fanny ne pouvait pas lui en vouloir. Katy n'était qu'une enfant sans défense, comme Noël et Amy. Fanny aurait réagi exactement comme lui si un de ses enfants s'était trouvé dans la même situation que la fillette.

Et elle aurait haï quiconque aurait tenté de se dresser en travers de sa route. Or, elle ne voulait surtout pas que Ian en vienne à la détester si elle l'obligeait à rester ici.

La mort dans l'âme, la jeune femme finit par se rendre dans sa chambre. Mais elle savait qu'elle ne dormirait pas plus cette nuit que la précédente.

20

Ian s'occupait de la toilette des chevaux, quand il sentit la présence de Fanny dans son dos. Ce fut un parfum de fleur qui lui signala son arrivée. Ou peut-être, simplement, son instinct, comme s'il avait développé un sixième sens le prévenant chaque fois de l'arrivée de la jeune femme.

Deux jours avaient passé depuis la visite de Robert et ils n'avaient pratiquement pas échangé une parole pendant tout ce temps. Fanny se montrait distante à son égard et évitait soigneusement de se trouver seule avec lui. Ian en souffrait, même s'il savait qu'elle agissait sagement.

Sa visite de ce matin n'avait sans doute d'autre but que de lui annoncer son départ à Chestertown. Une perspective qui ne réjouissait qu'à moitié Ian, même si, là encore, Fanny avait raison. Il fallait prévenir le révérend Winfrey du danger qui le menaçait. Cependant, Ian était réticent à l'idée de laisser partir la jeune femme seule sur les routes.

Il se retourna.

Fanny portait une tenue d'équitation vieil or, qui s'harmonisait avec la couleur de ses yeux. C'était une toilette toute simple, mais elle mettait en valeur la grâce de sa silhouette. Et son petit chapeau assorti, noué sous le menton, lui donnait une allure irrésistible.

— Je n'avais pas ce genre de tenue en noir, dit-elle pour se justifier de ne pas être en deuil.

— Cette toilette est parfaite, répondit Ian, qui la trouvait réellement à son goût.

Il reporta son attention sur le jarret droit de la jument qu'il venait d'étriller – sans réelle nécessité, bien sûr. En fait, il avait surtout peur que Fanny ne lise dans ses yeux combien il la désirait. Il avait passé la nuit à rêver d'elle et, à présent, il brûlait d'envie de la prendre dans ses bras. Bon sang, elle était sa femme, après tout !

— Voudrais-tu la seller pour moi ? demanda-t-elle d'une voix tranquille.

Ian se retourna de nouveau.

— Ça ne me plaît pas que tu te rendes toute seule à Chestertown, dit-il, avant de regretter aussitôt son ton catégorique.

Fanny avait redressé le menton et son dos s'était raidi comme si on y avait planté une armature en fer.

— Dans ce cas, je la sellerai toute seule, déclara-t-elle.

— Je vais la seller, riposta Ian. Et Royauté aussi. Je pars avec toi.

— Non. Tu avais promis à Noël de lui apprendre à chasser. Il était déjà très déçu que tu n'aies pas trouvé le temps de le faire hier. Et les chevaux ont besoin d'entraînement.

Ian sentit son sang s'échauffer. C'était la première fois qu'elle le traitait en... domestique.

— Je vais demander à Tim de rester, proposa-t-il.

Fanny secoua la tête.

— Il a dit que son père aurait besoin de lui, aujourd'hui. En outre... J'ai peur que Robert ne mijote une autre catastrophe.

Ian pouvait difficilement la contrer sur ce terrain. Il savait ses craintes fondées.

— Je ne veux pas te voir partir seule, insista-t-il cependant.

— Ian, dit-elle d'une voix où perçait une légère exaspération, quand tu seras parti, il m'arrivera souvent de me rendre en ville toute seule. Autant que j'en prenne l'habitude tout de suite.

Que pouvait répondre Ian à cela ? Elle avait raison, bien sûr. À quoi bon s'entêter à la protéger maintenant, alors qu'il s'apprêtait à la quitter ? Cependant, c'était plus fort que lui. Il s'inquiétait pour elle.

— Je me débrouillerai sans problèmes, assura-t-elle. Et je serai rentrée à la tombée de la nuit.

— Prends au moins le buggy. Ce sera plus prudent que de chevaucher seule.

Fanny le regarda un moment en silence, avant de répondre calmement :

— Le buggy me ralentirait.

Ian s'avoua vaincu. Il réalisait soudain que, en dépit de leur mariage – qui n'était qu'un vulgaire arrangement –, il n'avait aucun droit de lui dire ce qu'elle devait faire. Il n'était pas réellement son époux – juste un forçat acheté par son premier mari.

— Comme tu voudras, lâcha-t-il, avant d'aller décrocher une selle.

Tandis qu'il préparait la jument, il essaya de se persuader que Fanny ne risquerait rien. Elle était bonne cavalière et la route de Chestertown était facile et fréquentée. Toutefois, il n'arrivait pas à se départir d'une certaine anxiété. Même si son beau-frère, à l'heure qu'il était, devait encore être occupé à panser ses blessures.

— Ian… dit-elle soudain, brisant le silence qui s'était instauré entre eux.

Il la regarda, avec l'espoir qu'elle avait changé d'avis.

— Quand tu emmèneras Noël à la chasse…

— Oui ?

— Il adore les animaux, mais il a surtout très envie d'aller avec toi. L'idée d'apprendre à tirer l'excite beaucoup. Mais la réalité…

Ian comprit ce qu'elle voulait dire. Il se rappelait ses débuts de chasseur, sa propre excitation à tirer à la carabine, puis sa tristesse, lorsqu'il avait vu son premier cerf s'écrouler à terre. Chasser était une nécessité. Un homme devait savoir se servir d'une carabine pour ramener du gibier à la maison et protéger ses biens des bêtes qui rôdaient alentour. Mais ce rite de passage n'était pas toujours facile à vivre.

— Je me contenterai de lui apprendre le maniement de l'arme, pour commencer. Nous ne viserons pas de cibles vivantes.

Fanny le remercia d'un sourire et Ian eut le sentiment d'avoir accompli quelque geste héroïque. Il dut faire appel à toute sa volonté pour ignorer la bouffée de chaleur qui lui avait soudain incendié les reins.

À contrecœur, il aida la jeune femme à monter en selle et la regarda prendre la route.

Un peu plus tard dans la matinée, Ian sella deux chevaux, Royauté et une jument nommée Tuck. Puis, il aida Noël à se jucher sur l'animal et ils partirent dans les bois.

Ian avait repéré une petite clairière tranquille, où ils mirent pied à terre. Une fois les chevaux attachés, Ian sortit de sa poche la feuille de papier qu'il avait emportée et la punaisa à un tronc d'arbre.

— Ton père t'avait-il au moins appris à charger un fusil ?

— Non. Mais je l'avais regardé faire.

— La première chose à retenir, c'est d'être très prudent.

Il tendit la carabine à l'enfant et lui montra comment la tenir. L'arme était presque aussi grande que le tireur et Ian s'amusa du spectacle, qui lui rappelait ses premières expériences de chasseur.

Au bout d'une demi-heure, Noël avait compris les différentes étapes qui précédaient le moment où le tireur pouvait enfin appuyer sur la détente. Et il avait lui-même introduit une cartouche dans la carabine.

— Bon, maintenant, es-tu sûr de vouloir tirer sur quelque chose ? lui demanda Ian.

Noël réfléchit longuement à sa question, avant de lever vers Ian un regard empreint de gravité.

— Je ne veux pas tirer, non. Mais je sais que, un jour, je ne pourrai pas y échapper et j'aimerais autant le faire proprement. Je ne tiens pas à voir un animal souffrir.

Ian fut impressionné par sa réponse, qui témoignait d'une maturité que bien des garçons, même plus âgés, n'atteignaient jamais. Pour le coup, Ian se sentit aussi fier que si Noël avait été son propre fils.

La leçon se poursuivit. Noël tira sa première cartouche et lâcha la carabine, surpris par le recul de l'arme, contre lequel Ian l'avait pourtant mis en garde. La balle s'était perdue dans la nature, mais le garçon ne se découragea pas et se lança aussitôt dans une nouvelle tentative.

À la cinquième cartouche, la balle alla enfin se ficher dans la feuille de papier que Ian avait punaisée au tronc d'arbre.

— Bravo, Noël ! Tu as de bons yeux, le félicita Ian. Arrêtons pour aujourd'hui, nous reviendrons dans quelques jours.

Noël hocha la tête et lui rendit l'arme.

— Merci, dit-il sobrement.

Ian lui ébouriffa gentiment les cheveux. Le garçon lui sourit et ils repartirent d'un même pas vers leurs chevaux.

Fanny n'avait pas l'intention de s'attarder en ville plus qu'il ne lui serait nécessaire. Elle passa d'abord au service de l'état civil, où elle apprit que le révérend Winfrey n'avait pas encore fait enregistrer son mariage avec Ian. Fanny se rendit alors au domicile du pasteur, mais cette visite ajouta un peu plus à sa déception. Mme Winfrey lui expliqua en effet qu'elle ignorait, pour l'instant, où se trouvait son mari. Elle l'attendait, en fait, pour le lendemain, mais elle crut bon de préciser que son mari prenait souvent du retard sur son programme.

Fanny se consola à l'idée que si elle n'arrivait pas à trouver le révérend, Robert n'y parviendrait pas davantage.

Aussitôt après avoir quitté Mme Winfrey, la jeune femme se rendit au bureau de Douglas Turner, qui l'accueillit cordialement.

— Madame Marsh ! Quel bonheur de vous voir en si bonne forme !

Il l'escorta jusqu'à un fauteuil et se rassit derrière son bureau, toujours souriant, avant d'ajouter :

— Que puis-je pour vous, aujourd'hui ?

— Ce papier que vous m'aviez remis l'autre fois… le contrat de servitude de M. Sutherland. Il a disparu.

Turner cessa de sourire.

— Cet Écossais vous cause-t-il des ennuis ?

— Non, absolument pas. Pour tout vous dire, je lui ai permis de racheter sa liberté et il a accepté de rester avec nous de son plein gré.

Cette fois, Turner fronça les sourcils.

— Était-ce bien sage, madame Marsh ?

— C'était ce que souhaitait John. Ian a commencé à nous apprendre à lire et à écrire. En plus de son travail dans les champs. Il s'est également révélé un excellent entraîneur pour les chevaux et…

Turner haussa un sourcil.

— Et… ?

— Je l'ai épousé.

Turner se leva de son fauteuil, agrippa son bureau des deux mains, comme s'il avait besoin d'un soutien, avant de se laisser retomber sur son siège.

— Vous l'avez *épousé* ?

Fanny hocha la tête.

— Je... nous... Ian et moi avons pensé que c'était le meilleur moyen d'empêcher Robert de nous nuire. Mon beau-frère convoite mes terres et serait prêt à tout pour les avoir. Il m'avait menacée de répandre des rumeurs impudiques sur mon compte si je ne lui revendais pas les papiers de Ian.

Turner se grattait le front d'un air pensif.

— Je vois... dit-il. Quand ce mariage a-t-il eu lieu ?

— Il y a environ quinze jours, répondit Fanny. Le révérend Winfrey a célébré notre union et deux voisins nous ont servi de témoins.

— Je vois, répéta Turner.

Fanny se rendait bien compte que son interlocuteur avait du mal à digérer la nouvelle. Son mariage précipité le choquait probablement moins que le fait que Ian ait été un ancien forçat. La veuve Morrow, qui vivait en aval de la rivière, s'était remariée une semaine après la mort de son mari. Les femmes étaient dépendantes des hommes, dans cette société. Quand elles n'avaient pas d'enfants en âge de les aider, elles n'avaient d'autre choix que de trouver rapidement un nouvel époux.

Fanny se révoltait contre ce principe, comme elle n'avait pas accepté, tout à l'heure, l'attitude protectrice de Ian à son égard. Depuis qu'elle avait eu quinze ans, John l'avait prise en charge. Puis, il était mort, la laissant dans une situation bien plus précaire qu'elle n'aurait pu l'imaginer. Même si Ian avait eu l'intention de rester avec elle, Fanny se serait battue pour conserver son autonomie. Elle ne voulait plus dépendre d'aucun homme, désormais.

— Pourquoi vous inquiétez-vous, alors ? demanda Turner, qui tentait de maîtriser la situation. Si votre, euh... nouveau mari est capable...

— Nos champs de tabac ont brûlé il y a trois jours.

Turner écarquilla les yeux de stupeur.

— Ce n'était pas un accident, précisa Fanny. L'incendie a pris en deux endroits différents. Et c'est après cela que j'ai découvert que les papiers de Ian avaient disparu.

— N'avez-vous pas envisagé que cet incendie ait pu être allumé… par votre mari ?

Fanny s'attendait à cette question.

— Pas un seul instant, répliqua-t-elle.

Turner ne sembla pas mettre sa parole en doute.

— Dans ce cas, qui aurait pu commettre ce forfait ?

— Robert.

Turner fronça de nouveau les sourcils.

— C'est une grave accusation, compte tenu de la personnalité de Robert Marsh.

Fanny se sentit blêmir. Si Robert avait également acheté Turner… Cependant, elle ne voulait pas renoncer déjà.

— John n'avait pas confiance en son frère. Il me l'a souvent dit. Et il s'inquiétait beaucoup à votre sujet.

— Voudriez-vous… pouvez-vous m'aider ?

Turner sembla longuement peser le pour et le contre. Fanny, du reste, savait qu'elle lui demandait beaucoup : prendre le parti d'un Écossais qu'il ne connaissait pas, ancien forçat de surcroît, contre un riche planteur honorablement considéré dans tout le comté. Turner pouvait y risquer sa carrière.

Finalement, l'avocat soupira lourdement.

— J'aimerais rencontrer ce M. Sutherland, dit-il.

— Je suis sûre qu'il en serait ravi, assura Fanny. Il voulait d'ailleurs m'accompagner aujourd'hui, mais nous ne pouvions pas laisser la ferme sans protection – pas après cet incendie. Pourriez-vous faire quelque chose tout de suite pour nous ?

Turner réfléchit un moment avant de hocher la tête.

— Je vais préparer un document dans lequel vous jurerez que votre mari vous a racheté sa liberté. D'autre part, je ne saurais trop vous conseiller d'obtenir rapidement une copie de votre… certificat de mariage, termina-t-il, sur un ton qui laissait entendre qu'il n'était toujours pas convaincu de la sagesse de cette union.

— Merci, répondit Fanny. Combien de temps vous faudra-t-il pour rédiger ce document?

— Je vais m'y mettre tout de suite.

Il ouvrit un tiroir de son bureau, en tira une feuille de papier, prit son porte-plume qu'il trempa dans son encrier et commença à écrire.

Fanny le regardait faire en s'obligeant à contenir son impatience. Quand il eut terminé, il secoua légèrement la feuille pour la sécher, puis la reposa sur le bureau.

— Je vais vous la lire, dit-il.

— Merci, mais je peux le faire toute seule, répondit fièrement la jeune femme.

Turner lui tendit le document sans rien ajouter. Mais à peine Fanny l'eut-elle mis sous ses yeux que sa belle assurance la quitta. Elle reconnaissait quelques mots, par-ci, par-là, mais la plupart lui restaient étrangers. Combien de temps lui faudrait-il encore pour être capable de lire n'importe quel texte dans son intégralité?

Turner sembla avoir deviné son embarras. Il abandonna son siège et vint se placer à côté d'elle pour lire le texte à haute et intelligible voix. Fanny suivait des yeux, enregistrant au passage tous les mots qu'elle connaissait déjà. Elle en savait finalement assez pour comprendre que Turner avait écrit ce qu'elle souhaitait.

Elle emprunta son porte-plume et signa le document à l'endroit indiqué par l'avocat.

— J'irai jeter un œil sur les registres de mariage, proposa-t-il aimablement, tandis qu'il retournait s'asseoir derrière son bureau. De votre côté, pensez à m'amener cet Écossais, que je fasse connaissance avec lui.

— Comptez sur moi, répondit Fanny. Et encore merci.

Elle avait craint, en arrivant, que la loyauté de Turner à l'égard de John ait pu être affectée par la crainte que lui inspirait sans doute Robert. Mais la jeune femme quitta le bureau de l'avocat parfaitement rassurée : Turner était un homme intègre, en qui elle avait toute confiance.

Fanny reprit donc le chemin du retour le cœur léger et ravie de son expédition. Elle était venue seule à Chestertown, avait mené ses affaires elle-même et Douglas Turner, un avocat réputé, l'avait prise au sérieux. En outre, elle savait disposer maintenant d'un allié de poids dans sa lutte contre Robert.

Fanny était impatiente de raconter tout cela à Ian. Elle avait déjà oublié ses résolutions de le tenir à distance pour lui faciliter son départ.

Ian avait lancé Sir Gray au grand galop et connut un moment de véritable euphorie à chevaucher ce pur-sang d'exception. L'animal courait vite. Diablement vite !

Satisfait de l'exercice, Ian tira sur les rênes pour obliger sa monture à ralentir progressivement l'allure, jusqu'à revenir au pas. Puis, il reprit le chemin de la maison, en espérant que Fanny serait déjà rentrée, même s'il savait qu'il était peu probable qu'elle revienne avant la tombée de la nuit.

Il n'avait cessé de s'inquiéter pour elle depuis qu'elle était partie et, plusieurs fois, il avait dû se retenir de se lancer à sa poursuite pour la rattraper. Seule la certitude qu'elle avait raison l'avait chaque fois arrêté. Puisqu'il allait la quitter, Fanny serait bien obligée de régler ses affaires toute seule. Mais Ian, jusqu'à ce jour, n'aurait jamais soupçonné à quel point la perspective de son retour en Écosse lui brisait le cœur. S'il n'avait pas été persuadé que Katy avait besoin de lui, il serait resté ici. Pas seulement à cause de Fanny, mais aussi des enfants et de Clarisse, qu'il chérissait maintenant comme s'ils étaient sa propre famille. Sans parler des chevaux, qu'il prenait grand plaisir à entraîner.

Arrivé devant l'écurie, Ian s'apprêtait à mettre pied à terre, lorsqu'il entendit, dans son dos, un bruit de cavalcade. Il se retourna et vit une demi-douzaine de cavaliers surgir au bout du chemin.

À mesure qu'ils se rapprochaient, Ian distinguait mieux leurs visages. Il reconnut sans peine Robert Marsh, ainsi que le shérif Vaughn. Les autres hommes lui étaient inconnus.

Ian ressentait une vague appréhension. Cependant, il ne songea pas une seconde à fuir, même s'il savait que Sir Gray, malgré la fatigue de sa course de tout à l'heure, aurait pu aisément semer toute la troupe. Ian ne voulait pas fuir devant Robert Marsh.

Pas plus qu'il ne voulait abandonner sa famille… oui, *sa famille*, seule face aux manigances de ce gredin dépourvu de morale.

Les cavaliers stoppèrent à quelques mètres de lui et Ian vit le shérif faire un signe à l'un de ses hommes. Aussitôt, celui-ci dégaina son colt et le pointa sur Ian.

Ian se crispa, mais s'obligea à rester calme.

— Que voulez-vous ? demanda-t-il au shérif d'une voix neutre.

Robert se chargea de répondre.

— Vous, dit-il.

— Vous n'avez aucune autorité ici, Marsh.

— Monsieur Marsh ! glapit l'autre.

Du coin de l'œil, Ian vit Clarisse et Noël sortir sous le porche et… bon sang ! le gamin tenait la carabine de son père à la main. Ian lui fit signe, discrètement, d'abaisser l'arme.

Mais Noël ne vit pas son geste, ou décida de l'ignorer. Il épaula la carabine.

Mon Dieu, non…

L'un des cavaliers cria quelque chose, puis dégaina et tira avant que Ian ait eu le temps de faire quoi que ce soit. Il vit avec horreur Noël lâcher la carabine et tomber à genoux, sa chemise déjà tachée de sang.

— Espèce d'ordure ! cria-t-il au cavalier, avant de glisser de selle pour se ruer au secours de l'enfant.

Dans son aveuglement, il ne vit pas Lucky s'attaquer au tireur ni un autre cavalier assener au chien un coup de crosse qui l'assomma sur-le-champ. En revanche, il entendit le shérif crier :

— Emparez-vous de lui !

L'instant d'après, une détonation retentit. Ian sentit une douleur fulgurante lui vriller le dos. Il trébucha, tenta de poursuivre sa course, mais le monde, autour de lui, s'obscurcissait déjà. Il perdit connaissance.

21

Fanny devinait que sa monture était aussi exténuée qu'elle. À mesure qu'elle avançait, la jeune femme avait peu à peu perdu de son euphorie du départ. Cependant, quand la silhouette de la ferme se profila enfin à l'horizon dans la lumière du crépuscule, Fanny retrouva soudain toute son énergie. La perspective de revoir Ian lui fit oublier d'un coup toute la fatigue de ce voyage épuisant.

Elle avait beau essayer de se raisonner et de se répéter que Ian allait bientôt partir, c'était plus fort qu'elle : elle l'aimait tellement qu'elle voulait savourer chaque minute qu'ils passeraient encore ensemble. Et elle voulait connaître encore au moins une fois l'ivresse du plaisir dans ses bras. Même la perspective de tomber enceinte ne lui faisait pas peur. Au moins, avec un bébé, elle serait assurée de garder avec elle une petite partie de Ian.

Mais l'excitation de la jeune femme tourna à l'étonnement, puis à l'inquiétude, lorsqu'elle aperçut Clarisse sous le porche, qui agitait une lanterne dans une main et lui faisait de grands signes désespérés de l'autre.

Le cœur battant soudain la chamade, Fanny pressa sa jument d'accélérer l'allure pour couvrir la distance qui la séparait encore de la maison. Arrivée devant le porche, elle mit prestement pied à terre pour rejoindre sa sœur. Clarisse avait les yeux rouges, comme si elle avait beaucoup pleuré.

— Que s'est-il passé? demanda Fanny, à présent folle d'anxiété.

Clarisse remua les lèvres, mais aucun son ne sortit de sa bouche.

Fanny s'obligea à rester calme, sachant qu'elle n'arriverait à rien si elle paniquait sa sœur.

— Bon, Clarisse, pose ta lanterne pour libérer tes mains et montre-moi ce qui est arrivé.

La jeune fille esquissa quelques gestes, parfaitement incohérents. Dans le même temps, elle continuait de remuer les lèvres.

— Ia… n,Ian, dit-elle.

La stupéfaction d'entendre la voix de sa sœur ne put empêcher Fanny de se laisser gagner par la peur. Elle agrippa le bras de Clarisse.

— Qu'est-il arrivé à Ian?

— Ils… ils ont pris… Ian. Et… tiré… tiré sur Noël.

— Noël est blessé? Grands dieux! Où se trouve-t-il?

Clarisse désigna la porte et Fanny se rua aussitôt à l'intérieur. La grande pièce était déserte, mais sa sœur lui prit le bras, pour la guider vers sa chambre.

Noël était allongé sur le grand lit qui semblait disproportionné pour lui. Le garçonnet avait les paupières closes et ne bougeait pas, mais Fanny sut qu'il était vivant en voyant la grimace de douleur peinte sur son visage.

En voulant se précipiter à son chevet, la jeune femme faillit marcher sur Lucky, qui s'était couché au pied du lit. Fanny remarqua que le pauvre chien avait la gueule écorchée, avant de reporter son attention sur Noël.

Son fils. Toute sa vie.

Un coup d'œil dans la pièce lui apprit qu'Amy était là, elle aussi. La fillette s'était endormie dans le rocking-chair, le chat et le raton laveur serrés dans ses bras. Des larmes avaient dessiné des traînées noirâtres sur ses joues.

Reportant son attention sur Noël, Fanny posa la main sur sa joue. Sa peau était chaude, Dieu merci, et sa respiration paisible. La jeune femme tira ensuite les couvertures et découvrit le bandage qui entourait son bras. Des taches rouge vif indiquaient que la blessure continuait de saigner.

Fanny se tourna vers sa sœur.

— La balle… ?

Clarisse fit un cercle avec son pouce et son index et passa dedans l'index de son autre main, pour signifier que la balle avait traversé le bras de part en part. Puis, elle désigna la table.

Fanny vit un verre à moitié vide et reconnut, à la couleur, une décoction familière. Clarisse avait eu la bonne idée d'administrer à Noël une potion sédative.

— Et Ian ? demanda-t-elle. Où est-il ?

Clarisse remua à nouveau les lèvres. Tout son visage était contracté par ses efforts pour parler.

— Le… le shérif… Robert l'ont pris. Et tiré… sur Noël.

— Robert a tiré sur Noël ?

Clarisse secoua la tête avec véhémence.

— Un… un homme… du shérif.

— Mais Robert était là ?

Clarisse hocha la tête.

— Et il a abandonné Noël dans cet état ?

Nouveau hochement de tête.

Fanny sentait sa colère monter dangereusement.

— Combien d'hommes sont venus ici ?

Clarisse réfléchit un moment, puis montra six doigts.

— Ian a-t-il été blessé, lui aussi ?

Fanny n'eut même pas besoin de regarder sa sœur pour avoir confirmation de ce qu'elle soupçonnait déjà. Ian n'aurait pas laissé arriver quoi que ce soit à Noël s'il avait été en état de s'y opposer.

— Ian a-t-il été gravement blessé ?

Clarisse haussa les épaules d'un air accablé. Manifestement, elle ne savait pas.

— Ils l'ont emmené avec eux ?

Clarisse hocha encore la tête.

Fanny ferma un instant les yeux. Elle était rongée d'angoisse et se sentait tout près de fondre en larmes. Mais sa colère était telle que, lorsqu'elle rouvrit les yeux, elle eut l'impression de voir des éclairs noirs et rouges tout autour d'elle. Il fallait absolument qu'elle recouvre son sang-froid, si elle voulait pouvoir réagir rapidement.

Elle commença par étreindre les mains de sa sœur dans les siennes.

— Je sais qu'il fait presque nuit, dit-elle, mais j'ai besoin que tu ailles prévenir les Wallace et que, ensuite, tu fasses venir le docteur.

Clarisse jeta un coup d'œil par la fenêtre. Le soleil achevait de se coucher dans un grand déploiement de pourpre. D'ici à quelques minutes, il ferait complètement noir. Cependant, la jeune fille acquiesça d'un signe de tête.

— Je sais que tu as peur de l'obscurité, insista Fanny. Mais je suis persuadée que tu ne crains rien ce soir. Si tu pars à cheval, tu seras vite arrivée chez les Wallace.

Clarisse opina du chef.

— Parfait.

Fanny serra très fort les mains de sa sœur et esquissa ce qui se voulait un sourire rassurant.

— Nous allons prendre Tuck. Elle connaît la route.

Fanny accompagna sa sœur dans l'écurie et en profita pour rentrer sa jument, qui l'avait attendue bien sagement devant la maison. Puis, elle aida Clarisse à seller Tuck et regarda sa sœur s'éloigner sur le chemin.

Ce n'est qu'après son départ que Fanny réalisa ce qui venait de se passer. Sa sœur avait prononcé quelques mots, pour la première fois depuis neuf ans. Si les circonstances n'avaient pas été aussi dramatiques, Fanny en aurait pleuré de joie.

Au lieu de quoi, les larmes qui embuaient ses yeux, alors qu'elle rentrait dans la maison, étaient des larmes d'angoisse.

— Mon Dieu, aidez-moi à sauver Noël, pria-t-elle. Et surtout, surtout, ne laissez pas Robert tuer Ian. Je vous en supplie...

— Réveillez-le.

Encore assommé par les coups qu'il avait reçus, Ian entendit tout de même ces mots. Il voulut bouger, mais un élancement douloureux l'en empêcha et il rassembla ses souvenirs pour tenter de comprendre où il se trouvait. Des images confuses lui revenaient en mémoire. Des cavaliers. Des coups de feu. Noël qui tombait à genoux...

— Il est déjà réveillé.

Ian ne reconnut pas cette seconde voix. En revanche, il aurait juré que la première appartenait à Robert Marsh.

— La lame est chauffée à blanc ?

— Pas encore. Il faut attendre un peu.

— Bon sang, je ne vais quand même pas passer la nuit ici !

— Vous pouvez rentrer, si vous le souhaitez. Je sais quoi faire.

— Non. Je veux entendre crier ce bâtard.

— Je ne comprends pas pourquoi vous ne vous êtes pas contenté de le tuer.

— Et perdre, du même coup, un esclave bien charpenté ? répondit Marsh. Certainement pas. Je veux le voir travailler dans mes champs, comme le forçat qu'il est. Il ne va pas tarder à apprendre où est sa vraie place.

Ian ne bougeait pas. Il ne voulait pas donner à Marsh le plaisir de le voir se débattre. Du reste, il avait trop mal pour se le permettre.

Il avait légèrement entrouvert les paupières et s'aperçut qu'il se trouvait dans une écurie. La stalle qu'il occupait avait été aménagée en cachot, sans doute pour prévenir une éventuelle rébellion d'esclaves. Plusieurs anneaux avaient été scellés aux murs et Ian sentait ses chevilles retenues par une chaîne. Quant à ses poignets, ils étaient liés dans son dos.

On lui avait retiré ses vêtements, à l'exception de son pantalon et Ian put constater que sa principale blessure – en tout cas, celle qui le faisait le plus souffrir – se situait sur son flanc droit, éraflé par une balle.

Il entendit un fracas métallique, puis un autre son, qui s'apparentait au bruit d'un couvercle qu'on replacerait sur un brasier. L'instant d'après, il vit une paire de bottes entrer dans son champ de vision. Décidant qu'il était inutile de l'ignorer davantage, il releva les yeux pour croiser le regard de Robert Marsh.

— Je ne gaspille pas d'argent en médecins pour mes esclaves, dit Marsh. Martin, dont vous allez faire la connaissance, est mon contremaître. Il va se charger de refermer votre blessure.

— Je ne suis pas votre esclave.

— Détrompez-vous. Je possède un testament stipulant que John m'a légué tous ses biens à sa mort. Y compris vous.

Il se pencha et introduisit un morceau de bois dans la bouche de Ian.

— Mordez là-dedans. Je ne voudrais pas vous voir avaler votre langue. Elle peut encore me servir.

Ian savait ce qui l'attendait. Il avait déjà enduré une fois la même épreuve – lorsque Derek avait cautérisé sa plaie contractée à la bataille de Culloden. Derek s'y était pris le plus doucement possible, et cependant Ian se souvenait encore de ce qu'il avait souffert. Il recracha pourtant le morceau de bois.

— Noël ? demanda-t-il.

— Tout juste égratigné, répondit Marsh en ramassant le morceau de bois. Ce gosse n'aurait jamais dû pointer une arme sur un adjoint du shérif.

Il replaça le morceau de bois dans la bouche de Ian.

— Recrachez-le encore une fois et je vous le fiche en travers de la gorge.

Un grand type s'était approché de Ian, avec une lame chauffée à blanc qu'il appliqua directement sur sa blessure. Ian n'eut pas besoin de la menace de Robert pour garder le morceau de bois dans sa bouche et le mordre aussi fort qu'il le pouvait. Il fut pris de convulsions et ses narines s'emplirent de l'odeur de sa chair qui brûlait.

L'espace de quelques interminables secondes il vécut les souffrances de l'enfer, avant de sombrer dans l'inconscience.

Rufus Winfrey n'avait plus que quelques kilomètres à parcourir avant d'atteindre Chestertown. Il avait décliné l'invitation à passer la nuit chez un de ses paroissiens, pour faire une surprise à sa femme en arrivant un jour plus tôt que prévu. Sa besace contenait divers documents qu'il commencerait par donner à enregistrer aux autorités fédérales : deux mariages, trois décès et trois naissances. Un temps pour vivre et un temps pour mourir. Trois vies s'en étaient allées, mais trois autres débutaient. Ce miracle toujours recommencé ne cessait de l'émerveiller.

Toutefois, Rufus n'aimait rien tant que marier les gens. Surtout lorsqu'ils s'aimaient. Aussi, le mariage de Fanny Marsh avec Ian Sutherland l'avait-il comblé. D'un point de vue purement moral, cette union pouvait certes laisser à désirer. Mais Rufus avait compris, dans le regard des deux mariés, qu'ils s'aimaient – même s'ils s'en défendaient l'un comme l'autre.

Rufus repensait au repas qu'il avait partagé avec le couple, les enfants de Fanny Marsh et leur étrange ménagerie, quand il aperçut une silhouette assise au bord de la route. Il se redressa sur sa selle, pensant que c'était peut-être quelqu'un qui avait besoin d'aide.

L'homme se releva pour venir à sa rencontre. Il semblait las, comme s'il attendait depuis longtemps. Rufus s'interdisait de juger quelqu'un sur une première impression, mais l'allure de cet inconnu ne lui inspirait pas confiance. C'était surtout son regard – froid et vide – qui l'inquiéta.

— Puis-je vous aider, mon brave ?

— Oui, si vous êtes le révérend Winfrey.

— C'est moi, en effet, répondit calmement Rufus. Il était habitué à ce que des étrangers le connaissent de nom.

— On m'avait dit que vous passeriez dans le coin, expliqua l'homme. Ma mère est mourante et elle voudrait qu'un pasteur lui administre les derniers sacrements. J'allais me rendre à Chestertown, mais un mendiant m'a dit que vous arriveriez par cette route. Accepteriez-vous de me suivre ?

Rufus n'y tenait pas. Son cheval avait besoin de repos, tout comme lui, d'ailleurs. Et sa femme l'attendait. Mais il ne pouvait pas refuser ses services à une mourante.

— C'est où ? demanda-t-il.

— Je vais vous montrer le chemin, répondit l'homme, qui s'éloignait déjà vers les bois.

Et Rufus, obéissant à son devoir, le suivit.

Robert s'enferma dans son bureau et commença par se servir un verre d'alcool, qu'il vint boire devant la fenêtre. Son regard se porta du côté de l'écurie et il la contempla longuement, un sourire aux lèvres.

Il se sentait déjà beaucoup mieux. Certes, il souffrait encore de ses côtes fêlées, mais la certitude que l'Écossais en bavait désormais plus que lui valait toutes les médecines du monde.

Il avait failli tuer ce maudit bâtard. Aucun tribunal n'aurait pu lui tenir grief d'avoir réglé son compte à un serviteur désobéissant, condamné par la Couronne. Mais Robert s'était ravisé en comprenant que Sutherland lui serait moins utile mort que vivant. Personne ne tenait à ce forçat, banni de son pays. Personne, sauf Fanny.

Que serait-elle prête à faire pour sauver son précieux domestique?

Robert comptait bien l'apprendre à la première occasion.

Mais d'abord…

Tenant toujours son verre à la main, il se dirigea vers son bureau, ouvrit le tiroir du milieu et sortit les papiers de Sutherland. Sans même prendre la peine de les lire une dernière fois, il les approcha de la flamme d'une chandelle et attendit qu'ils prennent feu. Puis, il traversa la pièce pour les jeter dans la cheminée où ils achevèrent rapidement de se consumer, sous son regard satisfait.

Son plan, à présent, était presque achevé. Les papiers de Sutherland étaient détruits et le pasteur qui les avait contresignés avait disparu. En revanche, Robert possédait désormais un document attestant que John lui avait légué l'ensemble de ses biens – y compris son serviteur écossais.

Convaincu d'avoir paré à toute éventualité, Robert se prit de nouveau à sourire. Bientôt, très bientôt même, la plantation Marsh aurait retrouvé sa grandeur passée. Les terres seraient réunies, les chevaux auraient réintégré l'écurie et Fanny serait à lui.

Quant à Sutherland, dès qu'il aurait fini de lui servir, Robert se promettait de le tuer.

Dans la cheminée, les papiers de l'Écossais n'étaient plus qu'un petit tas de cendres fumantes. Ravi de ce spectacle, Robert vida son verre et soupira d'aise.

Décidément, la vie était belle.

22

— J'aurais dû être là, se reprocha Tim Junior.

— Vous n'auriez rien pu faire, insista Fanny, pour le rassurer.

— Ce Marsh est une véritable ordure ! lâcha son père, avant de se reprendre : Excusez-moi, madame Sutherland.

Fanny fut ravie de cette apostrophe. C'était la première fois que quelqu'un l'appelait «madame Sutherland» et elle trouvait que cela sonnait magnifiquement à ses oreilles. Sa joie, toutefois, fut de courte durée. Si elle n'agissait pas rapidement, elle se retrouverait veuve pour la seconde fois de sa vie, en l'espace de seulement quelques semaines.

Il était plus de minuit et la jeune femme s'était assise sous son porche, avec les Wallace, à la lumière de la lanterne. Clarisse, qui était revenue avec eux, veillait Noël. Le docteur le plus proche, appelé pour un accouchement, ne serait pas disponible avant le lendemain.

— J'ai peur que Robert ne tue Ian, dit Fanny, qui avait besoin de parler de ses inquiétudes.

— Pas s'il veut en faire son esclave, répondit le Grand Tim. Mais il l'obligera à travailler dur. Très dur. Tout de même, je me demande comment il compte se sortir de cette histoire. S'imagine-t-il pouvoir bafouer impunément la loi ?

Fanny aurait voulu partager son optimisme. Si seulement le révérend Winfrey avait déjà fait enregistrer leur mariage !

Mon Dieu, pria-t-elle encore, gardez-le en vie. Je vous en prie, gardez-le-moi en vie, jusqu'à ce que je puisse faire quelque chose.

La jeune femme était déterminée à libérer Ian par n'importe quel moyen et à n'importe quel prix. Ni la ferme, ni les terres, ni les chevaux n'avaient plus d'importance, désormais. Seule comptait la sécurité de sa famille. Et sa famille incluait Ian. Son mari. L'homme qu'elle aimait. Fanny n'aurait pas su dire à quel moment ses sentiments avaient pris une tournure aussi radicale à son égard, mais c'était ainsi, maintenant.

— Comment va Noël ? demanda Tim Junior.

— Dieu merci, la balle a traversé son bras sans toucher l'os. Si aucune infection ne se déclare, il se remettra vite d'aplomb.

— Quel beau salaud... marmonna le Grand Tim entre ses dents.

Et cette fois, il ne songea même pas à s'excuser auprès de la jeune femme.

C'était inutile, du reste. Fanny était elle-même furieuse, au-delà de toute expression, contre son beau-frère. Robert avait permis qu'on touche à son fils et il avait organisé l'enlèvement de son mari. Tout cela, parce qu'il convoitait la ferme.

Mais Fanny comptait bien mettre fin à ses exactions.

— Nous avons besoin de l'aide du révérend Winfrey, dit-elle. Il faut qu'il aille trouver le shérif Vaughn – ou peut-être même un juge – pour leur expliquer qu'il a célébré notre mariage et contresigné l'annulation du contrat de servitude de Ian. Douglas Turner pourrait aussi apporter son témoignage.

Wallace acquiesça.

— Demain, je me rendrai à Chestertown pour tenter de savoir quel motif le shérif a utilisé pour s'emparer de Ian. Ensuite, j'irai trouver Rufus. Junior restera avec vous. Il fera des allers-retours pour nourrir nos bêtes, mais je veux qu'il dorme chez vous.

Enfin, il regarda Fanny droit dans les yeux, avant de conclure :

— Pour l'amour du Ciel, ne tentez rien de votre propre chef.

Fanny lui sourit, mais se retint de répondre quoi que ce soit. Elle ne voulait pas faire de promesses qu'elle n'avait aucune intention de tenir.

Après avoir dit au revoir à Wallace, elle rentra à l'intérieur, pendant que Junior conduisait Tuck et sa propre monture à l'écurie.

Clarisse vint la rejoindre dans la grande pièce.

Malgré sa fatigue, Fanny la gratifia d'un sourire ravi.

— Clarisse, tu as parlé !

Clarisse déglutit péniblement.

— Ia... Ian.

Fanny la serra contre elle, puis se recula et la regarda droit dans les yeux.

— Peux-tu dire mon prénom ?

— Fa... Fanny, réussit à dire la jeune fille, avec beaucoup d'efforts. Je... je suis... dé... désolée.

Elle fondit en larmes.

— Ô Clarisse, non !

Fanny lui prit les mains.

— Ce n'est pas ta faute. Même si j'avais été là, ça n'aurait rien changé.

Fanny n'avait pas besoin de mentir pour consoler sa sœur. Elle disait hélas la vérité. Sa présence n'aurait pas empêché Robert de s'emparer de Ian. Et elle n'avait pas non plus été capable de prévoir les événements.

— Ia... Ian, répéta Clarisse entre deux sanglots.

Fanny la serra à nouveau dans ses bras.

— Ne t'inquiète pas. Je te jure que nous allons le ramener à la maison.

Clarisse sanglotait silencieusement dans ses bras. Fanny ne jugea pas utile de lui dire que le premier mot de Noël, lorsqu'il avait repris connaissance, avait été pour Ian. Ni qu'Amy l'avait réclamé, elle aussi. Sans parler du chien, qui semblait davantage souffrir de l'absence de celui qu'il considérait comme son nouveau maître que de ses propres blessures. En l'espace de quelques semaines, Ian avait pris une place essentielle dans le cœur de tout le monde. Même les Wallace étaient prêts à courir de grands risques pour le retrouver.

Ian se doutait-il seulement de tout cela ? Était-il conscient de ce qu'il représentait désormais pour eux ?

Était-il encore vivant ?

— Ne pleure plus, Clarisse. Demain, j'irai voir Robert.

Sa sœur leva les yeux vers elle.

— Je… j'irai aussi.

Fanny y vit une preuve supplémentaire de l'attachement de sa sœur pour Ian. Car elle n'ignorait pas à quel point Clarisse avait peur de Robert.

— Il faut que quelqu'un veille sur Noël, lui répondit-elle. Je préfère que tu restes.

Clarisse hocha lentement la tête. Au même moment, Tim Junior fit son entrée, ramenant un sourire sur le visage de la jeune fille. Maladroite le suivait et, à la grande stupéfaction du jeune homme, se percha sur son épaule.

— Ça veut dire qu'elle t'aime bien, expliqua Clarisse d'une traite, sans buter sur les mots.

Tim la regarda, médusé.

— Tu as parlé !

Clarisse baissa la tête, mais Tim s'était précipité pour lui prendre la main.

— Dis quelque chose d'autre.

Clarisse remua les lèvres, mais ne put articuler aucun son. Fanny comprit qu'elle paniquait à l'idée de devoir accomplir une performance sur commande. Elle enlaça sa sœur par la taille.

— Ça ne fait rien, lui dit-elle. Tu n'as pas besoin de parler, si tu ne le souhaites pas. Ni moi ni Tim ne chercherons à te forcer.

— C'est certain, approuva le jeune homme.

Il rougit légèrement, avant d'ajouter :

— Je t'aime pareil, que tu parles ou non. D'ailleurs, nous n'avons pas besoin de mots pour nous comprendre, hein ?

Clarisse baissa de nouveau les yeux. Elle était devenue cramoisie.

— Tu n'as rien à craindre, voulut encore la rassurer Fanny. Je te promets que je ne laisserai personne te faire de mal.

— Moi de même, renchérit Tim.

La jeune fille leva les yeux vers lui et Fanny comprit, à son regard, qu'elle cherchait à combattre les fantômes qui la tourmentaient. Sa sœur vivait dans l'angoisse depuis tant d'années...

— Ti... Tim.

Ce fut à peine un murmure, mais tout le monde, dans la pièce, l'avait entendu.

Tim, émerveillé, tendit la main, que Clarisse saisit aussitôt.

L'amour avait vaincu la peur et cette victoire redonnait espoir à Fanny. Si Clarisse avait pu terrasser ses démons, alors elle-même arriverait bien à triompher de son beau-frère. Après tout, il n'était jamais qu'un humain comme un autre.

Même si, pour l'heure, il avait pris les apparences du diable.

Ian se réveilla aussi péniblement que la première fois. Son côté droit était en feu et tout son corps le faisait terriblement souffrir, à tel point que le moindre mouvement lui arrachait un gémissement de douleur.

Ouvrant les yeux, il vit que sa taille était ceinte d'un épais bandage. Au prix de patients efforts, il réussit à se redresser pour regarder autour de lui. Il avait encore du mal à se rappeler tout ce qui s'était passé, et il ignorait où il se trouvait. Mais, en reconnaissant la stalle, les anneaux scellés dans le mur et la chaîne qui lui entravait les chevilles, la mémoire lui revint instantanément.

Noël ! Mon Dieu, le fils de Fanny avait-il pu être sauvé ? Ian se rappelait, avec horreur, sa chemise ensanglantée. Il avait emporté cette vision terrifiante au moment de sombrer dans le noir.

Surmontant sa douleur, Ian réussit à s'asseoir par terre. Ses mains n'étaient plus liées dans son dos, sans doute parce que Robert ne le considérait plus comme dangereux – du reste, dans son état actuel, Ian n'aurait même pas pu faire de mal à une mouche.

Profitant de sa relative liberté de mouvement, il tira sur la chaîne qui lui liait les chevilles, puis sur l'anneau, dans le mur, auquel elle était rattachée, pour en éprouver la solidité. C'était futile, bien sûr. Des hommes beaucoup plus forts que lui s'étaient probablement livrés au même petit jeu, sans plus de succès.

Cependant, Ian refusait de désespérer. Il avait bien l'intention de survivre à cette épreuve comme il avait survécu à tout ce qu'il avait dû subir depuis un an. Et ce n'était pas un misérable gredin comme ce Robert Marsh qui pourrait l'arrêter.

La nervosité des chevaux l'alerta soudain de la présence de quelqu'un dans l'écurie. La seconde d'après, la porte de son box s'ouvrit et un jeune garçon noir, tenant un bol à la main, entra prudemment.

— M. Martin pensait pas que vous vous réveilleriez si tôt, dit-il. Vous étiez salement amoché.

Ian tenta un sourire qui devait plutôt ressembler à

une grimace. Il avait besoin d'amis. Et plus encore, d'alliés.

— J'ai encore très mal, confessa-t-il. Que m'as-tu apporté ? De l'eau ?

Le garçon s'approcha et lui tendit le bol.

— M. Martin m'a juste dit de regarder si vous étiez réveillé. J'ai pensé que vous auriez soif. Mais ne lui dites pas que je vous ai donné à boire.

Ian s'empara du bol et le vida jusqu'à la dernière goutte avant de le rendre au gamin.

— Merci.

— Je vais être obligé de lui dire que vous êtes réveillé.

Ian hocha la tête.

Le garçon jeta un coup d'œil apeuré autour de lui.

— Ils avaient enfermé mon frère ici, après l'avoir fouetté. Ils disaient qu'il travaillait pas assez dur. Il leur expliquait qu'il était malade, mais ils voulaient pas l'écouter.

— Où est ton frère, à présent ? demanda Ian.

Le garçon le dévisagea un moment en silence, avant de répondre :

— Il est mort.

Et, sur ces mots, il ressortit et verrouilla la porte derrière lui.

Tim Junior partit au lever du soleil pour s'occuper de ses propres bêtes. Fanny attendit qu'il ait disparu derrière les arbres avant de se rendre dans l'écurie, pour seller une jument avec l'aide de Clarisse.

La jeune femme avait pris soin de sa toilette, choisissant une robe gris clair – une couleur qui pouvait convenir à son deuil –, mais de bonne coupe et dans un beau tissu. C'était d'ailleurs la robe préférée de John.

Quand la jument fut sellée, Fanny la sortit et l'approcha des pâtures, puis, tendant les rênes à Clarisse, elle s'aida de la clôture comme d'une échelle pour grimper en selle. Le procédé l'obligeait à une acrobatie un peu grotesque, mais au moins il se révéla efficace.

Une fois en selle, la jeune femme se tourna vers sa sœur, mal à l'aise. Elle détestait l'idée de devoir laisser Clarisse toute seule.

— Tim reviendra vite, voulut-elle la rassurer.

Clarisse hocha la tête et esquissa un pâle sourire.

Fanny lui rendit son sourire, puis donna à sa monture le signal du départ.

Il lui fallut presque deux heures pour rallier la plantation de Robert. À son arrivée, tous les esclaves étaient déjà au travail dans les champs, sous la menace de surveillants qui n'hésitaient pas à les fouetter pour augmenter leurs cadences. Mais la jeune femme n'aperçut Ian nulle part.

À peine avait-elle atteint la demeure de Robert qu'un jeune esclave se précipita pour s'emparer des rênes de sa monture. Fanny mit pied à terre toute seule et gravit les marches du perron en raidissant les épaules.

La porte s'ouvrit sans qu'elle ait eu à frapper.

— Bonjour, madame Marsh, l'accueillit la gouvernante.

— Bonjour, Hannah. Mon beau-frère est-il là ?

— Oui, madame.

— J'aimerais m'entretenir avec lui.

Hannah la conduisit dans le petit salon, puis la quitta pour aller chercher son maître.

Fanny se laissa choir dans un fauteuil tendu de velours capitonné. La jeune femme aurait voulu paraître détendue, mais son cœur battait à tout rompre dans sa poitrine et elle avait l'estomac noué.

Le décor de la pièce n'incitait pas, du reste, à la relaxation. Fanny détestait ce style surchargé de boiseries et de draperies qui lui donnait l'impression d'étouffer. Sans parler des sièges, parfaitement inconfortables. On aurait voulu décourager les invités de s'attarder qu'on ne s'y serait pas mieux pris.

— Ah, ma chère belle-sœur ! lança soudain Robert depuis la porte.

Fanny se retourna. Il marchait avec une raideur inhabituelle. L'œuvre de Ian, songea-t-elle immédiatement, avant de se dire que son mari payait bien chèrement, à présent, sa bagarre de l'autre jour contre Robert.

— Bonjour, Robert.

Il lui baisa la main, tout sourires.

— Que me vaut le plaisir de votre visite ?

— J'ai cru comprendre que vous m'aviez rendu visite hier.

— C'est exact.

Son sourire s'élargit.

— Je voulais mettre un point d'honneur à respecter les dernières volontés de mon pauvre frère.

Fanny se contenta de hausser un sourcil, heureuse d'avoir su se limiter à une réaction aussi mesurée.

— De quelles volontés parlez-vous ?

— Comment, vous ne savez pas ?

Il s'était reculé, pour mieux feindre la surprise.

— Juste avant d'amener ce forçat chez vous, John a voulu prendre ses précautions. Il savait sa santé chancelante et il ne voulait pas risquer de vous laisser à la merci de ce renégat. Il a donc rédigé un nouveau testament, dans lequel il me léguait tous ses biens – y compris cet Écossais –, à charge pour moi de veiller sur vous.

Fanny, effondrée, mesurait toutes les implications d'une telle nouvelle. En produisant un testament falsifié, Robert lui enlevait toute marge de manœuvre. L'annulation du contrat de servitude de Ian n'avait plus aucune valeur. Pas plus que leur mariage. Un forçat n'avait pas le droit d'épouser une femme sans l'accord de son propriétaire. Et Robert prétendrait qu'il était entré légalement en possession de tous les biens de John dès la mort de celui-ci.

— Vous mentez, réussit pourtant à répondre la jeune femme, malgré le sentiment de panique qui l'envahissait. John avait rédigé son testament chez Douglas Turner.

— Oui, mais il en a refait un autre, daté de la veille de sa mort.

— Dans ce cas, pourquoi ne pas l'avoir présenté plus tôt ?

— Ainsi que je l'ai déjà expliqué au juge, je ne voulais pas vous priver de votre bien, dit-il d'un ton condescendant. J'espérais que vous finiriez par entendre raison et que vous accepteriez mon aide sans que je me trouve obligé de produire un document si pénible pour vous.

— John n'a pas eu le temps de rédiger un nouveau testament, rétorqua Fanny d'une voix qu'elle aurait voulue plus assurée. Il est mort le lendemain…

— … du jour où il a ramené l'Écossais, je le sais aussi bien que vous. Mais il était passé ici avant de se rendre à Chestertown et il m'avait confié ses soucis. Il avait peur pour sa santé et s'inquiétait à votre sujet. C'était d'ailleurs pour cela qu'il voulait acheter un domestique. Mais, au cas où les choses auraient mal tourné, il a préféré prendre ses précautions.

— John n'est pas venu ici avant d'aller à Chestertown. Quand il est mort, il ne vous avait pas revu depuis des mois.

— Croyez-vous cela ? demanda Robert d'une voix doucereuse. C'est drôle, mais mes domestiques ne sont pas du même avis.

Fanny s'obligea à contenir sa colère, sachant que la suite dépendrait de son habileté à garder son sang-froid. Elle n'avait aucun moyen de prouver que John n'avait pas rendu visite à son frère avant d'acheter les papiers de Ian. Sa seule parole ne pèserait pas lourd contre les différents témoignages que Robert fourni-rait.

— Je me demande ce que Douglas Turner pensera de tout ceci, lâcha-t-elle sur un ton délibérément neutre. D'autant plus que John est passé par son bureau après avoir acheté les papiers de Ian et qu'il ne lui a rien dit de son nouveau testament.

Robert parut déstabilisé un court instant, mais il retrouva presque aussitôt le sourire.

— Eh bien, en attendant que les tribunaux tranchent cette affaire, j'ai jugé de mon devoir d'exaucer les dernières volontés de John. Ce qui impliquait, pour commencer, de ne pas vous laisser plus long-temps à la merci de l'Écossais. En toute honnêteté, je ne sais pas combien de temps il tiendra dans mes champs. Les Écossais vivent dans un pays tempéré. Ils ne sont pas habitués au climat étouffant du Mary-land, voyez-vous.

Mais Robert, en disant cela, tremblait légèrement du menton. Fanny comprit qu'il n'était pas aussi sûr de lui qu'il voulait le montrer. La jeune femme en pro-fita pour le contrer sur un autre terrain.

— Vous ne m'avez pas demandé de nouvelles de mon fils, dit-elle. Franchement, je n'aurais jamais imaginé que vous vous abaisseriez à blesser un enfant. Et encore moins votre propre neveu.

Robert s'était empourpré.

— Je n'ai rien à voir dans cette histoire ! cracha-t-il. Noël a brandi une arme devant un magistrat. Il avait besoin d'une bonne punition. Ce gamin manque totalement de discipline.

— Il n'a que sept ans ! Pour l'amour de Dieu, Robert, vous êtes son oncle ! Comment avez-vous pu l'abandonner blessé ?

— Je n'ai agi que dans votre intérêt, répliqua-t-il, ignorant sa question. John désirait que je veille sur vous. Cet Écossais est dangereux. Il aurait pu se retourner contre vous à la première occasion.

Fanny était médusée.

— Tirer sur mon fils, c'était aussi pour mon bien ?

Robert balaya l'argument d'un geste impatient.

— Je savais qu'il n'était touché qu'au bras. Du reste, quand Noël habitera ici, je mettrai tout en œuvre pour faire de lui un vrai gentleman.

Cette fois, Fanny oublia de garder son calme.

— Vous, faire de lui un gentleman, alors que vous ne savez même pas ce que ce mot veut dire ? Je préférerais encore voir Noël chez les Indiens qu'entre vos mains. Au moins, eux ont un vrai sens de la famille et de l'honneur.

Elle fit un pas vers lui et haussa le ton :

— Je veux que Ian revienne chez moi – et tout de suite. Vous n'avez aucun droit de le retenir ici.

Robert ricanait, à présent.

— Le juge pense, au contraire, que j'ai tous les droits.

— Vous l'avez acheté !

— Voilà une accusation très grave, ma chère belle-sœur.

— J'ai hâte de savoir ce que le gouverneur pensera de tout ceci, surtout quand je lui aurai expliqué que John n'a pas pu rédiger un second testament. Le juge peut se ranger de votre côté parce que vous l'avez soudoyé, mais personne, pas même vous, ne peut corrompre le gouverneur.

— Quand vous aurez pu avoir accès au gouverneur, votre Écossais sera mort, répliqua froidement Robert.

Fanny comprit, horrifiée, qu'il avait trouvé le moyen de faire pression sur elle. Si elle tentait quoi que ce soit pour contester le testament, Robert tuerait Ian. Au moins, cela voulait dire qu'il vivait toujours. C'était déjà ça.

— Oui, il est encore vivant, ajouta Robert, comme s'il avait lu dans ses pensées. Mais il ne le restera qu'à la condition que vous souscriviez à mes exigences.

— Qui sont ?

— Épousez-moi.

Fanny en resta un instant bouche bée.

— Vous épouser ? Vous osez me demander cela après avoir tiré sur mon fils ? J'aimerais encore mieux mourir.

Robert plissa les yeux.

— Mais aimeriez-vous voir Ian Sutherland mourir ?

Fanny ne put rien répondre. Robert l'avait prise au piège. Et il le savait. À cet instant précis, elle le haïssait plus qu'elle n'avait jamais haï personne. Elle aurait voulu lui dire qu'elle s'était déjà remariée avec Ian. Mais c'était évidemment impossible. Robert se serait vengé en tuant Ian sur-le-champ.

Dans l'immédiat, Fanny avait besoin de temps. D'une part, pour prouver que le testament produit par Robert était faux. Et, de l'autre, pour éloigner Ian de ses griffes. Le mieux serait sans doute de l'envoyer chez les Cherokees. C'était sans doute le seul endroit où il ne craindrait rien.

— Si j'accepte de vous épouser, le libérerez-vous ? demanda-t-elle.

— Non. Il fera ses quatorze ans de travaux forcés. Mais je vous promets qu'il aura la vie sauve. Enfin, si vous vous montrez une épouse irréprochable.

Fanny réfléchit encore. Si elle épousait Robert, elle ne pourrait plus témoigner contre lui. Et il continuerait de se servir de Ian pour obtenir ce qu'il voulait d'elle. Comment John et Robert avaient-ils pu naître du même sang et avoir des caractères aussi différents ?

— Pourquoi tenez-vous tant à m'épouser ? demanda-t-elle encore. Vous avez toujours prétendu que John avait fait une erreur en me prenant pour femme.

Robert haussa vaguement les épaules.

— John vous a appris les bonnes manières, répondit-il. Et puis, vous êtes fertile. Je veux des héritiers.

Pour Robert, elle n'était guère plus qu'une jument reproductrice. Fanny avait des nausées rien qu'à l'idée de se laisser toucher par un tel homme.

— J'ai besoin de temps, dit-elle. Mon fils est blessé. Et je porte encore le deuil de John.

Robert la dévisagea longuement, comme s'il cherchait à deviner ses intentions.

— Sutherland ira travailler dans les champs dès demain. Mais, dans l'état où il se trouve, je doute qu'il résiste bien longtemps. N'abusez pas de ma patience, Fanny.

La jeune femme secoua la tête d'un air résolu.

— Il n'y aura pas de mariage si Ian n'est pas épargné. Et si jamais il devait mourir, je vous poursuivrais en justice.

Robert esquissa un sourire entendu.

— Autrement dit, vous me proposez un marché ? La vie de cet Écossais contre votre parole que vous m'épouserez ?

— Comme je vous l'ai dit, j'ai besoin de temps, insista Fanny. Pourquoi voudriez-vous d'une femme réticente, alors que vous pourriez en avoir une consentante ?

Robert la gratifia d'un sourire qui lui glaça les os.

— Je sais mater mes esclaves et mes domestiques, répondit-il. Je pourrais mater ma femme, aussi. D'ailleurs, je suis sûr que j'y prendrais du plaisir.

Fanny repensa à Emily, sa première épouse, morte cinq ans plus tôt. Elle se rappelait son regard éteint, comme si la vie l'avait quittée bien avant que son pouls ne cesse de battre. Par quel enfer Emily était-elle passée ? Tout à coup, la jeune femme réalisait que son beau-frère était vraiment diabolique. Pire encore que tout ce qu'elle avait pu imaginer.

— Je vous donnerai rapidement ma réponse, dit-elle en repartant déjà.

Robert la retint un instant par l'épaule.

— Sachez que j'ai hâte de vous épouser, ma chère.

Fanny s'obligea à ne pas courir, pour ne pas lui donner le plaisir de voir qu'il la terrifiait. Elle se contenta de hocher la tête et poursuivit son chemin vers le hall, soulagée de constater qu'il ne la suivait pas.

Hannah lui ouvrit la porte. Dehors, le jeune garçon qui s'était saisi des rênes de sa jument attendait bien sagement, exactement à la même place.

— Merci, lui dit Fanny.

Le jeune esclave détourna le regard, comme s'il était embarrassé par ce témoignage de politesse.

Fanny hésita, avant de se risquer à lui demander :

— Sais-tu où est gardé le nouvel esclave ?

Le jeune garçon jeta un coup d'œil furtif à la maison, puis baissa la tête.

— Oui, madame, murmura-t-il. Ils l'ont enchaîné dans l'écurie.

— Est-il...

— Il a mal, mais il vit encore.

La porte du manoir se rouvrit soudain et le jeune garçon détala brusquement, sans demander son reste.

Fanny se retourna. Robert s'était avancé sur le perron et la regardait. Il descendit lentement l'escalier.

— Pardonnez-moi, Fanny. J'ai oublié de vous aider à monter en selle.

La jeune femme se résolut à saisir la main qu'il lui tendait, malgré son dégoût. Mais quand elle voulut retirer sa main, Robert la serra un peu plus fort dans la sienne.

— Vous devriez vous sentir honorée, Fanny.

De son autre bras, il esquissa un geste qui embrassait le domaine.

— Tout ceci sera bientôt à vous.

Fanny laissa son regard errer sur les champs où travaillaient les esclaves. Elle repensait aux manières craintives du gamin et à la résignation stoïque de la gouvernante. Cet endroit respirait le malheur et la peur. Elle ne pourrait jamais se résoudre à y faire vivre ses enfants ni sa sœur. Sous aucun prétexte. Même si le sort de Ian devait en dépendre.

Du reste, elle se jura bien de ne pas laisser Robert mettre ses horribles projets à exécution.

Elle tenta de nouveau de libérer sa main et cette fois, il ne fit rien pour la retenir. Mais il la gratifia d'un sourire plein d'assurance.

— Je suis désolé de ne pouvoir vous montrer votre Écossais aujourd'hui. Sa convalescence exige un repos absolu. Nous l'avons très bien traité et il pourrait vivre encore fort longtemps. Je dis bien : il pourrait.

Une nouvelle menace ! Fanny, de toute façon, ne se faisait pas d'illusions. Même si elle acceptait d'épouser Robert, Ian ne survivrait que quelques semaines à sa réclusion. Cecil Martin, le contremaître, ou Robert lui-même auraient vite fait de le tuer à la tâche.

Fanny savait qu'elle ne disposait que de très peu de temps. Un jour, peut-être deux. Après quoi, elle n'aurait plus aucun moyen de venir en aide à Ian. Robert attendait une réponse à sa proposition et il avait clairement laissé entendre qu'il ne se montrerait pas patient.

La jeune femme salua son beau-frère et donna à sa jument le signal du départ.

23

Ian aurait voulu s'endormir, mais la vision de la chemise ensanglantée de Noël continuait de l'obséder, l'empêchant de trouver le sommeil. Il avait songé à prier pour le salut du garçon, mais la foi l'avait définitivement abandonné. La dernière fois qu'il avait imploré Dieu, c'était pour lui demander d'épargner

Derek. Et c'était Ian qui avait été sauvé à la place de son frère. Ian ne voulait pas que cela se reproduise. Il n'aurait pas pu supporter que Noël meure pour le laisser vivre.

Étendu sur la paille, les fers toujours aux pieds, Ian songeait à Derek, à Noël et à Fanny. Il sentait la jeune femme en danger. Et tout cela, à cause de lui ! Ian avait douloureusement conscience que son frère était mort par sa faute. Que Noël avait été blessé par sa faute. Et que maintenant Fanny se retrouvait exposée par sa faute. S'il avait su modérer son tempérament vindicatif, Robert n'aurait sans doute pas déclenché les hostilités à cette échelle. Du moins, pas si vite.

Mais Ian voulait se racheter. Il était déterminé à vivre assez longtemps pour assurer la sécurité de Fanny et de sa famille. Et il voulait également vivre assez longtemps pour pouvoir tuer Robert.

Une fois de plus, Ian tenta de s'endormir. Il avait besoin de repos pour reprendre des forces.

La lumière déclinante qui filtrait par les deux minuscules fenêtres de l'écurie lui apprit que la journée touchait à sa fin. Mais, à peine réussit-il à s'assoupir un peu, en début de soirée, qu'il entendit une clé tourner dans le verrou de sa porte.

Ian eut juste le temps de s'asseoir avant que l'homme qui avait cautérisé sa plaie n'entre. Robert Marsh le suivait.

— Je suis Cecil Martin, le régisseur de M. Marsh, expliqua l'homme. À partir de maintenant, c'est à moi que vous devrez obéir.

Il se pencha pour examiner le pansement de Ian, puis se retourna vers son patron :

— Je pense que nous devrions encore attendre deux jours avant de l'envoyer dans les champs.

— Il commencera demain, répondit froidement Robert.

Martin hocha la tête.

— Bon, d'accord.

— Faites-le travailler dur, mais ne le tuez pas à la tâche, ajouta Robert avec un sourire narquois. Du moins, pas tout de suite. Ma belle-sœur semble attacher beaucoup d'importance à sa santé.

Ian replia ses genoux contre son torse en voyant Marsh avancer vers lui, mais pas assez vite cependant pour éviter le coup de botte que l'autre lui assena dans les côtes. La douleur fut insoutenable, mais Ian réussit pourtant à retenir un gémissement.

Marsh s'était déjà reculé vers la porte.

— Donnez-lui à dîner. Je veux qu'il soit d'attaque pour travailler dès l'aube.

Les deux hommes se retirèrent, rendant Ian à la solitude de son cachot. Quand la douleur commença à se dissiper, il repensa aux paroles de Robert. Qu'avait-il voulu dire en parlant des inquiétudes de sa belle-sœur pour sa santé ? Fanny était-elle venue ici ? Ou Marsh lui avait-il rendu une autre de ses visites inopportunes ?

Une heure se passa, avant que la porte ne se rouvre de nouveau. Le jeune garçon qui lui avait apporté de l'eau un peu plus tôt dans la journée entra prudemment. Cette fois, il apportait une assiette remplie d'une bouillie que Ian préféra éviter de regarder. En revanche, le gobelet d'eau qui l'accompagnait l'intéressait bien davantage. Il mourait littéralement de soif.

— M. Martin veut que je vous regarde manger avant de lui rapporter l'assiette vide, expliqua le jeune homme.

Il posa l'assiette et le gobelet par terre. Ian continua d'ignorer la bouillie peu appétissante, mais il s'empara du gobelet.

— Une dame a demandé de vos nouvelles, reprit le garçon, pendant que Ian buvait. Elle est venue ce matin. Et voulait savoir où vous étiez.

Ian leva les yeux du gobelet.

— Mme Marsh ?

Le garçon hocha la tête.

— Avait-elle l'air… en bonne santé ?

Le jeune esclave opina de nouveau du chef.

— Marsh ne l'a pas maltraitée ?

Cette fois, il secoua négativement la tête.

— Il faut que je parte. Dépêchez-vous de manger, s'il vous plaît. Sinon, M. Martin me battra.

Ian reposa le gobelet et jeta un regard dégoûté à l'assiette.

— Il n'y a pas de couvert ?

— M. Martin a dit de ne vous donner ni cuiller ni fourchette.

Ainsi, Marsh avait décidé de lui infliger toutes les humiliations. Mais Ian avait faim. Et il devait manger, s'il voulait recouvrer ses forces.

Se servant de ses doigts, il s'obligea à avaler la bouillie, puis rendit l'assiette au jeune homme.

— Je vais vous apporter encore un peu d'eau, murmura celui-ci. Si vous ne le répétez à personne.

Ian hocha la tête en signe de connivence.

— Merci.

Son visiteur repartit sans verrouiller la porte. Mais qu'est-ce que ça changeait, après tout ? Ian restait enchaîné au mur et même s'il ne l'avait pas été, il était de toute façon trop faible pour aller bien loin.

Le jeune homme revint quelques minutes plus tard, avec un autre gobelet d'eau. Il attendit que Ian ait bu entièrement avant de le remporter. Et cette fois, il verrouilla la porte en sortant.

Son maigre repas avait pourtant suffi à lui redonner un peu de forces. Du coup, il voulut savoir s'il était capable de se tenir debout. Se servant du mur comme d'un soutien, il se releva lentement, en prenant bien soin de ne pas trop tirer sur son côté droit, pour ne pas risquer de rouvrir sa plaie. Il parvint à se dresser sur ses jambes, mais la chaîne qui le retenait aux chevilles ne lui permit pas de faire plus d'un pas.

Le souffle court, Ian s'adossa au mur pour reprendre sa respiration. Il souffrait le martyre, mais il devait absolument trouver un moyen de surmonter sa douleur. Demain matin, Cecil Martin l'enverrait travailler dans les champs. Et Ian comptait bien ne pas faillir à la tâche. Il savait trop que Marsh attendait le premier prétexte pour le tuer. Or, Ian n'était pas prêt à mourir.

Du moins, pas encore.

Durant le trajet qui la ramenait à la ferme, Fanny imagina un plan pour sauver Ian. Mais elle avait besoin d'aide – et aussi de beaucoup de chance – si elle voulait le mener à bien.

N'ayant pas grand monde vers qui se tourner, elle résolut de s'adresser d'abord à sa sœur. Ensuite, elle parlerait aux Wallace.

Quand elle arriva devant la maison, la porte s'ouvrit et Clarisse apparut sous le porche. Mais Fanny n'eut pas le temps de lui demander de l'accompagner dans l'écurie pour lui exposer son projet : Noël sortit à son tour. Abasourdie, Fanny le vit se précipiter vers elle, le visage plus pâle que d'habitude et le bras en écharpe.

— Noël, l'accusa-t-elle, tout en le serrant quand même dans ses bras, pourquoi t'es-tu déjà levé ?

— Je suis en pleine forme, maman. Je t'assure ! C'est mon bras, qui est blessé. Pas mes jambes.

Fanny échangea un regard avec sa sœur et soupira. Elle voulait ordonner à Noël de retourner au lit, quand Tim Junior sortit de l'écurie.

— Madame Sutherland ! Je m'apprêtais à partir à votre recherche. Vous n'auriez pas dû vous en aller seule.

Fanny fut émue de sa sollicitude.

— Je suis navrée de t'avoir inquiété, Tim. Mais il fallait que je…

— Comment va Ian ? l'interrompit Noël. Tu l'as trouvé ?

— Il est vivant.

À cette réponse, son fils parut s'apaiser un peu, tandis que Clarisse étreignait la main de Fanny. Tim marmonna un juron, qui devait sans doute exprimer son soulagement.

— Je veux Ian ! demanda la petite Amy, qui s'était pendue aux jupes de sa mère.

— Je sais, ma chérie. Moi aussi.

Ils attendaient tous d'en savoir davantage et Fanny redoutait un peu leur réaction à l'annonce de son plan. Il était plein d'embûches et semblait voué à l'échec.

— Rentrons à l'intérieur, proposa-t-elle, avant d'attacher les rênes de sa jument à la balustrade du porche.

— T... Thé ? demanda sa sœur.

Chaque fois que Clarisse prononçait un mot, le cœur de Fanny faisait un bond, même si, de toute évidence, sa sœur éprouvait encore les plus grandes difficultés à parler. Ses phrases étaient incomplètes, hachées et sortaient difficilement de sa gorge. Cependant, elle parlait bel et bien. Pour Fanny, c'était la preuve que les miracles étaient possibles. Si seulement il pouvait s'en produire un autre...

— Non, répondit-elle. Il y a plus urgent.

La jeune femme fut accueillie, en entrant, par une délicieuse odeur de pain frais qui cuisait. Clarisse lui adressa un sourire un peu penaud, comme si elle craignait d'avoir mal agi. Elle n'avait jamais préparé le pain toute seule. En vérité, Clarisse n'avait jamais pris aucune responsabilité et Fanny se félicitait de ce changement subit. Clarisse acquérait de l'assurance. Et elle devenait adulte.

— Que ça sent bon ! dit-elle.

Amy était toujours accrochée aux basques de sa mère. Fanny la souleva dans ses bras.

— Si tu allais voir Lucky et Difficile, ma chérie ? Je suis sûre qu'ils ont besoin de tes câlins.

La fillette réfléchit un instant à la proposition, avant d'acquiescer.

— D'accord.

— Tu es une bonne petite fille, sais-tu ?

Fanny la reposa par terre et attendit qu'elle ait quitté la pièce. Elle avait songé aussi à renvoyer Noël dans son lit, pour qu'il n'entende pas non plus leur conversation, mais y renonça finalement. En attendant le retour de Ian, Noël se comportait comme l'homme de la maison et il n'accepterait pas volontiers d'être tenu à l'écart.

La jeune femme s'assit à la table, à sa place habituelle, et décida qu'il valait mieux commencer tout de suite par le plus pénible.

— Robert m'a demandé de l'épouser, annonça-t-elle. Si je refuse, il tuera Ian.

Clarisse et Noël avaient brusquement pâli, tandis que Tim s'était empourpré de colère.

— Tu… ne peux… pas, dit Clarisse.

— Bien sûr que non, répliqua Fanny. J'aurais de toute façon refusé, même si je n'avais pas déjà été mariée à Ian. Mais, pour l'instant, je préfère laisser Robert s'imaginer que j'accepte. Jusqu'à ce que nous ayons pu aider Ian à s'échapper.

— Comment allons-nous nous y prendre ? voulut savoir Noël.

Fanny se tourna vers Tim.

— As-tu un pistolet ?

— Papa en a un. Mais je sais m'en servir.

— Il n'est pas question que tu t'en serves. Je veux seulement que nous le fassions parvenir à Ian.

— Comment ? demandèrent les trois autres d'une même voix.

Fanny prit une profonde inspiration avant de leur expliquer son idée.

Quand elle eut terminé Tim Junior secoua la tête d'un air dubitatif.

— Sans vouloir vous offenser, Fanny, c'est le plan le plus incroyable que j'aie jamais entendu.

Rufus Winfrey savait qu'il n'aurait pas dû suivre l'inconnu – d'autant moins que son intuition l'avait averti de se méfier de lui. Mais comment aurait-il pu refuser de se rendre au chevet d'une mourante ?

Il ne cessait de retourner ce dilemme dans sa tête, depuis qu'il s'était réveillé au fond de ce vieux puits – heureusement asséché. Sa tête lui faisait mal, il avait faim et soif et il se doutait que ses épreuves n'étaient pas encore terminées.

L'homme qui l'avait arrêté sur la route l'avait conduit dans les ruines d'une ferme abandonnée qui avait autrefois appartenu à la famille Adams. Le père et les sept enfants avaient été assassinés par les Indiens et la mère avait été enlevée. On ne l'avait jamais revue. Depuis ce drame, la légende racontait que les fantômes des enfants revenaient hanter les lieux, à la recherche de leur mère.

La ferme avait été rachetée plusieurs fois, mais les acquéreurs, les uns à la suite des autres, avaient tous déserté les lieux après avoir vu leurs récoltes se dessécher ou leurs hangars partir en fumée. Sans parler des pleurs des enfants Adams qui, disaient-ils, venaient troubler leur sommeil. Aussi, les lieux étaient-ils considérés comme maudits et depuis quelques années, plus personne n'avait osé s'y installer.

Rufus avait donc été surpris de voir l'inconnu le conduire là. Mais, quand il avait voulu demander des explications à son compagnon, celui-ci avait sorti un pistolet.

Rufus avait aussitôt compris que l'autre avait l'intention de le tuer. Mais il avait réussi à le faire renoncer à son projet en lui parlant de l'enfer et du sacrilège qu'il y aurait à tirer sur un homme d'Église.

Finalement, l'autre s'était contenté de l'assommer et de le jeter dans le puits.

Certes, le puits était à sec et peu profond. Rufus avait survécu sans peine à sa chute. Cependant, il commençait à se demander s'il n'avait pas eu tort de vouloir amadouer son agresseur. Une mort rapide ne valait-elle pas mieux qu'une lente agonie ?

À son réveil, il s'était époumoné à crier autant qu'il avait pu, avant de décider d'économiser sa voix pour l'occasion où une présence humaine se ferait entendre à proximité. Hélas ! Rufus craignait que personne ne s'approche de la ferme abandonnée avant longtemps. Mais il voulait s'accrocher à l'idée que sa femme, sa chère Margaret, constatant sa disparition, enverrait ses frères à sa recherche et qu'ils écumeraient tout le pays pour le retrouver.

Il passa ainsi des heures à attendre un éventuel bruit de pas ou de voix. Et pourquoi pas, les pleurs des enfants dont parlait la légende. Mais il n'entendit rien de plus que le murmure du vent dans les arbres. Ni hommes ni fantômes ne semblaient plus s'intéresser à ces lieux.

Le plus grand mystère, cependant, résidait ailleurs. Rufus ne comprenait pas pourquoi on l'avait attaqué. Si son agresseur ne l'avait pas appelé par son nom, il aurait volontiers cru à un bandit de grand chemin qui n'aurait cherché qu'à s'emparer de son cheval. Mais alors, pourquoi l'avoir spécialement attendu lui, le révérend Winfrey ? C'était ce que Rufus ne s'expliquait pas.

La nuit finit par tomber et il pouvait apercevoir les étoiles briller dans le rond de ciel qui se découpait au-dessus de sa tête. La faim le tenaillait et plus encore, la soif. Une petite pluie, qui lui aurait mouillé les lèvres, aurait été la bienvenue...

Pour oublier ses souffrances, Rufus rumina encore et encore le mobile de son agression. Qui avait ordonné de l'attaquer ? Et pour quelle raison ? En homme de Dieu, il ne nourrissait ni haine, ni désir de revanche. Et cependant…

Rufus s'obligea à chasser ce « cependant » de sa tête. Ce n'était pas à lui de juger.

Mais, plus les heures passaient et plus il était obsédé par cette question. De tous les hommes qu'il avait pu croiser au cours de ses pérégrinations, un seul lui semblait assez dénué de morale pour ne pas hésiter à s'en prendre à un révérend sans défense.

Et cet homme, c'était Robert Marsh.

Ian réussit à dormir plusieurs heures d'affilée, malgré la douleur. Depuis qu'il avait quitté Brinaire, il avait appris à dormir dans les pires conditions. Mais son sommeil fut peuplé de cauchemars si atroces, mêlant à la fois ses frères, Katy et Fanny, qu'il se réveilla baigné de sueur. Il essayait péniblement de reprendre ses esprits, lorsque la porte de la stalle s'ouvrit sur le contremaître.

— Debout ! lui cria-t-il.

Martin détacha la chaîne qui reliait le prisonnier au mur. Ian se redressa et fit quelques pas. Mais la chaîne, qui restait fixée à ses chevilles, le gênait considérablement dans ses mouvements.

— Il faudra t'y habituer, commenta Martin en le poussant devant lui.

Ian luttait pour tenir sur ses jambes, mais il ne voulait pas donner à son garde-chiourme la satisfaction de tituber sous ses yeux.

Martin le conduisit dans une cour où étaient rassemblés d'autres hommes et femmes, adultes ou adolescents. La plupart étaient des esclaves noirs, mais quelques Blancs faisaient aussi partie du nombre. Deux portaient des chaînes, comme Ian. Sans doute avaient-ils tenté de s'enfuir. À présent, leur regard était vide, sans espoir. Du reste, personne ne porta attention à Ian, comme s'ils avaient perdu toute curiosité depuis longtemps.

Un Blanc, grand et sec, lui ordonna de rallier un groupe de six esclaves. Il maniait un fouet et se donnait des airs importants. Ian en déduisit qu'il avait lui-même été esclave autrefois. Il le suivit sans faire de commentaires, trop occupé à ne pas se prendre les pieds dans sa chaîne quand il avançait.

Ils marchèrent un bon kilomètre, ou peut-être plus. L'épreuve ôta à Ian ce qui lui restait de forces, chaque pas ravivant un peu plus la douleur que lui infligeait sa blessure au côté. Et la journée ne faisait que commencer ! Il essaya de penser à autre chose. Il ne voulait pas non plus s'inquiéter pour Noël, ni savoir s'il reverrait un jour Clarisse et Amy.

Par-dessus tout, il essaya de chasser Fanny de ses pensées, ainsi que tous ces merveilleux moments qu'ils ne partageraient plus ensemble et tous ces mots qu'ils ne pourraient plus échanger.

Il trébucha à nouveau et, cette fois, ne put se retenir de tomber. Aussitôt, le fouet s'abattit sur son dos.

Le visage dans la poussière, Ian serra les dents et se redressa lentement. Il pensait avoir quitté l'enfer le jour où il avait posé le pied sur la terre du Maryland. Mais, aujourd'hui, il savait qu'il s'était trompé.

24

Assise à la grande table, Fanny se débattait avec les deux messages qui constituaient une des pièces maîtresses de son plan.

Bien qu'elle sût lire et écrire assez correctement désormais, elle voyait bien que ses connaissances étaient encore limitées. Elle en aurait presque pleuré. C'était une question de vie ou de mort.

Tim Junior aurait pu l'aider, mais il était parti tôt le matin chercher l'arme de son père et convaincre – du moins Fanny l'espérait – la veuve Philips de venir garder les enfants. Ils lui expliqueraient que Fanny avait besoin de se rendre à Chestertown pour affaires et, avec un peu de chance, cette brave femme ne poserait pas de questions.

L'attente se prolongeant, Clarisse avait envoyé Noël arroser le potager avec son bras valide. Le garçon était étrangement calme, presque renfrogné, et Fanny devinait qu'il devait être vexé de ne pas jouer de rôle dans son plan.

À midi, enfin, Fanny fut soulagée de voir apparaître Mme Philips. Elle arriva dans un buggy conduit par son fils cadet, un grand garçon de dix-sept ans, qui aida sa mère à descendre de voiture, avant de repartir aussitôt.

— Tim m'a expliqué que vous deviez vous rendre à Chestertown, dit-elle. Je suis ravie de pouvoir vous aider. Restez en ville aussi longtemps qu'il vous sera nécessaire. Je m'occuperai de vos enfants.

La gratitude de Fanny n'avait d'égale que son étonnement. Elle n'avait jamais espéré la moindre aide de ses voisins, à cause, croyait-elle, des menaces de Robert. Mais peut-être s'était-elle trompée ? En tout cas, elle était ravie de voir Mme Philips s'asseoir à sa table et commencer à papoter comme si elles étaient de vieilles amies. Dans des circonstances moins dramatiques, elle aurait même pris grand plaisir à cette conversation. Mais, pour l'heure, Fanny attendait avec impatience le retour de Tim.

Il arriva en début d'après-midi. Fanny alla le rejoindre dans l'écurie, pour éviter d'éveiller la curiosité de sa visiteuse.

— Le revolver est chargé et prêt à servir, expliqua le jeune homme. Il ne me reste plus qu'à montrer à Clarisse comment le tenir.

Fanny entrouvrit la porte de l'écurie et siffla. La seconde d'après, Maladroite venait se poser sur son épaule. La jeune femme lui caressa le crâne.

— Vas-tu bien remplir ton rôle ? lui demanda-t-elle.

La corneille battit des ailes et Fanny voulut y voir un signe encourageant. La réussite de son plan dépendrait en grande partie de l'attitude de l'animal.

La jeune femme retourna dans la maison prendre son matériel pour écrire, puis revint dans l'écurie. Elle posa l'encrier, le papier et la plume sur la caisse qui servait de table de chevet à Ian.

— Peux-tu m'écrire les deux messages ? demanda-t-elle à Tim.

Le jeune homme hocha la tête.

— Que dois-je marquer ?

— Écris : « pistolet », « écurie » et « balle de foin » sur le premier message. Et « aujourd'hui », « chevaux » et « clairière » sur l'autre.

Tim semblait sceptique.

— Il comprendra ?

Fanny n'en était pas plus certaine que lui, mais elle ne voulait pas communiquer ses doutes au jeune homme.

— Il faudra bien.

Fanny étreignit la main de Clarisse et les deux sœurs échangèrent un sourire au moment où leur chariot pénétrait sur les terres de Robert.

Comme d'habitude, les esclaves étaient courbés dans les champs et Cecil Martin se déplaçait d'un groupe à l'autre, son fouet à la main.

Fanny ne put retenir un frisson d'horreur en voyant la lanière de cuir s'abattre brutalement sur un dos nu. Quand la victime se redressa, la jeune femme sentit son sang se glacer dans ses veines. Ian. Même à cette distance, elle avait reconnu sa stature si particulière.

Malgré son angoisse, Fanny réussit pourtant à esquisser un sourire en voyant Robert venir à leur rencontre.

— Vos visites me sont toujours un plaisir, ma chère, lui dit-il, avant de couler un regard méprisant à Clarisse.

Fanny contint sa colère. Elle pria le Ciel que sa sœur ne se laisse pas intimider par Robert et fasse bien ce qui était prévu.

— J'espère que vous m'apportez de bonnes nouvelles ? ajouta Robert.

— Tout dépend de vous, répliqua Fanny. Vous m'aviez fait une promesse.

— Et je la tiens. Votre Écossais travaille dans mes champs, mais il est vivant et en bonne santé.

— Il était blessé.

Robert haussa les épaules.

— Je ne suis pas là pour dorloter mes esclaves.

Fanny s'abstint de répondre, pour ne pas rentrer dans son jeu.

— Vous ne devriez pas conduire vous-même ce chariot, reprit Robert. Je n'ai pas envie que ma femme ait les mains calleuses.

— Ce n'est pourtant pas nouveau. J'ai toujours aidé mon mari dans les champs.

— Il n'est pas question que cela continue, répliqua Robert. Du reste, je n'ai jamais compris pourquoi ce pauvre John vous laissait travailler comme… une paysanne.

Et sur ces mots, il fit signe à Cecil Martin de les rejoindre. Le contremaître arriva au galop.

— Prenez quelqu'un pour conduire ce chariot jusqu'au manoir, lui ordonna Robert.

Choisirait-il Ian ? C'était tout à fait le genre de Robert de vouloir ainsi l'humilier devant elle. Mais le plan de Fanny serait grandement facilité si elle pouvait parler directement à Ian.

Hélas ! Robert anéantit ses espoirs.

— Prenez n'importe quel esclave, mais pas l'Écossais, ajouta-t-il à l'intention du contremaître. Et dites-lui de faire vite.

Le contremaître repartit dans les champs et désigna un esclave. Pendant que celui-ci courait vers le chariot, Fanny vit Cecil Martin donner un nouveau coup de fouet à Ian. Cette fois, présuma-t-elle, uniquement pour la faire enrager.

— Si cela se reproduit, je ne vous épouserai jamais, dit-elle à Robert.

— Bien sûr que si. Car ces quelques coups de fouet ne sont rien, en comparaison de ce que je pourrais lui faire subir.

— Ça ne vous dérange pas de savoir que je vous méprise ?

— Pas le moins du monde. Comme je vous l'ai dit l'autre jour, je prendrai grand plaisir à vous mater. Réfléchissez, ma chère. Ça ne devrait pas être si dur de m'épouser. Vous aurez une belle maison, des toilettes, de l'argent. Votre sœur… sera prise en charge. Vos enfants apprendront les bonnes manières.

Fanny sentit Clarisse tressaillir. Elle espéra que Robert ne s'en était pas aperçu. Il était capable de l'effrayer un peu plus, juste pour le plaisir.

L'esclave les avait rejoints. Il transpirait et reprenait difficilement son souffle.

— Conduis ces dames jusqu'au manoir, lui ordonna Robert.

Fanny libéra son siège et l'esclave prit les rênes en évitant soigneusement de croiser le regard de la jeune femme. Robert suivit le chariot jusqu'au manoir et aida Fanny à descendre de voiture. Clarisse, pour sa part, avait déjà sauté à terre, pour ne pas donner à Robert l'occasion de la toucher.

— Retournez dans les champs, ordonna Robert au conducteur.

L'esclave repartit en courant d'où il venait. Robert lui lança un regard méprisant, avant de confier l'attelage à l'adolescent que Fanny avait déjà vu lors de sa précédente visite. Puis, Robert revint vers elle et lui prit le bras.

— Venez, lui dit-il en la conduisant vers le perron. Nous avons à parler. Et pour commencer, il nous faut arrêter une date.

Arrivé au pied des marches, il se retourna vers Clarisse, qui n'avait pas suivi. Comme convenu avec Fanny, sa sœur attendait près du chariot. Elle filerait dès qu'ils auraient disparu à l'intérieur.

— Approche, petite, lui dit-il. Ne sois pas timide.

Clarisse secoua la tête.

— Depuis votre dernière… visite à notre ferme, je crains que Clarisse n'ait un peu peur de vous, expliqua Fanny. Elle va m'attendre dehors avec les chevaux. Comme cela, elle leur donnera à boire.

— J'ai des esclaves pour s'en charger, répliqua Robert, irrité.

— La présence des animaux calme ma sœur. Autant la laisser tranquille. Désirez-vous parler mariage, oui ou non ?

Robert ne saisit pas tout de suite la perche qu'elle lui tendait. Il fronça les sourcils.

— Où sont vos enfants ?

La jeune femme esquissa un sourire ironique.

— Au cas où vous l'auriez oublié, Noël est blessé. Il n'était pas en état de faire le trajet. Je l'ai confié à une voisine.

— Mais il va mieux, n'est-ce pas ?

La sollicitude de Robert était tellement feinte que Fanny en avait presque la nausée.

— Oui, répliqua-t-elle sèchement en montant les marches, pour détourner son attention de Clarisse.

— Vous voyez ! Je vous avais bien dit qu'il n'était pas gravement blessé.

La porte s'ouvrit devant eux, comme si le majordome avait guetté leur arrivée depuis une fenêtre. Fanny était impressionnée de voir avec quelle diligence ses domestiques obéissaient à Robert. La peur les rendait serviles.

Son beau-frère la conduisit dans le petit salon. Il lui proposa un fauteuil face à la cheminée, mais la jeune femme préféra le sofa, qui lui permettait d'apercevoir le chariot par la fenêtre. Robert s'inclina et s'assit à l'autre extrémité du sofa.

— Maintenant, ma chère Fanny, parlons sérieusement. Je pense que nous devrions déjà publier les bans. De cette manière, nous pourrions être mariés d'ici à trois semaines.

— Que faites-vous de mon deuil ?

Robert balaya l'argument d'un revers de main.

— Dans la mesure où j'épouse la veuve de mon frère, je doute fort que quiconque se risque au moindre commentaire désobligeant. Pour ce qui est de votre sœur…

— Que voulez-vous à ma sœur ?

— J'ai réfléchi à son cas. On m'a parlé d'une école, à Boston, qui prend les… simples d'esprit. Ça me paraît être la solution idéale.

Fanny devinait aisément ce qu'il fallait entendre par « école » : Robert comptait ni plus ni moins envoyer Clarisse dans un asile de fous. Cependant, la jeune femme s'obligea à ne pas lui montrer son désarroi. Pense à ton plan, se dit-elle. Et n'oublie pas que tu es là seulement pour laisser à Clarisse le temps d'accomplir sa mission.

Un bref coup d'œil par la fenêtre l'avertit que sa sœur n'était pas encore revenue près du chariot. Fanny décida alors de contrer Robert. Si elle se montrait trop conciliante, elle risquait d'éveiller ses soupçons.

— Ma sœur restera avec moi, décréta-t-elle.

— Mais alors, à une condition, répliqua Robert. Qu'elle apprenne à s'habiller et à se coiffer convenablement. Je ne veux pas d'une souillon sous mon toit.

— Lui tirerez-vous dessus, elle aussi, si elle ne se plie pas à vos désirs ?

— Ne soyez pas de mauvaise foi, Fanny. D'abord, ce n'est pas moi qui ai tiré sur Noël. Ensuite, je vous rappelle que votre fils a menacé un des adjoints du shérif. Ce dernier n'a fait que se défendre. Je ne suis pour rien dans cette affaire.

— Ce n'est pas mon avis. Si vous n'aviez pas pénétré sur ma propriété avec l'idée de me voler ce qui m'appartenait, cela ne serait pas arrivé.

— Vous parlez de votre Écossais, j'imagine ?

— Et de ma ferme.

— La ferme de John, la corrigea-t-il. Et maintenant, la mienne.

— Je sais que John n'a pas changé son testament.

— Mais comment comptez-vous le prouver ?

Fanny comprenait qu'il cherchait à la pousser dans ses derniers retranchements. Elle ne tomberait pas dans son piège et ne lui donnerait pas le plaisir de céder à la colère.

— Sans preuves, vous ne pourrez rien faire, insista Robert. Le shérif ne voudra jamais croire qu'un mari sensé aurait pris le risque de laisser sa veuve à la merci d'un renégat.

— De toute façon, vous payez Vaughn pour qu'il croie ce qui vous arrange.

— Vous vous méprenez, Fanny. Je n'ai d'autre souci que votre sécurité, croyez-le bien.

Son ton s'était adouci et il s'était rapproché de la jeune femme.

— Vous êtes la veuve de mon frère.

— Vous ne vous êtes jamais soucié de John, répliqua Fanny. Vous avez rendu son existence si misérable qu'il ne se serait jamais tourné vers vous pour tout l'or du monde.

— Eh bien, si, détrompez-vous. Je sais pourquoi John vous avait épousée. Parce qu'il considérait que vous aviez besoin d'être secourue. Pourquoi vous serait-il si difficile de croire qu'il aurait pu faire appel à moi pour le même motif : vous aider ?

— Tout simplement parce que vous avez toujours empêché quiconque de l'aider, lorsqu'il en avait le plus besoin. S'il n'avait pas été obligé de tenir sa ferme tout seul, il serait sans doute encore en vie, à l'heure qu'il est.

Fanny fut stupéfaite de voir son beau-frère soudain pâlir. Il semblait réellement blessé qu'elle pût l'accuser de porter une quelconque responsabilité dans la mort de John. Se pouvait-il, finalement, que Robert eût un minimum de conscience ?

— John a toujours été le bienvenu ici, répondit-il après un long silence. Mais il a refusé mon hospitalité. Alors qu'elle aurait pu le sauver, vous le savez aussi bien que moi.

— Votre « hospitalité », comme vous dites, impliquait qu'il renonce à ses terres.

— Qui n'auraient jamais dû lui appartenir, rétorqua Robert. Cette plantation n'était pas destinée à être divisée. J'étais l'aîné et, en tant que tel, l'usage voulait que j'hérite de la totalité du patrimoine, chevaux compris.

— Votre père n'était pas de cet avis.

— Mon père n'avait plus toute sa tête lorsqu'il a rédigé son testament. La maladie lui avait égaré l'esprit.

Fanny avait du mal à se contenir. Robert semblait si sûr de lui, comme s'il croyait vraiment à ce qu'il disait ! Il devait également s'imaginer qu'elle saurait lui pardonner, si elle se donnait la peine de le comprendre…

Hélas ! c'était lui qui ne comprenait pas. Et qui ne comprendrait jamais. Il était incapable de s'apitoyer sur le sort de quiconque. Et, plus grave, il croyait sincèrement agir pour le bien de *sa* famille. Car il était convaincu que la famille de son frère était la sienne. Que les terres de son frère étaient les siennes. Que tout lui appartenait, en somme.

Fanny ne se sentait plus le courage de soutenir une

discussion avec lui. Heureusement, un nouveau coup d'œil par la fenêtre lui apporta le soulagement espéré. Clarisse était de retour à côté du chariot. Elles pouvaient donc repartir sans plus attendre.

La jeune femme se leva abruptement.

— Je dois y aller. Noël a besoin de sa mère.

Robert s'était levé à son tour.

— Et pour les bans ? Nous devrions nous en occuper aujourd'hui même.

— Je ne veux pas me rendre à Chestertown tant que Noël est malade.

— Deux jours, Fanny. Je vous accorde deux jours. Je viendrai chez vous jeudi matin et nous partirons ensemble à Chestertown, dans mon attelage.

Robert découvrirait alors son mariage avec Ian. D'ici là, le révérend Winfrey aurait forcément accompli les formalités d'enregistrement.

Mais cela n'aurait plus d'importance, de toute façon. Car Ian se serait enfui d'ici. Et Fanny serait libre de contrer Robert à sa guise. Elle l'attaquerait devant les tribunaux. Et elle gagnerait.

Robert lui prit la main pour la baiser. La jeune femme s'obligea à masquer son dégoût.

— Je vais quérir un cocher pour vous ramener chez vous, dit-il. Je ne voudrais pas que ma fiancée se fatigue inutilement sur la route.

— J'ai l'habitude de conduire depuis des années, répliqua Fanny. Tant que nous ne sommes pas mariés, j'entends ne rien changer à mes habitudes.

— Très bien, acquiesça Robert avec une surprenante affabilité.

Le majordome attendait pour ouvrir la porte à la jeune femme. Robert l'escorta jusqu'au perron et l'aida à remonter dans le chariot.

— À jeudi, lui dit-il.

— À jeudi, répondit Fanny.

Je me ferai un plaisir de vous annoncer que votre « fiancée » est déjà mariée à votre esclave en fuite.

25

Ian se pencha pour ramasser un autre caillou. Oublie ta douleur. Serre bien ton caillou dans tes mains et ne le laisse pas tomber. Sinon, il savait qu'il recevrait un nouveau coup de fouet. Puis, il se dirigea vers la charrette. Un pas devant l'autre. Ne trébuche pas. Ne tombe pas. Prends ton temps, mais marche droit.

Depuis la défaite de Culloden, il savait qu'il pouvait exiger l'impossible de son corps, du moment que sa volonté ne faiblissait pas.

Aujourd'hui, c'était le souvenir de Fanny qui l'aidait à tenir. Son sourire. Ses yeux ambrés. Sa gentillesse et sa générosité. Ses longues boucles soyeuses. L'ardeur avec laquelle elle répondait à ses baisers.

Quand il la vit arriver sur la propriété, en compagnie de Clarisse, Ian crut d'abord qu'il rêvait. Que sa douleur lui causait des hallucinations. Mais non. Marsh s'avança à la rencontre du chariot et Ian comprit que c'était bien elle. Que venait-elle faire ici ? Pouvait-elle le voir comme il la voyait ? Il s'obligea à se redresser, pour qu'elle n'ait pas de lui la vision d'un homme ployé sous la tâche. Puis, un esclave prit la direction de l'attelage et Ian, frustré, regarda la jeune femme disparaître vers le manoir.

Il reprit son labeur, rendu d'autant plus pénible à mesure que le soleil s'élevait dans le ciel. Martin l'avait chargé de débarrasser quelques arpents de terre des pierres qui les encombraient, de manière à les rendre cultivables. Un travail long et ingrat. Tandis qu'il portait ses cailloux dans la charrette, Ian se mit à échafauder des projets de fuite. Quand Fanny repasserait pour rentrer chez elle, il courrait jusqu'à son chariot pour se cacher dedans. Mais la chaîne attachée à ses chevilles eut tôt fait de le ramener à la réalité.

Il pouvait à peine marcher. Encore moins courir. Et puis, sa blessure le faisait toujours terriblement souffrir. Sans compter que, dès qu'il s'arrêtait de travailler, le fouet ne tardait pas à s'abattre sur son dos.

Non, il ne pouvait pas s'enfuir. En tout cas, pas pour l'instant.

Mais il devait au moins survivre. Et rependre des forces. Coûte que coûte, s'il voulait régler son compte à Robert Marsh.

Une heure plus tard, le chariot repassa en sens inverse. C'était de nouveau Fanny qui le conduisait. Et sa sœur se tenait à côté d'elle. La jeune femme ne ralentit pas et ne jeta même pas un regard dans sa direction. Qu'était-elle venue dire à son beau-frère ? Avait-elle cherché à marchander la vie de Ian ? En échange de sa liberté à elle ? Ian trouvait cette idée insupportable. Mais il savait Fanny capable d'aller jusque-là.

Le chariot disparut au bout du chemin et Ian se remit au travail, la mort dans l'âme. Le soleil tapait si fort, à présent, que sa tête commençait à bourdonner. Aussi ne prêta-t-il pas tout de suite attention au bruit familier qui résonnait depuis un moment déjà à ses oreilles.

Croa, croa, croa…

Une corneille ! Ian jugea impossible que ce fût Maladroite. Et, cependant, l'oiseau volait obstinément au-dessus de sa tête, en décrivant de petits cercles. Comme pour attirer son attention.

Ian jeta prudemment un regard autour de lui. Cecil Martin était parti à l'autre bout du champ s'en prendre à un esclave qui avait sans doute commis quelque faute. Ian profita de ce répit pour siffler discrètement, de la manière dont Fanny le faisait pour appeler Maladroite.

Aussitôt, l'oiseau amorça sa descente.

Bon sang de bon sang…

Ian regarda à nouveau en direction du contremaître. Par chance, celui-ci lui tournait toujours le dos. Ian se pencha alors sur un caillou, faisant mine de le ramasser, mais il continuait de siffler entre ses dents. Maladroite vint se poser juste à ses pieds.

Ian remarqua immédiatement les deux petits bouts de papier enroulés autour de chacune des pattes de l'animal. Il les défit prestement pour les glisser dans la poche de son pantalon.

— Désolé, ma vieille, mais je n'ai rien à te donner, murmura-t-il à la corneille. Retourne vers ta maîtresse, si tu veux une récompense. Va! Va voir Fanny!

Il avait accompagné ses paroles d'un geste de la main et Maladroite, comprenant aussitôt le message, reprit son envol en direction de la ferme de Fanny.

Mais, au même moment, Martin revenait vers Ian. Dès qu'il vit la corneille dans le ciel, le contremaître dégaina son pistolet et visa l'oiseau.

Ian, horrifié, se laissa tomber à terre en poussant un cri de douleur, juste à l'instant où Martin tirait. La balle fut déviée de sa trajectoire et la corneille put atteindre les bois sans encombre.

Le contremaître, furieux, se précipita sur Ian. Celui-ci voulut se relever, mais il ne fut pas assez rapide pour éviter que le fouet ne s'abatte de nouveau sur son dos. Une fois, puis deux et encore une autre…

Ian retomba à terre avec le sentiment qu'il ne pourrait pas se relever. Ses jambes et ses bras ne lui obéissaient plus et il avait l'impression que tout son dos était à vif. À cet instant, il eut l'envie de se laisser couler, de ne plus combattre. Et puis, il se souvint des deux petits bouts de papier cachés dans sa poche et il reprit espoir.

Il posa ses deux mains à plat dans la terre et tenta de prendre appui sur le sol pour se redresser. C'est alors qu'il sentit deux bras solides l'empoigner sous les aisselles et le remettre debout. Ian se balança un moment d'un pied sur l'autre, avant de parvenir à retrouver l'équilibre. Puis, il remercia celui qui s'était porté à son secours, un esclave noir qui travaillait, depuis le début de la matinée, dans le champ d'à côté. L'homme échangea avec lui un bref regard de connivence, comme s'ils étaient deux galériens forcés de s'entraider pour survivre.

— Retourne à ton travail, sale chien! cria le contremaître.

Ian reprit sa tâche. Le soleil, peu à peu, commença à descendre dans le ciel. Et finalement, le contremaître s'éloigna pour aller surveiller le reste de la plantation. Ian profita de ce répit pour tirer les deux morceaux de papier de sa poche. Il les lut rapidement, puis les relut, pour s'assurer qu'il avait bien compris. Sa première réaction fut de s'emporter contre Fanny. Elle avait pris des risques insensés pour l'aider à s'échapper. Avait-elle seulement réalisé ce qui lui arriverait si Robert l'avait surprise?

Et puis, Ian finit par comprendre qu'il aurait agi pareillement pour elle. Katy était peut-être morte, à cette heure. Depuis des mois, Ian n'avait cessé de penser qu'il était sans doute déjà trop tard pour sauver sa sœur. En revanche, il pouvait encore faire quelque chose pour Fanny et sa famille. Il les aimait tous, même s'il avait longtemps cherché à le nier. Et il estimait de son devoir de les protéger. Fût-ce au prix de sa propre vie.

Il relut les papiers une dernière fois, puis les déchira en petits confettis qu'il s'empressa d'avaler. Encore quelques minutes. Une heure, tout au plus. Il pouvait tenir. Il devait tenir.

À la tombée du crépuscule, le contremaître ordonna aux esclaves de regagner leurs quartiers, disposés juste derrière l'écurie où Ian avait son cachot. Au milieu des bâtiments, se dressait une petite cour où cuisait la marmite commune contenant le dîner des esclaves. Martin retint Ian par le bras, pour l'empêcher de se joindre aux autres.

— Tu mangeras plus tard, lui dit-il, avant de le pousser vers l'écurie.

Une fois à l'intérieur, Ian regarda rapidement autour de lui. « Balle de foin », disait l'un des petits bouts de papier. Une balle de foin était effectivement posée dans l'allée, sans doute en prévision du prochain nettoyage des stalles.

Ian attendit de n'être plus qu'à quelques pas de la balle, avant de trébucher volontairement. Il se laissa tomber de tout son long sur le tas de foin et glissa sa main dedans, pour le fouiller rapidement. Il trouva le pistolet une fraction de seconde avant que Martin ne lui décoche un coup de pied dans les côtes.

Ian réfléchit promptement. Ignorant la douleur qui lui cisaillait la poitrine, il roula sur le dos et retira le pistolet de la balle de foin, pour le pointer directement sur Martin.

Le contremaître pâlit instantanément.

— Tu cherches à t'attirer de nouveaux ennuis, dit-il d'une voix cependant calme.

Ian ricana.

— Ah oui ? C'est drôle, mais j'ai plutôt l'impression que c'est toi qui vas avoir des ennuis, maintenant, Martin. Tu ne peux pas savoir à quel point cela me réjouirait de t'envoyer une balle entre les deux yeux.

— Tu seras pendu.

— Peut-être. Mais tu ne seras plus là pour assister au spectacle. Et, au moins, avant de mourir, j'aurai eu la satisfaction de te descendre. Maintenant, libère mes chevilles de cette chaîne.

— Je n'ai pas la clé.

— Ça, c'est dommage, ironisa Ian en posant le doigt sur la détente.

Martin commençait à blêmir.

— Marsh me tuera.

— C'est fort possible. Mais considère que si tu ne me libères pas, moi je te tuerai avec certitude.

— Si je te donne la clé…

— Il n'y a pas de « si ». Tu vas me la donner, sinon je la prendrai sur ton cadavre.

Martin fouilla dans le trousseau de clés qui pendait à sa ceinture.

— Pas de gestes brusques, l'avertit Ian.

Quand le contremaître lui tendit finalement la bonne clé, Ian secoua la tête.

— Non. C'est toi qui vas me libérer. Tu es meilleur que moi avec les cadenas.

À contrecœur, Martin se pencha sur les chevilles de Ian, qui en profita pour l'assommer d'un bon coup de crosse. Le contremaître s'affala lourdement sur lui et Ian dut le repousser pour arriver à se libérer. Après quoi, rassemblant ce qui lui restait de forces, il tira Martin dans la stalle et, non sans une certaine satisfaction, l'enchaîna au mur à sa place, avant de lui arracher sa chemise. Puis, s'aidant du coutelas qu'il avait récupéré dans une des poches du contremaître, il déchira le bas du pantalon de celui-ci, pour en faire un bâillon qu'il lui fourra dans la bouche. Pour terminer, il ramassa une cordelette qui traînait par terre et s'en servit pour ligoter ses poignets dans le dos. Depuis qu'il n'était plus entravé aux chevilles, Ian se sentait des ailes. Mener à bien le plan échafaudé par Fanny ne lui semblait plus du tout impossible.

Il se dépêcha d'enfiler la chemise du contremaître, afin de cacher son dos lacéré par le fouet et compléta son déguisement avec le chapeau de Martin, qu'il ramassa à terre pour le ficher sur son crâne. Finalement, il le dépouilla également de ses bottes, puis, inspectant les stalles alentour, il choisit avec soin le cheval qui lui parut le plus rapide, avant de seller l'animal.

Au moment où il s'apprêtait à quitter l'écurie sur sa monture, Ian entendit des voix dans la cour. Les esclaves n'avaient pas terminé de dîner. Cependant, le temps pressait. Ian ne voulait pas attendre davantage, mais ne souhaitait pas non plus donner tout de suite l'alerte. Son déguisement était grossier, mais pouvait marcher. Avec un peu de chance, tout le monde le prendrait pour le contremaître. Il se résolut à sortir de l'écurie et à lancer sa monture au petit trot.

Comme Ian l'avait espéré, personne ne prêta réellement attention à lui. La plupart des esclaves mangeaient, le nez plongé dans leur écuelle.

Il réussit cependant à contenir son impatience jusqu'aux limites de la plantation. Quand le manoir ne fut plus visible, il enfonça alors ses talons dans les flancs de sa monture, qui répondit aussitôt en s'élançant au galop.

Il était libre !

Fanny allait et venait nerveusement le long de la rivière. Assis sous un arbre de la clairière, Tim Junior jetait de temps à autre de petits cailloux dans le cours d'eau. Clarisse était partie ramener le chariot à la maison et elle avait pris Maladroite avec elle, la jeune fille et la corneille ayant chacune accompli leur part de l'aventure.

Maladroite – l'élément le plus imprévisible du plan de Fanny – avait joué son rôle bien au-delà des espérances de la jeune femme. Après leur départ de chez Robert, Fanny et sa sœur avaient retrouvé Tim au bord de la rivière, à leur point de ralliement. Le jeune homme avait amené la corneille, placée pour la circonstance dans une cage. Clarisse lui avait tenu les ailes, tandis que Fanny attachait les deux petits bouts de papier à ses pattes. Ensuite, Fanny avait passé de longues minutes à répéter à l'oiseau le nom de Ian, en lui indiquant, du doigt, la direction de la plantation de Robert. Puis, à la grâce de Dieu, elle avait libéré l'oiseau pour l'envoyer vers sa mission.

Un quart d'heure plus tard, Maladroite avait réapparu dans le ciel. Dès son atterrissage, Fanny avait constaté qu'elle ne portait plus rien à ses pattes. Les papiers avaient disparu. Mais Ian avait-il pour autant pu les lire lui-même ?

Il ne restait plus qu'à patienter. Et c'était cette attente qui rongeait Fanny d'anxiété depuis le milieu de l'après-midi. À mesure que les heures passaient, la jeune femme, ne voyant toujours pas Ian arriver, sentait l'angoisse la gagner. Avait-il trouvé l'arme que Clarisse avait pu cacher dans le foin, pendant que Fanny conversait avec Robert dans son salon ? Rien ne permettait de penser que Ian était toujours détenu dans l'écurie. Et puis, même à supposer qu'il ait trouvé le pistolet, il n'était pas sûr qu'il ait pu voler un cheval. Ni qu'il ait été capable de se rappeler le chemin de la clairière, près de la rivière où ils avaient fait l'amour.

La nuit était presque totalement tombée, lorsque la jeune femme vit Sir Gray, attaché avec deux autres chevaux non loin de la berge, relever la tête et agiter les oreilles. Fanny et Tim échangèrent un bref regard, avant de se tourner d'un même mouvement vers le sentier. Il demeurait toujours désert, mais les chevaux se trompaient rarement. Quelqu'un arrivait.

Effectivement, au bout de quelques minutes, apparut un cheval dont le cavalier était à moitié courbé sur son dos.

Ian. Fanny l'aurait reconnu entre tous.

Elle courut à sa rencontre et il se laissa glisser à terre pour la serrer dans ses bras. C'était si merveilleux que la jeune femme avait du mal à croire que tout cela était bien vrai. Cependant, la réalité la rattrapa vite, quand elle sentit sous ses doigts, la chemise de Ian trempée dans le dos d'un liquide gluant. Du sang !

— Un cadeau de Cecil Martin, commenta Ian.

Sans dire un mot, la jeune femme lui déboutonna sa chemise pour inspecter son dos. Elle eut du mal à retenir un cri en découvrant les horribles lacérations qui avaient entaillé profondément la chair.

— Mon Dieu… murmura-t-elle. Que t'ont-ils fait ?

— Oh, j'ai connu pire.

— Ce n'est pas une raison !

Ian étreignit la jeune femme aux épaules.

— Comment va Noël ?

— Bien, le rassura Fanny, qui l'entendit soupirer de soulagement. La balle n'a fait que traverser son bras, sans atteindre l'os. Ce matin, il était sur pied et il aurait bien voulu partir avec nous.

Ian ferma brièvement les yeux.

— Dieu soit loué, il est vivant ! Il faut partir, dit-il. Ils ne doivent pas être très loin derrière moi.

Il prit tout de même le temps de l'embrasser sur le front.

— Tu es folle, tu sais. Si quelque chose t'était arrivé…

— Robert ne devinera jamais comment tu as pu obtenir ce pistolet. Il s'imaginera que Martin s'est montré imprudent.

— Qu'as-tu prévu, maintenant ?

— Je dois me rendre à Annapolis. Robert a produit un faux testament prétendant qu'il héritait de tous les biens de John – y compris toi. Mais je compte demander une audience au gouverneur, avec l'avocat. Turner témoignera que John l'avait fait unique dépositaire de ses dernières volontés. Et j'attaquerai Robert en justice.

Elle serra la main de Ian dans la sienne.

— Tim Junior va te conduire dans un endroit où tu pourras te cacher jusqu'à ce que tout soit réglé. Une fois que le Grand Tim aura retrouvé le révérend…

— Me cacher ! s'exclama Ian. Tu crois peut-être que je vais me cacher comme un lâche et te laisser affronter Robert toute seule ? Fanny, quand il s'apercevra que je me suis enfui, si ça n'est pas déjà fait, il va devenir fou de rage !

— Certainement. Mais c'est après toi qu'il en aura. Pas après moi.

Ian n'était pas convaincu.

— Je refuse de me cacher, pendant que tu risqueras ta vie. Où que tu te rendes, je t'accompagnerai.

— Non. Tu ne peux pas.

— Tu vas voir, si je ne peux pas !

— Mais, Ian, je pars pour Chestertown voir Turner !
Et c'est précisément là-bas que Robert commencera
par te chercher.

— Il n'est pas question que je te laisse chevaucher
seule en pleine nuit, alors que ton beau-frère rumine
je ne sais quelle vengeance.

Fanny désespérait de lui faire entendre raison.

— Ian... je suis capable de me prendre en charge.

Il lui caressa la joue.

— Je sais que tu le peux. Mais je ne veux pas.

Et, sur ces mots, il l'embrassa. Longuement, fougueusement, avant de déclarer :

— Je t'aime, Fanny Sutherland.

— Ô Ian... murmura la jeune femme, le cœur soudain plein de joie et d'espoir. J'ai bien cru mourir,
quand j'ai découvert que Robert t'avait enlevé. J'avais
tellement peur qu'il te tue avant que je puisse...

La fin de sa phrase se perdit dans un sanglot.

— Chuut, c'est fini. Je me suis connu en meilleure
forme, mais je ne suis pas encore mort. Grâce à toi.
Fanny, écoute-moi. J'ai déjà perdu tous ceux que j'aimais. Je ne pourrais pas supporter de te perdre
aussi.

— C'est pareil pour moi, murmura-t-elle. Et c'est
pourquoi je voudrais que tu ailles te mettre à l'abri
dans un endroit sûr. Je t'en prie, Ian. Laisse Tim te
conduire. Tu ne peux pas affronter Robert dans l'état
où tu te trouves.

Ian resta silencieux un long moment.

— Fais-tu totalement confiance à Turner ?

— Oui. Il ne nous trahira pas.

— Et ce gouverneur, dont tu parlais ? Robert ne
pourrait pas le corrompre ?

Fanny lui sourit. Mais c'était un sourire triste. Elle
savait que Ian avait appris à ne plus faire confiance à
personne.

— Il existe encore des hommes intègres, qui font passer leur idéal de justice avant toute chose. John m'a souvent expliqué que le gouverneur Braden était de ceux-là.

Ian soupira.

— Dans ces conditions, je m'incline. La parole de John Marsh me suffit.

Fanny, soulagée, se haussa sur la pointe des pieds pour lui donner un petit baiser.

— Merci, lui dit-elle.

— Où as-tu prévu de me cacher ?

— Un peu avant Chestertown. Dans une ancienne ferme abandonnée, qu'on prétend hantée. Personne n'ose plus s'aventurer dans ses parages depuis des années.

Elle lui remit un paquet, avant d'ajouter :

— Voici quelques provisions. Il y a de quoi tenir au moins deux jours.

— Tu penses vraiment à tout !

— Il faut que tu partes, maintenant, Ian. Le temps presse.

Ils rejoignirent, enlacés, l'endroit où Tim les attendait avec les chevaux. Pendant que Ian retrouvait Sir Gray et conversait avec le jeune homme, Fanny conduisit le cheval que Ian avait volé à Robert en lisière de la clairière. Puis, elle lui donna une petite tape sur la croupe et l'animal reprit de lui-même le chemin de son écurie, où il savait que l'attendaient de l'eau fraîche et du foin.

Après quoi, chacun monta en selle. Ils sortirent du bois ensemble et Tim partit le premier.

— Nos chemins se séparent ici, dit la jeune femme à Ian.

Il hocha la tête.

— Sois prudente, mon amour. Rappelle-toi que tu emportes mon cœur avec toi.

Avant que Fanny n'ait pu répondre, il avait lancé Sir Gray au galop pour rattraper Tim.

26

Robert savourait cette délicieuse soirée d'été. Après son dîner, durant lequel il s'était régalé d'un soufflé au crabe, il alla s'enfermer dans son bureau, pour attendre Cecil Martin qui venait toujours à vingt et une heures précises lui faire son rapport de la journée. Robert commença par boire un cognac, puis se plongea un moment dans ses livres de comptes.

Neuf heures sonnèrent sans que Cecil Martin apparaisse. Une demi-heure plus tard, le contremaître n'avait toujours pas donné signe de vie. Cela ne lui ressemblait pas.

Intrigué, Robert demanda à ses domestiques s'ils avaient aperçu Martin et tous répondirent par la négative. Il sortit alors faire quelques pas du côté du quartier des esclaves, mais ne vit pas Martin.

De plus en plus étonné, mais pas encore inquiet, Robert revint dans son bureau, se servit un autre cognac et rouvrit ses livres de comptes. Cependant, voyant que dix heures avaient sonné, il commença à trouver la situation vraiment étrange. Martin n'avait jamais manqué un de leurs rendez-vous.

Finalement, Robert sortit pour rejoindre l'écurie – et plus précisément la sellerie, où Martin aimait se rendre quand il souhaitait s'enivrer. Cela lui était arrivé par le passé et Robert supposa que, ce soir, son contremaître n'avait pas su résister à l'appel de la dive bouteille. Lui-même appréciait beaucoup l'alcool, en revanche, il ne supportait pas que ses employés boivent. Il avait souvent sermonné Martin à ce sujet, mais ce gredin faisait si bien son travail que Robert n'avait de toute façon pas eu le courage de le renvoyer.

Cependant, le contremaître ne se trouvait pas dans la sellerie. Lassé de l'attendre, Robert décida de rentrer se coucher. Demain matin, il aurait une sévère explication avec Martin. Mais, avant de regagner la maison, Robert eut l'idée de faire un petit détour par les stalles, histoire de passer ses nerfs sur l'Écossais.

Il resta bouche bée en découvrant le contremaître enchaîné et ligoté en lieu et place de son prisonnier. Puis, sa colère éclata, énorme. Il hurla une bordée de jurons avant d'arracher le bâillon qui empêchait Martin de parler. Pendant que celui-ci lui expliquait, en bredouillant, que l'Écossais avait pu se procurer une arme, Robert, les mains tremblantes de rage, libérait ses poignets et ses chevilles. À peine le contremaître eut-il réussi à se relever que son patron lui décocha un coup de poing dans la mâchoire qui l'envoya de nouveau à terre.

La minute d'après, ils découvraient, ensemble, que le fuyard avait dérobé l'une des meilleures bêtes de l'écurie. Robert écumait. Comment Martin avait-il pu se laisser abuser aussi bêtement ?

Du reste, le contremaître n'était pas seul en cause. D'après le récit de Martin, l'Écossais s'était échappé en début de soirée. Soit plusieurs heures plus tôt. Or, pas un seul esclave n'était venu prévenir Robert. Pourtant, ils ne pouvaient pas ne pas savoir.

Traînant Martin derrière lui, Robert se précipita dans le quartier des esclaves et les tira tous du lit pour les interroger. Mais il reçut chaque fois la même réponse bornée : « Non, maître. Nous n'avons vu personne, à part M. Martin. »

Hors de lui, Robert frappa si fort un esclave qu'il faillit se briser le doigt. En fait, il aurait préféré passer sa rage sur son contremaître et l'enfermer pour le restant de la nuit là où il l'avait trouvé, dans la stalle de l'Écossais, enchaîné et bâillonné. Mais Robert avait trop besoin de Martin – son seul véritable homme de confiance – pour l'aider à retrouver le fugitif.

Robert repartit vers son bureau, en traînant toujours Martin derrière lui. Il écrivit un mot au shérif Vaughn, pour lui ordonner de lancer tout de suite une patrouille sur les traces de l'Écossais, puis confia le message à Martin pour qu'il aille le porter. De nouveau seul, il sortit son pistolet du tiroir où il était rangé, le chargea et attendit.

L'éventualité que l'Écossais, avec l'avance qu'il avait prise, réussisse à leur échapper le rendait fou de rage. Si Sutherland n'était plus là, Fanny refuserait de l'épouser. Robert avait impérativement besoin de remettre la main sur cette crapule.

Quittant son fauteuil, il se mit à faire les cent pas sur le tapis. Bon sang! Il aurait voulu commencer les recherches tout de suite. Seule la certitude de perdre encore plus de temps l'arrêtait. Il ignorait dans quelle direction Sutherland était parti. Le mieux était encore d'attendre Vaughn et sa patrouille.

Mais, au bout de quelques minutes, Robert s'impatientait de plus belle. Il voulait agir tout de suite.

Quelqu'un devait bien savoir où se trouvait l'Écossais. Quelqu'un qui l'aurait vu quitter la plantation et aurait remarqué la direction qu'il prenait. Mais qui?

Le petit valet! Celui qui travaillait dans l'écurie. C'était lui qui avait apporté à boire et à manger à l'Écossais. Et, bien qu'il eût reçu l'ordre de ne pas parler au prisonnier, Robert était persuadé qu'il avait désobéi. Ce garçon ne valait sans doute pas mieux que son grand frère – qui avait autrefois cherché à s'enfuir et qui était mort. Les deux garçons étaient les petits-enfants d'Ishaia, son cocher, un esclave qui n'avait pas son pareil pour s'occuper des chevaux et auquel Robert tenait beaucoup. Lorsque l'aîné de ses petits-fils était mort sous le fouet de Martin, Ishaia s'était rebellé et aurait sans doute cherché à s'enfuir lui aussi. Mais Robert avait réussi à le faire rentrer dans le rang en le menaçant de déporter son second petit-fils dans le Sud, là où les conditions de travail étaient encore bien pires que dans le Maryland.

Robert irait trouver le garçon en attendant l'arrivée du shérif. Et il saurait bien lui tirer les vers du nez.

Pour la troisième fois de la soirée, il reprit donc la direction du quartier des esclaves et se rendit tout droit à la case d'Ishaia, qu'il réveilla en tambourinant sur sa porte.

Ishaia ouvrit presque immédiatement.

— Où est le gamin?

— Je l'ignore, maître. Je ne l'ai pas vu de la soirée.

— Tu me mens.

Ishaia ne répondit rien.

Robert leva sa cravache et lui en assena un coup en plein visage. C'était la première fois qu'il frappait son cocher et il s'attendait que celui-ci laisse éclater sa terreur. Mais Ishaia ne bougea pas et sa dignité, alors que le sang ruisselait déjà sur sa joue, ne fit qu'accroître la colère de Robert. Cependant, il gardait assez de lucidité pour comprendre qu'il n'obtiendrait rien de plus d'Ishaia pour l'instant et qu'il était inutile de passer sa rage sur lui, au risque de perdre l'un de ses meilleurs esclaves.

— Envoie-le-moi. Je te promets que je ne lui ferai aucun mal.

— Je vous l'enverrai dès qu'il reviendra.

Robert s'éloigna, déconcerté. Ishaia n'avait pas eu peur de lui. Si ses esclaves, soudain, ne le craignaient plus, Robert risquait de se retrouver dans une situation délicate, puisque Martin était parti chercher le shérif. Ce n'était pas la première fois que Robert se retrouvait seul sur sa plantation, et il s'était toujours senti en sécurité. Mais ce soir, c'était différent. Il s'était passé quelque chose au cours des dernières heures. Ses esclaves avaient compris qu'il s'était fait duper par l'un d'eux et c'était comme si l'évasion de Sutherland leur avait redonné courage à tous.

Robert y voyait une raison supplémentaire de ramener ce gredin sur la plantation. Il n'avait plus seulement besoin de l'Écossais pour obliger Fanny à l'épouser. Robert devait prouver à tous ses esclaves que personne ne pouvait durablement lui échapper.

Aussi, dès que ce maudit Sutherland serait retrouvé, il le tuerait.

Rufus était persuadé qu'il rêvait. Il croyait entendre hennir un cheval, mais c'était certainement une illusion. De toute façon, il perdait peu à peu conscience et n'aurait même pas su dire depuis combien de temps il croupissait au fond de son puits. Rufus ne savait qu'une chose : que sa gorge desséchée le brûlait atrocement, que son estomac criait famine et qu'il n'avait plus la force de parler. Encore moins de crier.

Cette fois, pourtant, il lui semblait vraiment entendre les sabots d'un cheval. Son agresseur était-il revenu sur le lieu de son crime, ou s'agissait-il d'un promeneur égaré ? Rufus se demanda s'il devait ou non faire du bruit pour signaler sa présence. Finalement, il décida de tenter sa chance. Puisqu'il ne pouvait plus crier, il tâtonna, à la recherche d'un objet. Ses doigts agrippèrent un caillou, que Rufus lança aussitôt de toutes ses forces. Malheureusement, le caillou heurta la paroi du puits bien avant d'arriver en haut.

Soudain, Rufus entendit une voix masculine appeler quelqu'un.

Il lança un autre caillou, puis un troisième, voulant croire au miracle. Dieu ne pouvait quand même pas lui faire espérer son sauvetage et l'abandonner cruellement.

La voix s'était rapprochée et elle sembla familière à Rufus. C'était celle de Tim Wallace – le père. Il l'aurait juré.

Il voulut crier, mais aucun son ne sortit de sa gorge. Quelques secondes plus tard, cependant, il vit un homme se pencher au bord du puits – sa silhouette se découpait parfaitement sur le ciel étoilé.

— Révérend Winfrey ?

Cette fois, il n'y avait plus de doute. C'était bien la voix de Tim Wallace.

Rufus lança un nouveau caillou contre la paroi du puits.

— Ici… voulut-il crier, mais c'est à peine si un râle sortit de sa gorge.

— Dieu tout-puissant! s'exclama Tim. Comment est-ce possible?

Rufus remercia Dieu. Et Tim Wallace.

— Je vais chercher une corde pour vous tirer de là, lui cria Tim. Êtes-vous blessé?

Rufus était incapable de répondre. Heureusement, son sauveteur comprit la situation.

— Tapez sur le mur, lui dit-il. Deux coups pour oui, un coup pour non. Êtes-vous blessé?

Rufus avait mal partout et sa chute l'avait sans doute couvert de bleus. Mais il était convaincu de n'avoir aucun os cassé. Et maintenant qu'il se savait sauvé, il se sentait déjà beaucoup mieux. Dieu, dans son infinie bonté, lui avait réservé un miracle.

Il ramassa un caillou plus gros que les autres et le frappa une fois contre la paroi du puits.

— Bon, alors je vais pouvoir vous tirer de là avec une corde. Je reviens d'ici peu. Vous m'avez compris?

Deux coups.

— Depuis combien de temps êtes-vous là?

Rufus tapa trois fois le mur.

Sa réponse fut saluée par une bordée de jurons et Rufus pria Dieu de pardonner à son sauveteur les errances de son langage. Puis, il vit quelque chose tomber vers lui et il tendit les mains pour s'en emparer. C'était une petite gourde en cuir, qu'il ouvrit aussitôt pour la porter à ses lèvres. Elle ne contenait que de l'eau, mais Rufus lui trouva meilleur goût qu'au plus délicat des nectars.

Après avoir vidé la moitié de la gourde, Rufus tenta à nouveau d'exercer sa voix, sans davantage de succès. Il se consola en pensant à sa femme. Maintenant, il savait qu'il allait la revoir. Ce n'était plus qu'une question d'heures. Bientôt, il pourrait de nouveau serrer Margaret dans ses bras.

— Je reviens ! lui cria encore Tim Wallace, avant de s'écarter du puits.

Définitivement rassuré sur son sort, Rufus termina le contenu de la gourde à petites gorgées. Il avait tellement manqué d'eau qu'il savait qu'il accueillerait désormais la moindre goutte que ferait pleuvoir le Seigneur comme une bénédiction.

Les chiens perdirent la trace du fugitif. Le cheval volé par l'Écossais étant revenu sur ses pas, les limiers ne savaient plus quelle piste suivre. Il fallut bien se résoudre à l'idée qu'on ne retrouverait pas l'Écossais pour cette nuit.

Robert décida alors de mettre sa tête à prix cinq mille livres. Et il expédia un des membres de la patrouille à Chestertown, pour qu'il commande les affiches dès l'ouverture des imprimeries.

Si le cheval était revenu, Robert voulait croire que c'était parce qu'il s'était débarrassé de son cavalier. Ce qui voulait dire que Sutherland fuyait désormais à pied. À moins qu'il n'ait été aidé.

Robert pensa tout de suite à Fanny, avant d'abandonner cette idée. La jeune femme était restée en sa compagnie tout le temps de sa visite à la plantation. Quant à sa sœur, Clarisse, elle était parfaitement incapable d'avoir secouru l'Écossais. D'ailleurs, elle ne savait même pas parler.

Non. Martin était seul en cause, même s'il refusait de l'admettre. Il avait relâché sa garde et laissé imprudemment traîner son pistolet.

Robert rentra chez lui, furieux, épuisé et inquiet, pour découvrir qu'un visiteur l'attendait dans le petit salon : Sam, l'homme qu'il avait embauché pour se débarrasser du pasteur. Robert l'avait payé d'avance en lui expliquant qu'il ne voulait plus jamais le revoir. Aussi s'interrogeait-il sur la raison de sa présence.

Sam se leva pour lui serrer la main. Il avait les yeux injectés de sang et empestait l'alcool. Robert en déduisit qu'il avait déjà dépensé sa récompense dans les tavernes.

— Je vous avais dit… commença Robert.

Mais, en voyant Sam esquisser un petit sourire satisfait, il se ravisa et lui prit la main.

— Suivez-moi, lui dit-il, avant de l'entraîner dans son bureau.

Une fois la porte refermée sur eux, Robert étudia plus en détail son visiteur. La cupidité se lisait dans ses yeux.

— J'ai eu la curiosité de jeter un coup d'œil aux papiers que transportait le pasteur, expliqua Sam en tirant une feuille de sa poche. Cet Écossais, qui vous intéressait… eh bien, il a épousé la femme qui l'avait engagé. J'ai pensé que vous aimeriez l'apprendre, puisque je crois savoir que vous aviez des vues sur la femme en question.

Robert sentit le sang quitter son visage. Mariée ! Fanny s'était mariée à l'Écossais ! Et cette garce ne lui avait rien dit ! À cause d'elle, Robert serait maintenant la risée de tout le comté.

La rage qui l'avait saisi lorsqu'il avait découvert la fuite de l'Écossais n'était rien à côté de celle qui l'étouffait maintenant. Cependant, il s'obligea à se contenir. Il ne voulait pas montrer à Sam à quel point il était affecté par ce qu'il venait d'apprendre.

— Vous n'avez pas eu de mal à vous débarrasser du pasteur ? demanda-t-il d'une voix qu'il espérait nonchalante.

— Non.

Robert prit le papier que l'autre lui tendait et le déchira.

— Il n'y a jamais eu de mariage. Si je devais

apprendre que vous avez raconté cette histoire à quelqu'un d'autre, je n'hésiterais pas à vous tuer.

Un bref instant, Sam donna l'impression d'avoir peur. Mais il se ressaisit très vite.

— Ma mémoire a un prix, déclara-t-il.

Robert l'aurait volontiers tué sur-le-champ. Mais les hommes du shérif pouvaient revenir à tout instant. Mieux valait lui régler son compte plus tard.

— Attendez-moi ici.

Il monta dans sa chambre, compta quelques pièces d'or qu'il cachait sous son matelas, les soupesa un moment dans sa main, réticent à l'idée de s'en séparer, puis redescendit dans son bureau.

— Voilà, dit-il en donnant les pièces à Sam. Et maintenant, je ne veux plus vous revoir ici. Sous aucun prétexte. Sinon, je vous étripe.

Sam empocha les pièces et s'empressa de s'éclipser sans demander son reste.

Robert le suivit jusqu'à l'entrée et referma la porte derrière lui. Puis, il se retourna et laissa son regard errer sur le vaste hall et l'escalier majestueux qui menait à l'étage.

Il avait proposé cette maison à Fanny et elle s'était jouée de lui. Pire, elle lui avait ouvertement menti en lui laissant croire qu'elle acceptait de l'épouser, alors qu'elle s'était déjà mariée avec son maudit Écossais.

La colère l'étranglait à nouveau. Il ressortit. L'aube pointait à l'horizon et quelques esclaves étaient déjà levés et se préparaient à partir travailler dans les champs.

Robert alla réveiller une nouvelle fois Ishaia et lui ordonna d'atteler au buggy ses chevaux les plus rapides. Il comptait rendre une petite visite à Fanny et lui arracher la vérité. Elle ne pouvait pas ne pas savoir où se trouvait l'Écossais, puisqu'il était son mari. Enfin, plus pour longtemps. Fanny serait bientôt veuve une deuxième fois.

Et s'il ne la trouvait pas chez elle, il enlèverait les enfants. Comme cela, au moins, il disposerait d'un moyen de pression sur la jeune femme.

Fanny arriva chez Douglas Turner un peu après minuit. Elle tambourina à sa porte jusqu'à ce qu'il se décide enfin à ouvrir. Si la jeune femme n'avait pas été aussi angoissée, elle aurait volontiers ri de voir l'avocat en chemise de nuit et bonnet.

Durant tout le trajet, elle n'avait cessé de s'imaginer que quelqu'un la suivait. Cependant, elle n'avait rien remarqué d'anormal chaque fois qu'elle s'était retournée et elle avait fini par conclure que son imagination lui jouait des tours.

La jeune femme se détendit tout à fait en voyant Turner, d'abord fâché d'avoir été tiré de son lit, la dévisager avec inquiétude.

— Madame Marsh… Madame Sutherland, pardon, que faites-vous ici à pareille heure ?

— Robert prétend que John avait rédigé un second testament en sa faveur.

Turner jeta un coup d'œil dans la rue.

— Vous n'auriez pas dû venir ici en pleine nuit. Les gens…

— Vous ne comprenez pas, l'interrompit la jeune femme. Il y a deux jours, Robert et le shérif Vaughn se sont rendus dans ma ferme pendant que je me trouvais ici, avec vous. Ils se sont emparés de mon mari et n'ont pas hésité à tirer sur mon fils.

— Bonté divine ! s'exclama l'avocat.

Il ouvrit sa porte en grand pour inviter Fanny à rentrer.

— C'est insensé ! ajouta-t-il en la guidant vers son bureau. Votre fils est-il…

— Non, tout va bien, je vous rassure. Sa blessure n'était que superficielle, expliqua Fanny, tandis qu'elle se laissait tomber dans le fauteuil qui lui était maintenant familier. Robert assure détenir un testament stipulant qu'il héritait de tous les biens de John, y compris des papiers de Ian.

Turner fit non de la tête.

— C'est impossible. Comme je vous l'ai déjà raconté, John m'avait rendu visite juste après avoir acheté les papiers de M. Sutherland. Il m'avait clairement répété que tout ce qu'il possédait devait vous revenir à sa mort.

— Je sais tout cela, mais mon beau-frère n'hésitera pas à soudoyer les autorités pour les ranger dans son camp. Il a déjà réussi à convaincre le shérif que Ian lui appartenait. Robert voulait se servir de lui comme d'un otage.

— Un otage ?

— Oui. Robert veut m'épouser. Je lui ai laissé croire que j'accepterais, uniquement pour gagner du temps et m'assurer qu'il ne tuerait pas Ian.

— Ce qui veut dire que Marsh n'est pas informé de votre mariage avec M. Sutherland ?

Fanny secoua la tête.

— Si Robert avait découvert que j'ai épousé Ian, il l'aurait tué avant même que j'aie eu le temps de contester ce faux testament.

Fanny marqua une pause, avant d'ajouter :

— C'est pourquoi j'ai aidé Ian à s'enfuir.

Turner la regarda, stupéfait.

— Vous... Pourquoi n'avez-vous pas commencé par me rendre visite ?

— Je ne pouvais pas attendre, expliqua Fanny. J'avais trop peur que mon beau-frère ait vent de mon mariage avec Ian.

Turner fronça les sourcils, mais la jeune femme interpréta ce signe davantage comme une marque d'inquiétude que de réprobation.

— Où se trouve votre mari, maintenant ?

Fanny préféra ne pas répondre. Elle ne voulait divulguer le secret à personne.

Constatant son silence, Turner soupira.

— Très bien. J'ai une copie du testament. Je vais la remettre au gouverneur. Mais j'aurais besoin de votre certificat de mariage.

— J'ignore s'il a été enregistré, avoua Fanny. Le révérend Winfrey a disparu depuis quelques jours. L'un de mes voisins, Tim Wallace, s'est lancé à sa recherche.

— La parole du révérend Winfrey pourrait nous être d'un grand secours, commenta Turner. Je dois plaider au tribunal, ce matin. Mais je me rendrai à Annapolis dès cet après-midi. La diligence part tous les jours à quinze heures. Je pense qu'il serait préférable que vous puissiez m'accompagner. Cela vous serait-il possible ?

Fanny hocha la tête.

— Oui. D'autant plus volontiers, que je comptais moi-même demander audience au gouverneur. Merci de votre invitation.

Turner haussa les épaules.

— Ne me remerciez pas, c'est tout naturel. D'ici à notre départ, vous avez besoin de repos. Prenez donc une chambre dans une auberge. La route d'Annapolis est longue et fatigante.

— Je préfère rentrer…

— Pas à cette heure-ci, la coupa gentiment Turner. *Aux armes de la Couronne* est une bonne auberge, à deux pas d'ici, où j'envoie souvent mes clients. Ils prendront soin de vous.

Pourquoi tous les hommes qu'elle rencontrait s'obstinaient-ils à penser qu'il fallait prendre soin d'elle ? se demanda Fanny. John, Ian, les Wallace, Robert et maintenant Turner. Paraissait-elle si démunie que cela ?

Fanny n'avait aucune intention de perdre son temps à dormir, alors que ses enfants avaient besoin d'elle. Sans compter qu'il lui fallait une toilette décente pour rencontrer le gouverneur. Si elle rentrait tout de suite à la ferme, elle pourrait s'assurer que tout allait bien là-bas, se changer et reprendre la route pour être de retour avant le départ de la diligence.

Elle se leva.

— Je reviendrai sonner à votre porte un peu avant trois heures.

Turner la raccompagna et l'aida à remonter en selle.

— Ne vous inquiétez plus, lui dit-il. Le gouverneur est un homme loyal.

Fanny hocha la tête, le remercia encore, lui assura qu'elle prendrait la direction de l'auberge et attendit qu'il ait refermé sa porte.

Au lieu de quoi, elle quitta la ville.

Malgré l'heure matinale, Robert ne trouva pas Fanny chez elle. À la place, il fut accueilli par une femme qui se montra fort peu aimable à son endroit.

Robert fulminait. C'était à croire que le diable avait décidé de lui mettre des bâtons dans les roues. Plus rien ne marchait comme il le voulait.

La femme se tenait sous le porche, les mains solidement campées sur ses hanches, comme si elle gardait la porte. Robert lui trouvait un air familier, mais il n'arrivait pas à mettre un nom sur son visage. Diantre ! Il ne pouvait quand même pas connaître tous les fermiers du comté !

— Je cherche Mme Marsh, dit-il sèchement. Je suis son beau-frère.

— Oh, je sais bien qui vous êtes ! répliqua la femme d'un air excédé.

Robert était médusé. Personne ne lui avait jamais parlé sur ce ton. Cependant, il avait besoin de l'aide de cette femme. Aussi décida-t-il d'ignorer son insolence.

— Les enfants de Fanny sont en danger, dit-il pour l'amadouer. Un esclave armé s'est échappé de ma plantation. Je suis venu emmener ma belle-sœur et les enfants en lieu sûr.

— Ils sont parfaitement en sécurité là où ils sont.

— Que voulez-vous dire ?

— Mme Marsh m'a confié ses enfants. Vous n'avez pas besoin d'en savoir davantage.

— Vous n'avez pas le droit de m'empêcher de les voir. Je vais être obligé d'en référer au shérif.

— Ça ne m'impressionne pas, répliqua la femme.

Cette fois, Robert perdit patience.

— Pousse-toi de mon chemin, misérable ! Sinon, je te détruis.

— Comme vous en avez détruit tant d'autres ? Mais ça ne marchera pas avec moi. Maintenant, filez d'ici. Mes fils ne vont pas tarder à arriver.

Tout à coup, Robert se souvint à qui il avait affaire. La veuve Philips. Elle avait trois grands fils, qui participaient à tous les matches de boxe du comté. Et en général, c'étaient eux qui gagnaient.

Robert ne tenait pas à recevoir une nouvelle rossée. Aussi, malgré l'humiliation de devoir capituler devant une femme, il préféra obtempérer. Il reviendrait plus tard. Avec du renfort.

— Quand Mme Marsh est-elle partie ? voulut-il cependant savoir.

— Ça ne vous regarde pas, répliqua Mme Philips.

Et sur ces mots, elle rentra dans la maison et lui claqua la porte au nez.

Où diable Fanny avait-elle pu passer ?

En tout cas, il paraissait maintenant de plus en plus évident qu'elle avait aidé l'Écossais à s'enfuir. Donc, ils se cachaient probablement au même endroit. Mais où ?

Robert eut soudain une idée. Il remonta dans son buggy.

— À Chestertown, vite ! ordonna-t-il à Ishaia.

C'était le port le plus proche. Sutherland essaierait de s'embarquer sur un bateau en partance pour une destination où sa tête ne serait pas mise à prix.

27

Rufus attendit patiemment. Mais son cœur s'emballa dans sa poitrine quand la silhouette de Wallace se profila de nouveau au-dessus du puits.

— Révérend, me revoilà ! lui cria le Grand Tim.

Rufus vit avec soulagement une corde descendre jusqu'à lui.

— Attachez-la autour de votre taille, lui demanda Wallace. Ensuite, les chevaux vous tireront de là.

— D'accord ! répondit Rufus, agréablement surpris de constater qu'il pouvait à nouveau parler.

Il noua la corde à sa ceinture et quelques secondes plus tard, il sentit son corps remonter le long du puits. Dès qu'il arriva en haut, Tim Wallace le souleva par les aisselles comme s'il ne pesait pas plus lourd qu'un enfant et le déposa sur la terre ferme. Rufus essaya de tenir sur ses jambes, mais elles se dérobèrent sous lui et il se laissa choir sur la margelle du puits.

— Comment m'avez-vous trouvé ? demanda-t-il à Wallace.

— Je vous cherchais. Votre femme m'a décrit votre circuit et j'ai patiemment remonté la piste en inspectant tous les bas-côtés de la route. Et puis, je me suis souvenu de cette ferme. C'était l'endroit idéal pour cacher…

Il ne termina pas sa phrase, mais Rufus devinait qu'il avait voulu dire « un cadavre ». De fait, Rufus savait qu'il avait échappé de peu à la mort.

— Dieu vous aura conduit jusqu'à moi, dit-il.

Wallace parut embarrassé.

— En fait, c'est Mme Sutherland qui m'a demandé de vous chercher. Elle se méfiait de son beau-frère. Apparemment, elle avait raison. Mais racontez-moi donc ce qui s'est passé !

— D'abord, auriez-vous quelque chose à manger ? demanda le pasteur.

Le Grand Tim lui sourit et se dirigea vers son cheval. Il fouilla dans ses sacoches et en sortit un morceau de pain.

— Voilà, mon père. Mais si vous voulez un conseil, ne mangez pas trop vite. Votre estomac ne doit plus être habitué à la nourriture.

Rufus prit le pain, le bénit brièvement et commença à mordre dedans. Quand il eut apaisé sa faim, il reporta son attention sur Wallace.

— Vous me demandiez comment j'avais pu atterrir au fond d'un puits, c'est cela ?

— Exactement.

— C'est arrivé il y a trois jours, en fin d'après-midi, pour autant que je me souvienne, commença le pasteur. Je rentrais chez moi, à Chestertown, lorsqu'un inconnu m'a arrêté sur la route. Il prétendait que sa mère agonisait et réclamait l'extrême-onction. Je l'ai suivi jusqu'ici et c'est alors qu'il a dégainé un pistolet. Son intention était de me tuer, mais Dieu a bien voulu intercéder en ma faveur. Mon agresseur, conscient qu'il était mal de tirer sur un homme d'Église, s'est contenté de m'assommer. Et voilà comment je me suis réveillé au fond de ce puits d'où vous m'avez tiré.

Le Grand Tim était abasourdi.

— Il ne vous a pas tiré dessus, mais vous auriez pu mourir de faim et de soif !

— Oui. Mais vous m'avez sauvé. Permettez-moi de voir la main de Dieu dans ce miracle. Il vous a envoyé à moi.

Wallace ne chercha pas à cacher son scepticisme.

— Excusez-moi, mon père, mais j'ai du mal à voir la main de Dieu dans toute cette histoire. Savez-vous au moins pourquoi cet homme vous a attaqué?

Le révérend secoua la tête.

— J'ai d'abord cru qu'il convoitait mon cheval. Mais il connaissait mon nom et il m'attendait. Ce n'était donc pas un bandit de grand chemin. Il me visait moi, et moi seul. Et il avait probablement un mobile pour cela.

Wallace opina du chef.

— Votre agression vient s'ajouter aux récents événements. Il y a quatre jours, le tabac de Fanny Sutherland a brûlé et nous suspectons Robert Marsh d'avoir commandité cet incendie. Le même jour, les papiers de Ian ont disparu et Robert a ensuite prétendu qu'il possédait un testament de son frère faisant de lui l'unique légataire des biens de John.

Rufus hocha gravement la tête, comme si tout devenait clair soudain dans son esprit.

— Et M. Sutherland?

— Robert s'est emparé de lui. Fanny veut le libérer, mais elle craint la réaction de son beau-frère quand il apprendra qu'elle est mariée à Ian. Il pourrait le tuer ou…

Le révérend s'alarma soudain.

— Mon agresseur m'a volé tous les papiers contenus dans mes sacoches de selle. Et il y avait là le certificat de mariage de M. et Mme Sutherland.

— Pouvez-vous monter à cheval, mon père?

Rufus n'avait qu'une envie : rentrer chez lui, retrouver sa femme, prendre un bon bain et goûter enfin un peu de repos. Mais la folle cupidité de Robert Marsh semblait ne plus connaître de limites. Qui sait quel nouveau crime il commettrait bientôt? Le plus urgent était de l'empêcher de nuire.

— Oui, je pense pouvoir être en état de chevaucher.

— Bon, vous allez monter en croupe sur ma jument. Une fois à Chestertown, nous prendrons une autre bête. Mais d'abord, vous irez dire bonjour à votre femme, pour la rassurer. Je crains de l'avoir quelque peu affolée.

Rufus sourit. Pour la première fois depuis trois jours.

Tapi dans l'ombre d'une porte cochère, Ian attendait patiemment que Fanny ressorte du bureau de Turner, l'avocat.

Malgré sa fatigue, il avait préféré rester debout. Il craignait, s'il s'asseyait, de n'avoir plus le courage de se relever. La compagnie de Tim Junior lui manquait un peu, mais Ian avait renvoyé le jeune homme sur les traces de son père. Tim avait bien un peu protesté, au début, mais l'inflexibilité de Ian l'avait finalement obligé à capituler.

Ian n'avait évidemment jamais eu l'intention de laisser Fanny partir toute seule. Et encore moins de se cacher tranquillement, pendant qu'elle risquait sa vie pour lui. Mais il avait vite renoncé à insister devant elle, convaincu qu'ils auraient argumenté sans fin. Ian avait donc préféré la laisser partir de son côté et la suivre à bonne distance, de manière à garder toujours un œil sur elle.

Il n'avait eu aucun mal à convaincre Tim Junior de ce changement de programme. Le jeune homme n'était pas non plus rassuré à l'idée de savoir Fanny seule sur les routes, en pleine nuit. En revanche, Ian avait eu plus de mal à le persuader de s'arrêter à l'entrée de Chestertown pour repartir chercher son père. Ian ne voulait pas que Tim Junior soit présent s'il se faisait capturer.

Par contre, il avait accepté le blouson du jeune homme, ainsi que ses gants et son chapeau, pour dissimuler sa chemise ensanglantée et la marque infamante sur sa main. Son apparence ne lui donnait donc plus aucun souci. Mais sa résistance physique l'inquiétait bien davantage. Tiendrait-il jusqu'au bout de l'épreuve?

La porte de l'avocat se rouvrit soudain et Fanny ressortit dans la rue. Après avoir dit au revoir à Turner, elle reprit sa route et Ian se dépêcha d'aller récupérer Sir Gray, attaché un peu plus loin, pour la suivre.

Fanny se concentrait sur le chemin qui défilait devant elle pour s'obliger à rester éveillée. Depuis deux heures qu'elle était partie, elle n'avait pas croisé âme qui vive. Il était encore trop tôt. En revanche, elle avait toujours le sentiment d'être suivie, mais ne voyait jamais personne quand elle se retournait. Aussi finit-elle par se dire qu'elle se laissait abuser par les ombres.

L'aube se levait déjà quand la jeune femme arriva enfin en vue de la ferme. Sa monture, sans doute revigorée à l'idée d'avoir bientôt à boire et manger, accéléra le pas.

Mais, dans un virage, la jument et sa cavalière furent surprises par un attelage qui arrivait à toute allure en sens inverse.

La jument, effrayée, se cabra et jeta sa cavalière à terre. Fanny se releva tout de suite pour rattraper les rênes de l'animal. Hélas! c'était déjà trop tard. La jument avait pris la fuite.

Et quand Fanny se tourna vers l'attelage, qui s'était arrêté quelques mètres plus loin, elle sentit son sang se glacer dans ses veines. Robert, descendant de voiture, s'avançait vers elle avec un sourire diabolique.

— Madame *Sutherland*, dit-il. J'espérais justement vous trouver.

Ian se secoua plusieurs fois, pour se tenir éveillé. Plus que deux ou trois kilomètres et Fanny serait rentrée chez elle, saine et sauve. Alors, il pourrait chercher un endroit pour se reposer un peu.

Il suivait la jeune femme à bonne distance, pour ne pas risquer d'être aperçu lorsqu'elle jetait un coup d'œil derrière elle. Le trajet s'était déroulé sans encombre, mais la fatigue commençait à peser sur Ian et il avait de plus en plus de mal à garder les yeux ouverts. Il s'était même à moitié assoupi sur sa selle, lorsqu'il entendit un cheval hennir.

Brutalement réveillé, Ian lança Sir Gray au galop pour couvrir la distance qui le séparait de sa femme. Quand il estima être à peu près à sa hauteur, il ralentit et s'enfonça dans les fourrés qui bordaient la route, au cas où une patrouille serait à sa recherche.

C'est alors qu'il entendit Fanny se disputer avec Robert Marsh.

Oubliant toute prudence, Ian éperonna sa monture et déboucha dans un virage où l'attendait un spectacle étonnant. Fanny et son beau-frère se battaient comme des chiffonniers au milieu de la route. Robert essayait d'entraîner la jeune femme vers son buggy, arrêté à quelques mètres de là, mais celle-ci luttait pied à pied, en martelant le dos de Robert de coups de poing.

— Lâchez-la ! cria Ian à Robert.

Marsh se retourna et, dès qu'il le vit, repoussa Fanny pour dégainer le pistolet accroché à sa ceinture. Mais il n'eut pas le temps de tirer : Ian avait déjà glissé de selle pour se jeter sur lui.

Robert laissa échapper son arme pour rouler à terre avec son assaillant. Cette fois, Ian, affaibli par sa blessure et le manque de sommeil, recevait autant de coups qu'il en donnait. Robert réussit même à le laisser étourdi un instant, mais Ian, voyant qu'il en profitait pour essayer de récupérer son arme, eut un sursaut et attrapa Robert par la botte. L'autre s'affala de tout son long en travers de la route. Au même instant, un bruit de cavalcade se fit entendre.

Trois cavaliers déboulèrent au galop dans le virage. Leurs montures firent un écart pour éviter les combattants, affolant au passage les chevaux de l'attelage de Robert. Le cocher fit un effort désespéré pour les calmer en tirant violemment sur leurs rênes, mais la peur décuplait la force des bêtes.

En l'espace d'un éclair, Ian vit Robert, terrorisé, tenter de se relever du milieu de la route, alors que le cocher perdait tout contrôle de son attelage. Les bêtes, paniquées par le bruit et l'odeur du sang, foncèrent en avant, sans se soucier des obstacles dressés en travers de leur chemin.

Ian eut tout juste le temps d'attraper Fanny et de rouler avec elle sur le côté. Puis, il entendit un cri de terreur et la seconde d'après, le buggy roula sur le corps de Robert, avant de continuer sa course folle. Dans le sillon de l'attelage, le corps de Marsh resta étalé en travers de la route, comme un pantin désarticulé.

— Ô mon Dieu… murmura Fanny.

— Ne regarde pas, lui ordonna Ian en la serrant contre lui.

Il réalisait, soudain, qu'elle aurait pu, elle aussi, se trouver sur la trajectoire du buggy.

— Ça va, mon amour ?

— Oui… oui… répondit-elle, mais tout son corps était agité de tremblements convulsifs.

Ian la serra un peu plus fort dans ses bras, avant de s'écarter.

— Attends-moi ici, lui dit-il.

Puis, il s'approcha du corps de Robert et lui prit le pouls. Rien. Le beau-frère de Fanny était mort et Ian, Dieu lui pardonne, n'en éprouvait que du soulagement.

En se redressant, il vit les trois cavaliers – ceux-là mêmes qui avaient effrayé l'attelage – revenir sur leurs pas et mettre pied à terre. C'étaient les Wallace et le révérend Winfrey. Ce dernier s'agenouilla devant le cadavre de Robert pour murmurer une prière.

Ian, peu charitable, songea qu'il faudrait beaucoup plus d'une prière pour sauver l'âme de Marsh. Abandonnant le pasteur à sa mission, il revint vers Fanny, qu'avaient rejointe les Wallace.

— Comment avez-vous retrouvé le révérend? voulut-il savoir.

— Au fond du puits de la ferme Adams, répondit le Grand Tim. Celle où vous étiez supposé aller vous cacher. Quelqu'un l'avait jeté là.

— Au fond d'un puits?

Wallace hocha la tête et désigna le cadavre de Robert d'un air entendu.

— À mon avis, il ne faut pas chercher loin l'instigateur de ce forfait.

Le révérend Winfrey, sa prière terminée, se relevait déjà. Au même moment, l'attelage de Robert réapparut et stoppa à quelques mètres de distance. Le cocher, un grand homme noir, très sec, avait manifestement repris le contrôle de ses bêtes. Il descendit dignement de son siège et marcha jusqu'au cadavre de son maître, qu'il contempla longuement, avant de se tourner vers le petit groupe et d'arrêter son regard sur Fanny.

— Je n'ai pas pu arrêter les chevaux, dit-il.

— Je sais, Ishaia, répondit la jeune femme. Vous n'avez rien pu faire.

Ian aurait voulu remercier le cocher, mais il jugea plus prudent de s'abstenir, pour ne pas laisser croire qu'il s'agissait d'un meurtre. Ian préférait ne jamais savoir si Ishaia avait réellement perdu le contrôle de ses bêtes, ou s'il les avait sciemment lancées sur son maître.

— Vous n'avez rien à vous reprocher, dit-il au cocher. Nous avons tous été témoins de ce qui s'est passé, n'est-ce pas, révérend Winfrey?

Le révérend hocha la tête.

— C'était un accident.

— Que dois-je faire? demanda le cocher.

— Accompagnez Fanny chez elle. Nous allons emporter le corps à Chestertown.

— Non, monsieur Sutherland, vous ne devriez pas vous approcher de Chestertown, intervint le révérend Winfrey. Au moment où nous quittions la ville, la rumeur circulait que votre tête était mise à prix et des hommes s'étaient déjà lancés à votre recherche. C'est à moi d'escorter le corps de Robert Marsh à Chestertown. Les Wallace et Ishaia m'accompagneront, pour témoigner que sa mort fut accidentelle. Il serait bon que Mme Sutherland vienne également avec nous. J'imagine qu'elle aura besoin de signer des papiers.

Ian était furieux. Il allait devoir encore attendre. Mais le révérend avait raison.

Pendant que les Wallace, Ishaia et le pasteur se chargeaient de hisser le cadavre de Robert dans le buggy, Ian attira Fanny dans ses bras.

— C'est fini, murmura-t-il. Tu es sauvée, et les enfants et Clarisse aussi. La guerre est terminée et c'est toi qui l'as gagnée.

La jeune femme leva sur lui des yeux embués de larmes.

— Dois-je comprendre que tu vas partir, maintenant?

La question surprit Ian. Il avait seulement cherché à réconforter Fanny, sans aucune arrière-pensée.

Il essuya la larme qui coulait sur sa joue d'un revers du pouce.

— Nous parlerons de cela plus tard, mon amour.

La jeune femme hocha finalement la tête.

— Tu as raison, ce n'est pas le moment.

Le révérend Winfrey revint auprès d'eux.

— À présent que Robert est mort, je suppose que votre tête n'est plus mise à prix, dit-il à Ian. Mais par précaution, je pense qu'il serait préférable de vous tenir à l'écart pendant quelques jours, le temps que la nouvelle soit parvenue à tout le monde.

Fanny regarda son mari droit dans les yeux.

— Accepteras-tu, cette fois, d'aller te cacher dans la ferme Adams ? Personne ne songe jamais à s'approcher de cet endroit.

— Pourtant, c'est précisément là que s'était rendu le type qui avait enlevé le révérend.

— Et c'est bien pourquoi nous avons failli ne jamais le retrouver, intervint le Grand Tim.

— Va là-bas, insista Fanny. Pendant ce temps, je rendrai visite au gouverneur, pour lui expliquer que tu es désormais libre et que personne ne peut donc t'accuser d'être en fuite.

— J'irai avec toi, s'obstina Ian.

— Moi, je ne crains plus rien, répliqua Fanny. En revanche, toi, tu continueras d'être en danger tant que des chasseurs de primes croiront pouvoir gagner de l'argent avec ta capture.

Ian ne répondit pas. Il était bien obligé de reconnaître que Fanny avait raison.

— Je surveillerai les enfants, proposa le Grand Tim. Il ne leur arrivera rien si la veuve Philips et moi leur tenons compagnie. Et mon fils montrera le chemin de la ferme Adams à Ian.

— Ian ? plaida Fanny.

— Bon, d'accord, finit-il par acquiescer.

La jeune femme fronça les sourcils.

— Tu m'avais déjà promis, cette nuit, d'aller te cacher dans la ferme Adams, lui rappela-t-elle. Et je t'ai retrouvé ici.

Ian eut un sourire espiègle.

— Eh bien, maintenant, tu sais qu'il m'arrive de mentir, en certaines occasions. Mais cette fois, je te promets d'attendre sagement ton retour.

Fanny le dévisagea longuement, avant de détourner le regard et Ian devina qu'elle redoutait qu'il ne la quitte. Pour l'instant, hélas, il ne pouvait rien dire qui l'aurait soulagée de ses craintes.

Les Wallace lui prêtèrent main-forte pour récupérer la monture de la jeune femme, qui errait dans les prairies alentour, puis Ian aida Fanny à remonter en selle et il la regarda partir avec les autres, tandis que l'attelage suivait derrière.

Juché sur Sir Gray, Ian resta un long moment à contempler la route désormais déserte et en oublia presque Tim Junior, qui l'attendait pour le conduire à la ferme Adams. Il avait enfin obtenu ce qu'il désirait : sa liberté. Fanny ne tenterait pas de le retenir et il n'avait plus à s'inquiéter à son sujet. Robert ne nuirait plus jamais. Sans compter que Fanny hériterait de ses biens et qu'elle aurait maintenant largement assez d'argent pour ne pas se soucier de l'avenir.

Ian pouvait donc partir. Plus rien ne l'empêchait de rentrer en Écosse pour retrouver Katy.

Mais, pour cela, il lui faudrait quitter Fanny. Ce qui revenait à laisser son cœur en Amérique.

Sa liberté, tout à coup, lui semblait bien amère.

Trois jours plus tard, Fanny arriva à la ferme Adams au coucher du soleil. Ian l'aida à descendre de selle et la serra dans ses bras.

Il avait passé ces trois jours à chasser des lapins, qu'il avait cuisinés, à se baigner dans la rivière toute proche, à marcher et à dormir à la belle étoile sous un chêne.

Et surtout, il avait médité. Sur l'Écosse. Sur Katy. Sur tout ce qu'il avait vécu ces deux dernières années. Sur la loyauté et l'honneur. Et pour finir, il avait médité sur l'amour.

Fanny lui quémanda un baiser qu'il lui accorda bien volontiers. Il brûlait d'envie de l'embrasser fougueusement, de la serrer contre lui et de ne plus jamais la lâcher. Mais avant cela, ils devaient mettre certaines choses au point entre eux.

— Raconte-moi ce qui s'est passé, chérie.

— La mort de Robert a été officiellement considérée comme un accident. Et, grâce à Douglas Turner, le gouverneur a tranché en faveur du seul testament que détenait l'avocat. J'hérite donc de tous les biens de mon premier mari et tu es définitivement libre. Le gouverneur a bien voulu signer un document confirmant ce dernier point. Enfin, Noël, en tant que plus proche parent mâle de Robert, hérite de tous ses biens.

Ian s'amusa de l'ironie du destin. Fanny n'était pas seulement sauve, elle était aussi riche, puisqu'elle administrerait la fortune de son beau-frère jusqu'à la majorité de Noël. Robert, en voulant la spolier, avait finalement obtenu l'effet inverse !

— Ainsi, te voilà devenue maîtresse de la plantation. Je suis convaincu que tu sauras très bien la diriger.

— Sans doute. Mais j'espérais…

— Tu espérais quoi ?

Elle baissa les yeux et il y eut un long silence, avant que Fanny ne se hasarde à répondre :

— J'espérais que nous la dirigerions tous les deux.

Ian lui releva tendrement le menton, pour l'obliger à le regarder. Ses belles prunelles ambrées étaient embuées de larmes.

— Je n'ai pas l'intention de te quitter, mon amour. Tu es mon unique raison de vivre.

Fanny écarquilla les yeux.

— Mais ta sœur…

Ian soupira.

— Oui, bien sûr, il y a Katy, que j'aime aussi très fort. Mais j'ignore ce qu'elle est devenue et si elle vit encore. Si je rentre en Écosse, j'ai toutes les chances d'apprendre qu'elle est morte depuis longtemps. Et je risque, moi aussi, d'être tué, simplement pour découvrir sa tombe. Or, je ne veux pas mourir. Pas déjà. Pas maintenant. Je veux vivre avec toi et t'aider à élever Noël, Amy et tous les autres enfants que nous aurons ensemble.

Ian vit le visage de la jeune femme se métamorphoser sous ses yeux. L'espoir remplaça l'angoisse, la joie succéda au chagrin.

— Je ne renonce pas à retrouver Katy, poursuivit-il. Même si je dois écrire à chaque Écossais, je finirai bien par savoir ce qui lui est arrivé. Mais je n'ai pas de remords : je sais bien qu'elle n'aurait pas souhaité que je meure pour la sauver.

Fanny voulut dire quelque chose, mais Ian l'en empêcha en posant un doigt sur ses lèvres.

— Depuis la pendaison de Derek, je vivais derrière un mur de chagrin, reprit-il. J'étais si anéanti de l'avoir vu mourir à ma place que j'ai longtemps pensé que seule ma propre mort pourrait enfin redonner l'honneur à mes frères et à mon clan. Mais j'ai fini par comprendre que c'était idiot. Ma mort ne servirait à rien. Personne ne se souciera de voir disparaître le dernier des Sutherland. Alors que, en restant vivant, j'ai peut-être une chance de rendre l'honneur à mon clan.

— Ô Ian, sanglota Fanny, c'est déjà fait. Tu nous as tellement donné. Tu as rendu sa voix à Clarisse, tu as appris à lire à Noël, redonné un père à ma fille. Et à moi, tu as apporté l'amour.

Elle lui caressa la joue et lui sourit si tendrement que Ian sentit fondre son cœur. Mais elle n'en avait pas terminé, et cette fois c'est elle qui le fit taire en posant un doigt sur ses lèvres, alors qu'il s'apprêtait à lui répondre.

— Je sais que le clan Sutherland était brave et courageux, car tu es l'homme le plus formidable que j'aie jamais rencontré.

— Non, répliqua-t-il humblement. John…

— Je sais, le coupa Fanny. Je l'aimais et je l'aime encore. Mais John n'est plus là. Alors que moi, je reste. Avec toi. Et pour la première fois de ma vie, je suis vraiment *amoureuse*.

Ian lui étreignit la main.

— Veux-tu toujours de moi, Fanny ? Je ne suis qu'un pauvre ancien forçat, sans le sou, qui n'a rien d'autre à te donner que son cœur.

— Bien sûr que je veux toujours de toi, idiot ! Et ce n'est pas vrai, que tu n'as rien à me donner.

La voix soudain empreinte de ferveur, elle ajouta :

— Ian, je veux rendre leur liberté aux esclaves de Robert. Mais j'ai peur qu'ils ne sachent pas quoi en faire ou qu'ils se laissent trop facilement abuser par des gens peu scrupuleux. Il faut qu'ils apprennent à lire et à écrire. Nous avons besoin d'une école et nous avons besoin de toi pour la diriger.

Ian se recula, éberlué.

— Tu veux que je devienne professeur ?

— Je veux d'abord que tu sois mon mari, rectifia Fanny. Mais c'est vrai que j'aimerais bien te savoir à la tête d'une école.

Fanny lui offrait le monde et elle n'en avait sans doute même pas conscience. Sa proposition donnait tout à coup un sens à la vie de Ian : transformer une plantation bâtie sur l'esclavage en une exploitation où chacun serait responsable de son rôle. Ian entrevoyait déjà comment il s'y prendrait. Il avait toujours rêvé d'être professeur. C'était du reste le métier auquel il se destinait, avant que la guerre n'éclate. Et les quelques leçons qu'il avait pu donner à Fanny, Clarisse et Noël lui avaient confirmé que c'était bien sa vocation.

— En contrepartie, je t'aiderai à retrouver ta sœur, ajouta Fanny.

Ian fronça les sourcils. Que voulait-elle dire ?

— Ne comprends-tu pas, Ian ? Désormais, nous possédons assez d'argent pour recruter les meilleurs détectives. Ils chercheront pour toi et si Katy vit encore, ils nous l'amèneront ici, pour qu'elle vive avec nous.

Et si, par malheur, Katy était morte, au moins Ian le saurait. Il s'était peu à peu résigné à vivre dans une incertitude qui le rongerait toujours de remords. Fanny, à présent, lui offrait le moyen d'apaiser sa conscience. Cette femme était vraiment l'amour de sa vie. Et Ian ne s'étonnerait jamais assez de la bizarrerie du destin. John Marsh était venu un jour le chercher et il était parti mourir dans son lit juste après lui avoir présenté sa femme. Comme si tout cela avait été prémédité. Et comme si John Marsh avait voulu leur faire à tous les deux ce cadeau avant de monter au ciel.

— Oui, dit-il, nous emploierons des détectives. Mais je voudrais aussi te demander autre chose.

— Demande-moi tout ce que tu veux.

— Je voudrais que tu m'épouses une seconde fois, pour que nous puissions nous unir l'un à l'autre en toute connaissance de notre amour et non plus comme un arrangement. Et je veux une vraie nuit de noces, dans un vrai lit.

Fanny avait légèrement rougi.

— Cela me paraît une excellente idée. Mais d'ici là, voudrais-tu m'aider à installer notre couchage à la belle étoile ?

Ian haussa les sourcils, intrigué, bien qu'il devinât plus ou moins ce qui allait suivre.

— J'ai apporté quelques effets, expliqua Fanny. Une couverture, des vêtements de rechange... Au cas où nous serions obligés de passer la nuit ici... dit-elle avec un sourire espiègle.

Aucune autre perspective n'aurait pu davantage réjouir Ian. Cependant, une interrogation l'arrêtait encore.

— Les enfants ? demanda-t-il.

— Mme Philips s'occupe d'eux jusqu'à demain. Avec l'aide de Clarisse. J'ai pensé que nous pourrions nous accorder un peu de temps, rien que tous les deux...

— Et tu as très bien pensé, répliqua Ian avant de l'embrasser.

Ian n'avait jamais autant aimé la jeune femme qu'en ce moment. Fanny était à la fois raisonnable et passionnée, tendre et courageuse, spontanée et réfléchie. Aurait-il pu rêver meilleure épouse ?

Il l'aida à étendre la couverture qu'elle avait apportée, puis ils se déshabillèrent mutuellement, à la clarté de la lune. Ensuite, Ian commença à la caresser, lentement, en prenant tout son temps, pour mieux savourer chaque courbe du corps de la jeune femme, et en la couvrant de petits baisers furtifs.

Fanny s'abandonna à ses caresses en gémissant de plaisir. C'était comme si Ian lui clamait son amour avec ses mains et ses lèvres. Mais, quand il entreprit de lui lécher le bout des seins, elle ne put résister davantage et enfouit sauvagement ses mains dans ses boucles brunes.

Répondant à son désir, Ian remonta vers sa bouche, pour l'embrasser longuement, fougueusement, avant de laisser à nouveau courir ses lèvres plus bas, tout le long de son torse, pour s'arrêter finalement dans le petit triangle de fourrure qui lui recouvrait le haut des cuisses. Mais juste au moment où Fanny crut qu'elle allait mourir de plaisir, Ian renonça à ses caresses intimes pour s'emparer à nouveau de ses lèvres.

Ensuite, seulement, il la pénétra. Tendrement, d'abord, avant de se faire plus impérieux à mesure qu'il s'enfonçait en elle. Fanny sentit son plaisir monter, avant d'exploser dans un merveilleux feu d'artifice.

Après, ils restèrent longuement enlacés, sans rien dire, à simplement savourer la force et la beauté de l'amour.

Fanny n'aurait pas su dire combien de temps dura cette communion silencieuse, avant que Ian ne roule finalement sur le côté, l'entraînant avec lui comme s'il tenait un trésor dans ses bras.

— Reste contre moi, lui murmura-t-il.

Ils s'endormirent ainsi, dans les bras l'un de l'autre, et se réveillèrent plusieurs fois au cours de la nuit, pour s'émerveiller chaque fois de cet amour plus fort que tout.

Et, à l'aube, alors que les premiers rayons du soleil

chassaient à peine les dernières étoiles du ciel, ils refirent l'amour.

— Je voudrais pouvoir retenir les étoiles, murmura Fanny, qui savait que, lorsque le jour serait levé, il leur faudrait quitter cet endroit paradisiaque.

Ian hocha la tête.

— J'ai toujours entendu dire que l'un de mes ancêtres était capable d'attraper les étoiles. Avant de partir à la guerre, il avait promis à sa fiancée de lui en décrocher une, pour lui prouver son amour. Elle refusa humblement et lui répondit qu'elle préférait voir l'étoile rester à sa place dans le ciel et qu'elle l'admirerait en pensant à lui.

Fanny laissa échapper un soupir.

— C'est une superbe légende.

— Oui. En fait, je l'avais toujours considérée comme un peu fantaisiste. Mais c'était parce que je ne te connaissais pas encore.

Il se redressa sur un coude pour lui caresser le visage.

— Vois-tu, Fanny, je crois que tu es l'étoile qui m'a guidé à travers ma nuit. J'étais perdu, avant de te rencontrer. Je ne vivais plus que de haine, de chagrin et d'amertume.

Ce fut au tour de Fanny de lui caresser le visage.

— Non, Ian. Dès le début, les enfants ont senti tes capacités à aimer. Et Lucky aussi.

— Lucky est prêt à adopter quiconque le caresse.

— Ce n'est pas vrai, répliqua Fanny en riant. Au fond de toi, tu es un tendre, malgré tous tes efforts pour le dissimuler.

Tout à coup, Fanny crut entendre un rire faire écho au sien. Ian se redressa et elle comprit qu'il avait entendu la même chose qu'elle.

Ils regardèrent autour d'eux, mais ne virent personne. Cependant, un autre éclat de rire résonna, qui semblait provenir des ruines de la ferme. Un rire d'enfant. Puis, le rire s'évanouit lentement dans l'air.

— C'était le vent, murmura Fanny.

Sauf qu'il n'y avait pas de vent.

Ils se dévisagèrent en silence.

— Les fantômes ? risqua finalement Ian.

— Mais la légende raconte qu'ils pleurent toujours, objecta Fanny.

Ian se pencha pour lui donner un baiser.

— Peut-être ont-ils fini par retrouver le sourire.

Et ils entendirent de nouveau un rire. Très distinctement, cette fois. Avant que le bruit ne disparaisse tout doucement.

— Le révérend prétend qu'un miracle a eu lieu ici, dit Ian d'un air songeur.

Fanny sourit. Elle était persuadée que le pasteur avait raison.

Ils se rhabillèrent, puis se rassirent sur la couverture, les doigts enlacés, pour contempler le lever du jour.

ÉPILOGUE

Ian supervisait la plantation des jeunes pousses de tabac quand il aperçut un attelage pénétrer sur les anciennes terres de Robert. Il mit la main en visière devant ses yeux pour mieux voir, mais ne put distinguer les occupants de la voiture.

Abandonnant un moment sa tâche, Ian dirigea sa monture vers le manoir. Cela faisait presque deux ans, maintenant, qu'il vivait là, avec Fanny et les enfants. Mais ils ne souhaitaient pas rester éternellement dans la demeure occupée autrefois par le beau-frère de Fanny. Aussi se faisaient-ils construire une nouvelle maison, à proximité, dans laquelle ils prévoyaient d'emménager bientôt.

Le manoir serait ensuite transformé en école – ce qui semblait pour le moins légitime à Ian : la maison servirait désormais à éduquer ceux que Robert avait autrefois persécutés.

En attendant, la classe se tenait au rez-de-chaussée de la demeure, pendant que Fanny, lui et les enfants habitaient les deux étages. Ian avait embauché un professeur pour le seconder, mais il prenait toujours autant de plaisir à son travail. Voir l'étincelle de la connaissance s'allumer dans des yeux qui avaient si longtemps été résignés lui était une récompense de tous les instants.

Les esclaves avaient à présent recouvré leur liberté, mais la plupart avaient accepté de rester sur la plantation, en échange d'un salaire. Chaque jour, une heure de leur emploi du temps était réservée aux leçons. Et les enfants avaient classe du matin au soir.

La plantation n'avait jamais été aussi prospère que maintenant. Au début, leurs voisins étaient horrifiés par les méthodes de Ian et de Fanny, jugeant dangereuse et irresponsable la libération massive de leurs esclaves. Mais depuis qu'il devenait évident que les récoltes de la plantation dépassaient, en quantité et en qualité, toutes celles des environs, certains de leurs voisins, à présent, commençaient à se poser sérieusement des questions. Quant aux chevaux de Fanny, spécialement Fantôme Gris et Royauté, ils décrochaient victoire sur victoire aux courses de Chestertown.

Ian savourait son existence comme jamais il ne l'avait goûtée. Lorsque Fanny avait donné naissance au petit Derek, trois mois plus tôt, il avait même pensé que rien ne pourrait le rendre plus heureux.

Sauf une chose, peut-être.

Même s'il vivait centenaire, il savait qu'il ne pourrait jamais oublier complètement Katy. Et qu'il la pleurerait toujours. Hélas ! les recherches pour retrouver sa sœur n'avaient rien donné – sinon de lui ôter tout espoir. Fanny voulait encore croire que le nouveau détective, recruté à Édimbourg par Douglas Turner, trouverait une piste, mais Ian, lui, avait renoncé. Il avait fini par se convaincre qu'il ne reverrait jamais Katy et mourrait sans savoir ce qui lui était arrivé.

Fantôme Gris atteignit le manoir en même temps que l'attelage stoppait au bas du perron. Fanny, son bébé dans les bras, était déjà sortie accueillir les visiteurs et Noël et Amy se tenaient à côté d'elle. Au moment de mettre pied à terre, Ian vit avec plaisir Douglas Turner descendre de la voiture.

L'avocat – qui était désormais l'un des meilleurs amis du couple – se tourna pour aider quelqu'un d'autre à descendre. Une petite fille aux cheveux noirs et aux yeux verts. Elle portait une robe, verte elle aussi, et tenait un panier à la main.

Le cœur de Ian cessa de battre.

— Katy ! s'écria-t-il en sautant de cheval pour courir à sa rencontre.

La fillette parut hésiter.

— Ian ?

Mais quand son frère lui ouvrit les bras, elle sourit et se précipita vers lui. Ian la souleva, panier compris.

— Ô Katy, murmura Ian en la serrant fort contre lui. Je n'arrive pas y croire… j'étais tellement persuadé de ne jamais te revoir.

— Moi non plus, je ne pensais pas te revoir, Ian. Nous avions fini par croire que tu avais disparu pour toujours.

— Où étais-tu, petite sœur ?

— Chez Mme Cleary.

Ian se souvenait de cette femme. Une guérisseuse, qui vivait seule dans les Highlands. Beaucoup la considéraient un peu comme une sorcière et s'en méfiaient, mais Ian l'avait toujours appréciée.

— Les Anglais ont pourchassé tous les membres de notre famille pour les tuer, expliqua Katy en frissonnant. J'ai pensé que tu étais mort, toi aussi. Puis, j'ai entendu dire que tu avais pu échapper à la pendaison.

Elle essuya une larme qui perlait au coin de ses yeux.

— Nous avons déménagé plusieurs fois, pour nous cacher. Et puis, un jour, Mme Cleary est tombée malade.

Ian s'aperçut soudain à quel point sa sœur avait minci. Et combien son regard était devenu grave. Il eut la gorge serrée en se rappelant ses anciens cauchemars. Katy l'avait bel et bien appelé à son secours.

— Comment es-tu arrivée ici ?

— Après la mort de Mme Cleary, je ne savais plus quoi faire. Alors j'ai marché jusqu'à Brinaire. Du moins, ce qu'il en restait. C'est Davey Gunn qui m'a trouvée. Il m'a conduite chez Johnny et Maguy Macrae et ils m'ont appris que tu vivais toujours. Ce sont eux qui m'ont envoyée ici.

Les Macrae ! Ian s'était finalement décidé à leur écrire, sur l'insistance de Fanny, bien que sa fierté ait eu à en souffrir. Il haïssait les Macrae à cause de leur trahison et ne leur pardonnerait jamais de ne pas avoir sauvé Derek.

— J'ai quelque chose d'autre pour vous, intervint Douglas Turner.

Ian se tourna vers l'avocat, sans lâcher sa petite sœur.

— Les Macrae ont écrit une lettre qui a voyagé avec votre sœur, précisa Turner. Katy s'est présentée ce matin à mon bureau avec une dame plus âgée. Les Macrae avaient obtenu mon adresse par le détective que j'avais engagé à Édimbourg et ils ont préféré vous envoyer Katy tout de suite, plutôt que d'échanger des courriers.

Ian reposa sa petite sœur à terre et s'empara de la lettre que Turner lui tendait. Tandis qu'il contemplait l'enveloppe, il eut vaguement conscience que l'avocat débarquait une valise de son attelage, avant de leur souhaiter à tous de joyeuses retrouvailles. Ian marmonna machinalement un remerciement et entendit l'attelage s'éloigner dans l'allée. Encore abasourdi par ce qui venait d'arriver, il regarda de nouveau sa petite sœur. Elle avait considérablement grandi, depuis plus de trois ans qu'il ne l'avait vue. Et on lisait, dans ses yeux, que les épreuves qu'elle avait traversées l'avaient davantage mûrie qu'une enfant du même âge.

— Nous t'avons tellement cherchée... murmura-t-il, la voix pleine de larmes.

Fanny vint le rejoindre et posa la main sur son épaule. Elle semblait aussi émue que lui.

— Je te présente Fanny, mon épouse et maintenant, ta belle-sœur. Et voici Noël et Amy, dont tu es la tante.

Il désigna le bébé que portait Fanny :

— Ce petit bout de chou aussi est ton neveu. Il s'appelle Derek.

— Derek ? répéta Katy, bouleversée.

— Oui, répondit Ian. C'était le plus brave de nous tous.

Katy sourit au bébé.

— Je pourrai m'occuper de lui de temps en temps ?

— Bien sûr, répondit Fanny. Tu es ici chez toi, désormais. Et tu connais déjà presque toute la famille. Il ne te reste plus qu'à rencontrer Clarisse, qui doit se marier cette année.

Amy, qui avait fêté ses six ans quelques jours plus tôt, contemplait Katy avec curiosité.

— C'est vrai que tu es ma tante ? Comme Clarisse ?

Katy semblait si déboussolée que Ian ne put s'empêcher de rire.

— Nous t'expliquerons tout cela plus tard. Pour l'instant, je parie que tu meurs de faim, non ?

Katy lança vers Fanny un regard intimidé.

— Puis-je vous montrer mes furets ?

Ian n'arrivait pas à croire qu'elle ait réussi à les sauver au milieu de toutes ces épreuves.

— Des furets ? répéta Noël, dont la curiosité s'était soudain éveillée. Tu les as apportés avec toi ?

— Je suis sûr qu'ils se plairont beaucoup ici, dit Ian, qui voulait rassurer sa sœur.

Katy se baissa pour ouvrir son panier en osier. Aussitôt, deux petites boules de poils en surgirent.

— Je te présente Adam et Ève, dit-elle fièrement à Noël.

Le garçon caressait déjà un des furets.

— Moi, dit-il, j'ai une corneille qui s'appelle Maladroite, un raton laveur qui s'appelle Bandit, un chien…

— Bandit est à moi, le corrigea Amy. Et Lucky préfère appartenir à Ian.

Noël, imperturbable, continua son énumération :

— ... un chat, qui s'appelle Difficile et aussi...

Ian et Fanny échangèrent un regard amusé. Puis, la jeune femme désigna la lettre que son mari tenait toujours dans sa main.

— Si tu la lisais ?

Ian hocha la tête. Il décacheta l'enveloppe et lut la lettre pour lui-même :

Ian,
Nous avons tenté d'épargner la pendaison à Derek, mais mon père n'avait le droit de sauver qu'un seul d'entre vous et, la mort dans l'âme, il s'est résigné à te choisir, toi. Tu sais qu'il t'a toujours aimé comme son propre fils, même s'il appréciait aussi beaucoup Derek. Nos divergences politiques n'y ont rien changé. Après ta disparition, je me suis rendu à Brinaire, dans l'espoir d'y trouver Katy, mais elle avait disparu, elle aussi, et j'ai longtemps cru qu'elle avait été tuée. Cependant, la visite du détective que tu avais engagé m'a incité à reprendre mes recherches. Dieu soit loué, j'ai pu enfin retrouver ta sœur et c'est avec une immense joie que je te l'envoie aujourd'hui. Vous voici enfin réunis. Que Dieu vous bénisse.

Ton frère,
Johnny.

Toute haine avait soudain abandonné Ian. Finalement, les Macrae avaient fait bien plus qu'il n'aurait pu en espérer de leur part. Et il se reprochait presque, à présent, de les avoir tant blâmés. Après tout, ils n'étaient en rien responsables de ce qui lui était arrivé. Au contraire, ils avaient même tout tenté pour les sauver, lui et Derek.

Voyant que Fanny l'interrogeait du regard, il lui tendit la lettre, pour qu'elle puisse la lire à son tour. La jeune femme savait parfaitement lire et écrire, désormais. Et elle dévorait les livres avec un appétit féroce.

— Nous devrions les remercier, tu ne crois pas ? dit-elle en repliant la lettre.

— Oui. Et généreusement, même. Les Macrae ont toujours admiré les beaux chevaux. Nous pourrions leur envoyer un des fils de Royauté.

— Cela me semble un cadeau honorable, pour les récompenser de cette nouvelle petite fille qui me tombe du ciel.

— Sans parler des animaux, lui rappela Ian.

— Tant qu'il ne s'agit pas d'éléphants...

Ian l'embrassa sur le front. Fanny. Sa plus belle étoile. Mais, à présent, le ciel de Ian était complet. Plus aucune étoile ne manquait au firmament de son bonheur.

Main dans la main, ils suivirent les enfants à l'intérieur.

Ce mois-ci, découvrez également
un nouveau roman de la collection

Amour et Destin

Le 24 août 2000

Le temps d'un été

de Kathleen Gilles Seidel (n° 5656/J)

Un lac en été, au cœur du Minnesota. Un paradis pour les vacances familiales !
Cette année, Amy fera la connaissance de la nouvelle épouse de son père, Gwen.
Et des enfants de cette dernière : Holly, et surtout... Jack. Jack en qui elle a
reconnu immédiatement l'âme sœur. Mais peut-on tomber amoureuse de son
demi-frère par alliance, quand les liens familiaux sont encore fragiles ?

A b l

Composition Chesteroc International Graphics
Achevé d'imprimer en Europe (France)
par Maury-Eurolivres – 45300 Manchecourt
le 24 juillet 2000.
Dépôt légal juillet 2000. ISBN 2-290-30412-3

Éditions J'ai lu
84, rue de Grenelle, 75007 Paris
Diffusion France et étranger : Flammarion

5655